아이슬란드가　아니었다면

아이슬란드가 아니었다면

실패를 찬양하는 나라에서
71일 히치하이킹 여행

———

강은경 지음

어떤
책

이 책의 첫 페이지를 펼치는 당신의 눈빛. '오, 아이슬란드 여행? 멋지겠는데!' 기대에 차 반짝거리고 있어요. 그렇죠? 당신의 그 눈빛이 제 심장을 뛰게 만드네요. 혹여 기대에 못 미칠까, 넘겨짚지는 마세요. 그럴 일은 없어요. 그럼요. 확신하죠.

다짜고짜 어두운 질문부터 할까요? 혹시 살아오면서 '내 인생은 이제 끝이다'라고 느낀 적이 있나요? "실패는 성공의 어머니? 개뿔!"이라며 욕지거리를 뱉은 적은요? 그 정도는 아니어도 '사는 게 쉽지 않네' 눈물을 훔쳐 본 적은 있죠?

그럴 때 당신은 어떻게 익사하지 않고 버틸 수 있었나요? 운좋게 다른 희망의 동아줄을 붙들었어요? 프로작 같은 약물을 복용하며 어떻게든 모질게 견뎠나요? 아니면 '나는 나를 파괴할 권리가 있다'며 도처에 매달린 CCTV를 피해 수면제나 번개탄을 구할 생각을 했는지요? 사실 뭐 자랑거리는 아니지만, 저도 그런 방면에 있어서는 안 해 본 생각이 없거든요. 꿈이 좌절될 때마다 말이죠.

제게는 소설가가 되고 싶다는 꿈이 있었어요. 꿈은 삶을 지속시키는 대단히 긍정적인 원동력을 갖고 있잖아요. 그러니까 제가 건설현장 공사판이나 식당 같은 데서 막일을 하면서도 고된 줄 몰랐던 것도 바로 그 꿈 때문이었어요. 소설가라는 타이틀을 얻겠다는 열망. 1년도 아니고 10년도 아니고 30년 가까이, 그 꿈을 포기하지 않았거든요. 일용직으로 근근이 밥벌이를 하면서요. 세상에나, 그 긴 세월을?! 쯧쯧, 미련 고집불통이다, 라고 하시겠어요? 훌륭한 옹고집이다, 하시겠어요? 좀 헷갈리죠?

아무튼 젠장! 어느 날 아침 눈을 떠 보니 책의 활자들이 잘 보이지 않는 거예요. '노안'이라나요! '어느 날 아침 눈을 떠 보니 유명한 존재가 되어 있더라'는 시인 바이런의 행운까지는 바라지도 않았는데. '어느 날 아침 눈을 떠 보니 내가 늙었다'라니! 이만저만 충격이 큰 게 아니었죠. 그때서야 제 처지를 바로 보게 되었어요. 소설가가 되려다가 좋은 시절 깡그리 흘려보내고 노년의 문턱에 들어선 인생 실패자!

결국 저는 '펜'을 꺾어 버리고 배낭을 멨어요. 아이슬란드로 여행을 떠난 거죠. 제가 아는 아이슬란드는 '실패를 찬양하는 나라'였어요. 제 상식으론 도저히 이해하기 힘든 그 말과, 그 나라의 기이한 풍광들이 궁금해서 안 가고는 못 배기겠더라고요. 그렇지 않나요? 어떤 일의 결과가 성공적으로 끝났을 때만이 그 앞의 '실패들'이 빛나는 것 아니겠어요? 우리에겐 그게 상식이잖아요. 그런데 실패로 끝난 실패를 찬양한다니요. 무슨 헛소리지, 싶잖아요. 정말 그 말이 사실이라면, 저야말로 찬양받아 마땅한 사람이죠.

아이슬란드는 물가가 비싸기로 악낭 높은 나라예요. 그러니 수십 년 반백수로 산 제가 여행경비를 넉넉하게 마련할 수 있었겠어요? 일찍이 소설가 아나이스 닌이 말했죠. "삶은 용기에 비례해 넓어지거나 줄어든다." 네, 그래요. 가벼운 주머니로 용감무쌍하게 날아갔죠. 야영생활을 하며 히치하이킹으로 아이슬란드 여행을 했어요. 발 길 가는 대로 마음이 이끄는 대로 대책 없이 구름처럼 떠돌았죠.

71일 동안 얻어 탄 차가 60여 대. 하루에 496킬로미터를 이동한 적도 있어요. 히치하이커들은 대개 둘이 같이 다니는 서양 젊은이들이었어요. 동서양 불문하고 내 나이대의 히치하이커는 보지도 못했고요. 그리고 정말 많은 사람들을 길 위에서 만났어요. 저처럼 이혼한 여성도 만났고, 계속해서 손톱을 물어뜯고 담배를 피우며 한국 사람들은 어떻게 자살하냐고 묻는 남성도 만났고, 자신들의 집에 꼭 들르라는 가족도 만났고, 저와 함께 여행하고 싶어 하는 여행자들도 만났죠. 길 위의 그 만남과 헤어짐 들은 잊지 못할 감동이었어요.

그런데 말이죠. 아무 목적 없이 제게 선의를 베풀어 준 운전자들에게, 저의 그 긴 여정에 감탄하던 사람들에게, 저는 인생 실패자가 아니었어요. 희귀하고 대담하고 용감한 여행자! 그게 바로 저였어요.

죽을 고비도 겪었죠. 제가 여행하던 당시 아이슬란드는 50년 만의 악천후가 닥친 때였어요. 그렇잖아도 화산과 용암사막과 빙하지대가 끝도 없이 펼쳐지는 광활한 자연 속에서 길을 잃어 저체온증으로 사망하는 여행자들이 있는데, 저 역시 바람과 안개 속에 홀로 갇혀 휴우~ 위험천만한 순간들을 넘겼죠. 죽을 만큼 힘들고, 눈물 나게 외롭고, 아찔하도록 위험한 여정이었지만, 무사히 살아 돌아와 이 글을 쓰고 있네요. 덕분에 당신에게 들려줄 이야기는 풍성해졌어요. 당신이 귀 기울여 주기만 한다면 말이죠.

역시 배운 게 도둑질이라고, 아이슬란드에서 보낸 71일을 이렇게 책으로 엮었어요. 이 글을 출판하기 위해 또 쓰디쓴 맛을 봤죠. 출판사 서른두 곳에서 퇴짜를 맞았거든요. 그쯤 되면 그만 접을 만도 한데 오, 서른세 번의 두드림 끝에 두둥! 희망의 동아줄이 내려왔네요! 앗싸!

내 인생의 축소판 같았던 이 여행은 악몽이 아니라 길몽이었어요. 꿈 없이 산다는 게, '실패자' 아닌 실패자로 산다는 게, 아무것도 되지 못한 채로 산다는 게, 얼마나 홀가분하고 자유로운지 알게 됐으니까요.

자, 이제 저는 당신이 아이든 청년이든 노인이든 여자든 남자든 누구든, 당신과 함께 두근두근 이 여행을 또 한 번 떠날 준비가 됐어요. 눈빛을 반짝이며 한 페이지 한 페이지 책장을 넘겨 갈 당신의 호흡을 따라 함께 걸을게요. 이 여행을 마치고 집에 돌아오면, 당신도 저처럼 사는 게 훨씬 가볍고 즐거워지길 바라면서요. 뭐가 되든 못 되든, 결말이 그렇게 중요하지는 않더라고요. 아니, 뭐가 되고 못 되었다는 게 어떻게 우리의 결말일 수 있겠어요?

2017년 3월 강은경

차
례

4   프롤로그

12   아이슬란드 지도

14   사진들

67 이런, 볼 장 다 봤네!

69 누가 뭐래도 인생 실패자니까

73 없는 건 돈, 가진 건 시간

78 표절 스캔들과 메르스를 뒤로하고

81 나는 왔다 1일

85 모르는 사람들의 졸업식 2일

94 골든서클 3일

100 의존하기도, 양보하기도 싫으니 4일

103 섬의 시간, 사람의 시간 4일

109 죽음을 불사하는 열정 5~6일

114 목장 할머니 크리스틴 6일

118 고마워, 나의 수호천사 7일

124 생선공장 견학 8일

129 아으, 여기가 천국이다! 9~10일

137 페타 레다스트! 페타 레다스트! 11일

143 블루라군 12일

147 여행자도 요리사도 아닌 그 무엇 14~15일

157 그의 몸속엔 어떤 길이 흘러갈까 16일

161 생애 최고의 바람 17일

168 다시 홀로 여행자로 18일

1

이런, 볼 장
다 봤네!

175 검은 모래 해변 비크 19일
180 〈인터스텔라〉의 얼음행성 19일
184 스카프타페들 트레킹 20일
192 다가갈수록 멀어지듯 21일
197 이혼한 여자들의 하이파이브 21일
208 50년 만의 악천후 23~24일
214 패키지여행자들 24~25일
219 미바튼에서 지구의 비밀을 엿보다 25~26일
228 갈 수 없는 길이라는 걸 모르고 27~28일
236 가흐르와 캐롤 28일
242 다시, 미바튼에 29일
247 인랜드를 관통하다 30일
253 한국 사람들은 어떻게 자살하나요? 31일
262 쥘 베른을 따라서 32일
265 너무 늦어 버린 소망 33일
271 "나는 몰랐어요" 33~34일
277 플라테이 섬의 장례식과 결혼기념식 34일
282 바닷새들의 천국 35일
289 프랑스 부부의 슈퍼 캠핑카 36~37일
297 "38일째라고요?" 38일
306 오지 하이킹, 해낼 수 있을까? 39~40일
310 호른스트란디르 하이킹 첫날 41일
318 호른스트란디르 하이킹 둘째 날 42일
323 호른스트란디르 하이킹 셋째 날 43일
330 죽다 살아났구나 44~45일
338 꼭 무언가가 되어야 할까? 46일

2

50년 만의
악천후

347 남의 차를 타고 서에 번쩍 북에 번쩍 47일

350 아퀴레이리에서 꽃씨를 얻다 48일

356 달비크에서 고래투어 49일

361 뜻밖의 행운 50일

367 대구잡이 배에 오르다 51일

378 세상 끝에 서서, 혼자 52일

384 퍼핀 고기와 고래 고기 53일

391 다시 레이캬비크 53~54일

397 강. 은. 경. 내 이름을 불러준 에바 55~57일

402 다시 심장이 뛴다 57일

405 나는 사진작가 손이 아니니까 58일

414 카메라도, 스마트폰도 없는 여행자 60일

418 뢰이가베귀린 트레킹 첫날 61일

428 뢰이가베귀린 트레킹 둘째 날 62일

435 작가로 성공한 삶 63일

441 '꿈은 이루어진다'는 희망고문 따위 64일

445 왼손은 아메리카에, 오른손은 유럽에 64일

451 당신, 실패한 사람 맞아요? 68일

457 뢰이가베귀린 트레킹 셋째 날 70일

464 뢰이가베귀린 트레킹 넷째 날 71일

470 에필로그

3

나는 정말
실패자일까?

아이슬란드 지도

노란색으로 표시된 선은 내가 지나간 길이다.

에릭사우르들론 호숫가

71일 동안 얻어 탄 차가 60여 대.
하루에 496킬로미터를 이동한 적도 있다.
히치하이커들은 대개 둘이 같이 다니는
서양 젊은이들이었고 동서양 불문하고
내 나이대의 히치하이커는 보지도 못했다.

프롤로그

가로 124센티미터, 세로 213센티미터, 높이 1미터의 2인용 텐트.
캠핑장도 처음이었고 텐트에서 잔 것도 난생처음이었다.
"프라이버시는 일정 공간의 완전한 소유를 뜻한다"는 말처럼
나는 이 좁은 사적 공간이 마음에 쏙 들었다.
텐트는 두 달 넘게 등에 지고 다닐
2킬로그램짜리 '나의 집'이었다.

85페이지

란드만라우가의 캠핑장

레이카비크

75미터 높이의 하들그림스키르캬 교회 타워로 올라갔다.
레이캬비크가 한눈에 내려다보였다. 노랗고 붉고 파란 건물들이
눈 아래 펼쳐졌다. 도시의 풍광이 그림엽서처럼 예뻤다.
현대예술품 같은 도시랄까. 역시, 잘 온 거야!

89페이지

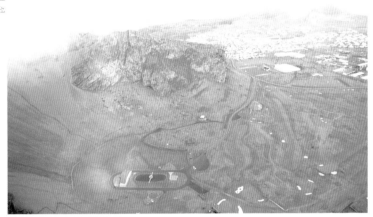

꼭대기에 올라 분화구를 내려다봤다.
내가 짐을 푼 헤리올프스달뤼르 캠핑장이었다.
와아, 멋지다! 푸른 초지의 분화구 안에서 야영을 한다!
아무래도 이 섬을 빨리 떠나지 못할 것 같았다.

104페이지

6월은 루핀이 피는 계절이다.
아이슬란드의 초지는 어디든 그 보랏빛 황홀경에 빠져 있었다.

109페이지

헤이마에이 섬

결국 포기하나?

양이 뒷걸음질하며 울타리에서 물러났다.

그러더니 곧바로 울타리를 향해 전력질주하는 거였다.

구멍 안으로 몸이 쏙 빠져 들어갔다.

와아. 영리한 놈이네!

가속도의 힘을 이용해 좁은 구멍 통과하기.

멈추지 않고 있는 힘껏 더 밀어붙였다면,

나도 그 좁은 구멍을 통과할 수 있었을까?

113페이지

헤이마에이 섬

"은경아, 알아?
나이는 드는데 마음은 안 늙는다는 게
어떨 땐 형벌 같아.
사람 미쳐, 미쳐!"

121페이지

23

카시니그라마 찍은 토성의 본 궤도면 위쪽 하늘(작은 사진)과 아래쪽 하늘

손을 뻗으면, 그 붉은 화염 속으로
온몸이 빨려들듯 가까운 노을이었다.
숨이 멎을 것 같은 황홀한 기운에 감싸여 몸을 떨었다.

돌아서 동쪽 하늘을 바라봤다.
세상의 모든 존재가 사라진 듯 고요하고 고요했다.
나는 마치 대자연의 정령을 마주한 듯 무릎을 꿇었다.
눈물이 솟구치기 시작했다.

155페이지

아이슬란드는 요정의 나라다.
가르다바이르 용암지대는 엘프가 사는 곳으로 알려져
어떤 건설 작업이나 도로 공사도 못 하도록 법으로 정해졌다.
또한 헬리스게르디는 엘프 공원이고…….
아이슬란드의 엘프는 말하자면 '자연의 영혼'이 아닐까?

169페이지

캄차카의 풍경 중 하나이다

〈인터스텔라〉에서 맷 데이먼이
"춥고 삭막하지만 아름답다!"라고 표현한 곳.
오, 멋지다! 영화 속에서 본 얼음행성보다
몇 갑절 더 기괴하고 웅장했다.
그렇게 300미터나 전진했을까? 투어 시간이 끝났단다.
우씨, 뭐야? 시시해! 손도끼는 왜 하나씩 들고 온 거야?

181페이지

유리처럼 투명한 유빙 한 조각을 건져 냈다.
돌멩이를 하나 주워 유빙을 깼다.
얼음 조각 하나를 입에 넣고 오독 오도독 깨물었다.
천 년 동안 봉인되었던 차디찬 고독이 목구멍을 타고 넘어갔다.

198페이지

아이들에게 뭐라고 말해야 할까?
아이들이 자기들의 아픔을 감수하며 찾아 준 새 삶이었는데
불행히도 나는 아이들이 다 커 성인이 되도록 아무것도 되지 못했다.
이젠 뭔가가 될 수 있다는 것조차 요원해져 버렸다.

206페이지

혼스트란디르 하이킹 36번 코스

둘러보니 꼭 붙어 있는 연인들이 한두 커플이 아니었다.
커플들은 한곳에 진득하게 앉아 백허그를 하고 있거나,
이쪽저쪽으로 옮겨 다니고 있었다. 그러는 중에 입을 연신 맞추며.
사실 이런 기가 막힌 풍경 속에 혼자 앉아 있기는 좀 쓸쓸했다.
내 귀에 내 눈에 내 입에 사랑의 노래를 불러 주던 시인들은
다 어디로 갔을까?

226페이지

미바튼 네이처 배스

50년 만의 악천후가 이런 거였나?
안개와 눈보라에 갇혀 버리고 말았다.
아이슬란드의 오지에서 길을 잃고 조난당해
저체온증으로 사망한 여행자들의 얘기가 떠올랐다.
공포감이 밀려오기 시작했다.
헬로~~! 소리쳐 봤지만 아무 소리도 들려오지 않았다.

233페이지

영수철

생면부지 사람들과의 짧은 만남엔
'길 위의 감동'이 있었다.
차를 태워 주는 사람도 행복하고,
차를 타는 사람도 행복했다.
그 행복감을 맛보려면 내가 감내해야 할,
통과의례 같은 게 있었다.
추위, 바람, 기다림, 외로움.

256페이지

바짝 뜯겨 나간 손톱 끝에 상처들이 보였다. 나는 무지 놀랐다.
이토록 불행해 보이는 아이슬란드 사람이 있다니.
행복지수가 높은 나라이고, 하물며 실패를 찬양하는 나라에서,
불행한 사람을 만날 거라곤 상상도 못 했다.

258페이지

36번 도로

혼자 살고부턴 생일은 누가 챙겨 주는 것도,
내가 챙기기도 머쓱해서 별 날 아닌 것처럼 보내곤 했다.
그런데 여행지에서 뜻밖에 미역국을 대접받다니!

276페이지

스타카스플랫로 갬핑장

"우리는 지금 결혼 30주년 기념식을 할 거예요."

커플이 서로 마주 보고 포옹했다.

둘은 포옹을 한참 동안 풀지 않았다.

그 몸짓, 표정, 가벼운 입맞춤. 멜로영화의 한 장면 같았다.

그들이 포옹을 풀었을 때 나는 박수를 치며 말했다.

"축하해요! 정말 아름다워요!"

279페이지

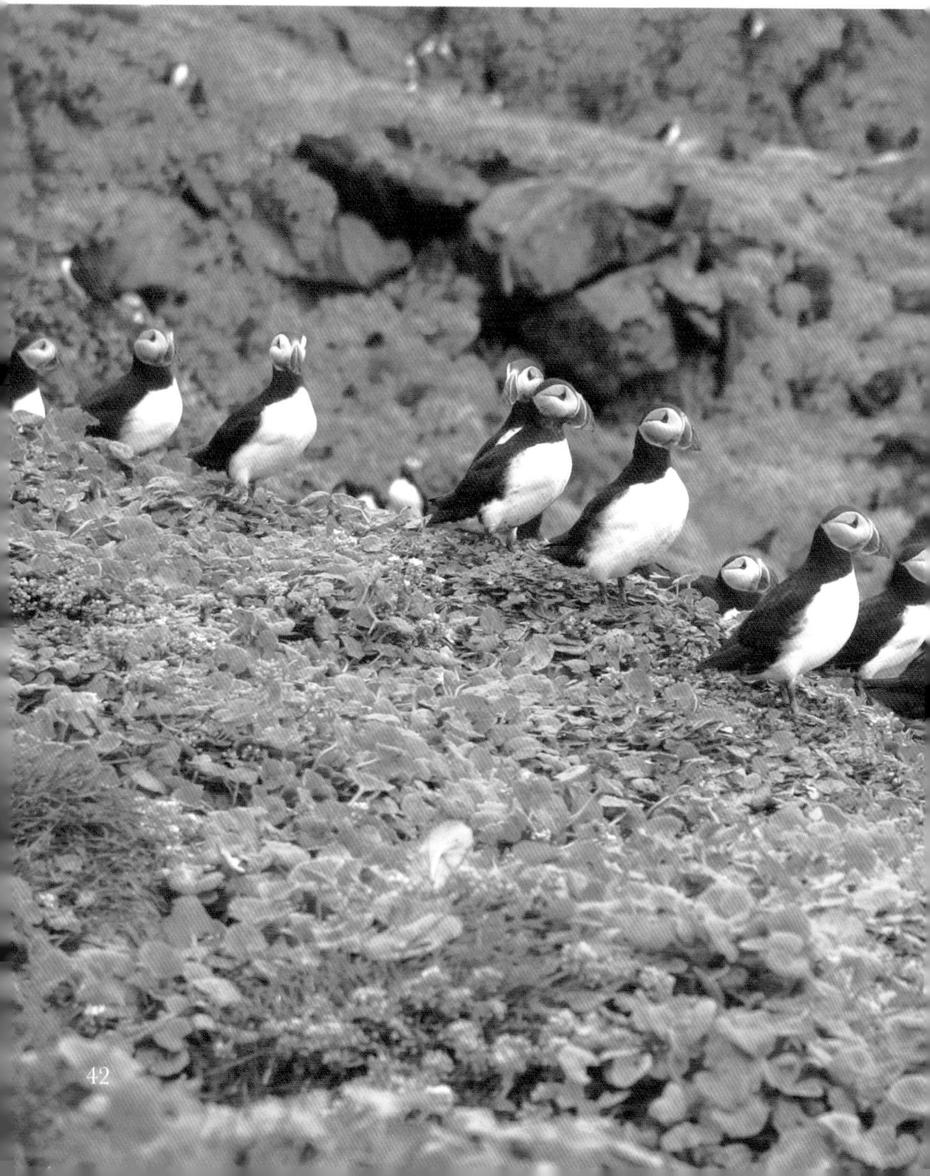

아이슬란드의 퍼핀은 여름철새로, 겨울이면 지중해로 날아간다는데 높이 날지 못한다는 이 새가 정말 그렇게 멀리 갈 수 있을까?

286페이지

청정한 대자연 속에서 나 홀로 걷고 있었다.
고요했다. 공기는 얼음장처럼 차고 맑았다.
어느 순간 내가 두 발로 걷고 있는 작은 곤충이나 벌레처럼 느껴졌다.
자연과 동화되어 간다는 게 이런 느낌일까.
한없이 작아지고 작아지다가 완전히 사라져 버리는 것.

316페이지

호른스트란디르 하이킹 S4 코스

45

아이슬란드의 구름은 아주 낮게 떠 빠르게 흘렀다.
뭉게구름, 깃털구름, 양떼구름, 먹구름…….
보들레르는 구름을 '신이 증기로 만든 움직이는 건축'이라고 했다.
그 신은 특별히 아이슬란드의 하늘을 더 사랑하나?

321페이지

파도 소리를 들으며 천천히 모래사장을 걸었다.
그런데 모래사장을 가볍게 쓸어내리고 있는 파도 소리가
이렇게 들리는 거였다.
쓰을쓸…… 쓰을쓸…… 쓸쓸…….

322페이지

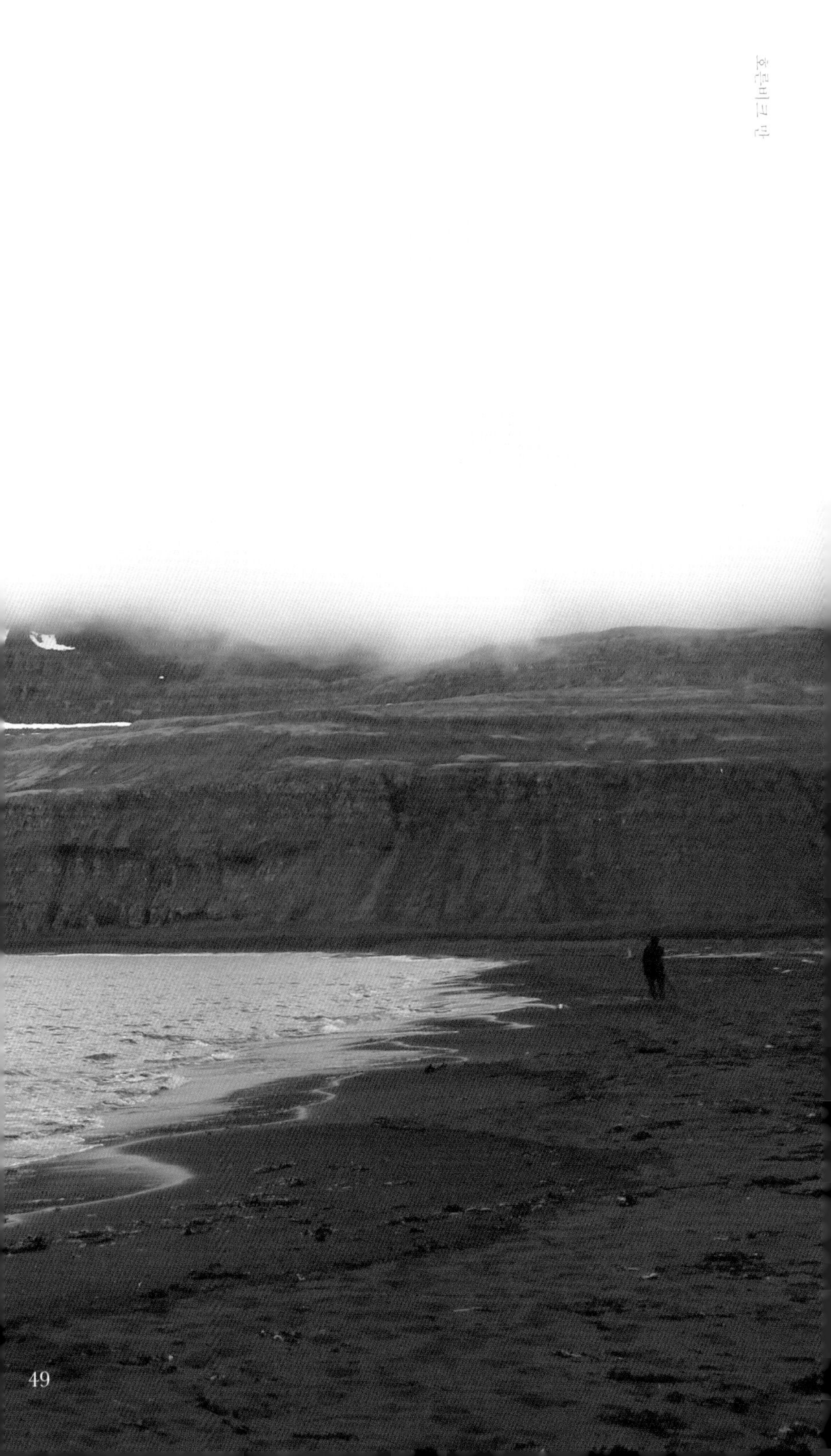

호른비크 만

구투른이 돌아왔다. 그녀는 내게 줄 꽃씨 봉투를 들고 있었다.

나는 그녀를 꼭 끌어안았다.

덩치에 밀려 그녀가 나를 안은 꼴이 됐지만.

"이건 루핀. 이건 아이슬란드 포피. 파란 꽃을 피워요."

"파란색 양귀비 꽃은 처음 봐요. 오, 신비스러워요. 정말 고마워요!"

354페이지

"3시 방향!" 드디어 가이드가 마이크에 대고 외쳤다.

사람들의 머리가 일제히 3시 방향으로 돌아갔다.

"와우~~!" 탄성이 터졌다.

거대한 생명체의 그 우아한 유영을 보면

누구나 탄성을 지르지 않고는 못 배긴다.

그러니 허먼 멜빌이 《모비 딕》을 썼고, 천명관은

3대에 걸친 여인들의 이야기에 《고래》라는 제목을 달았고

〈그랑 블루〉, 〈프리 윌리〉 같은 돌고래 영화들이

인기를 끄는 것일 게다.

358페이지

고래 구경 보트

선실 벽에는 그림세이 섬 어부들에 관한
신문기사들이 다닥다닥 붙어 있었다.
대구잡이 배에서의 하루라.
나는 뛸 듯이 기뻤다.

368페이지

그린에이지

"내가 혼자 아이슬란드로 여행을 가겠다고 했더니
친구들이랑 손주들이 날 보고 미쳤다는 거예요.
아니, 텔레비전 앞에 매일 붙어 사는 걔들이 미친 거지,
내가 미친 거예요?"

389페이지

그녀가 불쑥, 볼펜과 수첩을 들고 왔다.
내 이름을 한글로 적어 달라고 했다.
그러고는 발음을 수정하며
나를 따라 몇 번이나 반복해서 읽었다.

강. 은. 경.

갑자기 이 여행을 끝내고 싶지 않다는 생각이 들었다.
이렇게 따뜻한 사람들을 길 위에서 계속해서 만나고 싶었다.

399페이지

헤클라 산 근처 여름별장

55

땅속에서 불이 솟구쳐 오르고 땅이 뒤집히는 걸 보며 사는
아이슬란드 사람들에겐 '지금'이 중요하지
'내일'이 중요한 게 아니었다.
"네 꿈이 뭐니? 나중에 뭐가 되고 싶어?"라고 묻지 않고
"지금 하고 싶은 게 뭐니?"라고 묻는 것도
자연이 꿈틀거리는 걸 수시로 목격하며 사는
사람들이라 그럴 것이다.

444페이지

양팔을 벌리자 왼손이 아메리카,
오른손이 유럽에 닿았다.
나는 두 대륙 사이의 기이한 공간,
지구의 역사 속에 끼여 있었다.

448페이지

티외르닌 호수

"당신, 인생 실패한 사람 맞아요?"

"네?"

"당신은 쓰고 싶은 글 쓰며 살았잖아요. 그랬으면 됐지,
왜 실패자라는 거죠? 난 당신 말을 이해할 수가 없어요.
당신에겐 사는 게 뭐죠What exactly does life mean to you?"

454페이지

현실감도 원근감도 느껴지지 않았다.
심장이 터질 듯 숨이 가쁘고, 가죽이 벗겨져 나갈 듯
발바닥이 뜨겁고, 온몸의 근육이 비명을 질러 대도
나는 황홀감에 젖어 있었다. 한 발 한 발 내딛는 게 고통스러워도
정신은 어느 때보다도 충만했다.

462페이지

1 이런,

볼
장
다
봤
네
!

이런, 볼 장 다 봤네!

이제 나는 쉰셋이 됐다(깜짝이야!). 그러니까 이 모든 것은 돋보기 안경을 쓰면서 시작됐다. 어느 날부턴가 사물들이 뭉개져 보였다. 더는 책을 읽을 수 없게 됐다. 글자들이 탁한 물속에서 헤엄치는 치어 떼처럼 보였다. '노안'이라고 했다. 픽! 어안이 벙벙했다. 내가 늙었다는 사실을 처음으로 자각하게 만든, 일생일대 사건이었다.

'내 인생은 실패했다'는 절망감이 밀려왔다. 사회적 지위, 돈, 명예, 사랑, 결혼, 꿈. 그것들 중 변변하게 이룬 것이, 가진 것이, 하나도 없었다. 결혼에 실패했고, 사랑에 실패했다. 그나마 이루고 말겠다는 꿈 하나로 모든 결핍과 상실을 견딜 수 있었다. 그런데…….

소설가가 되는 게 꿈이었다. 대학에서 문예창작을 전공했다.

이후로는 '만년 문청'으로 골방에 처박혀 살았다. 10년 결혼생활
에 종지부를 찍고 그 2년 뒤인 서른다섯 살부터는 그야말로 본격
적으로 신춘문예에 매달렸다. 낙방할 때마다 울고불고 난리치면
서도 언젠가는 되겠지, 희망을 붙들고 살았다. 등단은 바늘구멍이
었고 나는 낙타였다.

틈틈이 일도 했다. 학습동화 각색, 전국체전 전야제 시나리
오 집필, 자서전 대필, 희곡 집필뿐만 아니라 영화나 드라마 보조
출연, 요리사 보조, 식당 서빙 등 육체노동, 정신노동 가리지 않았
다. 딱 입에 풀칠할 만큼의 푼돈을 벌며 소설을 썼다. 밥 한 끼, 술
한 잔도 친구들에게 사 주지 못하는 가난뱅이 주제에 글을 쓴다고
허세를 떨며 살았다. 그런데 노안 이후에는 골방에 들어앉을 기운
조차 완전히 잃었다. 삶의 의욕마저 꺾일 판이었다. 수십 년 습작
기 끝에 닥친 깨달음은 소설가가 될 가능성이 눈곱만큼도 없다는
사실이었다. 앞날이 파리해지는 그 깨달음. 절망감과 우울증이 몰
려와 사람 미치게 했다. 태생부터 함량미달이었나? 공을 덜 들였
나? 간절함이 부족했나? 운이 딸렸나? 이유가 뭐든 이젠 늦었다.
다 틀렸다. 젠장, 인생 볼 장 다 봤다!

작가도 아닌 주제에, 친구들 앞에서 '절필'을 선언했다. 속으
론 엄청 쪽팔렸지만 겉으론 멀쩡한 척했다. 그러고는 아이슬란드
로 여행을 떠날 거라고 떠들고 다녔다. 그 또한 소설가가 되겠다
는 말만큼이나 이루기 요원한 꿈이었다. 수십 년 동안 반백수로
산 내가 물가가 높아 장기여행이 어렵다는 그 나라에 갈 수 있겠
나? 생맥주 500밀리리터 한 잔이 만 원이고 햄버거 하나가 2만 원
쯤 하는 나라에? 무슨 돈으로?

누가 뭐래도 인생 실패자니까

명동에 있는 여행자 펍 워커바웃에서 아이슬란드 전문가라는 40
대 남자 둘을 만났다. 워커바웃의 주인장인 문순하 씨가 마련해
준 자리였다.

"아이슬란드에서 히치하이킹 여행이 가능할까요?"

"아, 그럼요!"

두말하면 잔소리라는 듯 전홍필 씨가 시원스럽게 대답했다.
그는 종로에서 여행자 카페와 여행사를 운영하고 있는 꽁지머리
의 남자였다.

"두 달 동안 혼자 히치하이킹으로 캠핑여행을 하면 경비가
얼마나 들까요?"

"글쎄요, 물가가 워낙 비싼 나라이고 한국 사람이 아이슬란

드에서 그렇게 여행을 했다는 얘기를 들은 적이 없어서."

　온라인과 오프라인에서 아이슬란드 여행자 카페를 운영하고 있는 백경하 씨가 말꼬리를 흐렸다. 그는 중키에 반무테 안경을 쓴, 인상이 차가워 보이는 남자였다. 어쨌든 그는 내가 계획한 방법으로는 아이슬란드 여행 성수기인 6월말부터 8월말까지, 여름 백야 때나 여행이 가능할 거라고 했다. 두 남자는 내 계획에 긍정적인 호응을 보내면서도 어쩐지 떨떠름한 표정을 지었다. (나중에 백경하 씨가 고백하기로 그때 그의 속마음은 이랬다고 한다. '정신 나간 아줌마 아니야? 고작 300만 원 들고 아이슬란드에서 두 달 동안 혼자 여행을 하겠다고? 일주일 경비로도 부족한 돈으로? 완전 미친 짓이지. 눈치 없이 여기저기 민폐 끼치고 다니면서 한국 사람 얼굴에 똥칠하는 거 아니야?')

　그 자리에서 당장 전홍필 씨에게 비행기표 예약을 부탁했다. 물론 최저가 항공으로. 더 이상 미루거나 망설일 수 없었다. 물가가 상상을 초월하고 트레커들이 변화무쌍한 날씨 때문에 저체온증으로 사망하거나 실종된다는 그 나라에서 불행히도 객사를 하든 아사를 하든 이 여행을 꼭 밀어붙이고 말겠다는 오기가 탱천해 있었다.

아이슬란드에 빠져든 건 4년 전, 우연히 에릭 와이너의 《행복의 지도》라는 책을 읽고서다. "행복은 실패다"라는 제목의 아이슬란드 편에서 눈이 번쩍 떠졌다.

　파리똥처럼 자그마한 이 나라의 인구에서 예술가와 작가의 비율이 다른 나라보다 더 높은 이유가 도대체 무엇일까? (중략) "실패 때문입니다. (중략) 아이슬란드에서는 실패가 낙인이 되지 않습니다. 사실 어떤 의미에서는 실패를 오히려 찬양하죠."

인터넷을 뒤져 아이슬란드 관련 카페에 가입하고 부지런히 검색창을 두들겼다. 아이슬란드의 초현실적인 풍광 사진들이 눈앞에 펼쳐졌다. 심장이 쿵쿵쿵 뛰기 시작했다.

북대서양에 위치한 작은 섬나라 아이슬란드. 남한 비슷한 크기의 영토에 32만여 명의 바이킹 후손이 산다는 땅(인구가 이렇게 적다니?). 행복지수 1위, 세계에서 범죄율이 가장 낮은 나라(경찰조차 총을 소지하지 않는다). 국민 열 명 중 한 명은 작가, 여섯 명이상은 음악가. 최장수 나라. 땅이 요동치고 화산 폭발이 잇따르는 나라. 1600만 년 전에 출현해 지금도 태초의 모습을 품고 있는곳. 백야와 오로라. 빙하가 뒤덮인 얼음 대지와 피오르 해안. 용암지대의 이끼와 루핀이 핀 벌판과 폭포. 수증기와 간헐천이 뿜어져올라오는 불의 땅. 그런 아이슬란드의 풍광을 표현할 때 식상할정도로 자주 등장하는 문구가 있다. "무엇을 상상하든 그 이상이다!", "다른 행성에 불시착한 느낌이다", "죽기 전에 반드시 두 번은 가야 할 여행지다."

아이슬란드 책들을 닥치는 대로 찾아 읽었다.《저주받은피》,《무덤의 침묵》,《레이캬비크 101》,《단지 유령일 뿐》. 한국어로 번역 출판된 아이슬란드 문학작품은 그리 많지 않았다(대부분수준 높은 범죄소설이다). 노벨문학상 수상자인 아이슬란드 작가하들도르 락스네스Halldór Laxness의 소설도 번역본이 나와 있지 않왔다. 그때까지 한국에는《론리 플래닛》말고는 아이슬란드 가이드북이나 본격적인 여행기를 찾기도 어려웠다. 짧은 여행기만이 산혹 보였다. 아이슬란드는 한국 사람들이 가기엔 너무 멀고 경비가 너무 비싼 나라였다. 어쨌든 나는《북유럽 신화》,《북극 툰드라에 피는 꽃》같은 책까지 훑어봤다.

〈노이 알비노이〉,〈볼케이노〉,〈자연의 아이들〉,〈디셈버〉,〈헤이마〉같은 아이슬란드 영화와 다큐멘터리,〈노아〉,〈인터스텔라〉,〈프로메테우스〉같은 아이슬란드에서 찍은 영화들도 부지런히 찾아 봤다(아이슬란드 영화는 대부분 분위기가 어둡고 우울하다. 아이슬란드에서 찍은 외국영화는 대개 공상과학영화다). 아이슬란드 출신의 세계적인 아티스트인 시귀르 로스Sigur Rós와 비외르크Björk의 음악도 자주 들었다. 그럴수록 아이슬란드의 예술과 풍광에 매료되어 갔다. 지구상에 그런 나라가 있는지, 어느 구석에 붙어 있는지도 몰랐던 아이슬란드에 홀딱 반해 버리고 만 것이다.

그곳에 가고 싶었다. 기이한 풍광을 "내 눈으로 직접 보고, 내 코와 입으로 공기를 마시고, 내 발로 그 땅을 걸으며 내 손으로 만져 보고 싶었다." 더군다나 나는 아이슬란드에서 찬양받아 마땅한 '인생 실패자' 아닌가! 무라카미 하루키의 말처럼 "말로 설명하기 힘든 호기심, 현실적 감촉에 대한 억누를 수 없는 욕구"가 내 안에서 마그마처럼 부글부글 끓었다. 그리하여 2015년 4월초, 아이슬란드 여행 준비를 본격적으로 시작했던 것이다.

없는 건 돈, 가진 건 시간

어떻게 여행할 것인가?

　하나. 먼저 여행방법을 궁리했다. 교통비와 숙식비를 아끼며 최저비용으로 장기여행할 수 있으려면? 아이슬란드 여행 성수기인 여름 두 달여 동안 야영장비를 메고 캠핑을 하며 히치하이킹으로 여행하는 것이다. 그때까지 그런 식으로 아이슬란드를 여행한 한국 사람을 못 봐서 구체적인 정보를 구할 수는 없었다. '아이슬란드 전문가'들도 내 여행계획을 듣고 속으로 '무모하다, 미쳤다'고 했다니. 그러나 그 멀리까지 가서 유명 관광지만 몇 군데 찍고 돌아오는 단기여행은 생각하기도 싫었다. 반백수인 내게 없는 건 돈이고 가진 건 시간뿐이다. 단점은 배낭여행으로 보완하고 장점은 살려 장기여행을 하며 아이슬란드 공기를 물리도록 마시고 싶었다.

둘. 여행경비. 묘책이 떠올랐다. 7년 동안 장롱 속에 잠들어 있는 보험통장. 고모가 내 이름으로 가입, 완납한 뒤 내게 넘겨줬던 만기환급형 정기보험이다. 그동안 병원에 간 일이 한 번도 없었다. 건강 체질이라 감기도 잘 걸리지 않았고 어쩌다가 두통이나 고열이 일면 그 정도는 그냥 참고 넘겼다. 그런 천운이 계속되길 바라면서 눈 딱 감고 깼다. 470만 원이 손에 들어왔다(나중에 고모가 아시면 무지 속상해하실 테지. 평생 독신으로 사신 고모는 나를 '아직도 '물가에 내놓은 어린 딸'처럼 생각하신다).

셋. 최저가 항공으로 비행기표를 끊었다. 138만 원. 베이징과 코펜하겐에서 두 번 환승하는 티켓이다. 돌아올 때는 코펜하겐과 도쿄 나리타 공항에서 환승한다(한국에서 아이슬란드까지는 직항 노선이 없다).

넷. 비상시에 기꺼이 '비빌 언덕'이 되어 주는 친구들에게 연락했다. 야영장비 일체를 빌렸다. 택배로 물건들이 속속 도착했다. 최신형 자립식 2인용 연두색 텐트. 생전 캠핑을 해 본 적이 없으니 텐트 칠 줄을 알겠나. 윗집 현이를 불러 물어 가며 마당에서 텐트 치는 연습을 했다. 거위털 침낭. 무게는 2킬로그램, 동계용이라 부피가 컸다. 파우치에 침낭을 구겨 넣는 일도 숨이 찼다. 워낙 추위에 약한 체질이라 자다가 얼어 죽지 않으려면 생존에 꼭 필요한 물품이다. 7센티미터 높이의 에어매트. 공기를 주입하고 빼는 연습을 했다. 코펠과 버너 등 취사도구와 식량은 준비하지 않았다. 짐 무게 때문에 들고 다닐 자신이 없었다. 먹는 건 대충 식빵 쪼가리로 때울 생각이었다. 비상식량으로 미숫가루만 조금 챙겼다.

다섯. 의복을 신경 써서 준비했다. 아이슬란드의 여름 기온이 영상 10도 내외라지만 비바람 때문에 체감온도가 영하라고 했다. 추운 건 딱 질색이다. 이월상품을 파는 아웃렛과 동대문시장에서 고어텍스 재킷, 방수 트레킹화, 방수바지, 기능성 내의 한 벌과 기능성 팬티 석 장을 샀다. 29만 원을 썼다. 새로 구입한 의복 외에도 판초, 긴팔 티셔츠 한 장, 반팔 티셔츠 한 장을 꾸렸다. 방한 패딩점퍼, 방한 추리닝 바지, 수영복, 양말 두 켤레도 챙겼다.

여섯. 배낭은 등에 짊어질 65리터짜리 배낭과 가슴 앞에 멜 35리터짜리 보조배낭(보조배낭을 9만 원 주고 새로 구입했다).

일곱. 현금 370만 원. 비행기 티켓과 준비물을 사고 남은 돈과 통장에 있던 생활비까지 탈탈 털어 보탰다. 연초에 한옥 짓는 공사장에서 '노가다' 일을 하며 번 돈과 〈오마이뉴스〉에 기사를 써서 받은 원고료가 있었다.

여덟. 나머지 준비물을 최대한 줄이고 줄여 짐을 쌌다. 여권, 스킨스쿠버다이빙 자격증, 그때그때 여행일지를 쓸 요량으로 챙긴 노트북, 기자수첩, 펜, DSLR 카메라, 메모리 카드, USB 메모리, 스마트폰(영어사전과 음악 감상용으로 친구에게 빌렸다. 나는 아직까지 폴더폰을 쓰고 있다. 시귀르 로스의 음악을 다운로드 받았다), 이어폰, 카메라와 스마트폰과 노트북의 충전기.

가이드북은 《론리 플래닛》에서 아이슬란드 편만 찢어 챙겼다. 읽을거리로 챙긴 책 한 권은 베르나르 올리비에의 《나는 걷는다 3》(참고로 이 책은 470페이지에 달한다). 보온병, 물병, 야외용 숟가락과 젓가락, 빨랫줄, 빨래집게 네 개, 락앤락 반찬통 하나, 자외선 차단제, 로션, 샴푸, 스위스군용 칼, 수건, 칫솔, 치약, 일회용 반창고, 멀티탭, 지퍼백, 비닐 크린백. 그리고 돋보기안경 두 개.

아홉. 예행연습. 실전처럼 배낭 두 개에 짐을 다 꾸렸다. 총 무게 25킬로그램. 배낭 두 개를 앞뒤로 지고 메고 집을 나섰다. 오디랑 버찌가 까맣게 익어 가던 늦봄이었다. 논에선 여린 벼 잎이 연초록 물결처럼 바람에 살랑거렸다. 마을을 내려가 만수천 계곡의 삼화다리를 건너 입석마을 비탈길을 타고 산을 넘어가 실상사까지 3킬로미터쯤 걸었다(나는 지리산 산내마을에 산다). 녹초가 됐다. 이 짐을 지고 67일 여행이라니(나중에 여행날짜를 연장할 일이 생겨 총 71일 여행했다). 덜컥 겁이 났다. 정말 미친 짓이다 싶었다. 하지만 이 여행을 멈추고 싶지 않았다. 다음 날은 지리산 신선둘레길을 걸었다.

5월초, 백경하 씨가 운영하는 아이슬란드 카페를 찾아갔다. 출국 한 달 전이었다. 백경하 씨와 얘기를 더 나누고 싶었다. 아이슬란드에 관한 정보와 경험도 더 얻고 싶었다. 백경하 씨는 시귀르 로스의 팬이란다. 2010년에 아이슬란드를 다녀온 뒤부터 '아이슬란드앓이'를 심하게 했다고 한다. 결국 온라인에 아이슬란드 카페를 개설하고 잘 다니고 있던 회사를 그만두었다. 홍대 부근에 진짜 카페를 냈다. 외관을 장식한 코발트블루의 골함석부터 소품 하나하나 아이슬란드에서 공수해 온 물건들로 카페를 꾸몄다. 빙하 맥주, 아이슬란드 핫도그, 이끼차 등 아이슬란드식 메뉴를 팔았다.

아이슬란드를 향한 그의 사랑도, 북유럽풍의 카페 분위기도 마음에 쏙 들었다. 그러나 그는 내가 마음에 들지 않은 것 같았다.

한 달 전 첫 만남 때처럼 표정이 여전히 까칠하고 차가웠다. 잠깐 몇 마디 하고는 아예 나를 상대해 주지 않았다. 들고나는 손님이 없어 한가해진 틈에도 본체만체했다. 나는 그곳에 비치된 아이슬란드 관련 책자들을 훑어보며 두어 시간 동안 혼자 앉아 있었다 (그때 그의 속마음은 또 이랬단다. '이 아줌마 정말 가려나 보네. 연세도 많은 양반이 혼자서? 정신 나갔지. 뭐, 한 일주일 있다가 돌아오겠지. 아무튼 가까이하고 싶지 않은 사람이야').

표절 스캔들과 메르스를 뒤로하고

출국 하루 전날 서울로 올라갔다. 그날 밤 진규 씨 은교 씨 부부의 집에서 묵었다. 서울에 볼일이 있을 때면 자주 가는 집이다. 집도 사람도 편하고 좋다. 기타리스트이고 공연음악을 작곡하는 진규 씨는 수십 년 전 대학로에서 만난 친구다. 은교 씨는 내가 늘 존경해 마지않는 교사이고. 그날 밤 그 40대 부부와 영화 〈와일드〉를 보며 맥주를 마셨다. 나 역시 셰릴 스트레이드처럼 '인간 승리'를 하리라 큰소리 빵빵 치며 떨리는 심장을 애써 가라앉혔다. 부부는 다음 날 아침 일찍 콩나물국밥으로 내게 마지막(?) 성찬을 먹이고 인천공항까지 자동차로 배웅해 주었다.

6월 19일 오전 11시, 드디어 대한항공 비행기에 탑승했다. 활주로를 전력질주한 비행기가 상공으로 떠오르는 짧은 시간, 나는 짜릿짜릿한 쾌감을 느꼈다. 아드레날린 분비량이 최고치로 치솟는 듯했다. 그대로 허공에서 산화해도 좋다는 생각이 들 정도였다. 알랭 드 보통의 《여행의 기술》에서 읽은 글귀가 떠올랐다.

> 인생에서 비행기를 타고 하늘로 올라가는 몇 초보다 더 큰 해방감을 주는 시간은 찾아보기 힘들다.

베이징까지 가는 두 시간여 동안 비행기 문 앞에서 집어 온 신문에 코를 박고 있었다. '세계 2위 메르스 감염국'으로 대한민국이 발칵 뒤집혀 있을 때였다. 한 달 동안 거리와 시장과 공원이 텅 비었다. 또, 한 유명 작가의 표절 논란이 사회적 사건으로 비화된 시기였다. 그런 때라 오염과 부패의 땅에서 벗어나 청정한 신세계를 향해 떠나는 것만 같았다. 사람 사는 세상이 어디나 다 그렇지 얼마나 다를까 싶으면서도(정말 그럴까?).

신문 한켠에 갱년기 관련 의학기사가 실려 있었다. 호르몬 분비체계가 변한다, 뇌의 전두엽 등 대뇌 피질의 세포가 퇴화된다, 신경세포(뉴런) 사이를 연결해 주는 시냅스가 새로 형성되기 어렵다, 기억력을 주관하는 뇌 조직이 손상되고 재활기능이 저하돼 기억력이 감퇴한다 등등. 한마디로 재생 불가능한 기계가 된다는 의미였다. 딱 나를 두고 하는 말이었다. 갱년기 증상에 호되게 시달리는 사람. 머잖아 노인이 될 사람. 생리가 끊긴 지도 3년쯤 됐나? 그런데도 그만큼 살았고 그럴 때가 되어 그렇게 됐다는 게, 자연의 순리라는 게 순간순간 실감나지 않는다. 내가 정말 곧 노인 소리를 듣게 되는 거야? 설마, 농담이겠지?

기내식을 받고서야 신문에서 눈을 뗐다. 갱년기에 좋다는 검정콩, 검정깨, 견과류는 아니지만 꼭꼭 씹어 먹었다. 면과 쇠고기, 브로콜리, 당근, 연두부. 영양 보충을 해 놔야 한다는 생각에 미니어처럼 작고 인색한 기내식 용기들을 싹싹 비웠다.

베이징에서 스칸디나비안에어라인스로 환승했다. 항공사 직원의 안내를 받으며 여유 있게. 두 번째 환승지인 코펜하겐까지 여덟 시간 40여 분 비행. 그 긴 시간 동안 나는 옆 자리의 중국 여성과 얘기를 나누기도 하고 제목도 모른 채 기내 영화를 보고 기내식을 챙겨 먹고 비몽사몽 졸며, 여느 승객들처럼 비행의 긴장감을 즐겼다.

코펜하겐에 도착해서는 혼자 환승 표지판을 찾아가며 허겁지겁 달려야 했다. 비행기가 연착하는 바람에 환승시간까지 고작 40여 분. 그 시간 안에 탑승권을 받아 환승 데스크까지 달려가야 했다. 왜 이렇게 먼 거야? 그런데 엎친 데 덮친다더니 젠장! 보안 검사에 걸려 사무실까지 끌려가게 됐다. 탑승권을 보여 주며 "비행기 놓치겠다, 찾는 게 뭐냐? 마약? 무기? 왜 자꾸 더듬어? 감춘 거 없어!" 짧은 영어로 아무리 중얼거려도 들은 체 만 체. 덩치 큰 여자 검사원은 민망하게 자꾸 내 사타구니를 손으로 훑었다. 이거 뭐 홀딱 벗겨 놓고 똥구멍까지 들여다볼 태세다. 처음 당하는 일이라 아주 당혹스러웠다. 게다가 비행기를 놓칠까 봐 속이 타들어 갔다. 다른 여자 검사원에게 온몸을 한 번 더 검색당하고 나서야 풀려날 수 있었다. 뭐가 이상했는지, 왜 그랬는지 궁금했지만 물어볼 시간이 없었다. 숨이 턱에 차도록 달려, 맨 꼴찌 탑승객으로 아이슬란드에어에 오를 수 있었다. 휴우!

나는 왔다

○ 1일

코펜하겐을 거쳐 드디어 아이슬란드 케플라비크Keflavík 국제공항에 도착했다. 비행 열세 시간(경유 포함 총 열아홉 시간) 만에 그리고 그리던 미지의 땅에 내렸다. 내 손목시계는 5시 40분을 가리키고 있었다. 현지시각은 6월 19일 저녁 8시 40분. 한국과 아홉 시간 차였다. 손목시계를 풀어 시침과 분침을 현지시각에 맞춰 돌렸다.

　짐을 찾아 메고 표지판을 따라 공항 로비까지 나왔다. 어? 입국심사를 안 받고 나왔네. 잘못 나왔나? EU 회원국의 셍겐 조약국들은 서로 아무 제한 없이 이동이 허용되어 입국심사를 거치지 않는다는 사실을 나중에 알게 됐다. 코펜하겐을 경유해 왔기 때문에 곧장 밖으로 나왔던 것이다. 따라서 내 여권에 아이슬란드 입국 도장이 찍히지 않았다.

환전은 어디서 할 수 있죠? 레이캬비크 캠핑장은 어떻게 가나요? 캠핑장 가는 버스표는 어디서 살 수 있죠? 버스비는 얼마죠? 버스는 어디서 타죠? 어리바리한 표정으로 묻고 물으며 공항에서부터 길 찾기를 시작했다. '길 찾기'로 시작해 '길 찾기'로 끝날 여행이었다.

공항 환전소에서 3,220달러를 아이슬란드 화폐 크로나ISK로 바꿨다. 422,078크로나. 화장실에 들어가 지폐뭉치를 전대에 넣어 허리춤에 찼다. 전대가 어찌나 두툼한지 복부 비만인 사람마냥 허리가 두꺼워졌다. 사실 아이슬란드는 작은 금액까지 신용카드 결제가 가능한 곳이라고 들었다. 그런데도 미련스럽게 여행경비 전부를 현금으로 바꿨다. 나는 그때까지 카드 결제를 해 본 경험이 한번도 없었다. 여러 면에서 뒤처져 산다. 아날로그 성향이 강한 편이다. 게다가 수입, 지출 등 경제활동이 거의 없는 사람이라 신용카드의 쓸모를 모르고 살았다.

버스표를 사 들고 공항 밖으로 나왔다. 찬 공기가 훅 달려들었다. 패딩점퍼를 꺼내 입고 레이캬비크 캠핑장으로 가는 승합차에 올라탔다. 오후 9시 30분, 승합차가 백야를 뚫고 북동쪽을 향해 출발했다. 검은 용암지대를 뒤덮은 이끼와 청보라색 루핀의 물결이 차창 밖으로 스쳤다. 살짝 빗발이 뿌리고 있었다. 백야의 풍광이 낯설어서 그런지 정신이 없어서 그런지, 마치 공상과학영화 속이나 꿈속에 빠져드는 것처럼 얼떨떨했다.

40분 뒤 레이캬비크 캠핑장에 도착했다. 숨 돌릴 새도 없이 휴게실 한쪽 구석에 배낭을 내려놓고 캠핑장을 한 바퀴 둘러봤다. 가문비나무와 자작나무, 붉은까치밥나무 숲으로 둘러싸인 잔디밭에 각양각색의 텐트들이 자리 잡고 있었다. 대부분 1, 2인용 작은 텐트였다. 700명을 수용한다는 캠핑장은, 넓었다. 여름이면 세계 각국의 여행자들이 몰려드는 곳. 내겐 정말이지 낯설고 기이한 신세계였다. 백야의 공기도 비현실적이기는 마찬가지였다. 서쪽으로 날고 날아 결국 여기까지 왔구나. 감개무량했다. 윤고은의 단편소설 〈아이슬란드〉의 주인공은 그토록 아이슬란드를 열망했지만 끝끝내 오지 못했지. 나는 왔다!

　캠핑장도 생전 처음이었다. 휴게실, 실내조리실, 야외조리실, 샤워장, 화장실, 세탁실을 기웃거렸다. 마치 세상 밖으로 처음 나와 무엇부터 어떻게 해야 할지 몰라 어리둥절한 사람처럼. 보아하니 캠핑장 이용료부터 내야 할 것 같았다. 휴게실 안쪽에 있는 프런트에서 1,700크로나(한화 약 15,000원)를 내고 오늘 날짜가 적힌 손바닥 반만 한 크기의 스티커를 받았다.

　휴게실에서 가까운 잔디밭 한쪽에 텐트를 쳤다. 다른 텐트들처럼 당김줄에 스티커를 붙였다. 짐을 텐트 안에 집어넣고 나서야 한숨 돌릴 수 있었다. 배가 고팠다. 아까 봤던 조리실의 프리푸드 free food 선반 앞으로 갔다. 앞서간 여행자들이 뒤에 온 여행자들을 위해서 남은 식재료와 각종 소스를 모아 놓은 곳이었다(눈치로 때려잡으며 추측해 보니 그랬다). 조리기구와 야영장비가 놓인 선반도 있었다. 필요한 물건들을 그냥 갖다 쓸 수 있다. 앗싸! 아이슬란드는 캠핑 천국이라더니 맞는 말이군. 프리푸드를 잘 이용하면 끼니를 공짜로 해결할 수 있겠다. 식비 걱정은 덜겠는데(나중에 알았지만 레이캬비크 캠핑장은 아이슬란드에 도착한 캠핑족들이 처음 들르고, 또 여행을 마치고 떠나는 여행자들이 마지막으로 묵는 캠핑장이라 남는 음식과 장비들이 그렇게 많았던 것이다. 다른 캠핑장은 분위기나 시설이 또 많이 달랐다).

완두콩통조림, 양파, 토마토소스, 치즈 등 식재료를 챙겨 뚝딱뚝딱 파스타를 만들어 먹었다. 가스며 오븐이며 조리실에서 마음대로 골라 사용할 수 있었다. 정말 대박이다! 내일 아침거리도 미리 챙겨 뒀다. 달걀 두 개, 식빵 반 봉지, 반 병 남은 블루베리잼, 커피, 홍차, 마늘 한 통(마늘은 뭐해 먹으려고 챙겼지?).

홍차를 한 잔 타 들고 휴게실에 앉아 자정의 캠핑족들을 살펴봤다. 체스를 두고 있는 금발머리 청년들, 스마트폰에 빠져 있는 펑크족, 담소를 나누고 있는 턱수염 남자와 백발 노인. 어쩐지 여유로움이 느껴지는 여행자들이었다. 나는 여행 첫날 밤을 맞은 초짜 여행자였다. 이제 연애를 막 시작한 사람처럼 얼굴이 달아오르고 심장이 벌렁거렸다. 가슴 졸아드는 긴장감, 달콤한 설렘과 두려움. 잠이 쉬이 올 것 같지 않았다. 휴게실 한쪽에 비치된 소책자 몇 개와 지도를 뽑아 왔다. 내일 뭘 할까? 어딜 가지? 내일 스케줄이나 대충 짜 놓을 생각이었다. 레이캬비크 시내지도부터 펼쳤다. 아이슬란드의 첫 밤이 흘러가고 있었다.

모르는 사람들의 졸업식

○ 2일

물속 같고 꿈속 같았다. 잠이 덜 깬 채, 붉은 기운이 어룽거리는 텐트 천장을 올려다보며 한동안 누워 있었다. "세상에서 가장 즐거운 기분, 그것은 이역의 낯선 마을에서 아침에 홀로 깨어날 때다"라고 영국의 탐험가 프레야 스타크가 말했던가. 오전 7시 34분, 가까이에서 텐트를 걷는 여행자들의 기척이 들려왔다.

가로 124센티미터, 세로 213센티미터, 높이 1미터의 2인용 돔형 연두색 텐트. 여행 짐을 다 풀어놓고 한 사람 다리 뻗고 누우면 꽉 차는 공간. 물론 혼자 텐트에서 잔 것도 난생처음이었다. 쿨렁거리는 에어매트 위에서, 또 고무주머니처럼 부푼 동계용 거위털 침낭 속에서 잔 것도 처음. 네 시간쯤 푹 잘 잤다. 원래 수면장애가 심한 편이라 쉽게 잠 들지도, 깊이 들지도 못하고 온갖 꿈을 꾸며 4차원, 5차원 세계를 오고가느라 잠자리 내내 바쁜 사람인데 놀랍게도 꿈도 없이 잘 잤다.

좁은 공간이 아늑했다. "프라이버시는 다른 말로 일정 공간의 완전한 소유를 뜻한다"는 말처럼 나는 이 좁은 사적 공간이 마음에 쏙 들었다. 바람이 조금만 불어도 날아가거나 찢어질 것처럼 약해 보이는, 나일론으로 된 폐쇄공간일 뿐인데. 다행이었다. 텐트는 두 달 넘게 등에 지고 다닐 2킬로그램짜리 '나의 집'이었다. 동물가죽으로 만든 티피, 파오에서 생활하는 아메리카의 인디언이나 몽고의 유목민이 된 듯했다.

웅크리고 있던 몸을 폈다. 앞으로 내가 보고 겪을 일들을 떠올려 보려고 했다. 눈앞에 펼쳐질 장엄한 대자연, 길에서 만날 낯선 사람들을 상상해 보려고 했다. 아무것도 떠오르지 않았다. 심장만 두근거릴 뿐 한 치 앞도 짐작할 수 없다는 것이 불안하고 설렜다(그때는 내가 25킬로그램의 무거운 배낭을 메고 '신이 연습으로 창조했다'는 황량하고 신비스러운 땅을 걸으며 어떻게 죽을 고비와 맞서게 될지, 초현실적인 풍광들이 얼마나 나를 감동시킬지, 추위와 굶주림에 얼마나 시달리게 될지, 얼마나 좋은 사람들을 만나게 될지 지레짐작할 만한 그 어떤 영상도 떠오르지 않았다. 지나서 생각해 보니 무슨 모험영화나 판타지영화를 찍은 것만 같다).

아이슬란드에서 본격적으로 여행을 시작하는 날이다. 오늘은 워밍업으로 레이캬비크 시내 구경이나 가볍게 하자. 침낭에서 몸을 뺐다. 그때 하얀 눈가루 같은 게 펄펄 날아오르는 것이 보였다. 뭐지? 몸을 움직일 때마다 호로로 호로로 가볍게 날아오르는 것들. 자세히 보니 거위털이었다. 침낭의 바늘시침 구멍을 통해 삐져나온 것이다. 한번도 사용하지 않은 새것이라며 지인이 빌려준 침낭이었다. 수천 개의 털 부스러기들이 텐트 바닥을 하얗게 뒤덮고 있었다. 나도 모르게 손바닥으로 얼른 입을 가렸다. 어쩌지? 우씨, 낭패다! 야영생활에는 낭만과 운치만 따르는 게 아니라더니. 악천후 속에서 땅바닥 생활을 하려면 견뎌야 할 가지가지 불편함들이야 이미 각오했지만 이건 생각지 못했던 복병이다. 에이, 모르겠다! 추위에 떨면서 자는 것보단 호흡곤란이 덜 고통스럽고 덜 위험하겠지. 무시하자.

어젯밤 챙겨 온 식빵을 들고 캠핑장 조리실로 향했다. 스무 명 정도의 여행자들이 벌써 아침 요리를 하고 있었다. 전기스토브에 수프를 끓이고, 샌드위치에 들어갈 달걀프라이를 부치고, 소시지를 굽고. 나는 토스트기에 식빵을 구우며 프리푸드 선반 앞에서 얼쩡거렸다. 누군가에게는 더는 필요없고, 누군가에게는 간절하게 필요한 것들. 쌀, 파스타면, 곡물가루, 양파가 있었다. 한 청년이 사과 한 알을 선반에 내려놓기에 얼른 집어 들었다.

식빵 두 쪽과 미숫가루 한 컵, 사과 반쪽으로 아침식사를 했다. 식욕이 썩 당기지는 않았다. 나는 빵이나 라면 같은 밀가루류나 감자나 옥수수 같은 구황식품들을 즐기지 않는 편이다. 아이스크림이나 초콜릿같이 단것이나, 과자 같은 군음식에도 거의 손대지 않는다. 그래도 형편 따라 상황 따라 아무거나 잘 먹는다. 입맛이 까다롭지는 않다. 경비긴축이 불가피한 이런 여행에선 허리띠를 바짝 졸라매고 식비부터 과감하게 쳐낸다. 어떡하든 소식하며 궁끼를 견딘다. 식도락가도 아니고 식탐이 강한 편도 아니기에 어려운 일이 아니다. 하지만 단식은 못 한다. 십수 년 전 배낭여행

중에 두 끼를 굶었다가 길에서 졸도를 했다. 당이 달려 그랬는지 저혈압 증상이었는지는 모르겠다. 결론을 얘기하면, 내가 하는 여행은 무엇보다 체력이 받쳐 줘야만 할 수 있다. 돈은 안 들게, 그러나 잘 챙겨 먹어야 한다. 가능할까?

지도를 들고 3킬로미터쯤 레이캬비크 시내까지 걸어갔다. 드디어 아이슬란드 땅을 밟으며 걷기 시작한 것이다. 4년 동안 그토록 오고 싶었던 곳. 설마 실망하는 건 아니겠지?

북위 64도, 지구상에서 가장 북쪽에 위치한 수도 레이캬비크 Reykjavik. 874년도에 스칸디나비아인들이 아이슬란드의 서쪽 이해안가에서 정착생활을 시작했다. 현재 인구는 약 17만 명. 서울의 절반 크기도 안 되는 레이캬비크에서 가장 먼저 강렬한 인상으로 다가온 건 날씨였다. 시내를 배회한 지 반나절도 지나지 않아 아이슬란드 날씨를 뼛속 깊이 체험했다. 그러니까 날씨가 흐렸다, 갰다, 빗발이 뿌렸다, 그쳤다, 바람이 불었다, 멈췄다 요변덕을 부렸다. 그때마다 내 몸의 반응이 지나치게 빨랐다. 지퍼를 목까지 올렸다, 내렸다, 고어텍스 재킷을 벗었다, 입었다, 패딩점퍼를 벗었다, 입었다, 패딩점퍼 위에 고어텍스를 걸쳤다, 내렸다 부지런을 떨어야 했다. 아이슬란드에서는 지금 날씨가 마음에 들지 않더라도 15분만 기다리라는 말이 있다더니. 더군다나 멕시코 만류의 영향으로 같은 위도상의 다른 나라보다 따뜻한 나라라는데, 6월말인데도 공기가 쌀쌀했다. 영상 11도였지만 나의 체감온도는 영하였다. 그토록 변화무쌍한 날씨와 추위에 쉬이 적응될 것 같지 않았다. 앞으로 여행이 고생스럽겠다 싶어 은근히 걱정됐다. 낯선 도시의 험악한 날씨가 여행자의 긴장감을 부추겼다.

시내 어디서나 보이는 하들그림스키르캬Hallgrímskirkja 교회부터 찾아갔다. 레이캬비크의 랜드마크였다. 아이슬란드의 주상절리를 본따 만들었다는 잿빛 로켓 모양의 교회 외벽을 올려다보며 "하들그림스키르캬" 하고 발음해 봤다(이 여행이 끝날 때까지 아이슬란드어 지명들을 바르게 발음할 수도, 알아들을 수도 없었다).

75미터 높이의 교회 타워로 올라갔다. 레이캬비크가 한눈에 내려다보였다. 노랗고 붉고 파란 건물들이 눈 아래 펼쳐졌다. 레고처럼 반듯반듯한 3, 4층 높이의 건물들이었다. 남쪽으로는 호수와 항구, 북쪽으로는 식물원이 있는 숲, 서쪽으로는 바다, 바다 건너 눈 덮인 에샤Esja 산, 동쪽과 남쪽의 외곽에는 고층건물과 아파트촌이 보였다. 도시의 풍광이 그림엽서처럼 예뻤다. 현대예술품 같은 도시랄까. 역시, 잘 온 거야! 타워를 몇 바퀴나 돌며 창에 매달려 있었다. 레이캬비크는 '안개의 만'이라는 뜻으로, 여기저기 온천에서 올라오는 지열과 수증기 때문에 지어진 이름이라고 한다. 현재 레이캬비크선 그런 연기를 볼 수 없다. 지열로 데워진 온수 파이프가 도로와 보도 아래 깔려 있다.

타워를 내려가 교회 안으로 들어갔다. 화려하고 오래된 그림이나 조각상 같은 건 보이지 않았다. 5,275개의 관이 달린 오르간 파이프가 눈길을 사로잡았다. 요란한 의식보단 조용한 기도가 어울릴 것 같은 회색 톤의 예배소였다. 여행자들이 무리지어 들랑거리고 있는데도 교회는 텅 빈 듯 조용하게 느껴졌다.

교회 앞 광장엔 레이뷔르 에이릭손Leifur Eiríksson의 동상이 있었다. 콜럼버스보다 500년 앞서 아메리카 대륙을 발견했다는 아이슬란드의 탐험가. 바이킹 복장을 하고 긴 칼과 도끼를 들고

서 있는, 그 호전적인 청동 동상을 배경으로 관광객들이 사진을 찍고 있었다.

뢰이가베귀르Laugavegur 거리로 들어섰다. 노천카페, 갤러리, 옷가게, 바, 레스토랑, 서점, 기념품점이 줄지어 들어선 쇼핑 중심가였다. 아이쇼핑을 즐기며 자작나무 가로수가 서 있는 그 거리를 천천히 걸었다. 노란색, 파란색, 회색, 벽돌색. 알록달록한 함석집들에 자꾸 눈이 갔다. 콘크리트 건물 사이사이 물결무늬 함석 벽들이 보였다. 골함석은 1875년부터 아이슬란드에서 건축자재로 사용됐다. 기르던 양과 맞바꿔 영국에서 들여왔는데 지금까지 쓰이고 있는 것이다. 한국에서 함석은 대개 창고나 축사처럼 가건물을 지을 때 쓰인다. 싸고 허름한 느낌을 주는 자재다. 그런데 여기선 외벽이나 지붕의 마감재로 쓰여 건물에 깔끔함과 모던함을 더한다. 같은 자재인데 어디서 어떻게 쓰이냐에 따라 이렇게 다른 이미지를 풍길 수도 있구나 싶었다. 사람도 어디서 사느냐에 따라, 같은 방식으로 살아도 삶의 질이 이렇게 달라 보일까? 의식의 차이나 해석의 차이로?

> 건축물은 그 나라와 그 시대의 단면을 보여 주는 그림인 것이다. (중략) 랜드마크적인 건축물에만 한정된 것은 아니다. 그 지역의 지리적, 기후적인 특색이 반영된 일반적인 건축물들 역시 그 지역 사람들의 문화적 DNA를 보여 주는 결과물이다.

유현준의 《도시는 무엇으로 사는가》에 나오는 구절이다.

쇼핑가를 내려와 아르나르홀 언덕의 벤치에 앉았다. 아이슬란드의 첫 번째 정착자인 잉골뷔르 아르나르손Ingólfur Arnarson의 동상 아래였다. 정오 조금 넘은 시각이었다. 서쪽 바닷가에서 찬 바람이 몰려왔다. 몸이 으스스 떨렸다. 또 어느새 레이캬비크 하늘에 먹구름이 짙게 깔렸다. 패딩점퍼를 꺼내 입었다.

점심으로 꾸려 온 찐 달걀과 찐 고구마를 배낭에서 꺼냈다. 가난한 여행자의 한 끼 양식. 물병과 커피가 든 보온병도 꺼냈다. 찐 달걀 두 알과 커피는 프리푸드 선반에서 구했고 찐 고구마 두 쪽은 휴게실에서 만난 연희 씨가 싸 주었다. 식수는 조리실에서 받은 수돗물이다. 빙하를 지열로 녹여 만든 물이라고 한다(아이슬란드에서 생수를 사 먹는 사람은 바보라는 말이 있다). 꼭꼭 씹어 먹었다. 목이 멜까, 얹힐까 물을 마시며 천천히. 쌀쌀한 날씨에 관광객들이 배회하는 바이킹 동상 아래 앉아 혼자 먹는 차가운 음식이 좀 청승맞다 싶고 쓸쓸한 기분도 들었지만 마음을 다잡았다. 이만한 일로 주눅 들면 앞으로 닥칠 외로움과 추위를 어떻게 감당하겠나. 점심을 마칠 때쯤엔 보슬비가 흩뿌렸다. 재킷 후드를 뒤집어 쓰고 커피를 다 마신 뒤 바다 쪽 하르파Harpa를 향해 언덕을 내려갔다. 아이슬란드어로 하프harp라는 뜻의 하르파는 2011년 개장한 콘서트홀이자 컨퍼런스센터다. 아이슬란드 심포니 오케스트라의 연주나 오페라 공연이 열리는 곳이다. 푸른빛이 어룽거리는 하르파의 반투명 유리벽이 멀리서부터 시선을 잡아끌었다.

벽이 온통 벌집 모양의 다면각 유리블록으로 된 건물 안은 바닥과 내벽이 짙은 잿빛이다. 중앙로비에서 3층까지 이어지는 열린 계단을 밟고 위로 올라갔다. 여기저기 기웃거리다가 문이 열려 있는 곳이 있기에 안으로 들어가 봤다. 나중에 알고 보니

1,800석의 대형 콘서트홀인 엘트보르크였다. 붉은 용암처럼 새빨간 벽이 인상적인 대형 홀이다. 말쑥한 정장 차림의 사람들이 객석을 꽉 채우고 있었다. 내가 들어선 곳은 3층 객석이었는데 아래를 내려다보니 어떤 사람이 무대 중앙 단상에 서서 연설을 하고 있었다. 나는 출입문에서 가까운 빈자리에 가 앉았다. 꽃다발을 안고 있는 옆 사람에게 귓속말로 물었다.

"무슨 공연인가요?"

"대학 졸업식입니다."

그러고 보니 무대 중앙 스크린에 아이슬란드어와 영어로 '레이캬비크 대학'이라는 글자가 떠 있었다. 그 아래 검은 정장 차림에 사각모자를 쓴 사람들이 앉아 있었다. 아이슬란드에선 졸업식이 중요한 통과의례 중 하나라는 글을 읽은 기억이 났다. 특히 고등학교 졸업식이 가장 큰 행사라고 한다. 졸업 후 학생들은 대부분 친구들과 햇살 따뜻한 나라로 여행을 간다고 했던가. 아이슬란드의 의무교육은 15세까지이고 학비는 무료이며 20세에 대학 입학 허가를 받는다. 대학 수업료는 1년에 7만 크로나, 한화로 약 63만 원. 의학, 법학, 약학을 제외하곤 입학시험도 없다.

졸업축사가 끝났나? 박수가 터져 나왔다. 나도 덩달아 박수를 쳤다. 졸업생들이 한 명 한 명 호명을 받으며 무대로 나가 졸업장을 받을 때까지 거기 앉아 있었다. 자리를 이내 뜰 수가 없었다. 어쩌다가 낯선 이국땅에 오자마자 연고자도 없는 졸업식장에 앉아 있게 된 걸까. 둘째 딸이 보낸 이메일이 떠올랐다.

엄마, 나 로스쿨 졸업해요. 졸업식에 올 수 있어요?

못 간다는 답장을 보낼 수밖에 없었다. 미국까지 갔다 올 경비가 없으니(그때는 깰 수 있는 보험통장이 있다는 걸 생각지도 못했다). 나는 미국에서 살고 있는 세 아이들의 대학 졸업식은커녕 아이들이 성인이 될 때까지 통과의례처럼 거쳐야 했을 그 어떤 기쁨도 슬픔도 함께 나누지 못했다. 지켜보지 못했다. 아이들을 생각하면 가슴 한쪽에 묵직한 통증이 느껴진다. 그럼에도 여전히 내 인생에서 가장 훌륭한 선택은 이혼이고 '이혼녀'라는 주홍 글씨 따위 엿이나 바꿔 먹겠다는 심정으로 지금껏 살았다.

하르파에서 나와 해안도로를 따라 캠핑장으로 향했다. 다리도 아프고 어깨도 뻐근했다. 하루 종일 무거운 노트북과 카메라를 짊어지고 다녔다. 돈과 여권은 전대에 넣어 허리춤에 맸다. 그러고도 텐트 안에 놓고 온 물건들이 도난당하지 않을까 걱정됐다. 그렇게 방치해 둬도 괜찮나? 캠핑 경험이 없는 나로서는 물건들을 어떻게 관리해야 할지 불안했다. 세계에서 범죄율이 가장 낮은 나라라고 하지만 전에 다른 나라에서 배낭여행 중 도난사고를 한두 번 겪은 게 아니니 경계할 수밖에 없었다.

캠핑장에 돌아오자마자 텐트부터 구석구석 살폈다. 바닥에 흩어져 있는 잡다한 물건들과 거위털 부스러기들까지, 나갈 때 놓였던 그대로다(며칠 지나지 않아 돈이고 여권이고 모두 텐트 안에 놔두고 다녔다. 사기꾼이나 도둑놈을 만날까 봐 전전긍긍하지 않아도 되는 여행이라니, 와우! 도난의 우려가 없다는 사실이 얼마나 큰 해방감과 자유로움을 주던지. 문제는 도난사고가 아니라 내 부주의로 벌어진 분실사고였다. 돋보기안경을 바위틈에 빠뜨리질 않나, 세면도구를 몽땅 온천장에 두고 나오질 않나).

골든서클

○ 3일

싱그베들리르 국립공원

게이시르

귀들포스

오전 5시, 잠에서 깼다. 연희 씨 부부의 렌터카에 끼어 골든서클 Golden Circle로 떠나기로 한 날이다. 골든서클은 아이슬란드에서 여행자가 가장 많이 몰리는 코스다. 레이캬비크에서 당일치기로 다녀올 수 있는 곳. 싱그베들리르 국립공원, 게이시르, 귀들포스, 이렇게 세 군데를 묶어 골든서클이라 불렀다. 나는 이 여행을 어디서부터 본격적으로 시작해야 할지, 레이캬비크에 며칠 더 머물지 갈등하고 있던 차에 캠핑장에서 만난 연희 씨 부부가 골든서클로 떠난다기에 따라나서기로 결정했다.

일찍 짐을 챙겨 놓고 부부를 기다려야겠다. 어휴! 거위털 풀 풀 날리는 침낭을 파우치에 낑낑 구겨 넣고 에어매트에서 공기를 빼 접는 일이 생각보다 시간이 걸렸다. 잡다한 물건들을 배낭에 넣다 뺐다, 몇 번이나 반복했다. 프리푸드 선반에서 구한 라면 세 봉지와 식빵도 넣었다. 식기 선반에 있던 알루미늄 코펠도 하나 챙겼다. 마지막으로 텐트를 걷고 65리터와 35리터짜리 두 배낭에 짐을 몽땅 때려 넣는 데 두어 시간이나 걸렸다. 이런, 젠장! 힘들 게 꾸린 배낭을 다시 풀었다. 세면도구를 어디다가 쑤셔 넣었지? 씻어야 하는데.

　샤워장 탈의실의 천장 귀퉁이에 새 둥지가 있었다. 그 밑에 는 둥지를 건드리거나 새에게 먹이를 주지 말라는 경고문이 붙어 있었다. 이 새는 어쩌다가 샤워실에 둥지를 튼 거지? 둥지 맞은편 천장과 맞닿은 벽 모서리에 구멍이 하나 보였다. 밖이 내다보이는 작은 구멍이었다. 마침 어미새가 경계의 눈빛으로 나를 내리쏘아 보고 있었다. 갈색과 흰색 깃털이 섞인 긴 꼬리를 곧추세우고는. 힐끔힐끔 새를 올려다보며 옷을 벗었다. 뭘 그렇게 쳐다보니? 해 치지 않아. 애기들이나 잘 돌봐. 아침밥은 먹었니? 둥지 안에서 새 끼새들이 노란 부리를 벌리며 지저귀었다. 삑, 삑삑, 삑.

　지리산 집 툇마루로 날아 들어왔던 딱새 한 쌍이 떠올랐다. 어느 봄날 방문 앞 시렁 위에 둥지를 틀고 알을 낳고 새끼 다섯 마 리를 키우고 떠난 딱새 부부. 문득 지리산 집이 궁금해졌다. 내가 아이슬란드 여행을 하는 동안 지인들이 번갈아 찾아가 여름을 보 낼 집. 주인 없는 집을 방문한 사람들은 툇마루의 먼지를 쓸고, 꽃 밭에 물을 주고, 풀을 뽑겠지. 방울토마토를 따 먹고 풋고추를 따 먹겠지. 순하 씨 어머니와 이모님은 한 달쯤 머물 거라 했는데, 도 시의 노인들이 시골집을 불편해하지는 않으실까? 입술이 시퍼레 지도록 차가운 계곡물에서 나오지 않던 장렬 씨 막내아들 해원이는 이번 여름에 수영 실력이 얼마나 늘까? 또 혼자 조용히 머물다 가겠다고 했던 친구는⋯⋯.

　노안이 닥쳤던 4년 전, 과감하게 서울생활을 청산했다. 뺀 전세금 몇 천만 원으로 작고 허름한 농가 한 채를 구해 지리산 자락 산촌으로 이사를 했다. 일찍이 시골생활을 동경했었다. '노년'이 멀지 않았다는 사실을 자각했으니 더 이상 미룰 일이 아니었다.

　귀촌은 했지만 반백수 생활은 별반 달라지지 않았다. 소설습작은 관뒀고 틈틈이 〈오마이뉴스〉에 글을 보내 원고료를 받았다. 근처 집 짓는 공사판에서 막노동을 하며 품삯도 챙겼다. 산골생활은 단순했고 생활비는 도시에서보다 절반의 절반으로 줄었다. 나로서는 한 달 생활비 30만 원이면 그냥저냥 살 만했다. 봄에는 손바닥만 한 꽃밭을 가꾸고 나물을 뜯으러 싸돌아다녔다. 오랫동안 꿈꿔 온 삶이었다. 그러나 노안과 함께 소스라치게 의식하게 된 '인생 실패자'라는 절망감에선 빠져나올 수 없었고 마침내 실패를 찬양한다는, 이해할 수 없는 나라에 오게 된 것이다. 이렇게 유황 냄새 풀풀 풍기는 뜨거운 온천수로 샤워를 하다 보면 실패자라는 내 안의 어두운 그림자들이 조금씩 옅어질까? 캠핑장에서 콸콸 쏟아지는 뜨거운 온천수로 샤워를 할 수 있는 나라라니!

　오전 9시쯤 조리실에서 만난 연희 씨는 화가 많이 나 있었다. 남편 다니엘이 떠날 준비는 않고 꾸물거리는 통에 열 받았다고. 그들은 독일 프랑크푸르트에서 온 40대 부부로, 연희 씨는 늘씬한 몸매에 수다쟁이, 다니엘은 앞머리가 살짝 벗겨진 큰 키의 독일 남자다. 연희 씨는 눈물을 훔치랴, 남편을 성토하랴 바쁜 와중에도 부지런히 손을 놀려 국수를 삶았다.

우여곡절 끝에 오전 10시경 레이캬비크를 떠날 수 있었다. 연희 씨 부부 외에도 동행인이 한 명 더 있었다. 얼마 전 직장을 때려치우고 혼자 유럽여행 중이라는 지은 씨였다.

36번 국도를 타고 동쪽으로 달렸다. 한적한 2차선 도로였다. 나는 시내를 벗어나자마자 눈이 휘둥그레졌다. 낮게 흐르는 뭉게구름, 청보라빛의 꽃물결이 일렁이는 벌판, 이끼 낀 광활한 황무지, 잔설이 덮인 산. 와아! 입이 다물어지지 않았다. 이 나라 땅의 80퍼센트가 빙하와 호수, 용암지대라더니, 정말이지 광활하고 황량한 풍경이 너무나 신비롭고 아름다웠다.

50킬로미터쯤 달려 첫 번째 목적지인 싱그베들리르Þingvellir에 도착했다. 아이슬란드 역사상 가장 의미 있는 곳으로, 930년 세계에서 처음으로 민주주의 의회Alþing가 만들어진 장소다. 또 북아메리카판North American Plates과 유라시아판Eurasian Plates의 균열continental drift을 볼 수 있는 지역이다. 우리는 두 지각판이 1년에 2센티미터씩 벌어진다는 협곡 사이를 걸어 뷰포인트에 올라섰다. 눈 아래로 푸르른 용암지대와 싱바들라바튼Þingvallavatn 호수가 파노라마처럼 펼쳐졌다. 날씨는 화창했고 공기는 더할 나위 없이 청량했다. 연희 씨 부부 사이에 깔려 있던 먹구름도 사라졌다. 둘은 희희낙락하며 기념사진을 찍느라 바빴다.

서둘러 두 번째 코스로 떠났다. 게이시르Geysir였다. 정확한 지명은 하우카달뤼르Haukadalur. 싱그베들리르처럼 두 개의 판이 만나는 곳으로, 지열활동을 볼 수 있다. 수증기가 뿜어져 나오는 기공, 진흙구멍mud pot, 옥빛의 물구덩이들이 야트막한 구릉지에 널려 있다. 그중 스트로퀴르Strokkur 간헐천은 정말 신기했다. 뻥!

수십 미터 높이로 솟구치는 물기둥을 보자, 화산 땅이라는 걸 비로소 실감할 수 있었다. 식상한 표현 그대로, 지구가 살아 움직이고 있구나 싶었다.

골든서클의 마지막 코스는 게이시르에서 9킬로미터쯤 떨어진 귀들포스Gullfoss, 황금폭포를 뜻하는 이름이다. 엄청난 양의 물이 천둥소리를 내며 무시무시하게 쏟아져 내리고 있었다. 크비타우Hvítá 강물이 수십 미터 협곡 아래로 떨어지는 폭포는 물보라 때문에 끝이 보이지 않았다. 마치 땅속으로 물이 빨려 들어가는 것처럼 보였다. 폭포 위에 무지개가 영롱하게 떠 있었다. 그런데 수많은 관광객들의 발길을 끌어 모으는 이 폭포가 사라질 뻔했단다. 1900년대 외국 투자자들이 폭포의 낙차를 이용해 이곳에 수력발전소를 만들려고 했던 것이다. 그때 근처에 사는 한 농부의 딸인 시그리뒤르 토마스도티르Sigríður Tómasdóttir가 개발을 중지시키기 위해 발 벗고(!) 나섰다. 레이캬비크까지 맨발로 120킬로미터를 걸어가면서 건설계획에 항의한 것이다. 댐을 만들면 폭포로 몸을 던지겠다며. 결국 댐 건설은 무산됐고 그녀는 아이슬란드의 첫 번째 환경운동가로 불리게 됐다.

"지리산 댐이라고 들어 봤어요? 그 댐을 만든다는 장소가 내가 살고 있는 곳에서 멀지 않아요."

폭포를 내려다보며 내가 말했다.

"그럼 강 언니도 맨발로 청와대까지 걸어가 항의해요."

연희 씨가 말했다.

우리는 다시 차를 몰고 남쪽 링로드까지 쭉쭉 내려갔다. 연희 씨 부부가 예약한 숙소에 도착하니 밤 11시였다. 빙하 에이야피아들라예퀴들 근처였다. 지은 씨랑 나는 숙소 뒤쪽 목초지에 텐트를 쳤다. 양인지 소인지 가축 똥들이 굴러다니는 풀밭이었다. 연희 씨 부부는 밖에 바람막이 텐트를 치고 야외용 테이블과 의자를 내왔다. 날이 훤한 자정께 우리는 마른 똥밭에 둘러앉았다. 연희 씨가 주방에서 호박과 감자와 라면을 넣고 수제비를 끓여 와 나눠 주었다. 맥주도 한 병씩 돌렸다. 건배를 할 때 서로 눈을 맞추지 않으면 7년 동안 아름다운 섹스를 할 수 없다며, 다니엘이 맥주병을 부딪칠 때마다 내 눈을 똑바로 쏘아 보는 통에 자꾸 웃음이 났다.

지구궤도를 따라 북극이 태양을 향해 최고로 기울어져 있는 시점, 북반구에서 낮이 가장 길고 밤이 가장 짧다는 하지, 6월 21일 밤이었다. 백야의 초원에 앉아 화기애애하게 우리는 긴 하루를 마무리했다. 그날 밤 나는 양떼가 내 텐트를 덮치는 상상을 하며 잠들었다.

의존하기도, 양보하기도 싫으니

○ 4일

헤이마에이 섬

새 소리 때문에 일찍 깼다. 북극미나리아재비가 노랗게 핀 길을 따라 실폭포들이 쏟아져 내리는 에이야피아들라예퀴들 방향으로 혼자 산책을 나갔다 돌아왔다. 연희 씨 부부가 묵은 무인 게스트하우스의 주방에서 아침을 같이 먹었다. 메뉴는 애호박전과 북엇국에 수제비랑 밥을 넣고 끓인 죽이었다. 염치 불구하고 두 그릇이나 비웠다. 호의는 거절하지 말자, 먹을 수 있을 때 먹어 두자, 낯 두꺼운 다짐을 곱씹으며. 후식으로 복숭아차와 딸기, 체리, 방울토마토를 곁들였다.

연희 씨는 요리를 하러 여행을 온 사람 같았다. 자기가 한 요리를 여럿이 둘러앉아 맛있게 먹을 때 가장 행복한 사람. 구경은 관심 밖이었다. 어제 골든서클을 돌 때도 어떤 곳들은 연희 씨가

100

만류하거나 내켜하지 않아 가 보지 못했다. 다니엘은 매번 불평 없이 연희 씨의 결정에 따랐다. 가끔 아쉬운 표정을 지었지만 그걸로 끝이었다. 그렇게 동행여행은 자는 곳, 먹는 것, 보는 것 들을 결정할 때마다 어느 한쪽의 은밀한 양보가 따르게 마련이다. 뭔가를 선택할 때마다 매번 서로의 기호가 딱딱 맞아떨어지겠나. 그러니 어느 한쪽도 기꺼운 희생을 원치 않는다면 사소한 마찰이 큰 감정싸움으로 번질 수도 있다. 인도 배낭여행 중에 종일 따로 움직이다가 저녁 때 숙소에서 만나는 부부를 본 적이 있다. 24시간 붙어 다니며 싸우느라 여행을 망치느니, 이런 여행방식이 낫다며 부부는 만족스러워했다. 나도 그때 한 달 동안 동행했던 다섯 명의 친구들과 헤어져 혼자 여행 중이었다. 모든 걸 나 좋을 대로 자유롭게 결정하며 룰루랄라, 새로운 사람들을 만나며 룰루랄라.

"나는 오늘 헤이마에이 섬으로 갈 거예요."

마지막 남은 체리 하나를 집어 들며 내가 말했다. 아침에 혼자 산책을 하다가 즉흥적으로 정한 목적지였다.

"계속 우리랑 같이 다녀도 되는데."

연희 씨가 아쉬운 표정을 지으며 말했다.

사실 내 여행 스타일은 혼자 하는 여행이다. 시작부터 끝까지 뭐든 혼자 알아보며 혼자 결정하는 여행자. 남에게 의존하는 타입도 아니고 묵묵히 양보하는 타입도 아니다. 오래도록 기억에 남는 여행도 혼자 한 여행이다. 지리산 종주, 캐나다 밴쿠버부터 미국의 서부해안 1번 도로를 타고 워싱턴 주와 오리건 주를 지나 캘리포니아 주를 통과해 멕시코의 캘리포니아 반도까지 내려갔던 자동차 여행, 인도 배낭여행, 팔라완 배낭여행, 중국 여행, 제주도 여행.

어제 첫 목적지였던 싱그베들리르에서 연희 씨 부부와 헤어지지 못한 이유는 솔직히 낯선 땅에서 막상 혼자 떨어져 나가려니 자신이 없었기 때문이다. 이 여행을 어떻게 해야 할지 아직 잘 몰라 두려웠고 어떤 상황에 처하게 될지 알 수 없어 불안했다. 겉으론 담담한 척해도 사실 잔뜩 겁을 집어먹고 있었다. 그렇다고 연희 씨 부부 차를 얻어 타고 다니며 그 일정에 맞춰 여행을 계속하고 싶진 않았다. 결국 연희 씨 부부와 란데이야회픈Landeyjahöfn 항구에서 작별인사를 나눴다.

혼자 헤이마에이Heimaey 섬으로 가는 페리에 올랐다. 뱃삯은 1,260크로나(약 12,000원)였다. 날이 흐려 하늘도 바다도 잿빛이었다. 출발부터 배가 심하게 출렁거렸다. 속이 메슥거려 갑판에서 찬 바람을 맞으며 서 있었다. 바다 한가운데 흩뿌려진 베스트만나에이야르Vestmannaeyjar 제도가 천천히 눈앞으로 다가왔다. 열여섯 개의 작은 섬과 서른 개 남짓의 암초로 이뤄진 이 군도는 아이슬란드 남쪽 대서양의 중앙해령Mid-Atlantic Ridge에서 수십만 년 동안 활동하던 화산이 폭발하며 생긴 섬들이었다. 대부분 만 년 전부터 5천 년 전 사이에 떠올랐고 1963년에 솟은 섬도 있다. 그중 사람이 거주하는 섬은 헤이마에이뿐이다.

뱃멀미가 가라앉자 가슴이 두근두근, 비로소 여행을 제대로 시작한 것 같았다. 바닷바람을 맞으며 자유로운 기분을 만끽했다. 또 마음 한편 쓸쓸했다. 혼자 여행할 때면 그 양가감정이 사람 기분을 늘 묘하게 만든다.

섬의 시간, 사람의 시간

○ 4일

헤리올프스달뢰르 캠핑장

블라우틴뒤르 봉우리

40분 뒤 헤이마에이 섬에 도착했다. 항구 앞에서 길을 헤매다 한 여인의 도움을 받아 캠핑장 가는 길을 찾을 수 있었다. 캠핑장까지 30분 정도 걸으며 완전히 녹초가 됐다. 앞뒤로 짊어진 짐이 천근만근이었다. 길바닥 위에 뻗어 버리기 일보 직전, 캠핑장에 도착했다. 오, 풍경이 기가 막히게 신비로웠다. 분화구 안이었다. 연분홍색 시베리아너도부추 꽃이 몽글몽글 피어 있는 분화구 한가운데 텐트를 쳤다. 연희 씨가 헤어질 때 싸 준 찐 감자로 허겁지겁 요기를 했다. 벌써 오후 3시가 넘었다. 곧장 카메라만 들고 캠핑장 분화구의 서쪽 벽을 타기 시작했다. 가파른 경사면에 지그재그로 이어진 좁은 길이 미끄러웠다. 군데군데 거대한 기암괴석이 박혀 있는 풀밭 벼랑길이었다.

식물도감에서 봤던 북극의 꽃들이 벼랑길 곳곳에 피어 있었다. 북극이끼장구채, 흰풍선장구채, 북극점나도나물, 북극꿩의밥, 사초들. 그 작은 생명체 하나하나에서 시간과 별과 우주라도 보듯 쭈그리고 앉아 들여다봤다. 이 여행에 《북극 툰드라에 피는 꽃》이라는 책을 챙겨 오고 싶었다. 300페이지가량의 무거운 책이다. 고민하다가 책 한 장 한 장을 DSLR 카메라로 찍어 노트북에 담아 왔다. 나는 꽃이나 나무 같은 식물에 끌렸다. 그런 애정은 태생적일까? 어릴 적 고향 마당의 꽃밭이 그리워 그럴까? 어딜 가든 처음 보는 식물들은 이름이라도 알고 싶어 안달했다.

걸음을 멈추고 주저앉거나 허리를 낮춰야만 보이는 작은 꽃들을 구경하며 천천히 꼭대기까지 올랐다. 반대편 절벽 아래로는 작은 섬들과 암초들이 흩어져 있는 시퍼런 바다가 출렁이고 있었다. 뒤를 돌아 한라산의 백록담보다 두 배는 더 깊고 넓어 보이는 분화구를 내려다봤다. 내가 짐을 푼 헤리올프스달뤼르Herjólfsdalur 캠핑장이었다. 캠핑장 관리소 건물 한 채, 서쪽 벽 아래쪽엔 제법 큰 건물 한 채와 넓은 연못, 그 앞에 잔디집 두 채, 그리고 텐트 다섯 동이 까마득히 내려다보였다. 와아, 멋지다! 푸른 초지의 분화구 안에서 야영을 한다! 이게 정말 꿈이야, 현실이야? 아무래도 이 섬을 빨리 떠나지 못할 것 같았다. 분화구의 남쪽은 바다를 향해 벽이 터져 있고, 바다 앞까지 펼쳐진 초지는 골프장이었다.

왼쪽으로 방향을 틀어 남서쪽을 향해 더 올라갔다. 흘러내리는 암석 파편들을 아슬아슬 디디며. '우리처럼 네 발로 기어 봐' 멀뚱멀뚱 나를 바라보고 서 있는 절벽의 양떼와 '날개를 펴고 우리처럼 날아 봐' 종잇장처럼 가볍게 날다가 바위틈에 내려앉는 바닷새들도 함께였다. 273미터의 블라우틴뒤르Blátindur 봉우리는 헤이마에이 섬에서 두 번째로 높은 곳이다. 그 좁은 수직벼랑 끝에 섰다. 한 발짝만 헛디디면 뼈도 못 추리고 골로 갈 자리였다. 고소공포증이 없기에 천만다행이지, 아찔했다. 무슨 소용인지 그 좁은 자리에 피뢰침처럼 생긴 쇠기둥 하나가 꽂혀 있었다. 쇠기둥을 꼭 붙들고 헤이마에이 섬을 둘러봤다. 가오리연처럼 생긴 섬이 한눈에 들어왔다. 나무 한 그루 보이지 않는 땅, 섬 반대편 동쪽에 솟아 있는 붉은 분화구들과 마을, 그리고 초지.

헤이마에이에는 4천여 명의 주민들이 산다. 레이캬비크의 알록달록한 건물과 다르게 이 섬마을의 건물은 대부분 흰색과 회색 톤이다. 더러 붉은색 골함석 지붕도 보였다. 하얀 교회와 비석들이 빼곡하게 들어선 공동묘지, 외곽도로를 도는 자동차 몇 대. 섬은 조용하고 평화로워 보였다. 그러나 가이드북에 따르면, 이 섬의 역사는 매우 혹독하고 험난하다. 아이슬란드 정착 초기에 도망쳐 들어와 살았던 다섯 명의 아일랜드 노예들이 뒤따라온 바이킹 이주민들에게 살해당했다. 이후 한 농부의 후손들이 본토에서 들어와 몇 세기 동안 평화롭게 살았는데 영국 해적과 북아프리카의 바르바리Barbary 해적들의 표적이 됐다. 재난의 역사와 혹독한 환경 탓에 섬 주민들은 매우 강인하고 독립적인 사람들이라고 했다. 그럼에도 아이슬란드에서 가장 친절한 사람들이라는데.

남쪽으로 몸을 틀어 쉬르체이Surtsey 섬을 눈으로 찾아봤다. 바다에 깔린 안개 때문에 잘 보이지 않았다. 쉬르체이는 1963년 바다에서 솟아오른 화산섬이다. 1963년 11월, 어부들이 바다에서 피어오르는 연기를 목격했다. 용암이 바다에서 부글부글 끓어오르고, 재구름이 하늘을 뒤덮고, 화산탄들이 쏟아져 내렸다. 화산섬이 탄생하는 장면은 상상만으로도 전율이 인다.

쉬르체이 섬이 세계의 이목을 받으며 탄생한 1963년은 내가 태어난 해이기도 하다. 나는 대한민국 서해의 한 시골, 두 칸짜리 오막살이집에서 한 평범한 부부의 장녀로 조용히 태어났다. 할머니와 고모, 부모님의 사랑을 받으며 무탈하게 자랐다. 여고를 졸업할 때까지 과수원집 맏딸로 세 동생들과 함께. 이후의 삶은 가지가지 고단하고 신산한 우여곡절들의 연속이다. 물론 반짝반짝 빛나던 때도 있었겠다. 그러나 지금은 불모지가 돼 버렸다. 반면 쉬르체이 섬은 용암이 굳은 시커먼 불모지로 태어나 계속해서 생명의 땅으로 변모하고 있다. 풀이 자라고 꽃이 피고 새가 날아오고.

눈을 가늘게 뜨고 남쪽 바다를 한사코 더듬었다. 나랑 같은 해에 태어난 섬이라 그런지 자꾸 눈이 그쪽으로 갔다(그 섬엔 과학자들만이 들어갈 수 있다). 섬 하나가 태어나고 변해 가는 그 시간에 비하면 인간의 한평생이란 참 짧고 속절없다. 하물며 우주의 시간은, 시간이란 개념조차 무의미하게 느껴진다(우주의 나이는 180억 년이라고 과학자들은 추정한다. 그 우주의 역사를 1년으로 가정해 보면, 인간의 역사는 고작 한 시간 남짓이고, 80년쯤 사는 한 인간의 생은 0.2초에 불과하다).

조심조심 절벽에서 물러나 왔던 길로 돌아섰다. 북쪽으로 벼랑 끝까지 걸어가 항구 쪽으로 하산했다. 네 시간 만에 캠핑장으로 돌아왔다. 관리소 건물은 깨끗했다. 신발을 벗고 들어가게 돼 있고, 규모는 작지만 웬만한 시설은 다 갖춰져 있었다. 전기스토브, 커피포트, 오븐, 전자레인지, 토스트기가 구비된 주방, 목욕타

월이 걸려 있는 깨끗한 샤워장, 세탁실, 실내 실외 화장실. 프리푸드 선반에는 바나나 한 덩어리랑 쿠키 한 봉지가 놓여 있었다. 비치된 식기류는 없었다. 캠핑장 하루 이용료는 1,300크로나(약 12,000원).

젊은 캠핑족들이 스파게티를 먹고 있었다. 나는 다른 여행자들과 눈을 길게 맞추지 못하겠다. 유창한 영어로 말을 걸어올까 싶고, 또 식사 중인 그들과 눈이 마주치면 허기진 내 표정을 들킬까 싶고. 나는 물을 끓여 미숫가루를 한 컵 타 마시고 식빵 두 쪽을 먹었다. 프리푸드 선반에서 바나나 두 쪽을 떼어다 먹으며 사진 정리를 했다. 옆 테이블에서 혼자 노트북을 두드리고 있던 청년이 USB를 건네며 말을 걸어왔다. 그는 자전거여행자라고 했다. 이름은 질, 독일에서 온 사진작가였다. 짧은 머리에 턱수염이 수북했고 체격은 짱짱해 보였다. 자전거로 여행을 한다니 보통 체력이겠나. 세상엔 내가 꿈도 꿔 보지 못할 일들을 실천하는 사람들이 많다.

그가 건네준 USB에 내 사진이 석 장 들어 있었다. 벼랑 끝에 서 있는 나, 양과 마주 보고 있는 나, 쭈그리고 앉아 북극이끼장구채를 들여다보고 있는 나. 아무리 봐도 남처럼 보였다. 이 늙은 아줌마는 누구지? 내 사진은 늘 내 머릿속에 들어 있는 이미지를 배신한다.

늙고 추레한 아줌마를 노트북에 옮겨 담았다. 나도 분화구를 오르내리는 여행자들의 모습을 포착한 사진들 중에서 그를 찾아내어 두 장을 USB에 담아 줬다. 벼랑 끝에 서서 망원렌즈로 사진을 찍고 있는 그, 비탈진 돌길을 기어오르는 그. 우리는 멀리서 혹은 가까이에서 서로의 스냅사진 속의 피사체가 되었던 것이다. 서로 누군지도 모른 채. 그는 내가 찍은 사진이 마음에 드는지 안 드는지 고맙다며 씩 웃었다. 그러고는 오늘 분화구 벼랑 위에서 찍은 풍경사진들과 동영상을 보여 주었다. 화각이 넓어 풍경이 광활해 보이는 사진들이었다. 동영상 속엔 퍼핀(바다쇠오리) 두 마리가 4분 20초 동안 안개 낀 바위 위에 앉아 연신 고개를 까딱거리고 있었다. 그는 풀밭에 엎드려 4분 20초 동안 퍼핀을 찍었고 나는 4분 20초 동안 그 영상을 봤다. 세 개의 4분 20초는 같은 4분 20초일까, 다른 4분 20초일까? 그런 엉뚱한 생각이 들었다.

질이 유창한 영어로 여행담을 풀어놓기 시작했고 나는 다른 여행자들에게 그를 넘겨주고 슬쩍 짐을 챙겼다. 텐트로 돌아와 곯아떨어졌다. 잠결에 여러 번 빗소리를 들었다.

죽음을 불사하는 열정

○ 5~6일

엘드페들 분화구

헬가페들 화산

다음 날은 섬에 온 연희 씨네를 만나 엘드페들Eldfell 분화구로 향했다. '불의 산'이라는 뜻의 이 화산은 1973년에 폭발한 U자 모양의 성층화산이다. 화산 폭발 당시, 수백 채의 건물이 용암 속에 묻혀 버린 가옥 묘지House Graveyard에는 청보라빛 꽃물결이 일렁이고 있었다. 루핀(층층이부채꽃)이 피는 계절이었다. 아이슬란드의 초지는 어디든 그 보랏빛 황홀경에 빠져 있었다. 루핀은 알래스카에서 들여온 식물로, 땅을 정화시키고 번식력과 생명력이 강한 야생화다. 현무암 돌투성이 사이사이 뿌리를 내리고 꽃대 위로 싱싱한 꽃을 피어 올린다.

　이끼, 풀, 루핀이 뿌리 내린 분화구의 아랫도리를 타고 올라가자 검붉은 화산탄 능선길이 나왔다. 붉은 화구 안을 내려다보며 분화구 위로 올라갔다. 꼭대기에 올라가니 안개가 시야를 가로막았다. 기온이 뚝 떨어졌다. 우리는 뜨거운 열기가 피어오르는 불구멍 옆에 붙어 앉았다. 부뚜막 위에 앉아 있는 것마냥 엉덩이가 뜨뜻했다. 폭발한 지 40년이 더 지났지만 화산 땅은 아직도 뜨거웠다. 우리는 엉덩이를 지지며 연희 씨가 뚝뚝 분질러 나눠 준 오이를 씹었다. 나는 검붉은 화산탄으로 이뤄진 분화구를 내려다보며 화산학자이고 지질학자였던 모리스 크라프트를 떠올렸다.

"나는 화산에 접근하다 죽는다 해도 후회는 없어. 덕분에 23년간이나 화산이라는 괴물의 수많은 표정을 가까이서 볼 수 있었잖아. 내일 죽는다 해도 상관없어."

그는 지구화학자인 아내 카티아 크라프트와 함께 세계 곳곳을 여행하며 150여 차례의 화산 폭발 장면을 촬영한 사람으로 유명하다. 크라프트 부부의 다른 인터뷰 장면도 떠올랐다. 모리스 크라프트가 농담처럼 이렇게 말했다.

"내 꿈은 보트를 타고 용암류 위에 올라 래프팅을 하는 거야. 캡슐이든 카누든 상관없어. 용암의 온도는 섭씨 1,000도에 불과하잖아. 가능해!"

그러자 기자가 카티아에게 물었다.

"남편과 함께 그 보트를 탈 겁니까?"

"아뇨, 언덕 위에서 남편의 최후를 찍을 거예요."

모리스 크라프트가 이어 말했다.

"그래, 당신에게 좋은 기념사진이 되겠군."

결국 두 사람은 1991년, 일본의 운젠 화산에서 목숨을 잃었다. 죽음을 불사한 열정이었다. 당장 죽어도 여한이 없을 정도로 뭔가에 미쳐 산다는 것. 어쩌면 나는 지금 이 여행에 그렇게 미쳐 가고 있는 건 아닐까, 라는 생각이 스쳤다. 정말 이 여행 중에 죽어도 모리스 크라프트처럼 후회하지 않을 수 있을까?

분화구에서 내려와 박물관을 구경한 뒤 연희 씨네는 오후 4시에 출발하는 페리를 타고 섬을 떠났다. 나는 또 쓸쓸하게 터벅터벅 캠핑장으로 돌아왔다. 저녁으로 샌드위치를 먹었다. 아침에 항구에서 연희 씨를 기다리다가 만난 한국 청년들 현규 씨와 성재 씨가 주고 간 거였다. 여행이 끝났다며 그들은 샌드위치, 고추장, 감자스낵, 식빵을 안겨 주었다.

헤이마에이 섬에서 셋째 날은 날씨가 화창했다. 물이랑 식빵을 챙겨서 섬을 일주했다. 발바닥이 불날 정도로 걷고 또 걸었다. 역시 걸을 때 '진정한 여행자' 기분을 만끽할 수 있다.

날 보세요. 난 집도 없고 고향도 없고 재산도 없고 시중 들어주는 사람도 없습니다. 잠은 땅바닥에서 잡니다. 나는 오직 땅과 하늘, 낡은 외투를 가지고 있을 뿐, 아내도 없고 자식도 없고 넓은 집도 없습니다. 하지만 도대체 내게 부족한 것이 뭐가 있단 말입니까? 난 슬프지도 않고 두렵지도 않습니다. 나야말로 자유롭지 않습니까?

프레데리크 그로의 《걷기, 두 발로 사유하는 철학》에 나오는 길 위의 철학자 에픽테토스의 말을 떠올리며 걷고 걸었다. 어제 올라갔던 엘드페들 화산도 다시 갔다. 이번에는 분화구 안으로 들어갔다가 발이 푹푹 빠지는 붉은 화산탄 벽을 타고 위로 올라갔다. 날이 맑아 시야가 탁 트였다. 어제는 안개에 가려 보이지 않았던 푸른 바다와 삭은 섬들이 선명하게 보였나. 바나 건너편 본토의 에이야피아들라예퀴들 빙하가 눈이 부시도록 하얗게 반짝이고 있었다.

분화구 동쪽 아래로는 1973년도에 흘러내린 용암으로 새로 생긴 땅이 바다까지 흘러 굳어 있었다. 아아a'a 용암지대(용암덩어리들이 굳어 형성된 울퉁불퉁한 지대). 누가 일부러 선을 그어 놓고 색을 칠한 것마냥 붉은 화산탄 땅, 짙푸른 이끼가 덮인 검은 용암지대, 푸른 초지가 선명하게 나뉘어 있었다. 생태환경의 변화가 한눈에 잡혔다. 용암 → 현무암 → 이끼 → 풀. 그리고 언젠가는 나무들이 자랄 땅.

헬가페들Helgafell 화산에도 올라갔다. 얕고 둥근 분화구를 내려다보며 고깔 모양의 분화구 테두리를 한 바퀴 돌았다. 마을과 반대쪽인 동쪽으로 내려와 남쪽을 향해 바닷가 절벽 위를 걸었다. 이끼로 뒤덮인 울퉁불퉁한 용암덩어리를 밟으며. 이끼가 어찌나 두꺼운지 허방 짚듯 발이 푹푹 빠졌다. 몇 시간 걸었지? 허벅지가 당기고 발바닥이 벗겨질 것처럼 화끈거렸다. 몸은 지쳤지만 기분은 좋았다. 섬 풍경이 아름다워 절뚝절뚝 걸으면서도 콧노래가 흘러나왔다. 도파민과 세로토닌이 뇌에서 마구마구 분비되고 있는 것 같았다. 즐거움과 평화를 가져다주는 신경호르몬들이.

파도가 으르렁거리는 절벽 끝에 앉아 마른 식빵을 뜯어먹었다. 곧바로 민들레꽃이 노랗게 핀 목초지를 걸었다. 무슨 영문인지 양 한 마리가 혼자 목장 밖에 나와 있었다. 양은 목장으로 들어

가려고 울타리 안으로 머리를 들이밀고 있었다. 그런데 철사를 엮어 만든 울타리 구멍이 너무 작았다. 양은 머리를 집어넣고 안으로 들어가려고 버둥거렸지만 소용없었다. 결국 포기하나? 양이 머리를 빼고 뒷걸음질하며 울타리에서 물러났다. 그러더니 곧바로 울타리를 향해 전력질주하는 거였다. 구멍 안으로 몸이 쏙 빠져 들어갔다. 와아, 영리한 놈이네! 가속도의 힘을 이용해 좁은 구멍 통과하기. 문득 이런 생각이 들었다. 멈추지 않고 있는 힘껏 더 밀어붙였다면, 나도 그 좁은 구멍을 통과할 수 있었을까? 소설가가 되겠다는 꿈을 저버린 게 갑자기 큰 잘못처럼 느껴졌다. 저 양처럼 죽을힘을 다해 전력질주했다면, 나도 바늘구멍 같은 '등단'이라는 구멍을 통과할 수 있지 않았을까?

목장 할머니 크리스틴

○ 6일

크리스틴의 목장

가이월린뒤르 용암정원

오후 3시쯤 말 목장에 도착했다. 할머니 한 분이 울타리 옆에서 쇠스랑으로 건초더미를 펼치고 있었다. 초원 위에 흩어져 있던 말들이 모여들었다. 키가 땅딸막한 아이슬란딕이라는 품종의 말들이었다. 키는 작아도 근육질 몸은 근사했다. 긴 갈기도 매력적이었다. 아이슬란딕Icelandic은 9세기경 바이킹 시대에 북유럽에서 처음 아이슬란드로 들어왔다. 이후 아이슬란드 민족의 정체성을 상징할 만큼 중요한 존재가 됐다. 순수 혈통을 지키기 위해 982년 선포된 수입 금지령이 지금까지 유지되고 있어, 아이슬란드를 벗어난 말은 질병 등의 문제로 두 번 다시 돌아올 수 없다고 한다.

건초를 먹고 있는 말들을 구경하다가 바닥에 놓여 있던 넉가래를 집어 들었다. 할머니랑 눈이 마주쳤다. 나는 그냥 씩 웃었고 할머니도 말없이 고개를 끄덕였다. 할머니랑 같이 말 앞으로 건초를 퍼 옮겼다.

"커피 마실래요?"

할머니가 미소 띤 얼굴로 물었다. 나는 0.1초의 망설임도 없이 고개를 끄덕였다. 할머니를 뒤따라 100미터쯤 떨어져 있는 함석집으로 현관에 신발을 벗어 놓고 들어갔다. 식탁에 앉아 커피를 대접받았다. 낯선 이방인을 집에 들여 정성껏 커피를 타 주는 할머니. 영어를 잘 못한다고 말하는 할머니의 영어 실력이 나랑 비슷한 수준이었다. 우리는 쉬운 단어와 단순한 문장으로 얘기를 나눴다. 어쩐지 대화가 더 술술 잘 풀리는 것 같았다.

할머니 이름은 크리스틴. 평생 이 섬에서 사셨단다. 작은 키에 조용하고 차분해 보이는 인상이었다. 왠지 지리산 동네 할머니들처럼 편안하고 친근한 느낌이 들었다. 금발머리에 파란 눈동자의 아이슬란드 할머니인데도 말이다. 크리스틴은 작년 9월에 남편을 암으로 여의고 혼자 살고 있다고 했다. 남편이 많이 그립다고 말하는데, 눈빛이 쓸쓸해 보였다. 김광석의 노래 〈어느 60대 노부부의 이야기〉가 떠올랐다. 인생의 수많은 우여곡절을 함께 넘긴 노부부의 이별. 감동과 애잔함이 느껴지는 그 노래가.

"1973년 화산이 폭발했을 때 집을 잃었어요. 스물일곱 때였나. 남편이랑 두 아이를 데리고 이 섬을 떠났죠. 다시는 돌아오지 못할 거라고 생각했어요. 다행히 폭발이 멈췄고, 돌아올 수 있었죠. 집은 용암 속에 묻혀 버렸지만 섬에 돌아왔다는 게 나는 정말 기뻤어요. 네, 힘든 시기였죠…… 큰아들이랑 딸이 이 섬에서 살고 있어요. 막내아들은 레이캬비크에서…… 아니, 힘들지 않아

요. 말 열 마리, 양 50마리를 키우고 있어요. 손자들이 와서 도와
줘요."

얼굴 가득 주름이 덮여 있지만 크리스틴은 곱상하고 순진한
시골소녀처럼 보였다. 어떡하면 이토록 맑은 인상을 지닌 채 늙어
갈 수 있을까. 사람을 추레하게 만드는 욕망을 버리면?

크리스틴이 집 구경을 시켜 주겠다며 일어섰다. 소파와 벽난
로가 있는 거실과 주방, 침대가 놓인 침실 둘, 나무계단을 밟고 반
지하로 내려가 서재와 작은 침실도 구경했다. 아기자기 예쁘게 꾸
며 놓은 함석집이다. 벽에는 헤이마에이 섬 사진과 그림, 가족사
진이 들어 있는 액자들이 걸려 있었다. 창틀마다 작은 화분과 사
기로 만든 인형들이 놓여 있었다. 살림은 화려하지도, 넘치지도,
부족하지도 않아 보였다.

아이슬란드 사람들에게 인생에서 가장 중요한 일 중 하나가
아름답고 편안한 집을 소유하는 것이라고 들었다. 춥고 어둡고 긴
겨울, 실내에서 보내는 시간이 많기 때문에 집은 아주 중요한 공
간이다. 그래서 집을 부지런히 가꾸며 '집 자랑'을 즐긴단다. 사실
한국 사람에게도 집은 평생 원하는 소유물 중 1순위이다. 나 역시
서울에서 반지하 전셋집을 전전하다가 지리산으로 이사 왔을 때
뛸 듯이 기뻤다. 비록 지어진 지 70여 년 된 낡은 가옥이지만 온전
히 내 집이라는 사실 때문에 쓸고 닦고 광내는 일이 그토록 즐거
울 수가 없었다. 한동안은 집 고치는 일에 푹 빠졌다. 헛간에 정자
를 들이고 무너진 부뚜막을 다시 올려 무쇠솥을 걸고 마당에 꽃을
심고 친구들을 불러 집 자랑을 했다.

"강은 그 먼 나라에서 아이슬란드까지 왜 왔어요?"

잠깐 상념에 빠져 있던 내게 크리스틴이 물어 왔다.

"여행…… 왔어요."

우물쭈물 대답하고 입을 다물었다. 진짜 이유는 설명할 자신이 없었다.

크리스틴이 섬 구경을 하자며 자동차키를 챙겼다. 우리는 목장에 들러 태어난 지 한 달 된 새끼 말을 안아 주고 바람 부는 남쪽 바닷가로 갔다. 푸른 초지로 뒤덮인 작은 섬들이 바다에 떠 있었다. 섬엔 양들이 방목되어 있다고 했다. 5월쯤에 양을 배로 싣고 가 풀어놓았다가 9월에 데려온다.

가이월룬뒤르Gaujulundur라는 곳에도 갔다. 섬사람들에게 특별한 장소라는 그곳은 스무 평 남짓한 작은 용암정원이었다. 섬에서 귀하디귀한 나무와 꽃들이 자라고 있는 곳. 1973년 화산이 폭발하고 15년이 지나 마을의 한 부부가 북쪽 용암지대 골짜기인 이곳을 조금씩 개간해 나무를 심기 시작했다고 한다. 키가 1미터 남짓한 조팝나무, 들쭉나무, 붉은까치밥나무 들이 보였다. 노란색 양귀비 꽃도 피어 있었다.

캠핑장 입구에서 크리스틴과 헤어졌다. 그녀는 차에서 내려 나를 다정하게 포옹해 주고 떠났다.

고마워, 나의 수호천사

○ 7일

헤이마에이 마을 도서관

다음 날 아침에도 일찍 일어나 식빵과 미숫가루로 가볍게 요기를 하고 길을 나섰다. 어제 오래 걸은 탓에 발을 디딜 때마다 발바닥이 화끈거렸다. 물집 잡힌 발을 쩔뚝거리며 축구장 앞을 지나 마을로 들어갔다. 마을 한가운데에 있는 교회와 공동묘지 주변을 어슬렁거리다가 도서관을 찾아갔다. 2층짜리 작은 현대식 건물이었다. 입구 로비에는 1690년도부터 1864년도까지 출판된 300여 권의 고서들이 유리책장 안에 꽂혀 있었다.

프런트를 지나 도서관 안을 한 바퀴 돌았다. 소중한 보물들을 다룬다는 듯, 도서관 분위기가 진지했다. 아이슬란드엔 "책 없이 사느니 굶주리는 편이 낫다"는 속담이 있단다. 아이슬란드는 세계에서 알아주는 문학 국가다. 인터넷 백과사전에도 "고대와

중세에 스칸디나비아반도 문학의 대부분을 아이슬란드 필사본이
차지할 만큼 아이슬란드는 문학 활동이 활발한 나라였다. 영웅과
신화를 다룬 사가Saga문학이……"라고 나와 있다. 현재도 인구 대
비 세계에서 출판율이 가장 높은 나라, 정부가 작가에게 보조금
을 후하게 지급하는 나라(가장 부러운 대목이다), 텔레비전 황금시
간대에 독서토론 프로그램이 편성되어 있는 나라, 가장 인기 있는
선물이 책인 나라, 노벨문학상 수상작가가 있는 나라다.

　　한쪽 구석에 있는 의자에 가 앉았다. 엄마랑 같이 온 노랑머
리 아이들이 조용히 책을 고르고 있었고 아빠랑 체스를 두는 아이
들도 보였다. 아, 이런 마을 도서관에 내가 쓴 소설책이 꽂히는 게
내 평생의 꿈이었는데.

　　"누나 경험들이 누나가 쓴 소설보다 훨씬 재밌어요. 누나는
왜 소설을 써요?"

　　몇 해 전, 대학 후배인 제훈이가 던졌던 질문이다. 내가 너
스레 떨며 여행담을 늘어놓던 술자리에서였다. 당시 그는 소설집
《퀴르발 남작의 섬》과 장편소설 《일곱 개의 고양이 눈》으로 문단
에서 "천재 작가" 소리를 듣고 있었고 두 번째 장편소설 《나비잠》
을 쓰고 있었다. 나는 여전히 골방에서 발작하고 있을 때였다. 해
마다 새로 쓴 서너 편의 단편소설들을 붙들고 눈에서 진물이 흐르
도록 고쳐 쓰기를 수십 수백 번. 그렇게 쓴 소설들을 서너 개의 필
명으로 서너 개 신문사의 신춘문예에 공모해 놓고 피를 말리며 연
말을 보냈다. 그러나 그해도, 또 그다음 해도 나는 다시 골방으로
들어가야 했다. 나쁜 머리를 쥐어뜯으며 창작의 군불을 지펴야 하
는 곳, 때론 룸펜처럼 무위도식하는 곳, 덜 된 채로 태어난 습작들

이 덜 된 채로 민망하게 쌓여 가는 곳, 죽기 전에 소설가가 꼭 되겠다며 수십 년 동안 처박혀 있던 곳. 영원히 벗어날 수 없을 것 같던 문청의 자리로 말이다.

"왜 소설을 쓰냐고?"

제훈의 질문에 곧장 대답할 수 없었다. 눈물이 쏟아질 것 같았다.

"지금까지 나는 소설을 붙들고 살았어. 어떤 사람은 종교를 붙들고 살고, 어떤 사람은 돈을, 일을, 사랑을 붙들고 살잖아. 그래야 살 수 있으니까. 살아가려면 어떤 명분이, 신념이, 목적이 필요하니까. 지금 내가 소설을 버리면, 뭘 붙들고 살지? 지나간 시간은, 앞으로의 시간은 어떻게 되는 거지? 그래, 재능은 쥐뿔도 없으면서 너무 오래 붙들고 있었어. 그러느라 놓치고 버린 소중한 것들이 너무 많아. 그러니 지금 와서……."

'왜 소설을 쓰냐'는 질문에 나는 '왜 소설을 그만두지 못하는지' 구구절절 변명을 늘어놓았다. 그때 차마 떨구지 못한 내 늙은 눈물을 제훈이는 봤을까. 그가 진지한 목소리로 다시 말했다.

"누나, 누나 얘기를 써요. 소설보다 재밌잖아요."

내 얘기를 쓰라는 말은, 별난 내 경험들을 녹여서 소설로 잘 만들어 보라는 뜻이지, 소설을 그만두라는 말은 아니었다. 그랬는데 얼마 안 지나 내게서 창작의욕이 완전히 사라져 버린 것이다. 그 빌어먹을 노안 한 방 때문에.

'문학 국가'의 도서관에서 돋보기안경을 손에 쥐고 멍하니 앉아 있자니 기분이 정말 씁쓸했다. 이 쓰디쓴 절망감을 어떻게 극복하지? 앞으로 뭘 하며 살지? 깜깜했다. 이국의 도서관에서 존재감 없이 멍하니 앉아 있는 것처럼 그저 멍하게 살아가게 되는 걸까?

캠핑장으로 돌아와 빨래를 했다. 잘 때 입을 반팔 티셔츠 하나랑 고어텍스 재킷과 바지만 남기고 입고 있던 내의와 추리닝 바지, 긴팔 티셔츠를 빨았다. 샤워를 하는 중에 샴푸를 묻혀 주물러 빨았다. 여행 7일 만에 하는 빨래였다. 휴게실의 라디에이터 위에 빨래를 걸쳐 널었다. 다른 여행자들 빨래 틈에. 밤사이 마르지 않으면 내일 당장 입고 나갈 옷이 없는데…… 마르겠지?

저녁으로 마지막 하나 남은 라면을 끓여 먹으려고 보니 코펠을 안 들고 왔다. 100미터 떨어진 텐트까지 절뚝거리며 다녀왔다. 어? 숟가락통을 안 들고 왔다. 또 절뚝절뚝 다녀왔다. 정작 라면을 또 빠뜨렸다. 이런, 젠장할! 며칠 빡세게 걸었더니 정신이 나갔나? 예전엔 이러지 않았다. 그러니까 나이는 숫자에 불과하다는 말은 순 '구라'였다. 뇌세포가 하루하루 거침없이 파괴되어 가는데 마음만 청춘이면 대순가? 그럴 땐 고향 당진의 안승환 선생님이 했던 말이 꼭 떠오른다. 일흔이 넘어서도 '만년청년'이라는 소리를 듣는 안 선생이 카랑카랑한 목소리로 이렇게 말했다.

"은경아, 너 그거 아니? 나이가 들수록 말이야, 마음은 그대로 이팔청춘인데 몸은 늙어 가. 마음과 몸의 나이가 점점 더 벌어지는 거지. 그 거리가 멀어질수록 사람 미친다니까. 은경아, 알아? 나이는 드는데 마음은 안 늙는다는 게, 어떨 땐 형벌 같아. 사람 미쳐, 미쳐!"

그 말을 이해하게 된 지 얼마 안 됐다.

그 밤, 바람 소리에 놀라 잠에서 깼다. 밤 2시쯤이었다. 텐트가 요동치고 있었다. 누가 밖에서 악의적인 기세로 사정없이 후려치는 것 같았다. 텐트가 곧 찢어지든 날아가든 할 판이었다. 처음 겪는 일이라 어떻게 해야 할지, 심장이 완전히 졸아붙는 것 같았다. 꼼짝도 못한 채 벌벌 떨며 누워 있었다. 텐트가 망가져 버리면 어떡하지? 대책 없는데. 낭패다! 그런데 재해 수준의 강풍이라면 캠핑장 관리소에서 가만히 있겠어? 대피하라고 말해 주겠지. 여기선 이 정도 바람은 별거 아닌 거야. 일상인 게지. 불현듯 그런 생각이 들었다. 그러자 긴장이 풀렸다. '바람아 멈추어 다오~~ 난 몰라 아아~~ 바람아 아아아아~~' 아, 이 판국에 노랜 아닌데. 그러곤 곧 믿기지 않게 스르르 잠이 들었다. 이후로도 텐트는 파바박 꽉꽉! 펄펄펄! 푸룩푸룩! 미친 듯이 흔들렸고 대여섯 번을 더 깼다. 무시무시한 밤이었다. 그래도 피곤한 나는 다시 스르르 잠들곤 했다.

다음 날 아침 8시쯤 텐트 밖으로 나왔다. 바람은 좀 가라앉았지만 추웠다. 그런데, 어? 이건 뭐지? 텐트 양쪽에 없었던 당김줄이 팽팽하게 묶여 있었다. 뺑 둘러 팩도 모두 새로 박혀 있었다. 기존의 팩보다 두 배는 더 길고 큰 팩이 땅속 깊이. 휴게실로 달려갔다. 바닥 청소를 하고 있던 캠핑장 직원 아디가 먼저 물었다.

"강, 괜찮아?"

"어? 어."

"간밤에 정말 바람 심했지? 몇 사람은 잔디집 안으로 대피했어. 너는 자고 있는 것 같아서 깨울 수 없었어. 오늘 밤도 강풍이래. 오늘 밤은 너도 잔디집 안으로 옮기는 게 좋을 거야."

"그렇게. 고마워!"

그녀는 미소를 지으며 다시 대걸레를 밀었다. 나는 어찌할 바를 몰라 그녀의 금발머리 뒤통수를 바라보고 서 있었다.

"아디!"

그녀를 다시 불렀다.

"고마워, 나의 수호천사!"

생선공장 견학

○ 8일

헤이마에이 섬 5일째, 나를 향해 손을 흔드는 여자를 만났다. 안나였다. 이곳에 도착한 첫날, 캠핑장 위치를 알려 준 중년여자. 위생모를 눌러쓰고 있어서 못 알아볼 뻔했다. 항구 근처에 있는 생선공장 앞이었다. 그녀는 길가에 서서 담배를 피우고 있었다. 그녀는 그동안 섬에서 뭘 했는지 내게 물었다. 얼굴이 많이 탔다며. 나는 걷고, 걷고, 또 걸었다고 대답했다. 과장스럽게 팔을 휘두르고 "판타스틱!"을 외치며. 안나가 웃음을 터뜨렸다.

　"안나, 여기서 일해요?"

　그녀의 등 뒤에 있는 생선공장을 가리키며 내가 물었다. 안나가 그렇다며, 매니저라고 말했다.

　"공장 구경하고 싶은데, 할 수 있어요?"

"오케이!"

단박에 안나의 입에서 오케이가 떨어졌다. 항구를 오고갈 때마다 생선공장 시스템이 어떻게 돌아가는지 궁금했다. 물론 견학을 할 수 있으리라고는 생각지 못했다.

어업은 아이슬란드 산업 중에서 비중이 가장 큰 산업이다. 총 수출액의 80퍼센트가 수산물이란다. 그중 15퍼센트를 생산하는 곳이 바로 헤이마에이 섬. 레이캬비크와 그린다비크Grindavík 다음으로 큰 모항이다. 항구 근처에 생선공장이 세 개 있다.

안나를 따라 사무실로 들어갔다. 머리에 스카프를 두른 근로자들의 흑백사진이 걸려 있는 개인 사무실이었다. 안나는 전화로 나를 안내해 줄 사람을 불러 주었다. 안내인의 이름은 마셔나. 7년 전 이곳에 왔다는 폴란드 여자였다. 30대로, 남편이랑 두 딸과 살고 있다고 했다. 키가 작고 얼굴이 하얀 미인이었다. 나는 그녀가 건넨 푸른색 가운을 걸치고 위생모를 썼다. 덧신까지 신고 손을 깨끗이 세척한 뒤에야 공장 안으로 들어갈 수 있었다.

컨베이어벨트가 돌아가는 대형 작업실에는 윙윙 웅웅 기계음이 울려 퍼지고 있었다. 컨베이어벨트 앞에 서서 작업을 하는 사람들은 긴 장화를 신고 파란색 혹은 빨간색 작업복을 입었다. 모두 귀마개용 헤드폰을 쓰고 있었다. 대부분 20대, 30대로 보였다. 시즌 따라 근로자 인원수가 달라진다고 했다. 보통 때는 150명, 여름에는 300명이 일한단다. 동유럽에서 온 근로자들이 많단다. 나는 마셔나의 설명을 듣는 둥 마는 둥 건성으로 고개를 끄덕였다. 컨베이어벨트를 타고 흘러가는 로브스터에 정신이 팔려 있었던 것이다. '오, 맛있겠다! 하나만 먹어 볼게요'라고 말할 수는 없는 노릇이고, 입안에 군침만 가득 고였다. 좀 고통스러웠다. 로브스터, 조개, 고등어, 오징어, 홍어 삼합까지 해산물이라면 환장하는 나였다. 게다가 입맛에 맞지도 않는 식빵 쪼가리랑 라면으로 끼니를 때우고 있으니 더했다. 그토록 향기로운 비린내를 맡기는 생전 처음이었다. 위장이 요동쳤다.

아이슬란드에서는 1주일 여행경비로도 턱없이 부족한 돈으로 10주 동안 여행을 하겠다고 용감무쌍하게 도전한 마당이었다. 돈을 어떻게 써야 할지 모르겠다. 지출계획을 못 세우겠다. 여행 초반이니 우선은 무조건 안 쓰고 볼 일이라고 생각할밖에. 그러니 레스토랑에 들어가 음식을 사 먹는 건 꿈도 꾸지 못했다. 프랑스의 식도락가 장앙텔름 브리야사바랭이 이렇게 말했다지. "당신이 어떤 음식을 먹는지 말해 주면 당신이 어떤 사람인지 알려 주겠다." 내가 지금 뭘 먹으며 여행을 하고 있는지 말해 주면 그는 내가 어떤 사람인지는 물론이고 이 여행이 어떤 여행인지도 알아맞추겠지. 그러면 "쉬에뜨!"라고 소리 지를까? 멋지다(chouette, 프랑스어)고? 아니면 젠장(shit, 영어)이라고?

음식은 한 사람뿐만이 아니라 한 나라의 영혼을 비추는 거울이라는 말도 있다. 그렇다면 나는 아직 아이슬란드의 영혼을 맛보지 못했다. 세계적인 어업국가에 와서 생선 한 토막 맛도 못 봤으니. 세계에서 그 맛이 최고라는 양고기도 마찬가지고.

포장처리 된 로브스터가 지게차에 실려 냉동실로 들어갔다. 거기까지 따라가고 나서야 정신을 좀 차렸다. 으~ 춥다 추워! 대구와 고등어가 처리되는 과정도 둘러봤다. 세척부터 머리, 꼬리, 내장, 가시를 제거하고 살만 남은 생선들을 포장하여 냉동저장하기까지, 기계와 인간이 협동하며 신속하고 깨끗하게 작업이 진행되고 있었다. 나는 싹둑싹둑 잘려 나가는 생선 머리를 보며 무와 파를 숭덩숭덩 썰어 넣고 머리째 보글보글 끓인 대구매운탕을 떠올렸고, 뻥 소리를 내며 뽑히는 내장을 보면서는 구수한 내장탕을 떠올렸다. 으, 잔인한 식욕이다.

한 시간여 만에 견학이 끝났다. 기계음과 비린내와 그림의 떡 아니, 그림의 생선에서 벗어났다. 마셔나를 따라 밖으로 나가니 항구 앞이었다. 마셔나가 정박해 있는 수백 톤짜리 어선을 가리키며 말했다.

"이 회사 배예요. 저런 어선을 네 척 갖고 있어요. 근해로 나가 하루에 보통 1,000톤씩 생선을 잡아 오죠."

대구전쟁Cod Wars이 기억났다. 아이슬란드가 영국과 치른 어업분쟁이다. 아이슬란드 정부는 연해에서 고성능 어선으로 어획 활동을 하는 영국, 독일, 네덜란드 어선들을 방치할 수 없었다. 어업이 아이슬란드에서는 가장 중요한 생계수단이었다. 북대서양에 대구가 어찌나 많은지 물고기들이 스스로 헤엄쳐 식탁까지 올라온다는 말이 있다지만 그렇게 포획하다 보면 물고기들이 씨가마를 날이 올 것이었다. 결국 분쟁이 일어났다. 1976년에 아이슬란드와 영국의 외교관계가 단절되는 사태까지 발생했는데 이것이바로 '대구전쟁'이었다. 그 결과 아이슬란드의 어업 영해가 50마일에서 200마일로 확장됐다. 아이슬란드의 승리였다. 협정을 체결한 영국, 독일, 네덜란드는 어업에 심각한 타격을 받게 됐다. 아이슬란드 어업은 안정을 되찾았다.

마지막으로 마셔나에게 한 달 수입을 물었다. 55만 크로나에서 세금 제하고 33만 크로나를 받는다고 했다. 한화로 300만 원 정도였다. 역시 북유럽 복지국가답게 세금이 장난 아니었다.

"만족해요?"

"그럼요!"

마서나가 망설임 없이 대답했다.

캠핑장으로 돌아와 아침에 아디가 말해 준 대로 잔디집으로 짐을 옮겼다. 잔디집은 이 섬에서 최초로 살았던 사람의 집터를 발굴해 재현한 집이었다. 돌로 쌓은 벽, 잔디로 덮은 지붕에 동물 우리까지 실내에 들어와 있는 구조다. 실내는 어둑어둑하고 바람을 피해 들어온 여행자들로 비좁았다. 나는 여행자들의 도움을 받아 빈자리로 남아 있던 양 우리 안에 침실을 만들었다.

밖으로 나와 남쪽 절벽 해안가의 오솔길을 걸었다. 바람 때문에 한 시간쯤 걷다가 되돌아섰다. 이 작은 화산섬을 이제 떠나야겠다는 생각이 들었다. 5일 뒤 레이캬비크에서 전홍필 씨를 만나야 했다. 여행을 며칠 중단하고 아르바이트를 하기로, 아이슬란드에 오기 전에 약속했던 것이다.

헤이마에이 섬에서의 마지막 밤은 바람 부는 백야였다. 나는 잔디집의 양 우리 안에서 침낭을 뒤집어쓰고 순한 양처럼 잤다.

아으, 여기가 천국이다!

○ 9~10일

크베라게르디 캠핑장
크베라게르디 마을축제
레이캬달뤼르 계곡 온천

"온천마을이에요."

정화 씨가 차창 밖을 가리키며 말했다. 마을 언덕 여기저기에서 수증기가 하얗게 피어오르고 있었다. 정화 씨 가족의 승합차를 타고 레이캬비크로 가던 중이었다.

"여기서 내릴게요!"

나도 모르게 불쑥 소리를 질렀다. 그 바람에 자동차가 링로드 갓길에 급정거했다. 나는 혼자 차에서 서둘러 내렸다.

정화 씨 가족은 오늘 아침 헤이마에이 섬에서 나올 때 페리에서 만났다. 정화 씨 부부는 경기도 평촌에서 오신 부모님과 어린 두 딸과 여행을 끝내고 집으로 돌아가는 길이었다. 일본 남자인 정화 씨 남편 다카하시는 아이슬란드 일본대사관에서 근무한다고 했다(아이슬란드와 한국의 외교관계는 1962년도에 수립되었지만 아이슬란드에는 한국대사관이 없다. 노르웨이 대사가 아이슬란드 대사를 겸임하고 있다).

"작년 9월에 남미에서 아이슬란드로 왔어요. 처음엔 적응이 안 돼 힘들었어요. 날씨 때문에 우울증을 앓았어요. 해가 하루에 서너 시간 잠깐 떴다 지는 어둡고 추운 겨울이 정말 견디기 힘들었어요. 다행히 여름이 되면서 날도 환해지고 날씨도 풀리고, 이젠 좀 살 것 같아요. 그런데 올 여름 아이슬란드 날씨가 50년 만에 닥친 악천후라네요. 이럴 때 혼자 장기여행하려면 힘들 텐데. 레이캬비크에 오면 언제든지 연락주세요. 우리 집에 와서 쉬었다 가세요. 먹고 싶은 게 뭐예요?"

내 걱정을 하며 셸리아란즈포스Seljalandsfoss 폭포 앞에서 핫도그를 사 주던 친절한 정화 씨 가족과 그렇게 헤어졌다. 레이캬비크까지 45킬로미터 남았다는 이정표가 서 있는 링로드 위였다(링로드는 총 길이 1,420킬로미터로, 아이슬란드를 한 바퀴 도는 1번 고속도로다. 동부의 일부 구간을 제외하고 모두 포장도로다. 대부분의 아이슬란드 여행자들은 링로드를 한 바퀴 도는 여행을 한다). 도로 옆에 온실 몇 동이 보였다. 마침 그 앞으로 대형배낭을 짊어진 백인남자가 지나가기에 불러세웠다. 캠핑장 위치를 물었더니 주머니에서 마을 지도를 꺼내 보여 주었다.

"그런데 여기가 어디죠?"

나는 그 마을의 이름도, 정확한 위치도 모르고 있었다.

"크베라게르디Hveragerði라는 마을입니다."

캠핑장은 마을 동쪽 숲 가운데 있었다. 자작나무 가지가 드리워진 풀밭에 텐트를 쳤다. 그런데 아무리 팽팽하게 줄을 당겨도 텐트가 각이 잡히지 않았다. 한쪽이 볼품사납게 주저앉았다. 헤이마에이 섬에서 강풍에 휘둘려 폴 한쪽이 휜 것이다. 구부러진 폴을 펴 보려고 했지만 우씨! 뭐 그래도 텐트가 무너지거나 비바람이 들이치지는 않겠지.

'Please help yourself'라는 쪽지가 붙어 있는 조리실에서 과일통조림 한 통, 옥수수통조림 한 통, 라면 두 봉지, 식빵 네 쪽, 시리얼 반 봉지를 텐트로 옮겨 왔다. 과일통조림 한 통을 허겁지겁 먹어치웠다. 깡통 바닥에 남은 과일즙까지 탈탈 털어 먹고는 가이드북에서 마을 정보를 찾아 읽었다.

"인구 2,200명. 20세기에 아이슬란드의 농업과 원예의 중심지였다. 1929년 처음 그린하우스(온실)가 지어졌다. 주민들은 온실에서 바나나 같은 열대과일, 토마토, 오이 같은 채소와 화초를 키운다. 지열지대가 마을 중심부에 위치한다. 2008년에 진도 6 규모의 지진이 마을을 흔들었다. 그때 온천이 활성화하여 마을 북쪽에 있는 지열 강줄기에서 온천을 할 수 있다."

아이슬란드에서는 보기 드문 마을인 것 같았다. 아이슬란드에서는 전 국토 면적의 6퍼센트 정도만 농업이나 목축업에 이용되고 있다.

오후 4시 10분, 산책을 나섰다. 마침 북동쪽 강가에서 꽃 축제가 열리고 있다고 했다. 1년에 한 번 열리는 마을축제라고. 재킷 지퍼를 목까지 올리고 후드를 뒤집어썼다. 날이 쌀쌀했다. 먹구름이 낮게 깔려 있었다. 주민들이 강가 공터의 잔디밭에 모여 있었다. 나는 축제장의 작은 부스들을 천천히 둘러보았다. 장미, 금잔화, 팬지 같은 꽃 화분과 원예용 도구를 파는 곳, 새나 고래 모양의 나무 조각품을 파는 곳, 옷이나 액세서리를 파는 곳, 야채나 과일을 파는 곳도 보였다. 샐러드 드레싱, 잼, 치즈 같은 식료품을 파는 부스도 있고, 군데군데 생화로 화려하게 장식한 나무와 집 모형들이 놓여 있었다. 한쪽에선 건장한 체격의 흑인이 아프리카 토속 장신구를 팔고 있었다. 200여 명의 사람들 중에 유색인은 그와 나, 둘뿐이었다. 페이스페인팅을 그려 주는 부스 앞엔 아이들이 줄지어 서 있었다. 노란 머리카락에 푸른 눈을 한 인형 같은 여자아이들이 화관을 두르고 있었고, 솜사탕을 든 아이들도 보였다.

나도 한쪽 줄에 가 섰다. 청년들이 드럼통에서 수프를 퍼 종이컵에 담아 주는 줄이었다. 당근과 브로콜리를 넣고 끓인 양고기 수프였다. 공짜였다. 여행 9일 만에 처음 맛보는 아이슬란드 음식이었다. 오! 부드러운 양고기 살이 입에서 살살 녹았다. 드디어 아이슬란드의 영혼을 맛본 건가. 따뜻하고 친절한 영혼이었다. 으스스 떨리던 몸이 수프 한 컵에 차분해졌다. 후드를 벗었다.

잔디밭 앞쪽에서 밴드 연주가 시작됐다. 청년 여섯 명이 드럼과 전기기타, 전기오르간 등 악기를 연주하며 노래를 불렀다. 옆에 서 있던 아가씨에게 밴드의 정체를 물으니 동네 청년들이라고 했다. 밴드는 〈해피 투게더〉 같은 60년대 팝송을 몇 곡 부르고 아이슬란드어로 록음악 풍의 노래를 불렀다. 어린아이들이 자리에서 일어나 엉덩이를 흔들었다.

그 밤엔 자다 깨 옷을 벗어야 했다. 패딩점퍼와 추리닝 바지를 벗고 기능성 내의까지 벗었다. 팬티와 반팔 티셔츠 차림으로 침낭에 다시 들어가 누웠다. 지열지대라 그런지 더웠다. 아니, 양고기 수프를 먹어서인가. 눈길이 마주치면 내게 살짝살짝 보내 주던 주민들의 따뜻한 미소 때문인가. 처음으로 가볍고 따뜻한 잠자리에서 꿈도 없이 잘 잤다.

다음 날 아침엔 비키니 수영복과 원피스 수영복을 놓고 잠깐 고민했다. 뭘 입을까? 마을에서 6킬로미터쯤 떨어진 레이캬달뤼르 Reykjadalur 계곡으로 온천을 하러 갈 생각이었다. 뭘 입지? 고민 끝에 비키니를 옷 속에 챙겨입었다. 아예 홀딱 벗고 온천을 할 수 있다면 좋겠지만. 마을지도를 들고 캠핑장을 나섰다.

　가는 길에 마을 한가운데 있는 '지열에너지 공원'이라는 곳에 들렀다. 안내판을 읽어 보니 이 마을은 12만 년 전 화산 폭발 후 빙하 침식으로 형성된 지역이었다. 1700년대 처음으로 이곳에서 온천수와 수증기 등의 지열에너지를 일상생활에 이용하기 시작했다. 그 자리에 지금도 지열을 끌어올리는 파이프가 땅속에 박혀 있었다. 파이프 끝에서 수증기가 쉭쉭 뿜어져 나오고 있었고 가늘고 굵은 파이프들이 지상으로 길게 이어지고 있었다. 지열을 이용해 난방을 해결하고 농사를 짓는 곳이었다. 마을 곳곳에는 두꺼운 유리로 지은 온실이 보였다. 딸기가 심어져 있거나 다알리아나 팬지 같은 꽃들이 온실 가득 피어 있었다.

　주택가를 벗어나 언덕 위에 올라섰다. 붉은 언덕 위로 수증기를 피어 올리는 크고 작은 분기공들이 뻥뻥 뚫려 있었다. 쉭쉭, 퉁탕퉁탕, 쿨렁쿨렁, 텅텅텅텅! 붉은 진흙탕과 잿빛 진흙탕 구덩이들이 끓어오르며 소리를 냈다. 북유럽신화에 등장하는 거인들이 땅 밑에 누워서 침을 뱉고, 코를 풀고, 거칠게 숨을 토해 내는 상상을 하며 걸었다. 지표면과 가까운 곳에 마그마가 흐르는 땅이었다. 주변엔 루핀 꽃이 만발했다.

3킬로미터를 걸어가 하이킹 코스로 들어섰다. 산등성이 절벽 길을 타고 북쪽을 향해 구불구불 이어지는 길을 오르락내리락 또 3킬로미터를 걸었다. 계곡 깊숙이 흐르는 물길, 여기저기에서 피어오르는 수증기, 깎아지른 절벽, 풀밭을 오르내리는 양떼를 구경하며.

목적지에 도착했을 때 후둑후둑 비가 내리기 시작했다. 서둘러 옷을 벗었다. 벗은 옷과 신발과 배낭을 판초로 덮어놓고 비키니 차림으로 노천온천으로 들어갔다. 아, 따뜻해! 협곡 속 풀밭 가운데로 굽이굽이 흐르는 맑은 온천은 폭이 3미터쯤 될까. 물은 무릎 높이였다. 바닥엔 자갈과 모래가 깔려 있었다. 시내 한쪽에는 100미터 남짓의 데크 길이 설치돼 있었다. 여행자들이 그 위에 옷을 벗어 놓았다.

다리를 쭉 펴고 상체를 뒤로 젖혔다. 편안한 각도로 돌을 머리에 대고 누웠다. 몸에서 힘을 쭉 뺐다. 따뜻한 물살에 감긴 몸, 상기된 얼굴을 두드리는 차가운 빗방울, 신선한 공기, 바로 옆에서 풀을 뜯고 있는 양, 원시자연 속에서 노천온천을 즐기며 희희낙락하는 여행자들, 눈이 마주치면 미소를 보내는 미남 청년들. 아으, 천국이 여기다! 여행 내내 시달려 온 허기증도 외로움도 여독도 가시는 듯했다. 가난한 여행의 추레함도 불안감도 스러졌다. 살아갈 동력을 잃어버린 인생 실패자, 가슴 한켠을 짓누르고 있던 그 패배감마저 그 순간만큼은 깡그리 사라졌다. 살아 숨 쉬고 있다는 것만으로도 황홀했다.

시간이 얼마나 지났을까. 손가락이 퉁퉁 불었다. 물집이 터져 너덜거리던 발바닥도 흐물흐물해졌다. 비는 내렸다 그쳤다 몇 차례 오락가락했다. 근처에 앉아 있던 여행자들의 얼굴이 바뀌었다. 바로 내 옆에 30대로 보이는 새로운 커플이 자리를 잡았다. 그들은 발가벗고 물속에 누워 있었다. 찰랑찰랑 굽이쳐 흐르는 물살에 금발여인의 풍만한 가슴이 흔들거렸다. 나는 그 자유로운 알몸이 샘났다. 그렇다고 '동참할까요?'라며 그녀처럼 수영복을 벗어던질 용기는 없었다. 여행하다가 아무도 없는 계곡에서 홀딱 벗고 수영을 한 적은 몇 번 있었지만 이렇게 타인의 시선을 타는 곳에선……

마침내 노천탕에서 나왔다. 판초를 둘러쓰고, 젖은 수영복을 벗고 옷을 갈아입었다. 시내 상류 쪽 계곡으로 1킬로미터쯤 더 올라갔다. 퉁탕퉁탕 부글부글 끓어오르는 커다란 잿빛 진흙탕 구덩이들을 지나 절벽 위에 올라섰다. 돌아서니 내가 걸어온 골짜기와 주변 산맥이 한눈에 잡혔다. 검거나 붉은 맨땅, 짙거나 옅은 초록의 풀밭, 곳곳에서 하얗게 피어오르는 수증기, 온천이 흐르는 시내가 내려다보였다. 그 자리에 주저앉아 배낭에서 식빵을 꺼내 건성건성 씹으며 그 멋진 풍경을 바라보고 또 바라봤다.

되돌아 내려오는 길에 영국 청년 월을 만났다. 그는 빨간색 사각팬티만 걸친 채 얕은 물속에 혼자 누워 있었다. 아무도 들어가지 않는 상류 쪽 좁은 시내였다. 그의 발치께 둔덕 위에서 온천수가 콸콸 흘러나오고 있었다. 붉고 노란 반점들로 얼룩덜룩한 분기공에서 맑은 온천수가 부글부글 끓어넘쳤다.

"물이 너무 뜨겁지 않나요?"

"아뇨!"

윌은 늘씬한 몸매에 앳돼 보이는 긴 머리 청년이었다. 모험심이 강하고 자유로운 영혼의 소유자 같았다. 오늘 아침 아이슬란드 공항에 도착해 곧장 여기로 왔단다. 그도 히치하이커였다. 우리는 서로의 여행에 행운을 빌어 주며 헤어졌다.

캠핑장까지 다시 6킬로미터, 이어폰을 귀에 꽂고 스마트폰으로 아이슬란드의 국민밴드인 시귀르 로스의 음악을 들었다. 몽환적인 멜로디가 신비로운 풍광과 절묘하게 어울렸다. 나는 마약에 취한 사람처럼 허공을 밟으며 걷고 걸었다.

페타 레다스트! 페타 레다스트!

○ 11일

크베라게르디 캠핑장
레이캬비크 캠핑장

다음 날 캠핑장 프리푸드 선반에 몇 가지 물건을 내려놓았다. 멀티탭, 락앤락 통, 비키니 수영복(이제 비키니를 입고 활보할 청춘은 지났다),《나는 걷는다 3》.《나는 걷는다》는 예순한 살의 프랑스인 베르나르 올리비에가 1,099일 동안 이스탄불에서 중국 시안까지 걸은 여행기다. 그는 1만2천 킬로미터의 도보여행을 통해 우울증에서 벗어났고 세계적으로 유명한 여행작가가 됐다. 그러니까 여행이 그를 구원한 것이다. 나도 같은 바람이었다. 이 책을 들고 왔으니 말이다. 그런데 계속 가지고 다니기엔 470페이지가 너무 무거웠다.

아 뭐야? 배낭이 하나도 가벼워진 것 같지 않잖아! 우씨, 책은 도로 가져올까? 아직 한 페이지도 읽지 못했는데. 그런데 누가 그 책을 가져갈까? 한국어 책을. 언젠가 한국인 캠핑족 눈에 띄면…… 그런 생각을 하며 배낭에 짓눌린 채 헉헉거리며 링로드까지 걸었다.

오전 9시 30분, '레이캬비크'라고 쓴 종이를 들고 2차선 도로가에 섰다. 아이슬란드 여행을 시작하고 처음으로 길에 서서 엄지를 치켜든 것이다. 긴장됐다. 정말 차가 잡힐까? 태워 주는 사람이 있을까? 사실 나로 말하자면 히치하이킹 경력이 만만치 않다. 시골집에서 읍내를 오고가던 중고등학교 시절부터, 충청도, 강원도, 전라도, 경상도에 있는 폐사지를 찾아다닌 답사여행 중에도, 그리고 지금 살고 있는 지리산 산골마을에서까지 수십 년간 히치하이킹을 해 왔다. 길 위에서 나는 능숙한 히치하이커였다. 한번은 잭 케루악의 《길 위에서》와 밀란 쿤데라의 《히치하이킹 놀이》를 인용하며 나의 히치하이킹 경험담을 〈오마이뉴스〉에 올린 적이 있다. "겁대가리 상실했다"느니, "죽으려고 환장한 여자"라느니 하는 댓글들이 무지하게 달렸다.

외국에서 히치하이킹은 처음이었다. 떨렸다. 히치하이킹으로 원하는 장소까지 원하는 시간 내에 갈 수 있을까? 히치하이킹으로 아이슬란드 여행이 정말 가능할까? 믿는 구석은 있었다. 지금까지 길에서 심심찮게 히치하이커들을 봤다. 그러니까 이 나라에선 히치하이킹 여행이 일반적이고 상식적인 여행방법 중 하나라는 것이다.

경험으로 보건대, 히치하이킹에도 몇 가지 요령이 있다. 뭐 대단하거나 비밀스러운 노하우라고 할 것까진 없지만.

하나. 동서남북 목적지의 방향을 정확하게 인지해야 한다.

설마 반대 방향으로 가는 차선에서 엄지를 치켜드는 사람은 없겠지. 그러나 지리, 풍경, 언어가 다 낯선 이국에선 방향감각을 잃고 그럴 수 있다.

둘. 일자로 뻗은 도로가 유리하다. 운전자가 전방의 히치하이커를 가능한 빨리 식별할 수 있도록.

셋. 운전자가 차를 세울 수 있는 안전한 공간이나 갓길이 확보된 장소여야 한다. 매우 중요하다.

넷. 당당하게 팔을 쭉 뻗고 엄지를 높이 치켜세운다. 사람 좋아 보이는 미소를 지으며.

서 있는 자리를 둘러봤다. 하나, 둘, 셋에 들어맞게 자리는 잘 잡았다. 10분쯤 지났다. 긴장감 때문에 가만히 서 있지를 못하겠다. 동동동 제자리 뛰기를 했다. 날이 흐려 추웠다. 재킷 후드를 뒤집어썼어도 볼이 시렸다. '50년 만의 악천후'라더니. 급격하게 체온이 떨어지고 있었다. 지나가는 차가 거의 없었다. 두어 대 지나갔나? 길 건너편 주유소에 들렀다 나오는 자동차들도 고개를 가로저으며 지나갈 뿐. 주유소로 건너가 잠시 몸을 데우고 나올까, 하는 생각도 들었다. 아이슬란드의 주유소에는 잡화와 식료품과 커피를 파는 상점이 딸려 있다.

3, 4분에 한 대씩 자동차가 지나갔다. 그때마다 간절한 심정으로 미소를 띠며 엄지를 치켜들었다. 10분이 더 흘렀다. 그리고 또 10분. 차츰 자신감을 잃어 갔다. 이런, 길에서 차 잡다가 시간 다 잡아먹겠는데. 바람 부는 길 위에 서서 생면부지 타인에게 자선을 구걸한다는 것. 먼 이국땅에 와서 혼자, 20대 청춘도 아닌 이 나이에…… 처량했다. 마음이 약해지면 안 되는데. 고작 40분 지

났을 뿐이잖아.

"페타 레다스트Peta reddast!"

불쑥 입 밖으로 뒤어나온 밀이있다. '잘될 거야!' 아이슬란드어였다. 페타 레다스트! 페타 레다스트! 아이슬란드 사람들이 많이 쓰는 말이라는 글을 읽은 기억이 났다. 잘될 거야! 잘될 거야! 아이슬란드 사람들은 세계에서 가장 낙천적이고 긍정적인 사람들이라고 했다. 인간이 생존하기 힘든 척박한 땅, 세상과 외떨어진 바다 한가운데서 1년의 몇 개월을 어둠에 휩싸여 살면서도 그렇다고 했다. 은행에 돈이 없어? 페타 레다스트! 경제가 불황이야? 페타 레다스트! 화산 폭발로 용암과 화산재가 경작지를 덮었다고? 페타 레다스트! 페타 레다스트! 한단다. 나도 그 말을 주문처럼 중얼거렸다. 페타 레다스트, 페타 레다스트!

"레이캬비크 가세요?"

마침내 내 앞에 차가 섰다. 페타 레다스트! 정말 주문이 먹혔나? 기적이 일어난 것만 같았다. 나는 생큐를 외치며 바닥에 눕혀 놓은 배낭을 부리나케 들어올려……

"여기선 레이캬비크 가는 차를 잡을 수 없어요!"

무슨 말이지? 조수석 차창으로 고개를 내민 여자가 또 뭐라 뭐라 소리를 질렀다. 분명 태워 주겠다는 말은 아니었다. 나는 배낭을 도로 바닥에 내려놓고 벙 찐 표정으로 물었다.

"네? 뭐라고요?"

"여긴 동네 길…… 링로드로 나가야…… 저 앞에서 우회전해서 곧바로…… 아, 타세요! 링로드까지 데려다줄게요."

그때서야 말뜻을 이해했다. 이 길은 레이캬비크로 가는 링로드가 아니라는 것. 엉뚱한 곳에 서 있었던 것이다. 이럴 수가! 어쩌다가 이런 황당한 실수를 한 거지? 히치하이킹 노하우까지 줄줄이 꿰며 자신감에 차 있었는데. 아, 낯 뜨거워! 주유소 때문에 헷갈렸다. 주유소는 링로드에만 있다고 생각했던 것이다. 그래도 그렇지, 차량통행이 적었던 것부터 의심해 볼 정황이 많았는데.

동네 주민이라는 중년부부는 나를 태우고 20미터 정도 직진했다. 우회전한 뒤 한 블록 지나 링로드에 나를 내려 주었다. 놀랍게도 곧바로 자동차 한 대가 내 앞에 와서 섰다. 나는 또 한 번 어리둥절해졌다.

"레이캬비크 가세요? 타세요!"

운전자는 단발머리의 30대 아이슬란드 여자였다. 사회복지사라는 그녀의 이름은 잉카. 인사와 통성명을 나누고 나는 조수석에 앉아 멍하니 넋을 놓고 있었다. 곧 정신을 차리고 그 침묵의 시간이 얼마나 어색한지 느꼈다. 뭐라도 말을 해야 할 분위기였다. 그래서 불쑥 물었다.

"왜 여긴 나무가 한 그루도 없죠? 이끼뿐인 이유가 뭐죠?"

"일조량이 부족해 나무가 자라기 힘들어요. 이끼는 겨울에 눈이 많이 내리기 때문에 습기가 많아서 자라는 거고요."

나는 고개를 끄덕이며 차창 밖으로 스치는 용암지대의 카키색 이끼를 바라봤다.

"저기, 평야 한가운데 우뚝 솟아 있는 산들은, 그러니까 이런 지형이 어떻게 생긴 거죠?"

"원래 섬이었다고 해요. 화산이 폭발하고 용암이 바다로 흘러내려 섬들이 용암지대 한가운데 솟아 있게 된 거죠."

이런저런 얘기들을 더듬더듬 나누며 레이캬비크 캠핑장까지 50여 분 달렸다. 엉뚱한 곳에서 차를 잡는다고 생고생도 했지만 길에 서서 엄지를 치켜든 첫 번째 히치하이킹은 성공적이었다. 캠핑장까지 일부러 데려다주고 가는 친절한 사람도 만났고. 안도의 한숨이 흘러나왔다. 히치하이킹 여행이 어렵지 않을 거라는 자신감이 생겼다.

블루라군

○ 12일

블루라군

레이캬비크 캠핑장에서 만난 한국 청년들의 렌터카를 얻어 타고 블루라군에 갔다. 보조배낭 하나만 가볍게 메고 따라나섰다. 싹싹한 두 청년 상혁 씨와 상준 씨는 출국하기 전 블루라군에서 온천을 즐길 거라고 했다(오늘이 아이슬란드에 온 지 10일째, 여행 마지막 날이란다. 남은 전투식량 여섯 봉지를 내게 몽땅 안겨 주었다).

블루라군Blue Lagoon은 아이슬란드에서 최고의 휴양지로 꼽힌다. 레이캬비크에서 남쪽으로 40킬로미터, 검은 용암지대 한가운데 만들어진 노천온천이다. 물빛이 정말 신비스러웠다. 우윳빛의 푸른 온천수. 지하 2천 미터에서 뽑아 올린 해수와 담수를 섞은 거란다. 그런데 나는 고급 레스토랑, 바, 기념품점, 화장품점 등 '관광지스러운' 시설과 북적거리는 사람들을 보자 질려 버렸다.

온천을 하고 싶은 마음이 전혀 일지 않았다. 게다가 예약을 하지 않고 왔기 때문에 네 시간쯤 대기하란다(몇 시간을 기다려도 입장하지 못하는 경우노 낳단다). 5만 원 정도 하는 입장료도 부담스러웠다. 나는 실리카 머드(이산화규소가 함유된 진흙)를 하얗게 얼굴에 바르고 수증기 속에서 가물가물 온천을 즐기고 있는 사람들을 유리벽 앞에 서서 내다보다가 두 청년에게 작별인사를 하고 밖으로 나왔다.

용암지대의 바윗길을 따라 걸었다. 블루라군 클리닉 호텔이 나왔다. 내친 김에 높은 굴뚝에서 하얀 수증기가 펑펑 솟는 스바르트셍기Svartsengi 지열발전소 쪽으로 더 걸었다. 블루라군은 그 지열발전소에서 나오는 물로 채워진 거였다. 지열발전소는 전력을 생산하는 데 연료를 필요로 하지 않고 폐기물도 만들어 내지 않는 친환경 시설물이다. 아이슬란드는 연간 에너지 생산량 중 지열발전이 차지하는 비율이 세계에서 가장 높은 나라다. 그러나 아이슬란드는 1970년대 이전까지만 해도 석탄과 석유로 대기오염이 극심한, 가난한 나라였다고 한다. 1995년부터 화산 200개, 온천 600개에서 발생하는 지열, 풍력, 조력 등을 이용해 친환경에너지를 본격적으로 생산하기 시작했다. 영국 신문 〈인디펜던트〉는 "아이슬란드는 지하 1킬로미터 아래에서 200도로 끓고 있는 온수가 있는 지질학적 구조를 이용해 재앙의 불씨를 경제발전의 불씨로 바꿨다"고 말했다. 아이슬란드는 그렇게 화산활동이 활발한 척박한 자연환경을 이용해 친환경에너지를 생산하고, 난방을 해결하고, 농사를 짓고, 블루라군 같은 온천을 만들어 관광사업을 하고 있다.

지열발전소에서 나온 커다란 파이프들이 용암지대로 뻗어 있었다. 사이사이에 있는 용암바위 때문에 울퉁불퉁한 길과 이끼 뒤덮인 평야를 두 시간쯤 걸었다. 걷고 있는 사람은 나밖에 없었다. 블루라군 주차장으로 돌아와 히치하이킹을 했다. 블루라군의 직원이라는 젊은 여성이 차를 태워 주었다. 그녀는 내가 묻지 않아도 뭐든 하나라도 더 알려 주려고 했다.

"저 건물은 알루미늄 공장이에요. 저 산은 블루마운틴이라고 불러요. 겨울에 저기서 스키를 타요."

나는 그녀가 말을 끊은 사이 평소 궁금했던 걸 물었다.

"아이슬란드 사람들은 아이를 많이 낳죠(아이슬란드가 유럽에서 출산율이 가장 높다고 들었다)?"

"보통 셋이나 넷은 낳죠."

"그런데도 인구가 크게 늘지 않는 이유가 뭐죠?"

"글쎄요. 아마 외국에 나가 사는 사람들이 많아서일 거예요. 젊은 사람들 중에 40퍼센트가 외국에 나가 살고 있어요. 대부분 다른 유럽 국가에서요."

젊은이들 40퍼센트가 외국에 나가 산다고? 이 나라엔 '노이'가 그렇게 많나? 노이는 아이슬란드 영화 〈노이 알비노이〉의 주인공이다. 노이가 생일날 할머니에게서 받은 뷰마스터viewmaster를 통해 들여다보던 한 장의 슬라이드 필름은 야자수가 서 있는 하와이 해변이었다. 노이는 그 햇살 눈부신 해변을 동경했다. 나는 노이가 그토록 떠나고 싶어 했던 아이슬란드를 오랫동안 동경해 왔고.

"왜 다른 나라로?"

"직업, 더 넓은 세상, 경험…… 복합적이에요. 하지만 나이 들면 아이슬란드로 모두 돌아오고 싶어 하죠. 세상 어디에도 이 나라처럼 안전한 곳이 없다는 걸 알게 되고요."

그녀는 지난 100년 동안 화산 폭발이 마흔여섯 번이나 일어났고, 틈만 나면 지진이 일어나고, 30개가 넘는 활화산들이 수시로 용암을 쏟아 내는 이 땅이 '세상에서 가장 안전한 나라'라고 말하고 있었다. 나는 그 이유를 정확히 이해하지 못한 채 오후 4시쯤 레이캬비크에 도착했다.

여행자도 요리사도 아닌 그 무엇

○ 14~15일

셀포스 마을

흘라스코귀르 산장

하이포스 계곡

여행 14일째였다. 전홍필 씨랑 회계사 등산동호회는 레이캬비크에서 호텔 조식 후 전세버스를 타고 골든서클로 먼저 떠났다. 저녁 때 만나자며 백경하 씨와 내게 막중한 임무를 던져 놓고. 어쩌다가 일이 이렇게 됐는지 모르겠다. 발등에 불이 떨어졌다. 그러니까 시작은 아이슬란드 여행사 대표인 홍필 씨와 한국에서 한 약속이었다. 여행을 며칠 접고 요리사 보조로 주방 일을 도와주기로 했던 것이다. 아르바이트비를 받아 여행경비에 보탤 생각이었다. 그런데 요리사 보조가 아니라 요리사로 내가 그 일을 전적으로 떠맡게 됐다. 어제 레이캬비크에서 만난 홍필 씨가 이렇게 말했다. 긴 머리를 짧게 치고 나타나서는.

  "한국에서 오기로 했던 요리사가 스케줄을 펑크 냈어요. 누나, 도와주세요. 다른 방법이 없어요. 아이슬란드 요리사라도 구해 보려고 했는데 5일 동안 보수로 1500만 원이나 부르더라고요. 한국음식도 못 하는 요리사가 말이에요. 누나가 맡아 주세요. 백경하 씨가 보조로 도와줄 거예요."

결국 울며 겨자 먹기로 승낙하고 말았다. 한국에서 온 등산 동호인 25명과 아이슬란드 현지인 버스기사와 가이드, 홍필 씨와 경하 씨, 그리고 나, 그렇게 30인분의 한국음식을 만들게 됐다. 전문 요리사도 아닌 내가 4박 5일 동안! 게다가 홍필 씨가 한국에서 챙겨 온 거라곤 김치와 고춧가루 한 줌과 손바닥만 한 고추장 한 봉지, 참기름 한 병뿐.

백경하 씨가 운전하는 사륜구동 렌터카에 올라탔다. 오늘 목적지인 인랜드(내륙지방)로 가기 전에 장부터 봐야 했다. 링로드를 타고 시계 반대 방향으로 달렸다. 며칠 전 헤이마에이 섬에서 나와 레이캬비크로 돌아올 때 지났던 길. 두 번째 지나는 터라 이국적인 풍경을 보는 충격은 조금 가셨다. 그래도 갈비뼈가 들썩거려지는 흥분은 여전했다. 용암지대와 이끼, 푸른 초원, 목장, 황무지 한가운데 불쑥불쑥 솟은 산, 월피사우Ölfusá 강, 몽실몽실 양떼구름. 두 번 봐도 아름다운 풍경이었다.

한 시간쯤 달려가 셀포스Selfoss 마을에서 차를 세웠다. 마스코트가 핑크 돼지인 보뉘스 마트 앞이었다. 보뉘스는 크로난, 네토 등과 함께 아이슬란드의 대표적인 슈퍼마켓이다. 그중 보뉘스가 물건 값이 가장 싸단다. 우리는 급하게 짠 식단표를 들고 카트를 밀며 넓은 매장을 돌고 돌았다. 30인분의 요리를 하려면 식재료가 얼마나 필요한지, 한국음식 맛을 내려면 어떤 소스를 써야 할지, 밥알이 풀풀 날리는 안남미가 아닌 쌀은 무엇인지, 고춧가루를 대신할 만한 재료가 있는지, 이 깡통엔 뭐가 들었고, 이 햄은 무슨 맛인지 마트 안의 물건들을 샅샅이 살피며 돌았다. 동태, 하우카르들, 버터, 잼, 생강, 다진 마늘, 소금, 식초, 설탕, 굴소스, 카레, 식빵, 오렌지주스, 청량음료, 우유, 티백, 샌드위치 햄, 빵, 당근, 오이, 양파, 돼지고기, 스테이크용 소고기, 등심, 닭고기, 달걀, 사과주스, 파프리카, 토마토, 감자, 바나나, 뮤즐리, 사과, 냅킨, 일회용접시, 랩, 은박지……. 장을 보는 데 세 시간 걸렸다. 구입한 식재료가 자동차 트렁크와 뒷자리에 꽉 찼다. 장거리 경주라도 달린 사람마냥 경하 씨가 혼비백산한 표정으로 말했다.

"돈 쓰는 게 이렇게 힘든지 처음 알았어요!"

푸른 목장을 바라보며 동쪽으로 달렸다. 목적지까지 남은 거리는 84킬로미터. 30번 도로로 좌회전해 인랜드로 향했다. 아이슬란드 마을은 대부분 바닷가에 자리 잡고 있다. 내륙은 말 그대로 광활한 불모지다. 청보라빛 루핀 꽃이 만발한 강가를 따라 북동쪽으로 달렸다. 나는 시종 차창 밖으로 흐르는 풍경에 시선을 뺏기고 있었다. 차 안의 공기가 서먹서먹했다. 경하 씨는 아이슬란드 여행 준비를 하면서 두 번 만났고 그때마다 내게 차가운 표정으로 거리감을 두던 사람 아닌가. 나는 흐르고 있는 김광석 노래를 속으로 따라 부르다가 그에게 말을 붙였다.

"이틀만 있다 간다고요?"

"네, '몽유캠프'라고, 여행자들을 인솔해 9일 동안 링로드를 돌아야 해요. 상황이 이렇게 된 걸 저도 어제 아이슬란드에 도착해서 알았어요. 저는 공항에서 여행자들 픽업만 도와주기로 했었거든요. 이틀 동안 누나랑 같이 요리를 하게 될 줄은…… 정말 할 수 있겠어요?"

"우리가 전문 요리사도 아니고. 찬이 부족해도, 맛이 없어도 이해해 주지 않겠어요?"

오후 3시 45분, 드디어 목적지에 도착했다. 홀라스코귀르 Holaskogur라는 산장이었다. 황무지 한가운데 있는 2층짜리 건물이었다. 뺑뺑 둘러봐도 주변에 보이는 건물이라곤 그것뿐이었다. 앞엔 광활한 황무지가 펼쳐져 있고 수 킬로미터 너머의 그 끝에 헤클라Hekla 산이 솟아 있었다. 눈 덮인 설산이었다. 산장 뒤편 서쪽은 야트막한 돌 언덕이었다. 산장은 여름 한철, 인랜드 여행자들이 묵어 가는 곳이었다. 산장 관리인이 커피도 팔고 있었다.

저녁 준비를 서둘렀다. 등산동호회가 저녁 7시쯤 도착한다고 했다. 산장 조리실엔 필요한 조리기구와 식기류가 다 갖춰져 있었다. 저녁 메뉴는 닭볶음탕과 야채쌈. 물건을 들여놓고 서둘러 음식을 준비했다. 감자껍질, 양파껍질을 벗기고 썰고, 쌀을 안치고. 어떡하든 칼칼한 닭볶음탕 맛을 내려면 잔머리를 굴려야 했다. 고춧가루를 못 구한 대신 붉은 피망가루를 넣어 때깔을 냈다. 매운 고추를 듬뿍 썰어 넣어 매운맛을 냈다. 다진 마늘을 넣고 소이소스와 설탕으로 간을 했다. 다행히 경하 씨랑 손발이 척척 맞았다. 드디어 동호회 사람들이 도착했다.

찬 가짓수가 부족해 상차림이 민망했다. 서둘러 달걀 프라이를 부쳤다. 젓가락질할 만한 게 별로 없으니 등산동호인들이 한국에서 각자 들고 온 밑반찬들을 꺼냈다.

"닭고기 안 먹는 사람은 뭘 먹으라고?"

"이게 뭐야! 고추는 더 총총하게 썰어야 쌈 싸 먹기 편하잖아. 이건 더 없어? 김치 좀 더 내놓고."

등산동호회의 총무라는 여자가 주방을 들랑거리며 불만을 쏟아 냈다. 휴우.

"잘 먹었어요! 맛있어요!"

식사를 끝낸 사람들이 수고했다며 인사를 건네 왔다. 인사치레라도 기분이 좋았다. 설거지를 도와주겠다며 팔을 걷는 분들도 있었다. 밤 9시가 지나서야 홍필 씨랑 경하 씨랑 늦은 저녁을 먹었다. 너무 피곤해 밥알이 모래알처럼 씹혔다.

산장은 여행자들로 북적거렸다. 2층에는 프랑스 단체 손님들이 들어와 있었다. 등산동호인들은 일찍 잠자리에 들었다. 2층 침대가 죽 놓여 있는 1층 큰 방에서였다. 침구를 따로 내주지 않는 산장이라 각자 들고 온 침낭을 덮어야 했다. 몇몇 주당들은 늦도록 뭉쳐 술잔을 기울이는 것 같았다.

홍필 씨와 경하 씨와 나는 2층에 있는 작은 방을 같이 써야 했다. 나는 매트리스 침대도, 단단한 지붕도, 동침도 거북했다. 불편하고 답답했다. 내 집(텐트)이 그리웠다. 몸이 벌써 야영에 익숙해졌나? 유디트 헤르만의 단편소설 〈차갑고도 푸른〉에서 아이슬란드 여행 가이드 요나는 "세상 어느 곳도 딱딱한 고지 위에 친 텐트만큼 잠이 잘 오는 데는 없다"고 말했다. 나는 그 정도는 아니지만 텐트가 마음이 편했다. 그래서 산장 옆에 텐트를 치겠다고 했더니 홍필 씨가 극구 말렸다.

다음 날 잠결에 경하 씨와 홍필 씨가 소곤대는 소리를 들었다.

"5시 전에 다들 일어났나 봐요. 아침밥 벌써 챙겨 먹었더라고요. 점심만 꾸리면 되겠어요. 누나는 깨우지 말죠."

홍필 씨랑 경하 씨가 살그머니 방을 빠져나갔다. 오늘 아침은 간단하게 토스트랑 우유, 시리얼, 과일을 내놓기로 했었다. 그런데 7시까지 기다리지 못한 부지런한 사람들이 손수 새벽 공복을 달랬나 보다. 점심은 보뉘스에서 사 온 샌드위치, 과일, 음료수, 에너지바를 하나씩 챙겨 주면 된다. 그래, 안 일어나도 되겠다. 몸이 천근만근이었다. 침낭을 머리끝까지 올려 덮었다. 30분쯤 몽롱한 상태로 누워 있다가 일어났다. 란드만날뢰이가르로 트레킹을 떠나는 등산동호회를 배웅했다. 그들은 전세버스를 타고 아침에 산장을 떠났다가 하루 일정을 마치고 저녁 때 다시 산장으로 돌아온다. 경하 씨와 나도 서둘러 사륜구동차에 올랐다. 어제 장을 봤던 셀포스로 다시 나가 또 바리바리 장을 봤다. 대구지리(대구맑은탕)를 끓이라는 전화를 받고 대구까지 추가했다.

돌아오는 차 안에서 김광석의 〈내 사랑이여〉를 들으며 경하 씨랑 속얘기를 나누게 됐다. 경하 씨는 아내에게 느끼는 미안함과 사랑에 대해 얘기했다. 나는 왜 아이슬란드에 왔는지 털어놨다. 둘 사이에 맴돌던 서먹함이 사라져 가고 있었다.

"누나, 우리가 완전히 속았어요! 우리는 지금 섬 아니, 황무지에 끌려와 마늘 까는 노예가 됐어요."

동병상련의 동지애 같은 감정도 생겼다.

"도망갈까?"

농담을 주고받으며 낄낄거리기도 했다. 우리는 산장에 짐을 부려 놓고, 잠깐 '땡땡이'를 치기로 했다. 근처에 하이포스Háifoss가 있었다. 높이 122미터의 하이포스는 아이슬란드에서 세 번째로 높은 폭포다. 산장 관리인이 가는 길을 알려줬다. 길은 산장 뒤편 언덕으로 올라가 서쪽으로 이어졌다. 울퉁불퉁한 고지대 비포장 1차선 옆으로 송전탑이 거인 군단처럼 죽 늘어서 있었다. 송전탑의 황량함마저 설치작품처럼 보이는 불모지 고원이었다.

V자 형의 협곡이 시작되는 절벽 위에 이르렀다. 입이 딱 벌어졌다. 붉거나 검은 색색의 흙빛과 푸른빛, 촘촘히 박혀 있는 주상절리, 눈 덮인 절벽을 가르며 협곡으로 떨어지는 크고 가는 폭포들. 우릉우릉 꽝꽝 협곡을 뒤흔드는 굉음과 흩날리는 물보라. 절벽 끝에 엎드려 바닥을 내려다봤다. 폭포는 까마득히 파인 협곡 사이의 좁은 물길로 굽이굽이 남쪽을 향해 흘러가고 있었다. 그동안 내가 본 폭포만 해도 벌써 수십 개가 넘었다. 아이슬란드는 폭포가 많은 나라였다. 용암지대에 침식으로 생긴 수직절벽들, 녹아내리는 빙하, 겨울에 내리는 엄청난 양의 눈으로 폭포가 널리고 널렸단다. 웬만한 규모의 폭포는 폭포로 대우받지도 못한다고 했다. 하이포스는 손꼽히게 아름다운 폭포 중 하나일 것 같았다. 경하 씨와 나는 폭포를 감상하며 노동의 피로와 스트레스를 날려 버렸다.

부리나케 산장으로 복귀했다. 오후 4시가 지났다. 오늘 저녁 메뉴는 소고기불고기, 대구매운탕, 오이무침. 우리는 또 번갯불에 콩 볶듯 식탁을 차리고 등산동호회를 맞았다. 오자마자 주방으로 들어온 총무가 드럼통을 열었다. 국자로 끓고 있는 내용물을 휘휘 저으며 말했다.

"이게 대체 뭐야? 지리야, 매운탕이야? 대구지리 끓이라고 했잖아?"

나는 애써 건조한 목소리로 대답했다.

"지리를 끓일 재료를 살 수가 없었어요. 여긴 대구도 머리통은 떼고 살만 팔아요. 국물 맛을 낼 수기 없어요. 맨 물에 소금만 넣고 끓일 수도 없고."

"국간장으로 끓이면 되잖아!"

"국간장을 어디서 구해요."

총무는 국자를 탕 내려놓고 나갔다. 미나리나 콩나물 같은 야채를 살 수가 있나, 뭐 다른 재료라도 구할 수 있어야 맛을 내지. 지리를 끓인다고 이 맛도 저 맛도 못 내느니 차라리 매운탕이 나을 것 같았다. 그래서 매장에 딱 하나 있던 시든 무를 사서 넙적넙적 썰어 넣고, 대파를 송송 썰고, 몇 그램 안 되는 고춧가루를 풀어 대구매운탕인지 대굿국인지를 끓였던 것이다.

어제부터 총무의 언사가 영 신경에 거슬렸다. 그녀는 굳은 얼굴로 주방을 들랑거리며 이러니저러니 쉬지 않고 간섭했다. 아마 총무라는 직책 때문에 책임감을 느껴서 그러겠지만, 하대하며 막무가내로 지시하는 태도가 사람 참 불쾌하게 만들었다. 피곤할 텐데 우리에게 맡기고 주방에서 나가 쉬라고, 넌지시 몇 번 말해 봤지만 소용없었다. 그래서 다른 사람들이 잘 먹었다며 인사를 건네도, 아이슬란드 가이드 아우스디스랑 버스기사 욘이 불고기를 두 접시 비우고 엄지를 치켜드는데도 그녀 때문에 상한 기분이 풀리지 않았다. 경하 씨 얼굴도 굳어 있었다. 나는 입이 댓발 나왔고.

그날 밤, 가이드 아우스디스에게서 맥주 두 캔을 얻었다. 방으로 올라가 경하 씨랑 한 캔씩 땄다. 안주는 하우카르들 한 접시였다. 얼핏 치즈 조각처럼 보이는, 손톱만 한 뽀얀 살코기 조각.

하우카르들Hákarl은 아이슬란드 전통음식인 삭힌 상어 고기다(상어를 우유에 두 달 동안 재운 뒤 4, 5개월 동안 천장에 매달아 숙성시켜 만든다). 특유의 암모니아 냄새로 악명 높다. 어제저녁 등산동호회 술자리에 냈다가 퇴짜 맞은 음식이었다. 다들 못 먹겠다며 물렸단다. 나는 호기심과 기대에 차, 하나 집어 입에 넣었다. 콧속이 쏴아 해지면서 에에취! 재채기가 터져 나왔다. 삭힌 홍어 맛인데 향이 훨씬 부드럽고 깊었다. 혀에 착착 감겼다. 언제부터 내 입맛이 국제적으로 변한 건지, 입맛도 단련시키기 나름인 게다.

맥주를 들이켜며 계속 홍필 씨에게 볼멘소리를 했다.

"갑자기 대구지리를 끓이라니…… 아니, 여기 식재료 사정 뻔히 알면서, 우리가 전문 요리사도 아니고, 그런 요구를 덜컥 예스하면 어떡해요? 그리고 총무님한테 얘기 좀 잘해 줘요, 제발 주방에 들어오지 마시라고."

"나한테는 친절하신데, 왜 누나랑 경하 씨에겐 까칠하시지?"

홍필 씨가 머리를 긁적이며 말했다. 우리에게 참으라고 하는 걸 보니 그는 내 말을 총무에게 전할 생각이 전혀 없어 보였다. 수다가 늘어지는 바람에 밤 2시쯤 잠자리에 누웠다. 간신히 선잠에 들었다가 3시쯤 깼다. 화장실에 갔다가 무심코 창밖을 내다보고 깜짝 놀랐다. 카메라를 들고 밖으로 뛰어나갔다. 흘러내리는 돌조각들을 밟으며 산장 뒤편 언덕을 정신없이 기어 올라갔다. 서쪽 하늘이 불바다였다. 그렇게 붉고 짙은 노을은 생전 처음이었다. 손을 뻗으면 그 붉은 화염 속으로 온몸이 빨려들듯 가까운 노을이었다. 숨이 멎을 것 같은 황홀한 기운에 감싸여 몸을 떨었다. 돌아서 동쪽 하늘을 바라봤다. 헤클라 설산 봉우리 위로 하얀 보름달이 둥실 떠 있었다. 붉은 노을과 보름달이 뜬 푸른 하늘 아래 광활한 황무지에 백야의 새벽 어스름이 푸르르게 깔려 있었다. 세상의 모든 존재가 사라진 듯했다. 고요하고 고요했다. 나는 마치 대자연의 정령을 마주한 듯 무릎을 꿇었다. 눈물이 솟구치기 시작했다.

그의 몸속엔 어떤 길이 흘러갈까

○ 16일

갸우인 정원

스통 유적지

다음 날 오전에는 경하 씨랑 지척에 있는 갸우인과 스통에 다녀왔다. 갸우인Gjáin은 황무지 계곡 아래 숨어 있는 비밀정원 같은 곳이다. 주상절리 바위벽 사이사이로 작은 폭포들이 흘러내리고 있고, 키 작은 자작나무와 북극버들나무 잎이 푸르렀다. 북극점나도나물 꽃이 무리무리 하얗게 피어 있었다. 예쁜 정원이었다. 스통Stöng은 바이킹 시대에 농장이었던 유적지다. 전통양식으로 지어진 농가가 있다.

　산장으로 돌아와 경하 씨가 짐을 꾸렸다.

　"누나만 두고 떠나자니 마음이 짠해요. 발길이 안 떨어지네요. 혼자 할 수 있겠어요?"

　"걱정하지 말고 빨리 가요. 늦겠다!"

경하 씨가 차 앞에서 또 미적거리며 날 바라봤다. 마치 사지에 동료를 두고 혼자 탈출하는 사람마냥 어쩔 줄 몰라 하는 표정이었다.

"누나, 다치지 말고 아프지 말고, 여행 잘하세요!"

경하 씨의 작별인사가 길어졌다. 지난 사흘 동안 우리가 나눈 동지애가 이토록 끈끈했었나. 흙먼지를 피우며 멀어져 가는 그의 차가 시야에서 완전히 사라질 때까지, 나는 거기 오래 서 있었다.

혼자 저녁 준비를 시작했다. 남은 식재료들을 들춰보고 메뉴를 조정했다. 돼지고기 두루치기와 야채볶음, 맑은 닭국을 만들 수 있을 것 같았다. 통닭 다섯 마리는 껍질과 기름을 일일이 제거한 뒤 끓여 건졌다. 살을 발기발기 찢어 다시 폭 끓였다. 소금으로 간을 하고 양파와 마늘을 넣었다. 야채볶음은 남아 있던 당근과 양파, 브로콜리, 피망을 썰어 한데 넣고 데리야키 소스로…… 경하 씨, 이것 좀 저어 줄래요? 아, 없지. 옆에서 거드는 사람이 없고 양이 많다 보니 몸을 더 재게 놀려야 했다. 세 가지 요리를 한꺼번에 진행했다. 레시피도 없는 국적불명의 요리를 창작하느라 진땀 뺐다. 드디어 오후 5시 30분, 상차림까지 깔끔하게 끝냈다.

차를 한 잔 타 들고 산장 밖으로 나갔다. 데크에 깡마른 청년이 앉아 쉬고 있었다. 영국에서 온 자전거여행자라고 했다. 인랜드 북쪽으로 올라가는 길이라는데, 피곤해 보였다. 나는 자전거여행을 하는 사람들을 보면 정말 대단하다는 말밖에 안 나왔다. 비바람 몰아치는 변화무쌍한 아이슬란드의 날씨 속에서 어떻게 페달을 밟아 가는지. 나는 백번 죽었다 깨도 못 할 일이었다.

김훈의《자전거 여행》에 나오는 구절을 어렴풋이 떠올리며 청년을 물끄러미 바라봤다. 그의 몸속으론 어떤 길들이 흘러 들어 갔다 흘러 나갔을까.

> 자전거를 타고 저어 갈 때, 세상의 길들은 몸속으로 흘러 들어온 다. (중략) 흘러오고 흘러가는 길 위에서 몸은 한없이 열리고, 열 린 몸이 다시 몸을 이끌고 나아간다. 구르는 바퀴 위에서, 몸은 낡은 시간의 몸이 아니고 현재의 몸이다. (중략) 자전거를 타고 저어 갈 때, 몸은 세상의 길 위로 흘러나간다.

나는 그에게 차나 커피나 토스트를 먹겠냐고 물었다. 그는 혹시 사과가 있으면 달라고 했다. 사과 세 개를 꺼내 왔더니 그는 고맙 지만 짐이 무겁다며, 한 개만 받아 갔다. 나는 멀어져 가는 자전거 를 지켜보며 거기 또 오래 서 있었다. 자전거는 황무지 흙길 위에 서 움직이는 입체였다가, 곧 면이 되고, 흐르는 선이 되더니, 콩알 만 한 점이 되어 완전히 사라졌다. 좀 전까지 나와 얘기를 나누던 한 존재가 4차원 시공간 속에서 영원히 소멸한 느낌이었다. 그는 계속해서 두 바퀴를 굴리며 길 위로 흘러나가고 있겠지만. 가슴 한쪽이 먹먹해졌다. 세상에서 영원히 사라져 버린 사람을 목격한 것 같았다. 산장 뒤편 언덕으로 올라갔다. 바람이 불고 있었다.

오늘도 동호회 사람들은 노독과 허기에 지쳐 돌아왔다. 총무 는 여전히 고압적인 태도로 주방을 들랑거렸다. 나는 그녀에게서 신경을 거두려 애썼지만 쉽지는 않았다.

"이건 왜 남겼지? 스태프들 먹으려고?"

입꼬리를 씰룩거리며 총무가 물었다. 스태프라면 홍필 씨와 나를 두고 하는 말인 것 같았다. 나는 아무 대답도 하지 않았다. 그러자 총무가 프라이팬에 남아 있던 두루치기를 싹싹 긁어 접시에 담는 거였다.

"버스기사님이랑 가이드에게도 드려야 하는데요."

그러자 총무가 동작을 멈췄다. 아주 잠깐 접시를 든 채 정지된 화면처럼 서 있더니 두루치기를 프라이팬에 휙 쏟고는 주방에서 나가 버렸다. 나는 총무의 뒤통수에 대고 눈을 하얗게 흘겼다.

저녁을 먹고 뒷마무리를 한 뒤 등산동호인들 몇 사람과 자리를 같이했다. 차를 마시는 자리였다. 그들은 국내는 물론 외국의 이름난 산들을 찾아다니는 등산 애호가들이었다. 얼마 전엔 히말라야 트레킹 코스를 완주했다고 한다. 아이슬란드에 온 목적도 헤클라 산 등반이었다. 그들은 직업에 관한 자긍심이 강했다. 회계는 기업의 치마를 들추는 일이며, 자본주의 사회에 꼭 필요한 업종이요, 타락하지 않는 직업이라고 말했다. 대화는 회계사 일에 얽힌 에피소드와 여행 경험담, 읽은 책들로 중구난방 널뛰다가 아이슬란드 이야기로 넘어오곤 했다. 아이슬란드 바람이 세다 보니, 새들이 날 수 없어서 공중에 떠 있다는 말을 지인으로부터 들었다고 누군가가 말했다. 공중에 떠 있는 그 새들을 매미채로 잡을 수 있겠다고 또 누군가가 말해 한바탕 웃음이 터졌다.

생애 최고의 바람

○ 17일

소르스뫼르크
→ 핌뵈르뒤하울스

다음 날은 나도 동호회 일정에 합류했다. 소르스뫼르크Þórsmörk에서 핌뵈르뒤하울스Fimmvörðuháls라는 곳까지 등반 코스였다. 하산길에 소르스뫼르크에서 바비큐 파티를 할 예정이었다. 가이드 아우스디스가 아이슬란드 전통식으로 양고기 바비큐 요리를 선보이겠다고 자청했기에, 저녁식사 준비를 하지 않아도 돼 나도 따라나섰다.

전세버스는 한 시간쯤 남쪽으로 내려가 링로드를 타고 동쪽으로 달렸다. F249 도로로 바꿔 타고 북쪽으로 향했다. 도로번호 앞에 붙은 'F'는 four wheel, 사륜구동차만 진입이 가능한 도로라는 뜻이다. 내륙 대부분의 도로명이 F로 시작된다. 그런데 사륜구동차라고 해서 다 들어갈 수 있는 게 아니었다. 바퀴가 크고 차체가 높은 슈퍼지프만이 다닐 수 있는 길이다. 진창길, 자갈길, 물웅덩이가 이어졌다. 크로사우Krossá 강으로 흘러드는 수많은 지류를 건너야 했다. 물살을 가르며 버스가 정신없이 흔들릴 때는 손바닥에 진땀이 흘렀다. 버스가 뒤집어질까, 강바닥에 처박힐까 조마조마했다(나중에 알았지만 그 길은 그나마 정비가 잘된 길이었다).

"이 길을 포장해 더 많은 관광객들을 유치하려는 움직임이 있습니다. 환경운동가들이 강력히 반대하고 있고요."

아우스디스의 목소리가 스피커를 통해 흘러나왔다. 홍필 씨가 통역을 했다. 누군가가 아우스디스에게 당신은 찬성이냐, 반대냐 물었다.

"물론 저는 반댑니다."

세계에서 가장 깨끗한 물과 공기를 자랑하는 아이슬란드에서도 '개발'과 '보존'이 곳곳에서 대립각을 세우고 있다. 아이슬란드는 OECD 회원국 중 관광산업 비중이 가장 높은 나라다.

나는 스쳐가는 차창 밖 풍경을 하나도 놓치지 않으려고 눈을 휘둥그렇게 뜨고 있었다. 왼쪽은 평평하게 펼쳐진 드넓은 잿빛 모래벌판이었다. 그 위로 잿빛 물줄기들이 곱실거리는 수백 가닥의 머리카락처럼 구불구불 흐르고 있었다. 오른쪽으론 기암괴석들이 박힌 푸른 절벽이 이어졌다.

그 절벽 위에 2010년 봄, 화산 폭발이 일어났던 에이야피아들라예퀴들Eyjafjallajökull 빙하가 있었다. 화산재로 유럽 전역에 사상 최대 항공대란을 일으켰던 곳. 내가 아이슬란드에 빠지기 시작하던 때 일어난 일이었다. 나는 인터넷으로 그 뉴스를 빠뜨리지 않고 찾아봤고, 46억 년 동안 땅 밑에서 활동해 온 지구의 역사를 눈으로 직접 보고 싶다는 열망이 더더욱 뜨거워졌었다. 차가운 빙하 아래 뜨거운 마그마가 끓고 있고, 그 빙하를 뚫고 화산이 솟구쳤다니! 상상만 해도 짜릿했다. 그런데 지금 바로 그 현장에 와 있는 것이다. 그때 쏟아진 검은 화산재가 엉겨 붙어 검푸른 색으로 변한 빙하의 끝자락이 차창 밖으로 지나가고 있었다.

스무 개가 넘는 물길을 건너 드디어 목적지에 도착했다. 산장과 캠핑장을 지나 자작나무 숲이 우거진 등산로 입구가 나타났다. 등산동호인들은 등산복과 스틱, 산악등산화, 장갑 등으로 중무장하고 버스에서 내렸다. 홍필 씨와 나는 가벼운 산책 차림이었다.

"뒤처지지 않도록, 후미 팀들 사진 찍는 것 좀 자제하시고 보조를 맞춰 주세요."

보조를 맞추라는 간곡한 당부가 여러 번 계속됐다. 나는 아무래도 이 산행에서 '민폐녀'가 될 것 같았다. 성인이 된 뒤로 단체산행은 처음이었다. 나는 걷거나 멈추거나, 이쪽저쪽으로 가거나, 한눈팔며 서 있거나, 그때그때 마음 내키는 대로 홀로 여행하고 홀로 산행하는 체질이었다. 게다가 걸음이 워낙 느려 남들과 보속을 맞춰 걸을 자신이 없었다. 그렇다고 여기까지 와서 빠질 수도 없었다. 어떡하든 내가 속도를 내거나 일행이 '느림의 미학'을 즐기는 팀이기를 간절히 바랄밖에.

왕복 13킬로미터, 여섯 시간 코스의 산행이었다. 오전 11시 46분, 드디어 서른 명의 일행이 줄지어 자작나무 언덕을 오르기 시작했다. 욘이 선두에 섰고 나는 중간쯤에 끼어 출발했다. 뒤처질까 마음이 초조했다.

자작나무 숲이 끝나고 절벽 길이 나타났다. 산등선이로 올라서자 시야가 확 트였다. 소르스뫼르크(토르의 계곡)의 풍경이 한눈에 잡혔다. 나는 그만 그 기괴한 풍광에 눈이 팔려 버렸다. 열 발짝 걷다 서고, 또 열 발짝 걷다 섰다. 후미로 처지기 시작했다. 서쪽은 산등선이 너머 잿빛 모래 강, 남쪽으론 기암괴석들로 이루어진 협곡이 아득하게 펼쳐졌다. 푸릇한 이끼, 풀, 야생화, 자작나무 숲으로 이어져 내려가는 빙하의 침식계곡이었다. 번갯불 모양으로 쩍쩍 갈라진 협곡은 북유럽신화에 나오는 토르가 쇠망치 몰니르로 내리친 땅 같았다. 토르, 엘프, 트롤, 거인 등 초자연적인 존재들에게 어울릴 법한 협곡이었다. 인간세상이라고 하기엔 땅의 색이나 바위의 모양들이 너무나 비현실적이었다. 정말이지 현실 너머의 세상을 상상하지 않고는 못 배기겠다. 하늘의 움직임까지 다이내믹했다. 한쪽 하늘은 먹구름이 낮게 깔려 흐렸고 그 옆의 하늘은 반짝반짝 파랬다. 또 한쪽에선 몽실몽실 뭉게구름이 흐르고 있었다. 짙은 잿빛 구름이 뒤덮인 강 위에선 비가 내리는 듯했다.

바람을 안고 위태롭게 능선 길을 걸었다. 결국 맨 꼴찌로 처지고 말았다. 20미터 남짓 떨어져 내 앞에서 걷고 있는 사람이 네 명. 나머지 사람들은 벌써 저 멀리 북동쪽 민둥산 능선을 병정개미들처럼 줄지어 오르고 있었다. 그들은 속도전을 즐기듯 빠르게 전진했다.

길이 남쪽으로 꺾였다. 앞서간 사람들의 발자국을 따라 산허리의 눈밭을 가로질렀다. 검은 화산재가 흩뿌려진 눈밭이다. 눈밭을 하나 더 건너자 등산동호인들이 점심을 먹고 있었다. 바람막이 삼아 산허리를 등지고 앉아서는. 오후 12시 50분. 늦게 왔다고 뭐라고 하는 사람은 없지만 쭈뼛쭈뼛 눈치를 살피며 이끼 위에 앉았다. 내 몫으로 지고 온 주스와 샌드위치를 배낭에서 꺼내 바쁘게 씹었다.

"장갑도 없이 손 시릴 텐데, 내 장갑 드릴까요?"

옆에 있던 한 분이 고맙게도 장갑을 빼주려 했다. 나는 괜찮다고, 정말 괜찮다고 도리질을 쳤다. 그 자리에서 아우스디스가 등반을 포기한 네 명을 데리고 먼저 하산했다.

남쪽을 향해 다시 출발했다. 신기루처럼 반짝이는 설산의 능선을 타고 고개를 넘었다. 반대쪽에서 고개를 넘어오는 사람들을 만나면 비켜 가며 조심조심 걸었다. 이 하이킹 코스는 동쪽의 미르달스예퀴들Mýrdalsjökull, 서쪽의 에이야피아들라예퀴들, 두 개의 빙하 사이로 난 길이었다. 남쪽으로 스코가르Skógar까지 이틀 코스로 이어진다. 북쪽으론 란드만날뢰이가르까지 4일 코스로 이어지는 유명한 트레킹 코스다. 나는 대형배낭을 짊어지고 걷는 트레커들을 바라보며, 나중에 그 트레킹 코스를 꼭 완주하겠다고 마음먹었다.

고도는 점점 높아지고 있었다. 나는 줄곧 뒤떨어져 혼자 걸었다. 가파른 고개를 넘을 때 횡격막이 끊어질 듯 숨이 차올랐다. 고개를 올라서니 끝이 안 보이는 너른 눈밭이었다. 설산 봉우리 사이사이로 푸른 혓바닥처럼 밀려 내려온 빙하가 보였다. 눈과 구름이 맞닿아 뫼비우스띠처럼 땅과 하늘이 휘어져 보였다. 피안의 세계에 들어온 것만 같았다. 내 걸음은 더 느려졌다. 눈밭에 발이 푹푹 빠졌다. 어느새 신발이랑 양말이 다 젖었다. 발이 너무 시렸다.

협곡을 가르는 사면 비탈길, 온 힘을 다해 바람을 밀어 내며 전진했다. 너르고 평평한 돌밭을 지나 다시 눈밭으로 들어섰다.

고개를 드니 구름 한가운데 천공처럼 뚫린 파란 하늘이 눈부셨다. 눈밭 곳곳에도 구멍이 뻥뻥 뚫려 있었다. 나는 크레바스(빙하의 균열, 틈)처럼 입을 벌리고 있는 구멍으로 다가가 조심조심 내려다봤다. 흙바닥이 보였다. 마치 거인이나 트롤이 눈을 한 숟가락씩 푹푹 퍼낸 듯했다. 땅의 지열 때문이었다. 마그마가 지표면 가까이에서 흐르는 뜨거운 자리에서 눈이 녹아 깊이 2미터 가량의 싱크홀이 생긴 것이다.

한눈팔고 있는 사이 등산동호인들이 시야에서 완전히 사라졌다. 오른편에 솟아 있는 붉은 봉우리를 향해 산비탈을 혼자 오르는데 덜컥 겁이 났다. 이러다가 일행을 놓치고 길을 잃는 건 아닐까? 달리듯 걸음을 재촉했다. 새빨간 화산탄이 굴러 내리는 미끄러운 길이었다. 바람이 점점 세를 불려 가고 있었다. 10미터쯤이나 올라갔을까. 강풍이 휘몰아치기 시작했다. 더는 한 발짝도 못 걷겠다. 발을 떼면 그대로 날려 갈 것 같았다. 발에 힘을 주고 구부정한 자세로 서서 버텼다. 머릿속이 하얘지는 공포감이 밀려왔다. 다리가 후들거리고 식은땀이 등골을 적셨다. 바람의 위력이 이런 거였나? 정신을 차릴 수가 없었다. 더는 버티지 못하겠다. 곧 날려 가겠다. 무슨 수라도 써야 하는데 아무도 보이지 않고. 도와달라고 소리를 지를까? 바람 소리 때문에 내 목소리가 들리기나 할까? 으, 어쩌지? 그래, 왼쪽으로 산비탈을 돌아가면 이 바람을 피할 수 있지 않을까? 오른쪽에서 바람이 몰려 오고 있으니. 몸을 낮추고 잽싸게 왼쪽 산비탈로 굴러갔다. 내 예상이 적중했다. 바람 속에서 벗어났다. 휴우, 살았다. 굴러 내리는 돌무더기들을 밟으며 서둘러 산비탈을 돌았다. 동호인들이 산비탈 남서쪽에서 쉬고 있었다.

"왜 이렇게 늦었어요? 무슨 일 난 줄 알았네!"

그들은 쉬고 있는 게 아니었다. 그곳에서 하산해 돌아가야 했기에 나를 기다리고 있었던 것이다. 결국 '민폐녀'로 단단히 찍히고 말았다.

눈이 쌓인 산비탈을 타고 하산을 시작했다. 그 가파른 눈길에서 다시 강풍을 만났다. 내 앞에 있던 홍필 씨는 차가운 눈 바닥에 어깨를 대고 옆으로 누워 한동안 일어나지 못했다. 다른 사람들도 바람을 피해 주저앉았다. 정말이지 생애 최고의 바람이었다. 굴러떨어지거나 날아가지 않으려면 정신을 바짝 차리고 몸에 힘을 잔뜩 준 채 걸어야 했다. 다행히 고도가 낮아질수록 바람이 조금씩 약해졌다. 그 악천후를 뚫고 등산동호인들은 쏜살같이 산을 되짚어 내려갔다. 홍필 씨와 등산동호인 두 사람만 후미로 처졌다. 그들이 사진을 찍어 가며 천천히 걷는 바람에 하산 길에선 나도 마음 편하게 장관을 다시 눈여겨볼 수 있었다. 오후 5시 56분, 등산로 입구에 도착했다. 약속된 등반시간 여섯 시간을 딱 채우고 하산했던 것이다. 늦은 게 아니었다. 이럴 줄 알았으면 하루 종일 눈치 보며 마음 졸일 필요 없었는데.

다시 홀로 여행자로

○ 18일

스코가포스 폭포

엄지손가락만 한 상아색 부석 조각. 화산재가 굳어 만들어진 응회암은 물보다 밀도가 낮아 물에 뜨는 돌이다. 스펀지보다 더 가볍고 부드러웠다. 기념품으로 가져가도 된다는 아우스디스의 말에, 귀가 번쩍 열렸다. 얼른 두 개를 챙겼다. 4박 5일 동안 머물렀던 산장을 떠나는 아침, 버스 안이었다. 아우스디스가 버스를 잠깐 세우고 주워 온 돌들을 우리에게 나눠 준 것이다. 헤클라 산 하이킹 코스가 시작되는 지점을 지나면서.

　기록에 따르면 헤클라 산은(해발 1,557미터) 1104년 화산 폭발로 근처의 바이킹 거주지를 싹 쓸어 버렸다. 그 후 20여 차례 용암을 뿜어 별명이 '지옥의 문'이다. 현재 아이슬란드에서 가장 위협적인 활화산 중 하나로, 마지막으로 불을 뿜은 건 2000년도였다. 머지않아 또 한 번의 폭발이 있으리라 예상된다. 등산동호인들은 그 활화산을 등반하러 아이슬란드에 왔지만 50년 만의 악천후 때문에 등반길이 아직 뚫리지 않아 계획이 무산됐다. 대신 4일 동안 다른 코스를 돌았다. 눈으로 뒤덮인 원뿔형의 산봉우리, 그 위에 걸쳐진 구름, 일대를 휩쓸어 버리며 흘러내린 거대한 용암둔덕, 이끼조차 자라지 않은 잿빛의 땅, 검은 화강암덩어리들을 차창 너머로 일별하며 떠날 수밖에 없었다.

버스는 인랜드에서 나와 링로드를 타고 동쪽으로 달렸다. 아우스디스가 절벽 아래 한 기암괴석을 가리키며 요정이 사는 곳이라고 했다. 링로드를 만들 때 그 바위를 피해 길을 돌려 냈다고. 아이슬란드는 요정의 나라다. 실제로 아이슬란드 사람 중에 엘프, 즉 요정의 존재를 진지하게 믿는 사람이 많단다. 그 예로 알코아 얘기가 유명하다. 알코아Alcoa는 아아이슬란드에서 규모가 가장 큰 알루미늄 회사다. 2004년 제련소를 세우기 전에 그 회사는 공장부지를 샅샅이 조사해야 했다. 땅 위나 땅 밑에 엘프가 없다는 것을 입증하기 위해서였다. 또 가르다바이르Garðabær라는 용암지대는 엘프가 사는 곳으로 알려져 어떤 건설 작업이나 도로 공사도 못 하도록 법으로 정해졌다. 또한 헬리스게르디Hellisgerði는 엘프 공원이고…….

아이슬란드 요정은 물에서도 살고, 숲에서도 살고, 지하나 바위에서도 사는 초자연적인 존재다. 《요정의 딸》이라는 아이슬란드 민담집에 등장하는 요정들은 고난에 처한 사람을 돕기도 하고, 인간과 사랑을 나누기도 하고, 어린아이를 바꿔치기도 하고, 암소를 훔쳐 가기도 한다. 요정은 인간에게 두려운 존재이며 동시에 우호적인 존재다. 아이슬란드의 엘프는 말하자면 '자연의 영혼'이 아닐까? 그렇게 당장이라도 초자연적인 존재들이 나타날 것만 같은 풍광들을 지나 11시 30분께 스코가포스Skógafoss에 도착했다.

나는 폭포 앞 캠핑장에 짐을 내렸다. 등산동호인들과 거기서 헤어지기로 했다. 단체 기념사진을 찍고 작별인사를 나눴다. 나는 아이슬란드 전국지도를 펼쳐들고 아우스디스에게 추천코스를 표시해 달라고 부탁했다. 아우스디스는 나랑 나이가 같다는데, 나보다 10년은 더 젊고 건강해 보이는 아이슬란드 여자였다.

> 미국 사람들은 항상 강이 어느 방향으로 흐르는지, 해는 어디서 뜨는지를 묻는다. 이탈리아 사람들은 밤새도록 떨며 큰 자갈 사막과 화산분지에 있는 것이 불편해서 어쩔 줄 모르고, 고대 인류 문화의 발명품을 그리워한다. 프랑스 사람들은 까다로우며 발에 물집이 빨리 잡히고 (중략) 독일 사람들은 사실 혼자 산에 오르기를 원하지만 그럴 용기가 없고, 단체여행에 대해 마뜩찮게 생각하며…… (후략)

유디트 헤르만의 단편소설 〈차갑고도 푸른〉에 나오는 대목이다. 아이슬란드 가이드 아우스디스에게는 한국 여행자들의 인상이 어떻게 남았을까 궁금했다. '한국 사람들은 화살처럼 빠른 보폭으로 강풍을 헤치며 목적지를 돌파한다'라고 할까? 궁금했지만 묻지는 않았다.

스코가포스 캠핑장 풀밭에 텐트를 치려던 중이었다. 느닷없이 경하 씨가 눈앞에 나타났다. 이틀 전 산장을 떠났던 그가 다섯 명의 여행자들과 링로드를 일주하다가 거기서 나랑 맞닥뜨린 것이다. 뜻밖의 재회였다. 너무나 반가운 나머지 코끝이 찡해졌다.

그는 일행과 함께 내 텐트를 쳐 주더니, 곧바로 떠났다. 다음 일정이 바쁘다고 했다. 나는 같이 놀던 친구들이 모두 집으로 돌아간 뒤 운동장 한가운데 혼자 남은 아이처럼 시무룩해졌다. 어깨를 축 늘어뜨리고 폭포 쪽으로 터벅터벅 걸어갔다.

스코가포스는 높이 67미터, 너비 25미터의 폭포다. 이끼로 뒤덮인 수직절벽 사이로 거대한 흰 장막처럼 쏟아져 내리는 폭포의 굉음이 지축을 뒤흔들었다. 아이들이 폭포 앞 물보라 속에서 소리를 지르며 뛰어다니고 있었다. 나는 폭포 옆의 계단을 밟으며 언덕을 올라가기 시작했다. 언덕 중간쯤에서 샛길로 빠져 폭포 가까이 다가갔다. 폭포를 가로지르며 쌍무지개가 영롱하게 떠 있었다. 물보라와 빛의 찬란한 향연이었다.

폭포 꼭대기까지 올라갔다. 발아래로 드넓은 초원이 펼쳐졌다. 속이 뻥 뚫리는 기분이었다. 굽이쳐 내려오는 협곡을 따라 폭포 상류로 더 올라갔다. 어제 등반했던 핌뵈르뒤하울스로 이어지는 트레킹 코스였다. 날씨는 더할 나위 없이 화창했고, 바람 한 점 일지 않았다. 나는 마침내 자기만의 놀이세계를 찾아낸 운동장의 아이처럼 콧노래를 부르며 경중경중 걸었다. 굽이굽이 작은 폭포들을 이루며 흐르는 강을 따라 3킬로미터쯤 올라갔다가 뒤돌아섰다.

내려오는 길에 돌 하나를 주웠다. 주상절리 아래 떨어져 있던 주먹만 한 검은 돌덩어리. 사각형 기둥 모양이 반짝반짝 새까맣게 빛났다. 한쪽 면엔 꽃 모양의 자글자글한 돌기들이 맺혀 있었다. 마그마가 엄청난 압력으로 급속히 수축할 때 만들어진 현무암 주상절리의 일부분으로 쇳덩어리처럼 무겁고 단단했다. 나는 그 돌덩어리가 무슨 귀한 전리품이라도 되는 양 품에 품고 내려왔다.

환한 밤, 폭포 소리를 들으며 텐트 안에 누웠다. 몸도 마음도 편하고 홀가분했다. 며칠 만에 그리워하던 집으로 돌아온, 딱 그 기분이었다. 나만의 여행이 다시 시작되는 밤이다.

50년 만의

악천후

검은 모래 해변 비크

○ 19일

비크 해변

"마을은 있지만 집은 없고, 도로는 있지만 차는 없고, 숲은 있지만 나무가 없는" 2차원 평면 위의 세상을 들여다본 지 한 시간째였다. 돋보기안경을 걸치고 60만분의 1 아이슬란드 전도를 보고 있다. 너무 오래 들여다봤나? 대서양 한가운데 떠 있는 이 작은 섬나라가 꿈틀꿈틀 움직이는 것처럼 보였다. 그러고 보니 섬의 모양이 아메바 같은 단세포생물을 연상시켰다. 움직일 때마다 형체가 바뀌는 생물체, 딱 아메바다!

아주 엉뚱한 상상은 아니잖은가. 아이슬란드는 1600만 년 전 생성된 이래, 빈번한 화산활동과 지각활동 때문에 모양이 계속해서 바뀌고 있으니. 46억 년 된 지구의 역사에 비하면 아이슬란드는 지구에서 가장 어린 땅 중에 한 곳이다. 나에겐 아메바 운동을 연상시키는 나라인데, 아이슬란드 소설 《링로드를 달리는 여자》에서는 "비에 젖은 불쌍한 떠돌이 강아지가 발을 질질 끌고 있는 모습"이라고 묘사했다. 영화 〈노이 알비노이〉에서 노이는 세계전도 속의 아이슬란드를 바라보며 침을 뱉어 놓은 것 같다고 말했다. 인상적인 표현들이다. 호랑이를 닮았다는 나라에 살아서 그런가(나 어렸을 때는 공식적으로 토끼를 닮았다고 표현했는데, 언제 바뀐 거지)?

다시 지도를 골똘히 들여다봤다. Cycling Iceland Summer 2015. 자전거여행자를 위해 특별히 제작된 지도였다. 도로, 뷰포인트, 마트, 자전거 서비스센터 등이 잘 표시되어 있었다. 특히 전국에 걸쳐 수백 개가 넘는 캠핑장 위치가 찾아보기 쉽게 표시돼 있었다. 우연히 캠핑장에서 구한 이 무료 지도는 자전거여행자뿐만이 아니라 나 같은 캠핑여행자에게도 매우 쓸모있었다. 이 지도 위 스물여섯 군데에 어제 아우스디스가 추천코스라며 파란색 볼펜으로 동그라미를 쳐 주었다. 눈이 빠지게 지도를 들여다봐도, 그 긴 지명들을 읽을 수가 없었다.

그런데 나는 왜 새삼 여행계획을 세우겠다고 지도를 들여다보고 있지? 행선지나 시간을 정해 놓고 움직이는 건 내 스타일이 아닌데. 게다가 아우스디스가 추천해 준 스물여섯 군데를 다 돌아보는 것도 무리이고. 그래, 그때그때 다음 행선지를 정할 때 참고나 하자. 그만 지도를 접고 짐을 꾸렸다. 어제 주워 온 주상절리도 챙겨 넣었다.

독일인 부부 차를 얻어 타고 30분쯤 동쪽으로 달려 비크에서 내렸다. 비크Vik는 아이슬란드에서 가장 남쪽에 위치한 해변마을이다. 500여 명의 주민이 살고 있다. 특히 언덕 위의 예배당이 눈길을 잡아끌었다. 마을 중앙에 있는 주유소에 배낭을 맡기고 루핀이 핀 초지를 지나 바닷가로 나갔다. 오! 드넓게 펼쳐진 검은 해변의 분위기가 신비스러웠다. '세계에서 가장 아름다운 해변 10'에 꼽힌 곳이라던가. 여행자들이 오전 10시의 그 해변을 한가롭게 어슬렁거리고 있었다.

　흐린 날이었다. 다행히 비는 내리지 않았다. 신발과 양말을 벗고 모래사장으로 들어섰다. 추운 바다라 맨발로 걷고 있는 사람은 없었지만 눈치 볼 것 없었다. 유리질 현무암이 부스러져 생긴 검은 모래알갱이들이 발바닥을 간질였다. 감촉이 부드러우면서도 까슬까슬했다. 발바닥에서부터 머리끝까지 시원한 기운이 퍼져 올랐다. 새까만 모래사장 위로 몰려온 대서양의 파도가 하얀 물거품으로 스러져 가는 자리에 섰다. 밀려오는 파도에 발을 담갔다. 물이 그리 차지는 않았다. 발등을 쓸어내리는 파도 속에 서서 검은 모래사장에 찍힌 내 발자국들이 지워지는 걸 지켜보았다.

　새까만 몽돌이 군데군데 박혀 있는 해변을 따라 서쪽을 향해 걸었다. 해안가 암석 주변에 바닷새들이 날고 있었다. 애니메이션 〈드래곤 길들이기〉의 바이킹들이 드래곤을 타고 바닷가를 날고 있는 장면이 겹쳐졌다. 그 판타지영화의 배경이 바로 이 해변이다. 무한한 상상력을 불러일으킬 만한 곳이다(아이슬란드는 어디든 안 그런 데가 없어 보이지만). 그런데 불행히도 나의 가난한 상상력은, 소설가의 꿈을 포기했던 몇 해 전 그때 완전히 스러졌나 보다. 검은 해변을 맨발로 걸어도 환상적인 이미지 한 조각 떠오르지 않았다. 제임스 조이스가 "상상력이란 기억이다"라고 했는데 상상력의 바탕이 되는 기억들마저 흐릿해져 가고 있으니. 기억력을 주관하는 뇌 조직에 손상이 온 거라고? 그럴 나이가 된 거라고? 그러니 나는 이 여행을 기억하기 위해 수첩을 재킷 주머니에 넣고 다니며 틈틈이 메모를 하고 있다. 좀 전에 차를 태워 준 독일인 부부의 이름이 뭐라고 했지? 젠장! 벌써 까먹었다.

오후 12시 5분, 검은 해변에서 나왔다. 하룻밤 이곳 캠핑장에서 묵을까 망설이다, 그냥 떠나기로 했다. 지도를 다시 펴 들었다. 어디로 갈까? 다음 행선지는, 그래, 여기로 가자. 스카프타페들 Skaftafell. 비크에서 동북쪽으로 140킬로미터쯤 떨어진 국립공원.

주유소 앞에서 오늘 두 번째 히치하이킹을 했다. 놀랍게도 10초 만에 자동차가 잡혔다. 열여덟, 열아홉 살 아이슬란드 여성들이었다. 운전을 하고 있는 레알린이 내게 물었다.

"우리 아빠가 공항버스 기사예요. 해마다 아이슬란드로 오는 여행자가 늘고 있다는데 아빠 말을 들으니 두 번, 세 번 오는 사람들이 더 많다고 해요. 강은 아이슬란드에 처음 왔어요?"

나는 그렇다고 대답했다. 나도 두 번, 세 번 다시 오고 싶다는 말을 덧붙이며. 한 시간쯤 지나 어느 강가에 내려 잠깐 쉬었다. 레알린과 리니는 핫팬츠에 반팔 티셔츠 차림으로 차 밖으로 나섰다. 내가 깜짝 놀라 물었다.

"춥지 않아요?"

"아뇨, 여름인데요!"

뭐지? DNA 구조가 다른가? 환경에 대한 적응력, 신체의 체감 시스템이 이렇게 다른가? 나는 겨울 복장을 하고도 추워서 덜덜 떨며 다니고 있는데. 아이슬란드 사람들은 유모차에 아이를 태워 밖에서 낮잠을 재운다는 얘기가 떠올랐다. 아이들의 체력을 강하게 해 준다고 믿는 전통이라고. 자연환경에 적응하려는 노력들이 사람의 체질을 얼마나 변화시킬 수 있을까? 자연환경이 인간의 몸과 정신, 문화, 철학에 얼마만큼 영향을 미치는 걸까?

광활한 잿빛 평야를 지났다. 화산 폭발 때 빙하가 녹아 휩쓸어 버린 땅이었다. 강을 건너자 빙하가 보이기 시작했다. 산 위에서 흘러내리며 얼어붙은 만년설. 오! 태어나 처음 보는 빙하 풍경이 너무나 근사했다. 차고 시리고 푸르고 투명하고 거대했다. 여기가 얼음의 나라구나!

오후 2시께, 스카프타페들 국립공원 캠핑장에 도착했다. 거기까지 나를 데려다준 레알린과 리니는 다시 링로드로 나가 동쪽으로 더 가야 한다고 했다.

〈인터스텔라〉의 얼음행성

○ 19일

나는 새로운 장소에 도착하면 캠핑장에 텐트부터 친다. 그러곤 캠핑장 시설을 둘러본다. 뜨거운 물은 나오는지, 샤워시설, 조리시설은 어떤지. 캠핑장 이용료를 내고 티켓을 받아 온다. 그런 다음 인포메이션 센터나 캠핑장 관리소에서 주변 정보를 입수한다. 트레킹 코스가 있나요? 여기선 뭘 볼 수 있죠? 뭘 할 수 있죠? 어디로 가야 볼 수 있어요? 걸어서 갈 만한 곳은 어디죠? 이것저것 물어보고는 지역지도가 있으면 꼭 챙긴다. 그런 다음에는 허기진 배를 달랜다. 조리시설이 갖춰진 곳에선 라면을 끓여 먹고 없는 곳에선 식빵을 먹는다. 밤에는 화장실 세면기에서 빈 페트병에 뜨거운 물을 받아 온다. 잠들기 전에 다음 날 하루 동선을 짠다. 딱 하루 코스, 바로 다음날 스케줄만 즉흥적으로 정해 놓는다.

그런데 오늘은 스카프타페들 국립공원 캠핑장에 텐트를 치자마자 빙하 워킹투어 회사부터 찾아갔다. 마음이 급했다. 빨리 빙하로 올라가 걷고 싶었다. 투어는 예약이 필수라고 들었는데 운 좋게도 30분 뒤에 출발하는 팀에 낄 수 있었다. 두 시간 반짜리 투어였다. 투어 비용은 한국 돈으로 8만 원 정도(으, 우라지게 비싸다)!

투어 회사에서 빌려준 발목 등산화를 신고, 아이젠과 손도끼를 들고 밴에 올라탔다. 그 특별한 장비들 때문인지 대단한 모험 길에 나서는 기분이었다. 가이드와 세계 여러 나라에서 온 열두 명의 여행자들과 함께 10분 만에 빙하 입구에 도착했다. 스비나페들스예퀴들Svinafellsjökull이었다. 바트나예퀴들 빙하에서 흘러내린 곡谷빙하다. 골짜기 사이로 혀처럼 길게 뻗어 내려오며 얼어붙은 만년설. 그 거대한 빙하 골짜기 양옆으로 솟아오른 산봉우리에 뭉게구름이 걸려 있었다. 공상과학영화 〈인터스텔라〉의 '얼음행성'을 촬영한 곳이었다. 영화를 보면서 '지구에 저런 곳이 있겠어? 컴퓨터 그래픽이겠지' 했는데.

아이젠을 착용하고 한 사람씩 가이드에게 점검을 받았다. 유의사항을 들은 뒤 빙하로 향했다. 빙하가 녹아 생긴 물웅덩이와 새까만 화산재와 돌멩이들이 쌓여 있는 빙하 끝자락을 지나, 드디어 빙하로 올라섰다. 콱콱 아이젠으로 얼음을 찍으며 걸었다. 생각보다 걷는 게 힘들지 않았다. 발밑에서 바삭바삭 부스러지는 얼음 알갱이 소리가 상쾌하게 들려왔다. 〈인터스텔라〉에서 맷 데이먼이 "춥고 삭막하지만 아름답다!"라고 표현한 곳. 검은 화산재로 얼룩진 삭막한 얼음덩어리. 오, 멋지다! 영화 속에서 본 얼음행성보다 몇 갑절 더 기괴하고 웅장했다. 차갑고 투명하고 신비로운 기운이 온몸을 휘감는 것 같았다.

가이드의 지시에 따라 크레바스를 내려다보며 암회색 줄무늬들이 물결치는 얼음 골짜기를 오르내렸다. 크레바스 사이로 빙하가 녹아 흐르는 물길, '물린'이라는 빙하구혈을 구경했다. 단체로 움직이다 보니 걷는 시간보다 서 있는 시간이 더 많았다. 그렇게 300미터나 전진했을까? 투어 시간이 끝났단다. 되돌아가란다. 우씨, 뭐야? 시시해! 손도끼는 왜 하나씩 들고 온 거야? 마치 애피타이저로 식욕만 돋궈 놓고 끝낸 만찬 같았다.

캠핑장으로 돌아와 빙하투어 전단지를 꼼꼼히 읽어 봤다. 일곱 시간짜리 투어도 있고, 빙벽 타기 투어도 있다. 빙하를 빨리 보고 싶은 마음에 서두르다가 더 길고 모험적인 투어가 있다는 사실을 놓친 것이다. 후회막급이었다. 그럼 내일 일곱 시간짜리 코스를 다시 타 볼까? 지출이 만만치 않을 텐데.

그건 그렇고, 배가 고파 허리가 꺾어질 지경이었다. 캠핑장에 실내 조리실이 없어서 물을 끓일 수가 없었다. 다행히 방문자 센터 안에 있는 카페에서 보온병에 뜨거운 식수를 얻을 수 있었다. 그 물로 전투식량을 익혀 먹었다. 설익은 인스턴트 소고기비빔밥을 꾸역꾸역 입으로 밀어 넣었다.

자려고 누웠는데, 꺼지지 않은 허기 때문에 괴로웠다. 그제 먹은 양고기가 자꾸 눈앞에 어른거렸다. 종류 불문하고 지금까지 먹어 본 육류 중에서 가장 부드럽고 맛있던 양 뒷다리 바비큐. 등산동호회 가이드 아우스디스가 등반 하산길에 아이슬란드 전통식으로 요리한 거였다. 까무러치게 맛있었다. 아이슬란드의 양고기 맛이 세계에서 최고라더니! 양들이 화학비료도 살충제도 뿌리지 않는 험준한 초지를 자유롭게 오르내리며 허브를 뜯어먹고 자라서 그렇단다. 그날 곁들여 먹은 야채샐러드와 숯불에 구운 통감자도 죽여줬는데. 초콜릿을 넣고 구운 바나나 후식도 별미였지. 꿈에서라도 다시 먹을 수 있을까? 애써 잠을 청했다.

스카프타페들 트레킹

○ 20일

스카프타페들
트레킹 S3, S4 코스

7월 8일 수요일, 여행 20일째였다. 아침 7시, 스카프타페들 국립공원 화장실에서 고양이 세수를 하고 거울 앞에서 얼굴에 선크림을 발랐다. 까무스름하게 그을린 피부, 깊이 파인 팔자주름, 축 처진 눈꼬리, 날카롭게 일어선 콧등, 살이 쭉 빠진 하관. 얼굴이 많이 상했다. 체중도 그동안 5킬로그램은 빠졌겠다. 바지가 헐렁해졌다. 빗자루만 있으면 마귀할멈 코스프레를 해도 되겠다. 꼬락서니는 또 어떻고? 재킷 앞자락이 땟국물로 꼬질꼬질했다. 세탁을 하면 방수방풍 기능이 떨어진다니 빨 수도 없고 갈아입을 여분의 옷도 없다. 완전히 홈리스 꼴이다. 그래도 몸은 건강해 멀쩡하니 천만다행이라고 자위할밖에. 부스스하게 일어선 머리카락을 손가락으로 몇 번 빗어 내리고 화장실에서 나왔다.

이른 시각이라 캠핑장과 방문자센터 등 주변이 조용했다. 트레킹과 빙하투어로 여행자들이 복작거리던 어제와는 달랐다. 마른 식빵으로 아침을 대충 때우고, 곧장 스카프타페들 트레킹에 나섰다. 스카프타페들스헤이디Skaftafellsheiði를 한 바퀴 돌 생각이었다. 빙하 워킹투어를 한 번 더 하려다가, 혼자서 할 수 있고 돈도 안 드는 트레킹으로 마음을 바꿔 먹은 것이다.

트레킹 코스 S3을 따라 캠핑장 위쪽의 자작나무 숲으로 들어섰다. 바람 한 점 없는 푸른 숲에 새소리가 청량하게 울려 퍼지고 있었다. 경사가 완만한 구릉을 타고 30분쯤 올라갔다. 올라갈수록 키가 작아지는 나무들. 관목 숲 위로 파란 하늘이 펼쳐졌다. 난장이자작나무와 북극버들나무가 납작 엎드려 능선을 덮고 있었다. 오른쪽 절벽 아래 빙하가 수백 미터 아래로 내려다보였다. 바로 어제 빙하 위로 올라가 걸었던 곳. 어제 본 것과는 또 다른 장관이었다. 검은 화산재가 섞여 기하학적인 무늬를 만들며 얼어 있는 만년설의 크레바스. 바트나예퀴들을 향해 고도가 높아질수록 푸른빛이 짙어졌다.

바트나예퀴들Vatnajökull은 극지방을 제외하고 세계에서 가장 큰 만년설 빙하다. 아이슬란드 전체 면적의 12퍼센트를 차지하고 있다. 빙하의 평균 두께가 400~600미터, 두꺼운 곳은 천 미터가 넘는다. 어마어마한 시간의 두께다. 또한 빙하 아래엔 언제 폭발할지 모르는 일곱 개의 화산이 있다. 5킬로미터 아래에 거대한 마그마 웅덩이들이 있다는 것이다. 신기하게도 얼음과 불이라는 상극의 에너지가 공존하는 곳이다.

빙하를 내려다보며 세 시간쯤 걸었을 때였다. 두 여성이 낭떠러지 바위 위에 엎드려 사진을 찍고 있었다. 나도 그 옆에 배를 깔고 햇살과 안개가 시시각각 뒤섞이며 빛의 향연이 벌어지고 있는 빙하를 향해 카메라 서터를 눌렀다.

20대로 보이는 두 여성은 뉴욕에서 온 자매라고 했다. 언니는 붉은 머리, 동생은 금발이었다. 둘 다 늘씬했고 얼굴에 미소가 가득했다. 둘이 참 많이 닮았다 싶었다.

"우리, 쌍둥이에요."

"정말요? 내 딸들도 쌍둥인데. 반가워요! 어렸을 때…… 옷…… 어떻게…… 똑같이……"

"네?"

내가 왜 이렇게 횡설수설하지? 나는 쌍둥이 딸들에게 한번도 같은 옷을 입힌 적이 없다는 말을 하고 싶었다. 얼굴도 똑같은데 옷까지 똑같이 입혀 판박이처럼 보이도록 만드는 게 싫었다고. 두 아이가 각자 갖고 있는 개성을 찾아 주고 싶었다고. 그리고 쌍둥이로 자라면서 어떤 점이 좋았고 어떤 점이 싫었느냐고도 그녀들에게 묻고 싶었다. 그런데 버벅대는 바람에 뜻을 제대로 전달하지 못했다.

미국에서 10년 넘게 산 사람의 영어 실력이 이렇게 형편없다면 누가 믿어 줄까(미국에서 오래 살면 영어를 다 잘할 거라는 생각은 편견이다. 한인타운에서 살면 영어 한 마디를 못 해도 전혀 불편 없이 살 수 있다)? 나는 미국으로 이민 간 고향 남자와 스물네 살에 결혼해 그때부터 캘리포니아에 살았다. 결혼한 다음해 아들을 낳고, 연년생으로 쌍둥이 딸들을 낳았다. 남편은 미연방우체국에서 야간근무를 하며 칼리지에 다녔다. 나는 세 아이들을 혼자 키우며 양팔에 압박붕대를 감고 살았다. 세 아이들을 진종일 안았다 내렸다 하다 보니 인대가 늘어났던 것이다. 숙면을 취하지 못해 배짝배짝 말라 갔다.

아이들이 말문이 트기 시작할 즈음부터 남편과 다툼이 잦아졌다. 남편은 아이들이 영어로만 말하기를 바랐다. 아이들은 미국에서 태어났고 미국 시민으로 살아갈 거라는 이유였다. 한국어 따위는 배울 필요도 없고, 영어 배우는 데 방해만 될 뿐이라고 했다. 집에서도 영어로 말할 것을 고집했다. 내 생각은 달랐다. 아이들은 아메리칸이 아니고 코리안 아메리칸이다, 엄마 아빠가 한국 사람이고 어디서 살든 한국 문화와 정서에서 벗어나기 어렵다, 미국은 다민족 다문화 국가다, 일부러 이중 언어를 가르치는 사람도 많은데. 부부생활에 크고 작은 다른 문제들이 많았지만 아이들의 언어 문제만큼은 양보할 수가 없었다. 다른 건 다 포기했지만, 그건 절대 안 될 일이었다. 난 나의 모국어로 아이들과 이야기를 나누고 싶었다. 내 속으로 낳은 아이들과 속깊은 이야기를 하며 살고 싶었다.

나는 아들이 세 살, 딸들이 두 살이 됐을 때 한인 200여 명이 살고 있는 그 동네에 한글교실을 열었다. 한인교회에서 장소를 빌렸고, 우리 아이들을 데리고 다니며 무료로 한인 2세들에게 한국어를 가르쳤다. 대학 때 야학교사로 국어를 가르친 경험이 있었고, 작가가 꿈이었던 나로서는 교포 2세들의 한국어 교육만큼 중요한 게 없다고 생각했다.

그로부터 10년이 지나 그때의 학생들 몇 명이 서울을 방문해 만난 적이 있다. 모두 멋진 청년으로 컸다. "선생님, 선생님" 하며 내게 한국말로 재재거렸다. 기특했다. 기뻤다.

　끝내 우리 아이들에겐 한국어를 가르치지 못했다. 아이들은 '모국어'인 영어를 어디서든 어느 때든 편하게 사용했다. 저절로 입에서 흘러나오는 말이 영어였다. 그 습관을 잡아 주려고 나 혼자 아무리 애를 써도 소용없었다. 남편은 끝끝내 생각을 고쳐먹지 않았다. 결국 결혼생활 10년 만에 이혼하게 됐다. 아이가 셋이나 되는데 이혼이라니. 꿈에도 생각지 못했던 일이었다.

　미국에서 혼자 세 아이들을 키울 자신이 없어서 아이들을 데리고 한국으로 돌아왔다. 어려울 때 그나마 기댈 수 있는 곳은 부모님과 형제들이 사는 고향이었다. 아들은 내가 다녔던 초등학교에 다녔고, 두 딸은 유치원에 다녔다. 나는 부족한 실력을 감춘 채 영어학원에 강사 자리를 얻어 생활비를 벌었다. 부모님에게 차마 이혼녀가 되어 돌아왔다는 말을 하지 못했고 밤마다 몰래 눈물을 훔쳤다.

　아들은 학교생활에 적응하지 못했다. 질문을 하면 받아 주지 않는 선생님(수업 진행이 안 될 정도로 질문이 많았다는 아들은 뭐든 궁금한 걸 그때그때 물을 수 없는 분위기를 이해하지 못했다), 숙제를 안 해 왔다고 때리는 선생님(아들은 숙제를 하지 않은 학생보다 사람을 때리는 선생님이 더 큰 잘못이라며 분노했다), 휴지를 몰래 길에 버리면서 학생들에게 휴지를 버리지 말라고 말하는 선생님…… 언어와 문화의 차이에 아이들이 힘들어했다. 미국으로 돌아가자고 매일 조르는 아들은 등교를 한다고 나가 행방불명되기 일쑤였다. 결국 6개월 만에 아이들을 데리고 다시 미국으로 돌아갔다.

아이들을 아빠와 친할머니, 친할아버지에게 보냈다. 그때 막 아이들 입에 한국어가 붙기 시작했던 터라 한글공부를 계속할 수 있도록 국어 책들을 한 가방 싸서 같이 보냈다. 그 교재들을 아이들 아빠가 다 버렸다는 말은 나중에 들었다. 아이들은 그나마 익혔던 한국어를 금세 까먹었다. 아빠와 영어로 의사소통을 하는 데는 아무 불편이 없었으니까.

십수 년이 흘러 대학생이 된 둘째 딸이 한국에 들어왔다. 방학 중에 한 달 동안 연세대 어학당에서 한글을 배우겠다며. 크고 보니 한글을 배워야겠다는 생각이 들었단다. 그러나 다 커서 배우는 한글은 내가 지금 영어단어를 외우는 것만큼 어려웠을 것이다. 요즘도 딸은 나에게 안부 이메일을 영어로 써서 보낸다.

그전에 아들은 만으로 스무 살이 되어 나를 찾아왔다. 나는 성인이 된 아들과 속깊은 얘기를, 그동안 못 나눈 얘기를 나누고 싶었다. 살아온 얘기며, 미안한 마음이며. 고민 끝에 원어민처럼 영어를 구사하는 친구를 불러 통역을 부탁했다. 나는 통역 앞에서, 아들 앞에서, 횡설수설 어쩔 줄을 몰라 했다. 그때 당황하는 내 어깨를 아들이 보듬어 안으며 말했다. "엄마, 미안해하지 말아요. 괜찮아요." 그 말을 한국말로 더듬더듬 말하는데, 그때 미어지던 내 마음은 한국어로도 표현하기 힘들다.

뉴욕 쌍둥이 자매가 떠난 뒤에도 한동안 그 자리에 앉아 있었다. 기분이 울적했다. 그렇게 때때로 지나간 시간들이 발목을 잡고 놓아 주지 않는다. 그만 정신 차리자. 한참 만에 엉덩이를 털고 일어났다.

트레킹 코스 S4, 본격적으로 험준한 산악등반이 시작됐다. 뾰족뾰족 날카롭게 일어선 산봉우리들이 컬러풀한 풍광을 선사했다. 가파른 눈길을 올리기는데, 가이드와 함께 온 프랑스 할머니들이 내 손을 잡아끌어 주었다. 할머니들과 헤어져 혼자 낭떠러지 길을 기어 올라갔다. 날카로운 돌 파편들로 뒤덮인 산이었다. 발밑에서 돌조각들이 미끄러져 내릴 때마다 다리가 후들거렸다. 다른 생각을 할 여유가 없었다. 신경을 온통 발밑에 집중했다.

이를 악물고 2칼로미터쯤 치받쳐 올라갔다. 마침내 오후 12시 50분 1,126미터의 크리스티나르틴다르Kristinartindar에 도착했다. 날카로운 암석 봉우리 위였다. 철판박스 안에 방문자 노트가 들어 있었다. 시린 손을 호호 불며 '강은경' 한글로 내 이름 석자를 기입했다. 캠핑장을 떠난 지 다섯 시간 만이었다. 사방을 둘러봤다. 동쪽으론 올라올 때 내내 내려다봤던 빙하 줄기가 하늘과 맞닿아 있었다. 북쪽은 바트나예퀴들을 향해 이어진 설산 봉우리들이었다. 서쪽은, 와아! 나도 모르게 큰 소리로 탄성을 터뜨렸다. 그 자리에 먼저 올라와 있던 젊은 커플이 나를 보며 웃었다. 서쪽은 U자 모양으로 깊이 파인 넓은 골짜기였다. 빙하 모르사우르예퀴들Morsárjökull과 호수 모르사우르들론Morsárlón, 실뱀처럼 쏟아지는 폭포들, 잿빛의 모랫바닥, 새끼줄처럼 비비 꼬여 흐르는 연회색 물줄기들…… 정말이지 삭막하고 기괴하고 아름다운 풍광이었다. 마침 그때 우르르 쾅쾅쾅 골짜기 깊은 곳에서 굉음이 울려왔다. 바위나 빙하가 굴러떨어지는 소리 같았다. 마치 북유럽신화의 천지창조 장면을 목격한 양, 지구 태초의 모습을 목격한 양, 그 불과 얼음의 땅에서 눈을 뗄 수가 없었다. 정말이지 '근원의 세계'를 마주한 느낌이었다. 놀랍고 황홀했다.

추워서 더는 앉아 있을 수 없게 됐을 때 하산을 시작했다. 돌산을 내려와 갈림길에서 S3 서쪽 길로 방향을 잡았다. 눈밭과 초지를 지나 잡목 숲을 지나는 내리막길을 10킬로미터 넘게 걸었다. 다리를 절뚝이며 오후 5시 30분경 캠핑장에 도착했다. 열 시간 넘게 걸린 트레킹이었다. 아침에 나갈 때보다 몰골이 말할 수 없이 더 추레해졌다. 발바닥은 물집이 터져 너덜너덜했다. 몸이 완전히 지쳐 버렸다.

다가갈수록 멀어지듯

○ 21일

이른 아침, 바위에 걸터앉아 계곡물에 맨발을 담갔다 뺐다 하며 냉찜질을 했다. 캠핑장에서 2킬로미터쯤 언덕 위에 있는 폭포 아래에서, 혼자였다. '검은 폭포'라는 뜻의 스바르티포스Svartifoss는 높이 12미터로, 아이슬란드의 폭포치곤 규모가 아주 작은 편이다. 그런데도 사진작가들이 너도나도 이곳으로 몰려온다. 폭포를 두르고 있는 주상절리 절벽 때문이다. 흰색과 갈색, 검은색을 띤 현무암 기둥들이 기가 막히게 아름다웠다. 용암이 식으며 자연스럽게 생긴 돌기둥이라고 하기에는 믿기지 않게, 돌기둥들이 반듯반듯했다. 상층부는 떨어져 나간 기둥의 단면들이 층층이 겹을 이루고 있다. 레이캬비크의 상징인 하들그림스키르캬 교회의 건축 디자인이 바로 이곳 주상절리에서 모티브를 얻었단다. 정말 건축가

192

나 예술가들에게 기발한 아이디어를 불러일으킬 만한 비경이다.

으, 차거! 발목까지 담갔던 발을 몇 초 만에 뺐다. 빙하가 녹은 물이라 말도 못하게 차가웠다. 그래도 화기가 좀 빠질까, 통증이 좀 가실까 싶어서 냉찜질을 계속했다. 발바닥이 너무 뜨겁고 아팠다. 어제 열 시간 넘게 걸었던 트레킹 후유증이다.

내 발은 조금만 걸어도 늘 말썽이다. 가죽이 얇은지 발바닥에 물집이 금세 잡혔다. 생긴 것도 참 못생겼다. 고릴라나 원숭이 발처럼 발가락이 짝 벌어진 큰 발이다. 등산화를 신으면 벌어진 발가락이 달라붙어 그 사이에 물집이 심하게 잡힌다. 그래서 내게 가장 편한 신발은 샌들이다. 주로 샌들을 신고 여행했다. 지리산도 한라산도 샌들 신고 올랐었다. 신발이 편해야 발이 편하고, 몸이 편하고, 마음이 편하고, 여행이 편하다. 아이슬란드 여행 준비를 할 때, 가장 많은 돈을 들인 물건도 신발이었다. 날씨가 춥다니 샌들을 신고 다닐 수는 없겠고, 고민 끝에 고르고 골라 방수용 트레킹화를 샀다. 지금까지 20일 넘게 신고 보니 총체적으로 실패한 선택이었다. 방수는커녕 눈밭만 조금 걸어도 찔꺽찔꺽 안까지 젖어 버렸다. 발바닥은 왜 또 그렇게 아픈지. 게다가 운동화끈 대신 와이어를 풀고 조이도록 다이얼이 부착돼 있는데, 여행 십수 일 만에 벌써 고장나 버렸다. 화산재 가루와 모래먼지가 다이얼에 끼어 더는 작동되지 않는 거였다. 신고 벗기 편리하다더니, 신고 벗기 더 불편하게 됐다. 이런 신발을 신고 남은 여행을 끝까지 해낼 수 있을지 모르겠다(다행히 마지막 일정까지 이 신발 하나로 소화할 수 있었다).

그만 젖은 발을 말린 뒤 물집 터진 발바닥과 발가락 사이에 일회용 반창고를 덕지덕지 붙였다. 임시방편으로 발바닥에 쿠션을 주기 위해 두루마리 휴지로 발을 칭칭 감았다. 발을 보호할 다른 뾰족한 방법이 생각나지 않았다. 그 위에 양말 두 켤레를 껴 신었다. 일어서는데 카메라 삼각대를 어깨에 짊어진 남자가 등 뒤로 아침햇살을 이끌고 나타났다. 굿모닝! 오전 7시, 나는 계곡을 빠져나오면서 폭포를 몇 번이나 되돌아봤다. 냉수마찰 덕분인가. 발바닥이 훨씬 덜 화끈거렸다.

캠핑장 쪽으로 내려가는 언덕길에서 끝이 안 보이는 광활한 산뒤르Sandur 지역이 내려다보였다. 화산 폭발 후 빙하가 녹아내려 대홍수가 휩쓸고 간 땅이었다. 드넓은 잿빛 황무지 위로 동아줄처럼 꼬인 강줄기들이 흘러가고 있었다.

산비탈을 내려오다가 오래전 건물터를 만났다. 폐허 주변에 북극쇠뜨기와 사초 들이 무성했다. 무성한 풀밭에 노란색 미나리아재비 꽃이랑 보라색 바위초롱 꽃이 피어 있었다. 아이슬란드 정착기 초기부터 사람들이 들어와 농장을 일구며 살았던 곳으로, 지금은 무너진 돌벽 앞에 안내판만 서 있다. 식료품 저장실, 헛간, 외양간과 소젖을 짜고, 꼴을 베고, 말을 끄는 사람들의 모습이 찍힌 흑백사진도 붙어 있었다. 어린아이를 안고 잔디집 앞에 서 있는 가족사진도 보였다. 그들은 혹독한 자연환경 속에서, 빙하와 화산 아래에서 어떻게 생존했을까? 빛바랜 사진처럼 시간은 무상하게 흐르고 그들은 모두 어디로 갔을까?

너도밤나무와 마가목과 자작나무가 우거진 숲을 지나 모르사우Morsá 강으로 갔다. 작은 다리를 건너 마른 강바닥으로 들어갔다. 크고 작은 돌멩이들이 박혀 있는 검은 모랫길이었다. 마른 강바닥을 절뚝절뚝 걷고 걸었다. 강 건너편에 보이는 빙하와 푸른 숲을 향해. 그런데 내가 느끼는 원근감과 실제 거리가 달랐다. 달라도 많이 달랐다. 아이슬란드에서 이런 경험이 벌써 몇 번째인지 모르겠다. 깨끗한 대기와 광활한 공간감이 가까운 곳을 멀게, 먼 곳을 가까이 보이게 만드는 건지 걷고 걸어도 마른 강바닥에서 벗어나질 못하겠다. 목적지가 가까이 훤히 보이는데도 좀체 거리가 좁혀지지 않았다. 곧 다다를 것 같았던 목적지가, 곧 이룰 것 같던 꿈이 다가갈수록 더 멀어지듯이.

지칠 대로 지쳐 두 시간 만에 건너편에 도착했다. 루핀 꽃이 만발한 벌판과 10미터가 넘는 자작나무 숲이 우거져 있었다. 아이슬란드에서 키가 가장 큰 자작나무 숲이었다. 루핀 꽃밭에 앉아 식빵을 뜯어먹고 물을 마시며 쉬었다. 흐르는 물가로 가 다시 발을 차가운 물속에 담그고 화기를 뺐다. 반창고와 휴지를 갈고 발을 재정비했다. 트레킹 코스는 숲으로 더 이어졌지만 나는 캠핑장을 향해 돌아섰다. 발이 너무 아파 더 걸을 자신이 없었다. 다시 강을 가로질러 돌아가는 일도 보통 고역이 아니었다.

정오 지나서 캠핑장에 도착했다. 부상병처럼 다리를 또 쩔뚝거리며. 양말을 벗어 보니 발에 둘렀던 휴지는 갈기갈기 찢어졌고 일회용 반창고는 밀려 다 떨어져 있었다. 발을 씻고 반창고를 다시 붙였다. 짐을 꾸리고 텐트를 걷었다. 주차장에서 링로드로 나가는 자동차를 얻어 타고 나와, 링로드에서 다시 히치하이킹을 시작했다. 놀랍게도 나를 본체만체 그냥 지나치는 운전자들이 없었다. 더러는 어깨를 들썩이며 손바닥을 들어 보였다. 빈자리가 없다는 뜻이었다. 나랑 반대편으로 가는 사람들은 엄지를 들어 보이며 활짝 미소를 보내 주기도 했다. 기운 내라고, 내게 응원을 보내는 거였다. 멋져요! 힘내요! 차창을 내리고 소리치며 지나는 사람들도 있었나. 덕분에 기분이 아주 좋아졌나. 트레킹과 히치하이킹의 피로가 단박에 사라졌다. 우습게도 어깨에 으쓱으쓱 힘이 잔뜩 들어갔다. 벌렁거리는 콧구멍으로 찬바람을 들이마시며 내가 정말 멋진 여행을 하고 있다는 생각을 했다.

이혼한 여자들의 하이파이브

○ 2 1 일

예퀼사우르들론 호수

예퀼사우르 강

쉬뒤르스베이트 마을

스카프타페들 국립공원에서 60대 프랑스 남매인 자록과 모니크의 차를 타고 100킬로미터쯤 달렸다. 바트나예퀼들 남쪽 아래로 링로드를 달리는 동안 거대한 빙하 골짜기들이 끊임없이 나타나 눈이 황홀했다.

오후 2시 30분경 예퀼사우르들론Jökulsárlón에 도착했다. 지금까지와는 또 다른 신세계가 눈앞에 펼쳐졌다. 파란 하늘과 맞닿은 빙하 브레이다메르퀴리외퀴들Breiðamerkurjökull이 북쪽에 수평선처럼 뻗어 있고, 그 끝자락에서 떨어져 나온 검거나 푸르거나 하얀 빙하와 유빙들이 호수 위에 둥둥 떠 있었다. 눈부시게 빛나는 고요한 호수, 빙하 라군이다. 호숫가에 가까이 다가갈수록 빙산들이 집채만 하게 커졌고 유빙들은 거인의 눈물방울처럼 푸르고 투명했다. 〈겨울왕국〉 같은 상상의 세계가 아니라 현실이라는 게 믿기지 않을 정도로 감동적인 풍경이었다.

충동적으로 신발과 양말을 벗고 호수로 한 발짝 들어섰다. 물이 얼음장처럼 차가웠다. 유리처럼 투명한 유빙 한 조각을 얼른 건져 냈다. 쌓인 눈이 압축되며 기포가 다 빠져나가 투명한 얼음이 된 만년설. 모양이 양 날개를 펼친 새 같았다. 유빙 조각을 높이 쳐들고 자록과 모니크에게 달려갔다. 자록이 돌멩이를 하나 주워 유빙을 깼다. 우리는 얼음 조각을 하나씩 입에 넣고 오독 오도독 깨물었다. 천 년 동안 봉인되었던 차디찬 고독이 목구멍을 타고 넘어갔다. 차고 깨끗하고 도도한 맛이었다.

다음에 간 예퀼사우르Jökulsár는 호수에서 흘러나온 빙하가 둥실둥실 바다로 떠가는 강이다. 몇 백 미터밖에 안 될 그 짧은 물길 위에선 바다제비갈매기들이 자맥질을 해 대며 자욱하게 날고 있었다. 바다에 다다른 빙하 덩어리들은 둥둥, 파도를 타고 넘실댔다. 검은 모래사장엔 파도에 밀려온 크고 작은 다이아몬드 같은 유빙들이 널려 있었다. 아이들이 납작한 얼음덩어리를 주워 바다를 향해 물수제비를 떴다. 위스키에 얼음 조각을 넣고 온더록을 만들어 마시는 여행자들도 보였다.

강의 현수교를 건너 빙하호수 동쪽으로 들어갔다. 수륙양육 보트나 고무보트를 타고 호수로 들어가 빙하투어를 하는 곳이다. 여행자들로 북적거렸고 기념품을 파는 카페도 있었다. 건물 앞에 세워진 안내판을 읽어 봤다. "1600년부터 약 300년간 작은 빙하시대Little Ice Age에 빙하로 뒤덮였던 이곳은 차차 녹아서 현재의 호수가 됐다. 빙하에서 떨어져 나온 빙하 조각들이 호수 위를 떠다니고 있다. 이 호수가 생긴 지는 60년 정도. 지구온난화로 1970년대보다 네 배나 더 넓어진 현재 호수의 깊이는 250미터.”

그곳에서 자록 남매와 헤어졌다. 내일 아이슬란드를 떠난다는 그들은 레이캬비크로 돌아가야 했다. 내 배낭을 들어 차에서 내려 주던 모니크가 휘둥그레진 눈으로 나를 쳐다봤다.

“이 무거운 걸 메고 어떻게……?”

“괜찮아요. 저 힘세요!”

“강, 멋져요. 여행 잘하세요!”

프랑스 남매가 떠나고 오후 5시, 링로드로 나왔다. 링로드까지 고작 300미터나 될까? 배낭을 지고 걷는데 기운이 쭉 빠졌다. 힘이 세긴. 허세를 떨었던 것이다. 링로드에서 다시 히치하이킹을 시작했다. 목적지는 정해 놓지 않았다. 동쪽으로 이동하다가 캠핑장이 있는 곳 아무 데서나 내릴 생각이었다. 5분 만에 아이슬란드 중년여자가 차를 태워 줬다. 앞자리에 나란히 앉았다.

“네? 시그리드린……”

그녀의 이름을 발음할 수 없었다.

“그냥 ‘시카’라고 불러요.”

“네. 그런데 아이슬란드 사람들 이름은 너무 길고 발음하기 어려워요.”

그러자 그녀가 아이슬란드 사람들이 어떻게 이름을 짓는지 설명해 줬다. 부모와 자녀의 성이 다르다고 했다. 그럴 수도 있나? 아버지나 어머니의 ‘이름’을 ‘성’에 쓴다는 것이다. 그녀의 말을 쉽게 풀이하자면 이랬다. 아버지 이름이 철수, 어머니 이름이 영희라면 자녀의 풀네임은 ‘철수의 아들 길동’, 혹은 ‘영희의 딸 은경'이라고 짓는다는 것이다. '영희의 딸'이 성이고, 이름은 '은경'인 것이다. 그다음 자녀는 '은경의 딸 영아'가 된다. 대개는 아버지 이름을 성으로 사용하지만 최근엔 어머니 이름도 많이 쓰인단다. 그렇다면 친인척 관계나 동성동본 관계를 이름으로는 알 수 없으니 헷갈리지 않을까? 하긴 아이슬란드 사람들은 6대만 올라가면 모두 친인척이라는 말이 있다지.

"인구가 작아 우리는 가족관계는 물론이고, 마을 사람들의 가족관계까지 서로 다 잘 알고 있어요. 그런데 강, 배 안 고파요?"

"아, 나는, 괜찮아요."

"나는 배가 너무 고파요. 레이캬비크에서 지금까지 여섯 시간 동안 운전만 했어요. 잠깐 뭘 좀 먹고 가도 되겠어요?"

차를 탄 지 20분 만에 쉬뒤르스베이트Suðursveit라는 작은 해변마을에 정차했다. 시카가 레스토랑에서 요기를 하는 동안, 나는 레스토랑 안쪽에 있는 박물관을 구경했다. 토르베르귀르 토르다르손Þórbergur Þórðarson이라는 작가의 기념박물관이었다. 안내판을 읽어 보니 작가는 1890년대 이 마을에서 유년시절을 보낸 아이슬란드의 유명 작가였다. 그의 작품 중에서 20세기 초에 쓴 두 권의 자전소설이 특히 유명하다고. 박물관에는 작가의 집필실, 오래된 아이슬란드 가옥 내부, 부서진 배와 물건들, 살림도구가 전시돼 있었다.

사실 배가 너무 고파 그것들이 눈에 잘 들어오질 않았다. 배 속에서 용이 불을 뿜으며 날뛰고 있는 것 같았다. 오늘 내가 먹은 거라곤 식빵 두 쪽뿐이었다. 지금 남은 건 라면 두 봉지뿐이고. 그렇다고 고급스러워 보이는 이 레스토랑에서 음식을 시켜 먹을 수도 없고. 밥을 먹고 있는 사람을 기다리고 있자니 참고 있던 허기가 폭발할 것 같았다. 이게 무슨 꼴이야? 신세 참 처량하군.

작가의 집필실에 놓인 팔걸이 소파에 허리를 접고 앉았다. 집필실이 작았다. 검은색 책장 하나와 책상, 오래된 가방과 벽 그림과 양복 등을 눈으로 훑으며 지리산 집의 내 방을 떠올렸다. 한옥 방 두 개를 터서 서재로 만든 그 방에 붉은 벽돌과 나무로 책장을 만들어 수천 권의 책을 꽂아 놓았다. 작가 김영하는 수천 권의 책을 읽고 고작 스무 권의 책을 썼다고 했는데, 나는 한 권의 책도 쓰지 못했다. 이젠 제목을 봐도 내용이 기억나지 않는 책들이 늘고 있다. 두세 번 반복해서 읽은 책들조차 가물가물해졌다. 내 방의 책들은 이제 나의 지적 허영심을 자랑하는 훌륭한 소품 역할만 하게 됐다.

마침내 시카가 식사를 끝내고 일어섰다. 그녀가 계산을 하는 동안 나는 입구에서 기념품들을 건성으로 구경했다. 그때 눈에 확 띄는 게 있었다. 《The Stones Speak》라는 책이었다. 박물관 작가의 영어번역본 책이었다. 제목이 마음에 쏙 들었다. 단 1초의 망설임도 없이 2,800크로나(약 2만5천 원)를 주고 덥석 책을 샀다. 그 돈으로 허기나 때울 일이지, 또 어쩌자고 짐을 늘려? 짐이 무겁다고 들고 온 책도 버렸으면서. 그러면서도 기분이 날아갈 것처럼 좋아졌다. 배고픔도 잊을 정도였다.

차를 타자마자 시카가 캐러멜 봉지를 꺼내 놓았다. 내게 먹으라고 권하는 그녀의 손등에 키스를 퍼부을 뻔했다. 나는 주저 없이 껍질을 까 캐러멜을 입에 넣었다. 황홀한 단물이 입안 가득 고였다. 배에서 불을 뿜던 용을 단박에 잠재우는 마법의 단물. 염치불구하고 연이어 캐러멜을 네 개나 까 먹었다. 비로소 내 몸에 평화가 찾아왔다.

오후 6시 45분, 회픈Höfn이라는 해변마을에서 시카가 자동차에 기름을 넣는 동안 나는 돋보기안경을 꺼내 쓰고 지도를 들여다보다가 마침내 목적지를 정했다. 동부 피오르에 있는 듀피보귀르Djúpivogur라는 곳까지 가기로 했다. 시카의 목적지는 레이다르피외르뒤르Reyðarfjörður. 듀피보귀르를 지나가야 했다.

시카는 그 먼 동부 피오르까지 남자친구를 만나러 가는 길이라고 했다.

"장시간 운전하기 힘들지 않아요?"

"좀 피곤하지만 괜찮아요."

"남자친구가 그렇게 먼 곳에서 살면 자주 못 보겠어요."

"목수예요. 지금 거기서 집을 짓고 있어요. 한 달 뒤에 레이캬비크로 돌아올 거예요…… 우리 아빠는 나이가 일흔여섯 살인데 지금도 매일 수영을 하고 자전거를 타시죠. 엄마는 하루 종일 텔레비전을 봐요…… 나는 스물세 살짜리 딸이 하나 있어요. 5년 전에 이혼했고요."

시카는 '오늘 아침에는 샌드위치를 먹었어요'라고 말하듯 담담한 목소리로 자기는 이혼녀라고 말했다.

"나도 20여 년 전에 이혼했고 혼자 살아요."

나 역시 담담한 목소리로 말했다. 그녀가 운전대에서 오른손을 떼어 내게 하이파이브를 청해 왔다.

"와우!"

우리는 손을 짝 마주쳤다. 그러고는 둘이 큰 소리로 웃었다.

'사랑하지 않는데 결혼제도 속에서 함께 사는 것은 고통'이라는 말을 누가 했던가? 그 고통에서 벗어난 두 여자의 통쾌한 웃음소리가 차 안에 퍼졌다.

"아이슬란드 여자들은 굉장히 강하고 독립적이에요. 한국 여자도 그런가요?"

"글쎄요. 나는, 나는 그런 것 같은데."

아이슬란드는 '남녀가 평등한 나라'라는 글을 읽은 기억이 났다. 1980년 아이슬란드의 4대 대통령인 비그디스 핀보가도티르Vigdís Finnbogadóttir는 이혼한 싱글맘이었다. 유럽 최초의 여성 대통령이다. 또 2009년에는 요한나 시귀르다르도티르Jóhanna Sigurðardóttir가 아이슬란드 최초의 여성 총리가 됐다. 그다음 해 그녀는 여성과 결혼했다(아이슬란드는 동성결혼이 법적으로 허용된 나라다). 아이슬란드는 1850년 재산상속에서 남녀평등 원칙을 확립했고, 미국보다 5년 빠른 1915년도에 여성에게 참정권을 주었다. 의회에서 여성 의원 비율이 40퍼센트 안팎을 차지하고 있다. 한마디로 여성의 권리가 보장된 나라다. 그러나 그 권리는 저절로 이뤄진 게 아니었다. 여성들이 지속적으로 투쟁해 온 결과였다. 1975년 여성 경제권 평등 캠페인 원 데이 오프One Day Off, 또 바로 얼마 전에도 레이캬비크 여성들이 상의를 벗고 가슴을 드러낸 채 프리 더 니플Free The Nipple이라는 양성평등 캠페인을 벌였다.

시카는 금발 단발에 몸집이 통통한 40대 여자였다. 청재킷을 입고 있었다. 초등학교에서 아이슬란드어를 가르치는 교사라고 했다. 나이가 스물셋인 딸은 전남편의 딸이라고 했다. 이혼 후에도 전남편의 딸과 같이 살 수 있나? 나는 몹시 혼란스럽게 느껴졌다. 이번에도 시카가 천천히 아이슬란드의 가족관계를 설명해 줬다. 아이슬란드는 가족연대감이 강한 나라다. 또 아이슬란드 사람들은 대부분 아이를 먼저 낳고 동거를 하다가 늦게 결혼을 한다. 그 과정에서 헤어지거나 별거, 이혼을 하는 사람들도 많다. 그래서 아이를 낳아 준 부모, 키워 준 부모, 같이 살고 있는 부모, 그렇게 세 부모가 모두 모여 아이의 생일파티를 해 주는 일이 자연스럽다. 그런 문화 속에서 시카가 전남편의 딸을 키운 일은 특수한 상황이 아니라는 것이다. 뭔지 모르게 가족관계가 복잡하게 뒤얽힌 것 같지만, 인간적인 관계라는 것만은 부인할 수 없었다. 아이슬란드는 남녀가 함께 살면서 혼인신고를 하는 경우가 절반, 하지 않는 경우가 절반인 나라이고 동거나, 결혼, 이혼 등 법과 제도가 모두 '개인 행복'을 절대 기준으로 삼는다.

나는 캐러멜을 하나 더 입에 넣으며 차창 밖을 내다봤다. 아이들 얼굴이 떠올랐다. 새벽녘에 꾸었던 꿈도 기억났다. 쌍둥이 딸 꿈이었다. 나는 일곱 살쯤 된 두 딸 방을 왔다갔다하고 있었다. 큰애랑 초밥을 같이 먹고 작은애 방으로 건너갔다. 작은애는 아무것도 먹지 않겠다고 했다. 마음이 아팠다. 뭐든 먹어야 한다고 구슬리고 구슬렸지만 말을 듣지 않았다. 다시 큰애 방으로 가려고 엘리베이터를 탔다. 엘리베이터가 기차처럼 들판으로 달리기 시작했다. 어디로 가는지, 어디서 내려야 하는지 알 수 없었다. 아이들에게 돌아가지 못할 것 같아 불안하고 초조했다. 발을 동동 구르다가 잠에서 깼다.

여행하면서 새벽녘에 자주 꿈을 꿨다. 꿈은 대개 잠에서 깨면 흐릿하게 떠올랐다가 사라졌다. 그런데 오늘 새벽에 꾼 꿈이 생생하게 떠오른 것이다. 이어 오래전 시간들이 흑백사진들처럼 어른거렸다. 이혼 6개월 뒤 아이들을 전남편에게 보내고 실성한 사람처럼 보낸 시간. 길에서 또는 텔레비전에서 내 아이들과 또래 아이들을 보면 가슴이 미어져 쳐다볼 수가 없었다. 미치도록 아이들이 보고 싶었다. 그리고 미안했다. 매일 밤 꿈에 아이들이 보였다. 꿈에서도, 꿈을 깨서도 눈물바람으로 보냈다.

사실은 아이들과 함께 살았던 때도 나는 우울증에 시달리는 형편없는 엄마였다. 스물다섯에 시작된 세 아이의 '엄마 노릇'이 버겁고 서툴렀다. 게다가 매사 생각과 가치관이 너무나 다른 남편. 그런데 아이들과 헤어지고 보니 그 힘든 자리로 다시 돌아가야만 살 수 있을 것 같았다. 전남편과 재결합을 시도했다.

> 엄마랑 아빠랑은 너무 다른 사람이에요. 엄마는 아빠를 존경하지도 않고 사랑하지도 않잖아요. 엄마는 아빠랑 행복하게 살 수 없을 거예요. 우리 때문에 엄마 인생을 희생하려는 거죠. 그건 불행한 인생이에요. 엄마가 우리 때문에 불행하게 살면, 우리를 죄인으로 만드는 거예요. 나는 나쁜 딸이 되고 싶지 않아요. 엄마의 행복한 인생을 찾으세요. 우리 걱정은 너무 하지 마세요.

당시 열두 살이던 작은딸이 그렇게 말했다. 재결합을 어떻게 생각하는지 아이들 의견을 듣기 위해서 세 아이들과 시부모, 전남편이 모인 자리였다. 정말 뒤통수를 한 대 얻어맞은 기분이었다. 정신이 번쩍 들었다.

그때부터 재결합을 단념하고 다시 소설을 썼다. 첫 습작이

〈미주중앙일보〉 신춘문예에 당선됐다. 본격적으로 습작을 다시 시작하면 꿈을 이룰 수도 있겠다 싶었다. 영주권을 반납하고 한국으로 혼자 영구 귀국했다. 졸업장을 받지 못한 채 떠났던 서울에대에 복학했다. 15년 만에 돌아간 대학에서 1년 동안 창작 공부에 매진했다. 실력으로 봐선 곧 작가가 될 수 있을 거라며, 대학 은사님과 동기들이 격려해 주었다. 그때부터 매해 신춘문예에 도전했다. 그 시간이 천형처럼 그토록 오래 이어질지 알지 못한 채.

아이들에게 뭐라고 말해야 할까? 행복한 인생을 찾으라고 나를 지지해 줬던 착한 아이들에게. 꿈을 이루었다고, '독자의 심금을 울리는 작가'가 되었다고 말해 주고 싶었는데. 부끄럽고 미안한 마음뿐이다. 아이들이 자기들의 아픔을 감수하며 찾아 준 새 삶이 있었는데 불행히도 나는 아이들이 다 커 성인이 되도록 아무것도 되지 못했다. 이젠 뭔가가 될 수 있다는 것조차 요원해져 버렸다.

차창 밖 풍경을 바라보며 한동안 입을 다물고 있었다. 긴 터널을 지나고부터 자동차에 전조등이 켜지고 와이퍼가 작동되고 있었다. 빗발이 날리고 있는 도로는 텅 비었다. 아이슬란드의 동부는 링로드가 만들어지기 전에는 오기 힘든 오지였다고 한다. 침묵이 불편하게 느껴질 즈음, 내가 또 불쑥 물었다.

"시카, 아이슬란드 사람들은 영어를 잘하는데, 언제부터 영어를 배워요?"

"영어는 아홉 살 때부터 배웁니다. 우리는 아이들이 아이슬란드어를 완벽하게 익힌 뒤에 외국어를 배우게 하죠."

《사라져 가는 목소리들》이라는 책의 저자들은 현재 지구상에 존재하는 6천여 개의 언어들 중 절반 정도가 21세기에 사라질 거라고 했다. 그러나 "사용자가 겨우 30만 명밖에 안 되는 아이슬란드어는 사멸할 위험이 없다"고 했다. 이유는 아이슬란드 사람들이 아이슬란드어에 대해 갖고 있는 강한 자부심과 그에 따른 언어정책 때문이라고.

아이슬란드가 노르웨이와 덴마크의 통치를 받았던(1262~1944년) 그 600여 년 동안 아이슬란드의 정체성을 지켜 준 것이 바로 언어였다. 아이슬란드어는 북게르만어로, 13세기 중세시대에 쓰인 사가의 언어에서 거의 달라지지 않았다. 또한 외래어를 거의 사용하지 않기로도 유명하다. 아이슬란드어를 합성해 신조어를 만들어 낸다. 예를 들어 '이메일'은 '숫자, 선지자, 우편'이라는 단어를 합성해 퇼뷔포우스튀르tölvupóstur라고 한다.

우리는 이런저런 얘기를 나누며 계속해서 해안선을 따라 동쪽으로 달렸다. 회픈을 지나고부터는 빙하가 사라지고 피오르가 나타나기 시작했다. U자 형태의 빙하 침식곡. 아이슬란드에서 지금까지 본 것과는 또 다른 풍경이다. 돌덩어리와 흙가루가 부스러져 내리는 가파르고 뾰족한 산 위엔 구름이 짙게 걸려 있었다. 빗발이 뿌렸다 그쳤다 했다. 차창 밖 바다는 잿빛이었다.

오후 8시 30분, 드디어 듀피보귀르에 도착했다. 링로드에서 좀 떨어져 있는 해안마을이었다. 시카가 캠핑장에 내 배낭을 내려 주고, 캐러멜 봉지를 집어 내 품에 안겨 주었다. 나는 손을 흔들며 눈앞에서 자동차가 완전히 사라질 때까지 서 있었다. 시카는 두어 시간 더 운전해야 목적지에 도착하겠지. 문득 이 여행이 길에서 만나 길에서 헤어지는 사람들로 이어진다는 생각이 들었다. 고맙고 순수한 만남들. 헤어질 때 가슴이 서늘해지는 그 짧은 만남들.

50년 만의 악천후

○ 23~24일

듀피보귀르 마을

듀피보귀르는 동부 피오르의 길쭉한 육지 끝에 자리한 작은 어촌
이다. 항구를 중심으로 구릉지에 예쁜 집들이 들어서 있다. 듀피
보귀르에서 맞는 두 번째 아침이다. 빗소리 때문에 밤새 잠을 설
쳤다. 신들린 연주자가 밤을 꼴딱 새며 타악기를 두드려 대는 것
같았다. 후둑후둑 후두두둑! 소리로만 따지자면 주파수가 일정한
맑은 음색의 백색소음이었다. 창의성을 향상시켜 주고 스트레스
를 감소시켜 준다는 소리 말이다. 그렇지만 웬걸, 내겐 이만저만
스트레스가 아니었다. 비가 내리면 야영생활이 몇 갑절 고달파진
다. 우선 체감온도가 엄청 떨어진다. 무지 춥다. 게다가 어제 재킷
과 바지만 남기고 옷가지를 홀딱 벗어 모처럼 빨래를 했다. 그런
데 갑자기 날이 흐려지는 바람에 빨래를 말리지 못했다. 휴게실

안의 라디에이터는 다른 빨래들이 선점해 버렸다. 밤늦게 돼서야 라디에이터 위에 빨래를 널 수 있었다.

밤에는 쓰레기 분리수거 통에서 주워 온 페트병에다 뜨거운 물을 채워 품고 잤다. 핫팩이나 보온 물주머니 대용이다. 아이슬란드에선 화장실 세면대에서 뜨거운 물이 꽐꽐 쏟아지니, 보온물병을 쉽게 만들 수 있다. 품고 자면 아침까지 훈훈하다. 레이캬비크 캠핑장에서 만났던 승표, 은표 아빠가 가르쳐 준 방법이다.

또, 날이 흐리면 경치를 제대로 감상할 수 없다. 짙게 깔린 구름과 안개가 절경을 싹 다 지워 버린다. 보이는 거라곤 칙칙하고 스산한 대기뿐이다. 기분도 축축 처진다. 캠핑여행에선 웬만해선 비 오는 날의 낭만을 즐기기가 어렵다. 아이슬란드는 기상 변덕이 심한 나라다. 날씨가 배낭여행의 질과 여행자의 기분을 좌지우지한다. 배낭여행자들은 만나면 날씨 얘기부터 시작해, 날씨 얘기를 하며 헤어졌다. 비가 내려도 길어야 몇 십 분. 그런데 듀피보귀르에선 어제 내내 오락가락하던 비가 밤으로 이어지더니 밤새 그칠 줄 모르고 쏟아졌다. 50년 만에 닥친 악천후라더니.

어제부터 맥이 탁 풀려 우울 무드에 빠졌다. 콧물이 비치는 게 감기기운도 느껴졌다. 잠은 이미 홀딱 깼고 페트병도 식어 썰렁한데 일어나고 싶지 않았다. 고치 속의 번데기마냥 침낭 속에 누워 미간에 주름만 잡고 있었다. 얼마나 지났을까. 빗소리가 조금 잦아들었다. 바로 옆에서 텐트 걷는 소리가 들려왔다. 그만 벌떡 일어났다. 휴게실로 달려가 라디에이터 위에 널었던 빨래부터 확인했다. 휴우! 다 말랐다. 옷부터 껴입고, 짐을 꾸리고, 가랑비를 맞으며 젖은 텐트를 걷었다. 그래, 의기소침해져 발이 묶여 있느니 이동하자. 혹시 모르잖아. 따뜻한 곳으로 가게 될지.

"다리, 다쳤어요?"

옆에서 텐트를 걷던 스웨덴 남자가 물었다. 나는 신발 뒤꿈치를 꺾어 신고 오른쪽 발을 질질 끌며 절뚝거리고 있었다.

"어제, 내가…… 아니, 괜찮아요!"

부상당한 경위를 설명하려다가 관뒀다. 적절한 말이 떠오르지 않았다. 황당한 사건이라 말하자니 창피한 생각도 들었다. 어처구니없게도 내 발등을 내가 찍었으니.

어제 이른 아침 휴게실에서 혼자 라면을 끓여 먹으려던 참이었다. 젓가락을 바닥에 떨어뜨렸고 허리를 굽혀 팔을 아래로 뻗었다. 그때 의자 한쪽 다리가 살짝 들렸고 젓가락을 주워 몸을 펴고 착석했을 때 오른쪽 발 위로 밀려 떠 있던 의자 다리가 엄지발가락을 짓눌렀다. 까무러칠 것 같은 통증이 밀려왔고, 의자에서 일어서야 발을 빼는데 정신이 혼미해져 몇 초 동안 그대로 더 누르고 앉아 있었다. 비명도 나오지 않았다.

통증이 좀 가시고 눈물을 삐질삐질 빼며 숨을 돌리고 나서야 발을 살펴봤다. 엄지발톱 윗부분이 패고 까져 피가 흐르고 있었다. 뼈나 신경이나 인대 같은 게 잘못된 것 같진 않았다. 그만하면 심각한 부상은 아니었다. 금세 퉁퉁 부어오르고 신발을 신으려니 통증 때문에 이맛살이 찌푸려지기는 했지만.

어제는 입을 옷도 없고, 발도 다치고, 비는 내리고, 춥고, 배고프고, 아프고, 쓸쓸했다. 그만 집으로 돌아가고 싶다는 생각이 들 정도였다. 그래서 한국의 여름 무더위를 그리워하며 캠핑장 휴게실에서 진종일 시간을 뭉갰던 것이다. 노트북을 켜고 사진을 정리하고 아이슬란드 여행 카페에 여행기를 올리며 시간을 보냈다 (아이슬란드의 인터넷 속도는 한국보다 빠르다).

스웨덴 남자는 아이슬란드 여행이 11일째라고 했다. 자전거 여행자인 그는 며칠 전에 북쪽에서 자전거째 바람에 날아갔었다고 했다. 그때 까졌다며 콧잔등과 볼에 난 상처를 가리켰다. 그날 결국 강풍 때문에 해안가 폐허에 들어가 밤새 떨며 지냈다고 했다. 춥기도 했지만 바람 소리가 정말 무서웠다고. 그는 북쪽은 더 춥고 날씨가 험하니 조심하라는 말을 남기고 먼저 떠났다.

짐을 다 싸 떠날 채비를 끝내 놓고 캠핑장 언덕길을 내려갔다. 먹을 게 떨어졌다. 캠핑장에 식료품을 놓고 간 사람도 없었다. 항구 앞에 있는 식당으로 들어갔다. 아이스크림과 햄버거를 파는 가게였다. 식료품도 같이 팔고 있었다. 식빵 작은 사이즈로 한 봉지, 사과 한 개, 견과류 한 봉지를 샀다. 1,106크로나(약 1만 원). 그러고는 오늘의 수프를 주문했다. 1,200크로나. 가장 싼 메뉴였다. 감기기운을 떼 내려면 따뜻한 국물을 먹어야 할 것 같았다. 크림 수프와 곁들여 보드랍고 향기로운 갈색 수제 빵이 나왔다. 꾸역꾸역 목까지 차올라 더는 들어가지 않을 때까지 빵과 수프를 리필해 먹었다.

마을을 떠나기 전 해변을 산책했다. 검은 모래사장이 광활하게 펼쳐진 바닷가에서 스티븐스를 만났다. 스티븐스는 남미에서 온 화가였다. 그가 마침 오후에 미술 전시회 오프닝이 있다며 나를 초대했다. 캠핑장에 들러 짐을 메고 스티븐스가 알려 준 전시장까지 걸어갔다. 그곳에서 사진, 유화, 판화, 조각, 미디어아트까지 100여 점의 현대미술품들을 구경하고 수프와 케이크, 포도주를 얻어 먹었다.

히치하이킹으로 에이일스타디르로 넘어오니 오후 8시였다. 2천여 명의 주민들이 살고 있는 에이일스타니르Egilsstaðir는 동부에서 제일 번화한 도시로 교통의 중심지다. 사가 시대부터 괴물이 목격되고 있다는 라가르플리오트Lagarfljót 호수가 유명하다. 나는 또 서둘러 캠핑장에 텐트부터 쳤다.

젠장! 다음 날에도 비가 왔다. 비를 피해 서둘러 여기까지 왔는데 빗발이 심상치 않았다. 일정을 어떻게 잡아야 할지 갈피를 못 잡겠다. 우선 캠핑장 프런트에 날씨 예보를 문의했다. 동부 피오르는 앞으로 3일 내내 비가 내릴 거란다. 나는 여기서 93번 도로로 동쪽의 세이디스피외르뒤르Seyðisfjorður로 이동할 생각이었다. 그 구불구불한 93번 도로는 영화 〈월터의 상상은 현실이 된다〉에서 월터가 보드를 타고 거침없이 활강하던 길이다. 영화 때문에 갑자기 여행자들의 이목이 집중된 곳이다.

오전 내내 빗소리를 들으며 텐트 속에 누워 있었다. 월터 미티처럼 상상 놀이를 하며 시간을 보냈다. 영화에 나오는 데이비드 보위의 곡 〈Space Oddity〉를 들으며. 톰 소령 대신 강 소령이라고 바꿔서 따라 불렀다.

Can you hear me, Major Kang?
Can you hear me, Major Kang?
Here am I floating in my tin can far above the Moon
Planet Earth is blue and there's nothing I can do

내 목소리 들립니까, 강 소령?

내 목소리 들립니까, 강 소령?

달에서 멀리 떨어져 나는 우주선 안을 떠다니고 있어요.

지구는 푸르고 내가 할 수 있는 일이란 아무것도 없어요.

텐트를 두드리는 빗소리에 리듬을 맞춰 무한반복 흥얼흥얼. 정말 지구와 수억 광년 떨어진 무중력 우주 공간에 떠 있는 것 같았다. '텐트 우주선'을 타고. Can you hear me, Major Kang? 지상관제소와 교신이 끊겼다. 나는 혼자이고 아무것도 할 일이 없어 고독했다.

패키지여행자들

○ 24~25일

데티포스 폭포

셀포스 폭포

크베리르 지열지대

비가 소강상태에 들자마자 벌떡 일어나 다시 짐을 꾸렸다. 동부 피오르를 포기하고 북쪽으로 이동할 생각이었다. 오, 제발 그쪽은 날씨가 맑기를.

밴을 타고 패키지여행을 하고 있는 한국 여행자들 일곱 명을 히치하이킹으로 만났다. 주먹밥과 찐 달걀도 얻어 먹고 오랜만에 한국말로 회포를 풀 수 있었다. 그리고 미바튼까지 가는 동안 그들의 여행 일정에 자연스럽게 합류하게 됐다. 광활한 모래사막 언덕에 내려 사진을 같이 찍었다. 정말이지 아이슬란드는 천의 얼굴을 가진 땅이었다. 그러니까 나는 매일매일 낯설고 충격적인 풍광 속으로 이동하고 있었다. 세상에 이런 곳도 있구나, 끊임없이 감탄하며.

아이슬란드의 북쪽은 드넓은 용암지대다. 울퉁불퉁 용암덩어리들이 박혀 있고, 그리 높지 않은 산들이 불쑥불쑥 나타났다. 862번 도로로 바꿔 타고 불모지를 10킬로미터쯤 달려가 차에서 내렸다. 용암지대를 걷자 어느 순간 천둥 같은 굉음이 들려왔다. 평평한 불모지 한가운데 깊은 협곡과 폭포가 나타났다. 데티포스 Dettifoss다. 영화 〈프로메테우스〉의 첫 장면에 등장한 그 폭포. 인류의 탄생이 시작된 장소. 영화에서 본 그로테스크하고 장대한 폭포가 눈앞에서 쏟아지고 있었다. 유럽에서 스케일이 가장 큰 폭포다(높이 45미터, 폭 100미터). 협곡의 강은 수차례에 걸친 대홍수로 만들어졌고, 빙하 바트나예쿼들이 녹아 흘러오는 강물이다.

데티포스에서 남쪽으로 협곡을 따라 올라가면 폭포가 하나 더 있다. 셀포스Selfoss다.

"셀포스는 다음에 볼 고다포스랑 비슷해요. 그냥 가죠."

가이드의 말에 여행자들이 주저했다. 가이드는 밴을 운전하며 이 여행을 인솔하고 있는 중년남자였다.

"우리가 살아생전 언제 또 아이슬란드에 올 수 있겠어요? 보고 갈게요."

"그럼 20분 안으로 돌아오세요."

가이드는 먼저 주차장 쪽으로 가 버렸다. 여행자들은 협곡을 따라 남쪽으로 천 미터쯤 뛰다시피 걸었다. 데티포스보다 높이는 좀 낮았지만 드넓게 펼쳐진 절벽의 풍광이 아름다운 폭포였다. 여행자들은 사진 몇 방 서둘러 찍고, 돌아서 또 숨차게 걸었다. 나는 일행 중에 나이가 가장 어린 30대 여성 승희 씨랑 보조를 맞추었다. 우리는 서둘러 걸으면서도 실없는 소리를 주고받으며 깔깔댔다. 이런 얘기였다.

"쌍꺼풀 수술한 게 표 난다고요?"

승희 씨가 물었다. 내가 대답했다.

"어, 표 나."

"정말이에요? 내 친구들이 표 안 난다고 했는데. 에이, 참~ 안 나잖아요?"

"표 나!"

"안 나요!"

"그래, 안 나."

"거짓말이죠?"

"거짓말이야."

"아이 참~ 진짜 안 나죠?"

"그래, 안 나."

"에이, 또 거짓말!"

"어쩌라고?"

"솔직하게 말하세요. 나요, 안 나요?"

"나!"

"안 난다니까요!"

"그래, 안 나!"

말끝마다 우리는 미친 듯이 웃었다. 웃음이 폭죽 터지듯이 폭발했다. 너무 웃어서 턱이 아프고, 배가 접히고, 눈물이 났다. 헉헉거리며 걷는 10분 내내 그렇게 웃었다. 내 안에서 뭔가 억눌려 있던 감정이 폭발한 것 같았다. 여행 24일째, 한바탕 울고 났을 때처럼 속이 시원해졌다.

"강 언니, 너무 재밌어요. 오늘 우리랑 끝까지 같이 가요. 잠은 저랑 같이 자면 돼요. 저 혼자 자거든요."

나는 승희 씨의 간절한 부탁을 냉정하게 거절했다.

"쌍꺼풀 수술 티 나게 한 사람이랑은 같이 안 자!"

모두 거칠게 숨을 몰아쉬며 밴에 올라탔다.

"우리 정신없이 달려왔어요. 시간 잘 지켰죠?"

뒤쪽에 앉은 중년여성이 가이드를 향해 말했다. 가이드가 불퉁거리며 대답했다.

"2분 늦었어요. 그냥 출발하려고 했습니다."

분위기가 싸해졌다. 그때부터 미바튼까지 가는 한 시간 동안 차 안 공기는 냉동실처럼 얼어붙었다. 침묵만 흘렀다. 미바튼 마을로 들어가기 전, 크베리르Hverir 지열지대에 들렀다. 패키지 여행자들에게 주어진 관광시간은 15분. 나는 다시 올 곳이기에 상관없지만 일정 따라 부리나케 둘러보고 떠나는 여행자들의 모습은 아무래도 좀 안타까웠다.

오후 5시 30분, 미바튼 호수가 내려다보이는 캠핑장 앞에서 그들과 헤어졌다. 그날 밤에도 잠결에 몇 차례 빗소리를 들었다. 텐트를 호숫가에 너무 바짝 친 건 아닐까? 설마 물이 여기까지 차오르는 건 아니겠지? 깰 때마다 걱정에 몸을 뒤척였다. 더는 불안해서 못 참고 오전 6시, 텐트 밖으로 나와 살폈다. 비는 그쳤고 호수는 여전히 한 발짝 앞에서 잔잔했다. 물새 한 마리가 푸두둑 수면을 차고 날아올랐다. 갈색털이 보송보송한 물오리 새끼들이 종종종 어미 오리를 따라 캠핑장 풀밭을 누비고 있었다. 사위는 쥐죽은 듯이 고요했다. 호숫가 캠핑장 풍경이 그림 같았다. 미바튼 호수의 북쪽, 레이캬흘리드라는 마을에 있는 캠핑장이었다.

가이드북의 설명에 따르면, 미바튼Mývatn은 2300년 전에 폭발한 화산 때문에 생긴 호수다. 미바튼은 '날파리의 호수'라는 뜻이다. 아이슬란드에서 네 번째로 큰 호수. 평균 깊이가 2미터로 수심이 얕은 편이다. 날파리 같은 먹이가 많아 물새들의 천국이다. 호수 안에는 50여 개의 작은 섬들이 봉긋봉긋 떠 있다. 호수 주변은 지구상에서 화산활동이 가장 활발한 지역 중 한 곳으로, 지난 천 년간 150회 이상 화산 폭발이 일어났다.

나는 이곳에 며칠 머물며 트레킹을 할 생각이었다. 캠핑장에 도착하자마자 프런트에서 트레킹 지도를 받아 놨다. 신생 용암지대, 크레이터, 자연 온천, 부글부글 끓고 있는 지열지대 등 '불의 땅'을 둘러볼 생각에 가슴이 두 근 반 세 근 반 했다.

아침으로 어제 패키지여행자들에게 얻은 주먹밥 두 덩어리를 끓여 먹었다. 오전 7시, 일찌감치 트레킹에 나섰다. 금방이라도 비가 쏟아져 내릴 것처럼 날이 흐렸다.

미바튼에서 지구의 비밀을 엿보다

○ 25 ~ 26일

그리오타기아우 동굴온천

크베르페들 테프라 분화구

딤뮈보르기르 용암지대

나우마피아들 산

미바튼 네이처 배스 온천

트레킹 지도를 들고 그때그때 내키는 방향으로 하루 종일 걸었다. 곧 발에 물집이 잡혀 한 발짝 걷는 것도 고역이었다. 나는 마치 고행하는 수도자처럼 '불의 땅'을 걷고 걸었다. 보고도 믿어지지 않는 놀랄 만한 풍광들이 몸의 고통을 상쇄시켜 주기에 멈추지 않고 걸을 수 있었다.

첫 번째로 들른 그리오타기아우Grjótagjá 동굴온천에선 양말을 벗고 뜨거운 온천수에 족욕을 하며 발을 달랬다. 동굴온천은 거대한 뱀의 몸통처럼 생긴 용암바위 속에 있었다. 맑고 푸른 온천수에 수증기가 피어오르고 있었다. 판타지영화 속에 들어와 있는 것 같았다.

벗어 놨던 양말을 신고 일어서는데 툭! 재킷 안주머니에 들어 있던 안경집이 빠져나왔다. 쭈륵! 바위틈으로 미끄러져 들어가 버렸다. 좁고 어둡고 뜨거운 틈이었다. 깜깜하니 아무것도 보이지 않았다. 이런 젠장, 안경이 없으면 지도를 볼 수 없는데! 여행 스케줄을 어떻게 짜지? 트레킹 코스는 어떻게 잡지? 하루에도 몇 번씩 지도를 들여다봐야 하는데. 그때그때 안경을 꺼내 썼다 벗었다, 참 성가시고 불편하지만 어쩌겠나. 도수가 좀 안 맞긴 해도 여분의 안경을 하나 더 챙겨 오길 잘했지. 지도는 그럭저럭 볼 수 있을 것이다. 그보다 마음이 영 불편한 이유가 따로 있었다. 부글부글 끓는 온천 속에서 녹아내릴 플라스틱이 신경 쓰였다. 맑은 온천이 오염되는 건 아닐까?

그다음에 간 곳은 크베르페들Hverfell이라는 테프라 분화구였다. 2500년 전 폭발로 생겼단다. 화산 분화구는 마그마가 땅속에서 솟아올라 만들어진 산을 말한다. 테프라 분화구는 지하수나 호수가 땅속으로 흐르던 마그마를 만나 급격히 가열돼 수증기가 폭발하여 만들어진 화구다. 북극버들과 북극콩버들이 몽실몽실 덮여 있는 검은 모래 평원을 건너, 분화구의 경사면을 타고 꼭대기까지 올라갔다. 풀 한 포기 자라지 않는 검은 산이었다(높이 452미터, 분화구 지름 1킬로미터). 수증기가 폭발할 때 산산조각 난 마그마 조각들이 링 모양으로 쌓여 만들어졌다. 분화구 안에도 퇴적물이 봉긋하게 쌓여 있었다. 분화구를 따라 한 바퀴 돌았다. 바람이 어찌나 세게 부는지 허리를 굽히고 걸어야 했다.

분화구에서 내려와 3킬로미터쯤 남쪽으로 향했다. 딤뮈보르기르Dimmuborgir 용암지대로 들어섰다. 2000년 된 방대한 용암지대였다. 원래 이곳은 용암호수였단다. 굳어진 용암 밑으로 흐르던 마그마가 지하수를 폭발시켜, 용암은 밑으로 흐르고 이미 굳어 있던 용암들은 부서져 쌓였단다.

아이슬란드 전설에 따르면, 이곳은 지하세계와 현실세계가 연결되어 있는 곳이다. 또 사탄이 추방당해 이 세계에 왔을 때 가장 먼저 도착한 곳이다. 이곳에 얽힌 이야기가 또 있다. 이곳에는 아이슬란드의 산타클로스들이 산다.

아이슬란드엔 열세 명의 산타클로스가 있다. 그들은 사악하기로 악명 높은 트롤인 그릴라Grýla와 레팔루디Leppalúði의 아들들이다. '율Yule 아저씨들'로 불리는 산타클로스는 차례대로, 크리스마스 13일 전부터 아이들을 찾아다닌다. 신발 속에 과자나 장난감을 놓아두기도 하지만, 말을 안 듣는 아이에게는 감자를 두고 간다고. 아이들은 자기 신발 속에 감자가 들어 있을까 봐 두려움에 떨었다. 산타클로스들은 아이들에게 친근하면서도 무서운 존재인 것이다. 지금이 7월이니 크리스마스를 준비하고 있는 율 아저씨들이 여기 어디선가 장난감을 만들고, 과자를 굽고, 감자를 키우고 있겠지. 그런데 1746년, 아이슬란드 정부는 부모들이 악한 트롤을 이용해 아이들을 겁주는 것을 법으로 금지했다. 그럼에도 아이슬란드의 산타클로스는 여전히 열세 명이다. 아이슬란드 민속학자인 스타이너 거드먼다도터는 율 아저씨들의 이야기는, 낮이 짧은 산악지대에 살면서 어둠과 가까이할 수밖에 없었던 아이슬란드인이 만들어 낸 이야기이자, 화산이나 온천과 같은 아이슬란드만의 독특한 자연환경의 산물이라고 말했다.

깨지고, 솟구치고, 흐르다 굳은 용암덩어리들이 기이한 형상으로 엉켜 있는 이 용암지대에는 10미터까지 솟구쳐 굳은 용암,

튜브tube나 챔버chamber 형태로 안이 비어 있는 바위들, 아치 모양, 키르캬Kirkja(교회)라 불리는 입구 3미터의 천연 동굴도 있다. 나는 지하세계로 빨려들 것 같은 바위틈들을 지나다녔다. 군데군데 서 있는 자작나무 잎이 푸르렀다.

오후 2시 넘어 찐 달걀로 점심을 먹었다. 미바튼 호숫가 서쪽, 자작나무 숲이 우거진 호프디Höfði에서. 기이하게 생긴 용암기둥 lava pillars들이 호수 위에 우뚝우뚝 서 있었다. 흘러 내려오던 용암이 호숫물을 데워, 호숫물이 폭발하며 생긴 기둥들이었다. 안이 텅 비어 있다는 그 용암기둥들은 노랗고 빨간 지의류에 덮여 있었다.

호숫가 풀밭 길에서 캐나다 할머니 두 분을 만났다. 자매라는데 언니인 그레이스는 땅바닥에 엎드려 작은 꽃들을 카메라에 정성들여 담고 있었다. 동생인 캐롤은 물새들을 쫓아 다니며 사진을 찍었다. 그레이스는 북극담자리꽃나무, 노랑습지범의귀, 물뱀무, 백리향 같은 꽃의 이름을 종이에 적어 내게 알려 주었다(영어로 적어 준 그 이름들을 알아내려고 나는 스마트폰의 영어사전과 노트북의 《북극 툰드라에 피는 꽃》을 들춰봐야 했다). 아이슬란드에선 1년 중 3개월, 그 짧은 기간 동안 꽃들이 일제히 핀다는 말도 덧붙였다. 또 캐롤은 호수에 앉아 있는 새를 가리키며 쇠오리, 댕기흰죽지, 북방흰뺨오리 같은 이름을 적어서 알려 주었다. 여름철새들이라고 했다. 둘은 각자의 관심사에 열정적으로 빠져 있었다. 한발짝 걷고 엎드려 사진 찍고, 한참 동안 들여다보고, 또 한 발짝 걷고 엎드리고. 할머니들은 소풍 나온 소녀들마냥 볼이 발그레하게 상기되어 있었고 자연과학자들처럼 진지했다.

다음 날도 하루 종일 걷고 또 걸었다. 용암지대 건너 지열발전소와 벽돌공장을 지나 나우마피아들Námafjall 산에 도착했다. 높이 485미터의 오렌지색, 분홍색, 갈색 흙으로 된 황무지 산이었다. 트레일 코스를 따라 산으로 올라갔다. 간간이 뿌린 빗발 때문에 땅이 젖어 신발 바닥에 진흙이 쩍쩍 달라붙었다. 산마루 곳곳에서 증기가 피어오르고 있었다. 분기공이나 갈라진 틈 주변엔 울긋불긋한 결정체들이 소금버캐처럼 오돌오돌 돋아 있었다. 노란 반점들은 원소 형태의 황이었다. 붉은 반점이 얼룩진 곳은 증기가 현무암의 철분을 산화시켜 그럴 것이었다. 노란 결정체를 손가락으로 살짝 비벼 봤다. 부드럽게 부스러졌다.

지금부터 지질학이나 암석학이나 식물학 같은 걸 공부해 보면 어떨까? 침침해지는 눈으로 뭘 새로 시작할 수 있다고? 한숨이 저절로 흘러나왔다. 무언들 생각이야 못 하겠냐만은.

나는 '돌'에 빠졌던 적이 있다. 여행을 나설 때마다 그 지역의 암석을 하나씩 주워 오곤 했다. 길거리에 뒹구는 가장 흔한 돌 중에서 크기, 모양, 색, 무늬를 살펴보다가 마음에 드는 것을 하나 골랐다. 혹은, 반대로 그 지역의 지질학적 특징과 먼 것을 선택하기도 했다. 화강암 너덜 속에서 드물게 박혀 있는 퇴적암을 찾아내는 식이었다. 일종의 중독이고 수집병이었다. 내가 수집한 돌은 나의 여행 기념품이고, 자연이 만든 예술품이고, 수천수억 년이 응축된 시간이고, 시詩고, 토템이라고 거창하게 의미도 갖다붙였다. 수집가들이 자신의 수집품에 과도한 의미를 부여하듯이 말이다. 그게 현대인의 불안감과 공허감 때문이라고, 누가 말했더라.

아무튼 그 수집병에서 벗어난 지 몇 해 됐는데, 그 병이 다시 도지려나? 슬슬 피어오르는 이 불길한 느낌. 아이슬란드의 돌멩이들을 그냥 지나치지 못하겠다. 걷다 말고 앉아 자꾸 만지고 들어 보고. 아무래도 9일 전 헤클라 산 아래에서 아우스디스가 준 작은 응회암 덩어리가 시초 같다. 또 그날 스코가포스 위에서 주운 주상절리 돌덩어리도 있다. 이러다간 돌덩어리들을 메고 다니며 고생했던 인도 여행 짝 나겠다. 그때 아잔타 동굴 산 위에선 흰 수정과 자수정이 박힌 돌들을 주웠고 붉은 성 아그라 포트에선 붉은 사암 덩어리를 챙겼다. 두어 달 지나자 여기저기에서 주운 돌 때문에 도저히 배낭을 짊어지고 일어설 수도 없게 됐다. 결국 보드가야에 가서 다 버렸다. 마침 부처가 깨달음을 얻었다는 보리수나무 아래였다. 대신 보리수나무 잎 하나를 주워 가이드북에 끼워 넣었는데. 그때처럼 그 빌어먹을 욕망에 사로잡혀 무거운 돌덩어리들을 메고 다니게 되는 거 아니야? 나는 발밑의 탐나는 붉은 돌덩어리들로부터 얼른 눈을 떼고 고개를 들었다.

정상에 서서 피어오르는 증기 사이로 동쪽 산자락을 내려다봤다. 저 멀리 미바튼 호수가 보였다. 반대편으로 돌아섰다. 작은 봉우리들이 솟아 있는 황무지가 끝도 없이 펼쳐졌다. 맞바람을 맞고 서 있으니 얼굴이 시렸다. 서쪽 산자락은 크베리르였다. 뜨거운 증기가 뿜어져 오르고 있는 드넓고 황량한 오렌지색 들판. 크베리르를 걸어 다니는 여행자들이 붉은 행성에 불시착한 소인들처럼 내려다보였다. 나는 황 냄새를 맡으며 여기저기에서 수중기가 피어오르는 산 위를 한 바퀴 빙 돌아서 크베리르로 내려갔다.

짙은 황 냄새가 코를 찔렀다. 중앙대서양판이 융기해 지표면이 얇은 땅 밑으로 마그마가 흐르고 있는 곳이다. 1킬로미터 땅 밑은 200도가 넘는 불구덩이. 자칫 땅이 꺼져 내릴까, 뜨거운 진흙구멍 속으로 빠질까, 우주여행자들은 트레일 안전선 안에서 믿을 수 없다는 표정으로 땅 밑을 들여다보며 조심조심 배회하고 있었다.

쉭쉭! 사나운 소리를 내며 수증기를 피어 올리는 돌무더기와 섭씨 100도의 잿빛 진흙이 부글부글 끓어오르는 진흙구멍, 노란색, 주황색, 청회색, 흰색 결정체로 얼룩진 땅. 자연이 이토록 극적이고 도발적이고 치명적일 수 있다니 정말 놀라웠다. 땅이 흔들리고, 소리치고, 뒤집히고, 끓는 물을 뿜었다. 너무나 환상적인 분위기였다. 이런 자연환경이 인간의 의식주에만 영향을 주겠나? 또 인간의 상상력과 창의력에만 영향을 끼치겠나? 내가 이런 곳에서 살고 있다면 노안이 왔다고, 꿈을 이루지 못했다고, 그토록 절망했을까? 그게 다 뭐 대수라고. 나는 그런 생각 속에 빠져서 두어 시간 더 그곳에서 어슬렁거렸다.

산을 넘어 미바튼 네이처 배스Nature Baths로 걸어갔다. 블루라군과 더불어 아이슬란드에서 가장 유명한 노천 인공 온천장이다. 거무튀튀한 돌 황무지 한가운데 있었다. 블루라군보다 규모는 작지만 훨씬 한적하고 주변경관도 빼어났다. 블루라군에서는 온천을 하지 않았지만, 우윳빛이 감도는 그 푸른 온천물 속에 꼭 들어가 보고 싶었다. 우선 온천장 안에 있는 식당부터 찾아갔다. 배가 고파 쓰러지겠다. 배낭에 든 딱딱한 식빵을 꺼내 씹고 싶지는 않았다. 날도 으스스했고 체력이 바닥나기 직전이었다. 오늘의 수프를 주문했다. 1,300크로나(약 12,000원). 역시 가장 저렴하고, 빵을 곁들여 리필을 할 수 있다. 따뜻한 음식을 배불리 먹으니 기운이 다시 솟는 것 같았다.

곧장 3,700크로나(약 34,000원)를 내고 온천에 입장했다. 샤

위장에서 샤워를 하고 수영복을 입고 야외온천장으로 들어갔다. 여행 26일째, 푸른 물빛 속에 몸을 담갔다. 빗방울을 흩뿌리는 하늘과 검은 대지, 따뜻한 물속에 여독이 스르륵 풀려나갔다. 지난 이틀 동안 미바튼에서 정신없이 뭔가에 홀려 다닌 듯했다. 지구의 놀라운 비밀들을 엿보며. 내 안에서 뭔가 조금씩 변화가 이는 것 같았다. 의식의 변화랄까?

한참 사색에 젖어드는데, 젊은 연인 한 쌍이 내 옆에 자리를 잡고 앉았다. 둘은 마주 보고 앉아 입을 쪽쪽 맞췄다. 물빛이 불투명해 물속이 보이지 않았지만 하체가 밀착된 자세였다. 둘러보니 그렇게 꼭 붙어 있는 연인들이 한두 커플이 아니었다. 커플들은 한곳에 진득하게 앉아 백허그를 하고 있거나, 꼭 붙어서 이쪽저쪽으로 옮겨 다니고 있었다. 그러는 중에 입을 연신 맞추며. 사랑의 묘약 속에 몸을 담근 사람들처럼 취한 듯 황홀한 표정으로.

사실 이런 기가 막힌 풍경 속에 혼자 앉아 있기는 좀 쓸쓸했다. 잊고 있던 얼굴들이 떠올랐다. 함께 죽을 것처럼 아프고, 죽을 것처럼 행복했던 시간들. 내 귀에 내 눈에 내 입에 사랑의 노래를 불러 주던 시인들은 다 어디로 갔을까? 그 원색의 여름을 지나 노래만 남았다.

> 내 생에~ 가장 뜨거웠던 순간이여~
> 숨 막히던 내 원색의 여름이여~
> 한 마리 싱싱한 은빛 물고기~
> 지느러미 파닥이며~ 마침내 뭍으로 올라온 그대~
> 희미한 낮달을 따라~ 그대 운명의 물살을 거슬러~

기어이 여름 꽃 뜨거운~ 뭍으로 올라왔나요~

내 생에~ 가장 뜨거웠던 순간이여~

숨 막히던 내 원색의 여름이여~

가물가물 사랑의 노래들이 떠올랐다. 그때 문득 그런 생각이 들었다. 다 이룬 것이라고. 다 아름답게 이룬 사랑이었다고. 순간순간 그것으로 충분했다고. 그런 생각이 들자 한결 축복어린 눈길로 주변의 연인들을 그윽하게 바라볼 수 있었다.

한 시간 반쯤 온천에 있다가 나왔다. 주차장 입구에서 히치하이킹으로 다시 캠핑장으로 돌아왔다. 배낭 정리를 하다가 알아챘다. 온천장에 세면도구 가방을 놓고 왔다는 걸. 샴푸, 칫솔, 치약, 선크림, 수건, 로션이 들었는데 이런, 젠장! 문을 닫기 전 슈퍼마켓으로 달려갔다. 칫솔과 치약만 샀다.

갈 수 없는 길이라는 걸 모르고

○ 27~28일

아스캬 분화구

오전 9시, 영국 커플의 지프에 탑승했다. 캠핑장에서 만난 제니퍼와 아담이 아스캬Asjka에 간다기에 따라나선 것이다. F88 국도는 길이 하도 험해 웬만한 담력이나 오프로드용 지프가 없으면 엄두를 내지 못하는 코스라고 했다. 그런데 차체 높은 슈퍼지프로 아스캬에 간다며 태워 주겠다니, 절호의 기회였다. 앗싸!

지구상에서 가장 큰 용암사막, 오다다흐뢰인Ódáðahraun으로 들어섰다. 생명체가 살아가기엔 가장 혹독한 자연환경으로 꼽히는 곳이다. 우리는 오지 탐험가들처럼 검은 모랫길, 울퉁불퉁한 용암바위 길, 바닥 상태를 가늠할 수 없는 물길을 건넜다.

오프로드는 예퀼사우아우피외들룀Jökulsá á Fjöllum 강을 따라 남쪽으로 이어져 있었다. 바트나예퀴들의 빙하가 녹아 흐르는 강이다. 200킬로미터가 넘는 이 물길은 아이슬란드에서 가장 거칠고 난폭한 것으로 알려져 있다. 무섭게 굽이치는 소용돌이와 폭포를 만들며, 지구상에서 가장 거대한 용암사막 한가운데를 뚫고 북극해까지 흘러가는 강. 인적 없는 이 야생의 용암사막과 분화구들은 수백 년 전 바이킹 시대 범법자들의 도피처였다. 동굴 속에서 이끼나 풀뿌리나 생말고기로 연명하다가 목숨을 잃거나, 살아남아 영웅이 된 사람들의 얘기가 전설처럼 떠돈다. 또 아폴로의 우주비행사 닐 암스트롱과 그의 동료들이 1960년대 달 착륙을 위해 훈련을 받았던 곳이기도 하다. 정말이지 달의 표면처럼 끝도 없이 펼쳐진 용암사막의 기이하고 광활한 풍광에 기가 질릴 정도였다.

네 시간여 만에 목적지인 아스캬 근처까지 진입했다. 길이 눈에 덮여 사륜구동으로도 더는 전진할 수 없었다. 거기서부턴 여행자들을 실어 나르는 눈차를 타야 했다. 무한궤도 장갑차처럼 생긴 눈차를 타고 20분쯤 올라갔다. 이어 한 시간쯤 눈길을 걸었다. 미끄러운 눈밭에 발목이 푹푹 빠졌다. 다리도 허리도 끊어질 것처럼 아팠다. 비바람 속에서 몸은 축축하게 젖어 갔다. 그렇게 죽을 고생하며 갔건만, 안개 때문에 아무것도 보이지 않았다. 분화구 속의 푸른 물빛만 흐릿하게 내려다보였다.

제니퍼와 아담은 미바튼으로 돌아가겠다고 했다. 혼비백산한 표정이었다. 나는 그냥 떠나기가 아쉬웠다. 히치하이킹으로는 다시 오기 힘든 곳이다. 남을까? 떠날까? 마음이 수십 번도 더 오락가락했다.

"난 오늘 여기서 캠핑할래요."

결국 남기로 했다. 오후 4시, 슈퍼지프에서 내 배낭만 내려졌다. 그들이 떠나자마자 후회가 밀려들었다. 나는 왜 추운 오지에 혼자 남겠다고 했을까? 잘한 결정이 아니지 싶었다. 으으 춥다! 날씨도 풍경도 을씨년스럽기 찍이 없었다.

산장 뒤편 협곡 밑에 캠핑장이 있었다. 아스캬 분화구에서 8킬로미터 떨어진 드래곤 협곡의 캠핑장. 주황색 텐트 한 동이 쳐져 있었다. 그나마 그 텐트 때문에 캠핑할 용기를 냈다. 맨땅이었다. 딱딱한 맨땅에 텐트를 치기는 처음이었다. 손을 호호 불며 잔돌까지 주워 내고 땅을 평평하게 골랐다. 팩이 잘 박히지 않았다. 큰 돌덩어리들을 옮겨와 팩 위에 지지대로 고여 놓고 뱅 둘러 끈을 돌에 묶었다.

손이 곱아 간신히 텐트를 쳤다. 뜨거운 물을 받으러 빈 페트병을 들고 화장실로 갔다. 이런, 젠장! 수도꼭지에서 찬물만 쏟아졌다. 물을 끓일 시설도 안 돼 있었다. 뜨거운 물병을 품고 추위를 견디려 했는데 난감했다. 현재 기온 영상 4도. 밤이 되면 기온도 체감온도도 더 떨어질 것이다. 설마 얼어 죽기야 하겠냐만은.

지금까지 아이슬란드 여행을 하면서 가장 추운 밤이었다. 축축한 옷을 그대로 입은 채 웅크리고 누워 침낭을 머리꼭대기까지 뒤집어썼다. 그 자세로 침낭 속에서 식빵을 뜯어먹었다. 사실 허기 따위는 문제가 아니었다. 너무 추웠다. 지금까지 살면서 지은 죄 값을 이렇게 치르나 싶을 정도로 추웠다. 수천수만 개의 얼음바늘이 온몸을 사정없이 찔러댔다. 알게 모르게 지은 죄가 많았다. 비몽사몽간에 밤새 떨었다. 간간이 빗소리가 들렸다.

다음 날 오전 6시, 텐트에서 나왔다. 더 누워 있을 수가 없었다. 차라리 일어나 걷는 게 덜 추울 것 같았다. 날은 여전히 흐렸지만 안개가 옅어졌다. 서둘러 식빵과 초콜릿과 물을 챙겨 배낭을 멨다. 젖은 양말과 신발을 발에 꿴다. 으으으. 발가락이 얼어붙는 것 같았다. 차량 서너 대가 주차해 있는 산장과 관리소 앞을 지났다. 그 시각에 돌아다니는 사람은 나 말고는 아무도 없었다. 하이킹 트레일 입구를 알리는 나무기둥을 찾았다. 왼쪽 화살표 방향으로 아스캬까지 8킬로미터. 어제는 산 아래 F894 도로로 눈차를 타고 갔지만, 하이킹 트레일은 산으로 올라가 분화구까지 산악도보로 가는 코스였다.

아스캬는 높이 1,510미터의 분화구다. 아이슬란드에서 가장 깊고 푸른 호수 외스큐바튼Öskjuvatn(깊이 217미터)을 품고 있다. 1875년의 대폭발 이후 1926년까지 분화 폭발이 계속됐다. 그 넓은 호수 북동쪽 모퉁이에 비티Viti라는 작은 분화 호수가 또 있다. 물이 따뜻해서 수영을 하러 여행자들이 찾아오는 곳이다. 어제 비안개 속에서 흐릿하게 내려다만 봤던 에메랄드 빛 분화구. 오늘은 내려가 수영을 할 수 있을까? 얼마나 멋지고 특별한 경험인가, 분화구에서 수영을 할 수 있다니.

낯선 세계를 제대로 체험하려면 직접 발로 디디며 걸어야 한다. 탐험가 정신으로 단단히 정신무장하며 용감무쌍하게 가파른 절벽을 타고 오르기 시작했다. 아무도 일어나지 않은 이른 시각에 혼자 하이킹을 나섰지만 무섭거나 긴장되지는 않았다.

나 자신도 때때로 믿기지 않게 내 담력이 이렇게 센가 싶을 때가 있다. 참 겁 없는 사람이다. 선척적인 기질인지 후천적으로 단련된 배포인지 모르겠다. 전생에 탐험가나 모험가였을까? 그런 엉뚱한 생각이 들 때도 있다. 서울 불광동이나 수유리의 북한산

자락에서 살 때도 한밤중이나 새벽에 혼자 산행을 자주 했다. 손전등도 들지 않고 깜깜한 산길을 타면서도 무서움을 타지 않았다. 귀신의 존재 따위는 믿지도 않거니와 죽어도 상관없다는 생각 때문이었는지 모르겠다.

금세 숨이 차올랐다. 부석이 부스러져 내리는 미끄러운 절벽 길이었다. 몸에서 열기가 피어오르자 온몸에 박혀 있던 얼음 바늘들이 녹아내리는 것 같았다. 발도 더는 찬지 모르겠다. 추위에 떨며 텐트에 누워 있는 것보단 일찍 나오길 참 잘했다. 재킷 후드를 벗고 지퍼를 내렸다. 새까만 화산탄, 밟으면 부서지는 노란색 부석덩어리, 잔설이 길 군데군데 쌓여 있다. 100미터에 하나씩 나타나는 노란색 트레일 마크를 따라 오르락내리락 하는 길이다. 눈밭에 찍힌 사람들의 발자국을 살피며 전진했다.

30분 정도 지나자 더는 발자국이 보이지 않았다. 이젠 1미터 높이의 노란색 트레일 마크만 찾아가며 방향을 잡아야 했다. 안개가 짙어지고 있었다. 슬슬 불길한 예감이 들었다. 어디 있지? 노란색 마크 찾기가 힘들어졌다. 다급해져 이쪽으로 갔다 저쪽으로 갔다 다시 돌아와서 아, 저쪽이다! 안개 속에서 마크가 나타나면, 그쪽으로 눈밭을 건너거나 용암바위를 타고 올라섰다.

눈밭을 건널 땐 발밑이 푹 꺼져 내릴까 봐 다리가 후들거렸다. 돌덩어리들이 부스러져 흘러내리는 비탈에선 네 발로 기어야 했다. 흑백의 불모지였다. 보이는 거라곤 검은 돌과 하얀 눈, 잿빛 구름으로 뒤덮인 하늘뿐이었다. 나무도 새도 개미도 꽃도, 생명체라곤 살아갈 수 없는 혹독한 땅, 사람 발자국은커녕 작은 짐승의 흔적조차 보이지 않는 곳이었다. 안개만이 움직이고 있었다. 얼마나 왔을까? 얼마나 더 가야 할까? 그만 포기하고 돌아가야 하는 건 아닐까? 그런데 몸은 계속해서 앞으로 나아가고 있었다. 그렇게 두 시간쯤 더 걸었다. 갑자기 눈발이 날리기 시작했다. 10미터 전방도 분간할 수 없게 됐다. 여긴 어디지? 어디로 가야 하지? 그때서야 내가 얼마나 위험천만한 상황에 처했는지, 얼마나 바보 같은 짓을 하고 있는지 깨달았다. 자칫 발을 헛디뎌 부상이라도 당하면 밖으로 구조신호를 보낼 방법도 없었다. 아이슬란드의 오지에서 길을 잃고 조난당해 저체온증으로 사망한 여행자들의 얘기가 떠올랐다. 공포감이 밀려오기 시작했다. 50년 만의 악천후가 이런 거였나? 안개와 눈보라에 갇혀 버리고 말았다.

아무리 둘러봐도 노란색 마크는 더 이상 보이지 않았다. 세상은 너무나 고요하고 고요했다. 헬로~~! 소리쳐 봤다. 아무 소리도 들려오지 않았다. 아쉽지만 돌아서 가야 할 것 같았다. 눈밭에 찍힌 내 발자국을 찾아가며 되돌아가는 게, 길을 잃을 확률이 낮을 것 같았다. 바람 한 점 없이 고요하게 내리는 눈을 맞으며 뒤로 돌아섰다. 그런데 저쪽 눈밭인가, 이쪽 눈밭인가? 내가 어디로 온 거지? 발자국이 보이지 않았다. 정신없이 사방을 오르락내리락 기어다녔다. 내가 찍은 발자국을 찾아야 했다. 휴, 찾았다! 저기다! 눈밭을 건너자 다시 검은 돌밭. 발자국이 보이지 않는 돌밭에서 사방을 휘둘러 보고 가까스로 조금씩 왔던 길을 되짚기 시작했다.

이번에는 검은 자갈밭이 넓게 펼쳐졌다. 발자국을 찾을 수 없어 20분 넘게 맴돌았다. 나는 공포에 휩싸여 제정신이 아니었다. 무채색 세상에 갇혔다. 아무리 둘러봐도 회색빛 하늘, 회색빛 안개, 검은 땅말고는 아무것도 없었다. 생명을 느낄 수 있는 원색은 보이지 않았다. 나는 점점 패닉 상태에 빠져 갔다.

지금까지 사는 게 이랬구나!

나는 그만 차갑고 딱딱한 땅 위에 무릎을 꺾고 주저앉았다. 눈물이 복받쳐 올랐다. 흐느낌이 통곡으로 변했다. 엉엉! 소리쳐 울기 시작했다. 태어나 그토록 큰 소리로 운 적이 없었다. 심장에서 뜨거운 불길과 시뻘건 용암이 솟구치는 것 같았다.

젖은 옷을 입고 차디찬 발로 걷고 있는 나. 멈추지 않고 가고자 했던 목적지를 향해 발이 부르트도록 걷고 있는 나. 갈 수 없는 길이라는 걸 모르고 결국 안개에 갇혀 길을 잃은 나. 앞으로 더 갈 수도 없고, 되돌아갈 수도 없게 된 나.

지금 나의 상황이 어쩌면 그렇게 내 인생과 같은지. 몇 시간 동안 벌어진 일이, 지금까지 살아온 내 삶의 축소판처럼 느껴졌다. 이토록 막막하고 허망한 꿈속에서 헤매고 있었나? 지나온 시간들 그리고 가족과 친구들의 얼굴도 떠올랐다. 심장이 찢어지는 듯 아프고 미안했다. 나는 정말 여기서 죽는 걸까?

'그래, 여기서 그만 끝나도 괜찮다. 나쁘지 않다.'

불현듯 그런 생각이 들자 격렬했던 감정이 조금씩 가라앉기 시작했다.

'원래 죽음 따위 무서워하지 않았잖아. 그런데 길을 잃고 이토록 두려움에 떨다니. 죽기밖에 더 하겠어?'

차츰 울음이 잦아들었다. 마치 엑스터시 상태에서 빠져나오는 것 같았다.

'여기서 사라져도 괜찮아. 좀 외롭고 춥겠지만. 어차피 한번 겪을 일이잖아.'

그러자 두려움도 공포도 사라졌다. 몸은 기진맥진해졌지만 마음이 이상하도록 고요하고 평온해졌다. 눈물과 콧물을 닦고 배낭에서 물을 꺼내 마셨다.

일어서서 다시 차가운 공기 속으로 걸어 들어갔다. 같은 자리를 몇 바퀴 돌아도 더는 조급하게 허둥대지 않았다. 몇 번 넘어지고 미끄러졌지만 털고 일어섰다. 이상하리만치 어느 때보다도 마음이 가볍고 평온했다. 침착했다. 아쉬움, 미련, 억울함, 미움, 사랑, 분노, 모든 감정의 헛것들을 내려놓은 사람처럼. 짙은 안개를 뚫고 한 발 한 발 돌아가는 길에 올랐다.

마침내 안개 속에서 벗어났다. 눈앞이 밝아지며 발자국들이 보이기 시작했다. 아직 세상을 떠날 운명이 아니었나? 출발한 지 여섯 시간 만에 트레일 입구까지 내려왔다.

트레일 입구를 돌아보니 올라갈 땐 보지 못한 표지판이 눈에 띄었다. 입구에서 3미터쯤 옆으로 떨어져 세워져 있는 경고문이었다.

눈 때문에 하이킹 코스가 닫혔음. 등반 금지.

그때 한 젊은 여자가 다가와 말을 건넸다. "무사히 내려왔군요. 축하해요!"라는 말 대신 "날씨가 안 좋아 하이킹 못 합니다. 위험하니 올라가지 마세요." 그녀는 이미 내가 올라갔다 내려온 걸 모르고 있었다. 나는 비밀을 숨긴 채 그냥 고개를 끄덕였다.

가흐르와 캐롤

○ 28일

바우르다르붕가 화산

짐을 꾸려 놓고 산장 앞에 앉아서 초콜릿을 먹으며 차들을 향해 엄지손가락을 들어 보였다. 들어온 차가 몇 대 없으니 나가는 차를 잡기가 쉽지 않을 것 같았다. 그런데 의외로 빨리 잡혔다.

"히치하이컨데요, 혹시 태워 줄 자리가 있나요?"

"물론이죠. 어디로 갈 건가요?"

"어디든 좋아요. 가시는 곳으로 가다가 내려 주시면 돼요."

마침 차를 세워 놓고 화장실에 다녀오던 독일인 노부부가 흔쾌히 자리를 내줬다. 뒷자리에 있던 물건들을 정리해 트렁크로 옮긴 뒤 나를 앉혔다. 독일인 노부부는 전직 변호사, 전직 보험회사 사장이라고 했다. 쾌활한 백발의 노부부였다.

"4년 전에 왔을 때는 가솔린이 떨어져서 아스캬까지 들어오

236

지 못했어요. 중간에서 돌아가야 했죠. 오늘은 안개 때문에 아스카에 올라가지 못했어요. 우리한텐 아이슬란드에 또 와야 할 이유가 생긴 거죠."

캐롤이 미소를 지으며 말했다.

"다음번엔 이 여행을 끝낼 수 있을지 모르겠어요."

운전을 하고 있던 가흐르가 덧붙였다. 나 역시 또 한 번 와야 할까? 어제 안개 때문에 아무것도 보지 못했고, 오늘 아침에 다시 도전했다가 길을 잃고 울며 헤매다가 결국 가지 못했으니.

차 안의 공기가 더웠다. 큼큼! 내 몸에서 시큼하니 눅눅한 냄새가 피어오르는 것 같았다. 어제 아스카를 오르면서 비바람에 젖은 옷을 그대로 입고 잤고, 오늘 아침엔 젖은 양말과 신발을 신은 채 산에 올라가 눈을 맞았다. 축축한 신발을 신고 다녔더니 발냄새가 고약했다. 노부부가 냄새를 맡을까 불안했다. 살짝 차창을 내렸다.

아스카를 떠나 화산재 사막을 달리고 있었다. 새까만 화산재 한가운데 난 자동차 바큇자국을 따라 남쪽으로 향했다. 바람의 물결무늬가 일렁이는 검은 모래사막이었다. 지평선 저 끝 용암지대 위에선 수백수천 개의 연기 기둥들이 가물가물 피어오르고 있었다. 또 한 번 너무나 생경한 풍광 속에 들어와 있었다. 몇 시간 전에 산 위에서 길을 잃고 죽음의 공포를 느끼며 떨었던 시간이 까마득히 먼 일처럼 느껴졌다. 그런데 지금 어디로 가고 있는지 모르겠다. 1년 전에 폭발한 화산지역에 들렀다가 미바튼으로 간다고 했는데.

"어디로 가고 있는 거죠?"

지도를 펼쳐 보이며 내가 물었다. 캐롤이 홀뤼흐뢰인 Holuhraun이라는 곳을 손가락으로 짚어 줬다. 바트나예퀴들 빙하 북쪽 밑에 붙어 있는 용암지대였다. 캐롤이 소책자를 하나 건네 주었다. 바우르다르붕가 화산 폭발에 대한 설명과 사진이 들어 있었다.

"바우르다르붕가Bárðarbunga는 아이슬란드에서 가장 큰 화산이다. 바트나예퀴들 국립공원 빙하 아래 위치해 있다. 2014년 8월 홀뤼흐뢰인을 기점으로 화산 폭발이 시작됐다. 1910년 분화 이후로 104년 만이었다. 그때 〈뉴욕타임스〉는 아이슬란드 최대 화산인 바우르다르붕가 역시 조만간 폭발할 가능성이 크다고 보도했다. 2010년 에이야피아들라예퀴들 화산 폭발의 화산재로 항공 대란이 일어났던 유럽 등 서방국가들이 다시 초긴장 상태로 들어갔다. 다행히 바우르다르붕가는 폭발하지 않았지만 아이슬란드 정부는 열흘간 영공을 폐쇄해야 했다.

그때 마그마는 빙하 딩귀예퀴들Dyngjujökull 북동쪽까지 지하로 이동했다. 그곳에서 수천수만 개의 마그마 혓바닥이 일제히 지표면의 틈을 뚫고 솟아올라 불꽃 쇼를 연출했다. 6개월 동안 새로운 용암지대가 만들어졌다. 1980년대 폭발한 라키 화산 다음으로 규모가 큰 용암 분출이었다. 면적이 1,400세제곱킬로미터, 두께가 평균 10미터, 가장 두꺼운 곳은 40미터였다. 그때 용암과 화산재가 아스캬 남부 지형을 완전히 바꿔 놓았다."

우리는 그렇게 새로 생긴 화산재 사막을 달리고 있었던 것이다. 한 시간쯤 달렸다. 1년 된 바우르다르붕가 용암지대의 동남쪽 끝 부분에 도착했다. 용암은 예퀼사우아우피외들룀 강을 따라 전진하다 굳어 있었고, 그 밑에서 빙하 녹은 물이 흘러나오고 있었다.

거대한 제방처럼 앞을 막아선 용암벌판 위로 올라갔다. 아이슬란드에서 가장 최근에 분출된 생생한 용암이라니, 몹시 흥분됐다. 캐롤은 두어 발짝 올라서다 내려갔다. 가흐르와 나는 비틀거리며 더 들어갔다. 크고 작고 모나고 거칠고 날카로운 암회색 시커먼 용암덩어리들을 밟으며. 깨지고 뒤틀리고 뒤죽박죽 포개지고 솟구쳐 굳은 용암덩어리들 위로 조심조심 걸었다.

풍화되지 않은 용암 위를 걷는다는 건, 정말 아찔한 모험이었다. 발 디딜 자리를 찾는 게 쉽지 않았다. 날카롭게 벌어진 틈으로 발이 빠지거나 미끄러지기 십상이었다. 몸의 균형을 잡으려면 안간힘을 써야 했다. 결국 우리는 10미터도 전진하지 못한 채 멈춰 서야 했다. 연기가 솟아오르고 있는 곳으로 접근해 보고 싶었지만 불가능했다. 당장이라도 발밑이 와르르 무너져 내릴 것만 같았다. 언제 또다시 흔들리고 솟구칠지 모르는 땅이었다. 영화 〈노아〉의 제작자 스콧 프랭클린이 "신이 세상을 창조하기 전에 연습 게임으로 창조한 땅이 아이슬란드"라고 했는데 아직도 신의 연습 게임이 진행 중인 것 같았다. 정말이지 이 땅은 창세기의 모습이거나 종말의 모습이다.

우리는 돌아서 내려가기 시작했다. 어, 어어? 앞에서 걷던 가흐르가 비틀거렸다. 그는 잽싸게 옆에 솟아 있는 용암을 붙잡고 몸을 바로 세웠다. 그는 키가 크고 건장한 노인이었다. 몸도 청년처럼 민첩했다. 괜찮냐고 물으니, 그가 피가 뚝뚝 흐르는 손바닥을 보여 주며 괜찮다고 말했다. 날카로운 용암에 손바닥이 베인 것이다. 다행히 심각한 찰과상은 아니었다.

"강, 조심해요, 조심해요."

그는 내려가는 동안 몇 번이나 뒤돌아보며 나를 챙겼다.

다시 차를 타고 왔던 길로 돌아 나오다가 화산재 사막 한가운데 차를 세웠다. 우리는 평평하게 펼쳐진 화산재 사막을 걸었다. 연기가 피어오르는 용암지대 방향이었다. 가까워 보여 걷기 시작했는데 착시현상이었다. 3킬로미터쯤 되는 먼 거리였다. 사람들의 발자국이 화산재 속에 어지럽게 찍혀 있었다. 우리는 용암덩어리로 길이 막혀 더는 전진할 수 없는 곳까지 갔다. 용암지대 안쪽에서 피어오르는 연기 기둥을 올려다보며 내가 말했다.

"붉은 용암이 흐르는 모습을 보고 싶어요."

잠시 후 캐롤이 나를 불렀다. 그때 나는 화산재를 손으로 파고 있었다. 한 뼘쯤 팠는데도 반짝거리는 검은 화산재였다.

"강, 여기 봐요! 용암이 흐르고 있어요!"

캐롤이 가리키는 곳을 보니 굳은 용암 위로 시뻘건 용암이 구불구불 흘러내리고 있었다.

"와아, 멋져요!"

나는 환호성을 질렀다. 그러고는 캐롤과 마주 보고 깔깔대며 웃었다. 그 붉은 용암은 캐롤의 빨간색 털목도리였다.

우리는 다시 아스캬 캠핑장을 지나 F910번 국도를 타고 북쪽으로 향했다. 노란색 부석덩어리들로 뒤덮인 용암지대와 울퉁불퉁한 현무암 덩어리들이 깔린 용암사막을 가로질렀다. 물길을 건널 때마다 나도 모르게 으으으, 신음소리를 뱉었고, 건너고 나면 박수를 치며 "베스트 드라이버!"라고 가흐르에게 엄지손가락을 들어 보였다. 그러면 가흐르가 "별거 아니지!"라며 거들먹거렸고 우리는 또 깔깔대며 웃었다.

네 시간 동안 용암사막을 달려 오후 8시경 미바튼에 도착했다. 노부부는 내게 레스토랑에 가서 저녁을 같이 먹자고 했다. 나는 3초쯤 망설이다가 거절했다. 차를 태워 주고 멋진 여행까지 시켜 준 분들에게 저녁까지 얻어먹을 수는 없었다. 그렇다고 내가 대접할 형편도 못 되고. 아쉽지만 캠핑장 앞에서 내렸다. 노부부는 조심해서 여행하라며, 나를 꼭 안아 주고 떠났다.

다시, 미바튼에

○ 29일

레이캬흘리드 마을

미바튼 트레킹 8번 코스

크라플라 화산지대

비티 분화구

레이캬흘리드Reykjahlið는 미바튼 호수 북쪽에 위치한 작은 마을이다. 200여 명의 주민들이 사는 곳으로 겨울이 길고 추운 곳이다. 1년 중 7개월 동안 호수는 얼음으로 덮여 있다. 호숫가에 호텔과 레스토랑 등 여행자 시설이 들어서 있고, 캠핑장도 두 군데나 있다. 지난번에는 호숫가 캠핑장에 텐트를 쳤는데, 아스캬에 다녀와선 용암언덕에 있는 캠핑장에 자리를 잡았다.

아침에 잠에서 깨자마자 미바튼 트레킹 지도부터 들여다봤다. 오늘은 8번 코스를 걸어야겠다. 오전 5시 50분, 샤워를 했다. 세면실 수도꼭지 옆에 붙어 있는 물비누로 머리를 감고 몸을 씻었다(세면도구 일체를 분실한 뒤론 여행 끝까지 캠핑장의 세면용 물비누로 머리를 감았다. 선크림 대신 수건을 얼굴에 두르고 다녔다. 그나마 찍어 바르던 로션조차 없으니 미용은 아예 포기했다). 뜨거운 온천수를 한참 동안 뒤집어쓰고 있으니 아스캬에서 뼛속까지 스며들었던 추위와 피로가 말끔히 녹아내리는 것 같았다.

휴게실 프리푸드 선반에서 구한 중국 카레라면을 끓여 먹었다. 너무 짰다. 세면실 온수 배관 위에 널었던 양말을 걷어 신었다. 뽀송뽀송 잘 말랐다. 젖은 신발을 말리려고 신발 속에 구겨 넣었던 두루마리 휴지를 빼 냈다. 신발도 거의 말랐다. 발도 가볍고 컨디션도 좋았다. 발걸음 가볍게 캠핑장 언덕 위로 올라갔다. 트레킹 코스가 언덕 위에서 시작되고 있었다. 여행자들이 기상하기 전이라 사위는 적막했다. 천천히 캠핑장을 빠져나가 북쪽을 향해 걸었다. 걷기 쉬운 길이었다. 1724년부터 1729년까지, 5년 동안 레이르흐니우퀴르Leirhnjúkur 분화구에서 흘러내린 용암지대를 지나는 산책로였다. 둥글둥글 낮은 언덕의 풀밭 사이로, 때로는 용암 위로 길이 이어졌다. 안개가 옅게 깔린 이른 아침이었다. 얼굴과 손이 시렸다. 보온 겸 자외선 차단 겸, 손수건으로 얼굴을 싸맸다. 숨쉬기는 좀 불편했지만 훨씬 따뜻했다.

4킬로미터쯤 걸어갔을 때 분화구가 우뚝 앞을 막아섰다. 높이 771미터의 클리다르피아들Hlíðarfjall이었다. 위쪽은 구름에 가려 보이지 않았다. 올라갈까 말까. 망설이는 동안 앉아서 사과를 한 알 꺼내 먹었다.

올라가자! 흙과 돌이 흘러내리는 가파른 길이었다. 200미터나 올라갔을까? 갑자기 아랫배가 부글부글 끓어오르기 시작했다. 급작스럽게 참을 수 없는 변의가 밀려왔다. 사과가 탈을 일으켰나? 아, 제기랄! 난감했다. 휑히 트인 비탈 사면에서 어떡하라고?

이런 상황은 참 곤란하다. 으으, 웬 날벼락이람!

참아 보려고 안간힘을 썼다. 좀 가라앉으면 좋으련만, 아랫
배는 폭발 직전의 마그마처럼 부글거렸다. 할 수 없이 길에서 벗
어나 왼쪽으로 20미터쯤 네 발로 기어 이동했다. 몸을 가릴 수 있
겠다 싶어 보이는 바위덩어리가 박혀 있었다. 바위 뒤에 앉아 결
국 용암을 분출시키고 말았다. 배설의 쾌감과 더불어 아, 너무 쪽
팔렸다. 아무리 보는 사람이 없어도. 분출물을 흙과 돌로 단단히
덮어 놓고 다시 길로 돌아왔다. 아무도 보지 않았으니 아무 일도
없었던 양 시치미 뚝 떼고 꼭대기까지 올라갔다. 하얀 구름장막에
가려 분화구 안도 밖도, 보이는 게 없었다. 곧바로 돌아섰다. 경사
가 가팔라 하산 길이 더 미끄러웠다. 다리가 후들거렸다. 간신히
내려와 이정표를 따라 분화구 자락을 타고 다시 트레킹 코스를 밟
아 갔다.

정오쯤 되자 안개가 걷히고 날이 활짝 갰다. 오랜만에 보는
햇살이었다. 파란 하늘에 뜨문뜨문 뭉게구름이 흘러갔다. 햇살 아
래 드러난 풍광이 장관이었다. 저 멀리 높게 솟은 검은 황무지 산
과 수증기 기둥 들이 보였다. 그 사이로 강처럼 흐르다 굳은 드넓
은 용암지대. 푸른 풀밭과 하얀 눈밭이 눈부셨다.

젊은 유럽인들 십수 명이 뒤에서 나타났다. 캠핑장을 나선
지 다섯 시간 만에 처음 만나는 트레커들이었다. 그들을 앞서 보
내 놓고 그 자리에 앉아 식빵 두 쪽으로 점심을 먹었다. 일어서기
전에 발바닥에 일회용 반창고를 또 덕지덕지 붙였다. 벌써 몇 군
데 물집이 새로 잡혔다. 굳은살이 박힐 만도 한데, 발바닥은 여전
히 말랑말랑했다. 엄지발톱은 새까맣게 피멍이 들었다.

용암지대로 들어섰다. 발바닥이 화끈거리고 아팠다. 천천히 걸을밖에. 용암 위에는 트레일 마크가 꽂혀 있었다. 사람들이 밟고 지나다니는 길은 용암이 붉은 색으로 풍화됐다. 바닥을 잘 보고 걸어야 했다. 엎어져 코가 깨지거나, 다리가 부러지지 않으려면. 이끼 하나 자라지 않는 불모지. 울퉁불퉁한 아아 a'a 용암지대다.

새끼줄마냥 배배 꼬여 흐르다 굳은 용암들이 널렸다. 주저앉아 들여다보다가 나는 또 새끼줄 무늬가 선명하게 새겨진 현무암 한 조각을 주워 배낭에 넣었다. 제법 큰 돌덩어리다. 2킬로그램은 족히 나가겠다. 이런, 이런. 지랄 같은 수집병이 완전히 도졌다. 그렇잖아도 짐이 무거워 죽겠는데. 짐 무게를 줄이겠다고 《나는 걷는다》를 버리고는 아이슬란드 소설책을 사질 않나, 돌덩어리를 또 주워 담질 않나. 정말 수집벽은 공허감 때문에 생기는 걸까. 아니다, 애착 때문일 것이다. 여하튼 미친 짓이다.

4킬로미터쯤 되는 용암지대를 건넜다. 용암터널과 호퓌르 Hófur라는 이름의 아주 작은 붉은 분화구도 지났다. 3800년 전, 2500년 전, 그리고 1729년, 용암이 분출된 시기에 따라 이끼가 몽실몽실 덮인 곳, 잿빛 현무암 지역, 새까만 현무암 지역으로 자연스럽게 나뉜 화산 땅이었다.

마침내 레이르흐니우퀴르 진흙언덕에 올랐다. 주변이 온통 울긋불긋한 구멍투성이였다. 새빨갛거나 샛노랗거나 갈색이거나 주황색인 크고 작은 분기공 입구에 화려한 색깔의 암석덩어리들이 매달려 있었다. 거기서 수증기가 뿜어져 나오고 있었다. 아직도 유황과 수증기를 뿜고 있는 구멍들은 정말 지옥으로 통하는 입구처럼 괴기스러웠다.

한국의 어느 시인이 지구를 '푸른 물방울'이라고 말했다. 지구 표면의 70퍼센트가 푸른 바다이니, 시적이면서도 적절한 표현이었다. 그러나 아이슬란드에서 내가 느끼는 지구는 '붉은 불덩어리'였다. 수백수천 킬로미터 땅속의 지구를 이토록 생생하게 느낄 수 있다니. 당혹스러우리만치 경이로웠다.

레이르흐니우쿠르를 두 바퀴 돌았다. 떠나기가 아쉬웠다. 발걸음이 떨어지지 않았다. 절뚝거리며 한 바퀴 더 돌았다. 그러고는 비취색 물웅덩이를 지나 데크 길을 따라 주차장으로 나왔다. 863번 국도 건너편 크라플라Krafla 화산지대로 향했다. 몇 번의 대폭발 이후 1975~1984년에 다시 폭발한 곳이었다. 아래쪽엔 지열발전소가 있었다. 발이 너무 아파 또 이를 악물고 걸었다. 1724년 폭발한 비티 분화구(아스캬의 비티 분화구와는 다른 곳)까지 발을 질질 끌며 올라갔다. 짙푸른 물빛의 담수호가 고여 있는 암갈색의 분화구였다. 바람 부는 분화구 가장자리에 앉아 물빛을 한참 동안 내려다봤다.

열 시간쯤 걸은 거였다. 가파른 길은 아니었지만 울퉁불퉁한 용암지대를 걸어서인지 발이 많이 상했다. 그 때문에 또 녹초가 돼 버렸다. 오후 5시 45분, 간신히 주차장으로 내려와 히치하이킹을 했다. 스위스 가족이 태워 주었다. 캠핑장까지는 자동차로 10분밖에 걸리지 않는 가까운 거리였다.

인랜드를 관통하다

○ 30일

고다포스 폭포

알데이야르포스 폭포

셀리아란즈포스 폭포

링로드와 87번 도로가 갈라지는 지점. 87번 도로 쪽에 서 있었다. 재킷 후드를 꽁꽁 여며 둘러썼는데도 머릿속이 띵해지도록 바람이 찼다. 바람, 비, 안개. 히치하이킹을 하기엔 최악의 날씨였다. 오고 가는 차도 거의 없었다. 링로드로 가는 차는 몇 대 지나갔다. 할 수 없이 87번 도로를 포기하고 건너편 링로드로 자리를 옮겨 섰다. 길을 바꾸면 좀 돌아가더라도 후사비크까지 갈 수 있겠지. 후사비크Húsavík는 북쪽 해안에 위치한 항구 마을로, 고래투어가 유명하다. 미바튼에서 멀지 않은 곳이다. 그나저나 길바닥에서 동사하게 생겼다.

오전 10시 45분, 드디어 자동차 한 대가 내 앞에 와서 섰다. 사륜구동 지프였다. 운전자의 이름은 아미. 30대 후반의 오스트리아인으로 빡빡머리에 덩치가 큰 남자였다. 맨발에 샌들을 신고 있었다. 그는 집에서 자기 차를 가지고 오느라 덴마크를 통해 페리를 타고 왔단다. 3일 선에 동부 세이디스피외르뒤르로 들어왔다며, 그가 덧붙여 말했다.

"아이슬란드 3일쩬데 계속 날씨가 안 좋네요. 너무 추워요. 그래서 남쪽으로 내려가려고요."

"링로드로요?"

"인랜드로 들어가 곧장 남하할 생각입니다."

"그래요? 혹시 남쪽까지 동행할 수 있을까요?"

"네?"

"나도 이 차 타고 오늘 간다는 남쪽으로 갈 수 있을까요?"

"아! 그럼요. 저는 좋아요! 혼자 가면 심심한데 잘됐네요."

그가 흔쾌히 동의했다. 천운이다 싶었다. 북에서 남쪽으로 아이슬란드의 중앙내륙을 관통하는 모험. 그것도 히치하이킹으로. 와우! 또 다른 이유는 나도 따뜻한 날씨가 그리웠다. 동부 피오르로 들어선 뒤부터 일주일 동안 궂은 날씨 때문에 텐트가 마를 날이 없었다. 신발과 옷에서 이끼가 피게 생겼다. 어제 오후 파란 하늘을 잠깐 보긴 했지만.

여행 코스가 완전히 뒤바뀌게 됐다. 레이캬비크에서부터 시계 반대 방향으로 찬찬히 돌고 있던 참이었는데. 어쨌거나 예상치 못했던 모험을 하게 됐으니 신바람이 났다. 무대포 정신으로 일정을 즉흥적으로 변경하거나 결정하는 게 이 여행의 묘미였다. 아이슬란드 사람들은 어떤 일이든 미리 계획하지 않기로 유명하다는 글을 읽은 기억이 떠올랐다. 그들은 매우 충동적이고, 그래서 독창적이고 재미있게 일을 한다고. 그러나 결과는 끔찍할 때가 많다고. 지금 내 여행이 그랬다.

나는 아미가 준 오렌지주스와 초콜릿 쿠키를 먹으며 그의 여행 얘기를 들었다. 그는 아이슬란드 화산에 꽂혔다며 아이슬란드에 세 번째 온 거라고 했다. 2년 전에 왔을 때는 자전거여행을 했단다.

우리는 50킬로미터쯤 달린 뒤 내륙으로 들어가기 전에 고다포스Goðafoss에서 내려 폭포 구경을 했다. 웅장한 폭포였다(높이 12미터, 폭 30미터). 고다포스는 아이슬란드어로 '신들의 폭포'라는 뜻이다. 서기 1000년에 아이슬란드 국교가 기독교로 정해졌다. 그때 오랫동안 섬겨 왔던 토르 등 북유럽 신들의 조각상을 이 폭포 아래로 던져 버렸다고 한다. 그래서 붙은 이름이다.

현재 아이슬란드인들은 91퍼센트가 루터파 교인이다. 어느 마을에서나 예배당을 볼 수 있다. 그러나 요정과 난장이를 믿는 아이슬란드인들은 아주 독실한 기독교인은 아닌 것 같았다. '아이슬란드인들은 마음씨 착한 무신론자들'이라는 말도 있는 걸 보면 말이다.

안개가 끼고 날씨가 흐려 고다포스의 진면목은 볼 수 없었다. 차를 타자 아미가 시동을 걸며 말했다.

"아이슬란드에서 가장 멋진 폭포를 보여 줄게요."

"정말요? 어떤 폭폰데요?"

"데티포스를 아이슬란드 최고의 폭포로 꼽는 사람들이 많은데, 나는 알데이야르포스Aldeyjarfoss가 가장 멋진 것 같아요."

나는 기대에 차 달뜬 목소리로 소리쳤다. 한국말로.

"와우! 오빠, 달려~~! 달려~~!"

아미는 무슨 말인지도 모르면서 큰 소리로 웃었다. 오후 1시 경, 우리는 인랜드를 향해 남하를 시작했다. 스키얄판다플리오트 Skjálfandafljót 강을 따라 842번 비포장도로로 들어섰다. 빗방울과 안개가 날리는 젖은 길이었다. 도로로 올라온 양떼를 피해 차는 자주 멈추거나 서행했다. 30분쯤 지나 F26번으로 도로를 바꿔 타 고 다리를 하나 건넜다.

조금 더 남하하다가 차가 정차했다. 아미를 따라 바윗길을 걸어 절벽 끝에 가 섰다. 그가 말한 알데이야르포스였다. 협곡 아 래로 떨어지는 폭포는 데티포스 같은 이름난 폭포들에 비해 그리 높지도 넓지도 않았다. 그런데 폭포 주변의 침식계곡이 장관이었 다. 쭉쭉 늘어선 주상절리와 불꽃 모양 바위 무늬들이 정말 아름 다웠다. 주상절리의 완결판이라고 할까.

"아이슬란드에서 가장 멋진 폭포, 나도 동의해요."

내가 엄지를 쳐들고 말하자 아미가 어깨를 으쓱이며 활짝 웃 었다.

우리는 다시 긴 여정에 올랐다. 거친 오르막길이 이어졌다. 놀라운 땅이었다. 달리고 달려도 끝간 데 없는 잿빛 황무지였다. 아스캬로 가던 동부내륙이 용암사막이었다면 이 중앙내륙은 잿 빛 사막이었다. 잿빛의 흙과 잔돌들이 흩뿌려진 광야는 나무는커 녕 풀 한 포기 찾아보기 힘들었다. 1년 중 9개월 가까이 눈에 덮여 있는 땅에는 그 어떤 문명의 그림자, 사람의 그림자, 시간의 그림 자마저 보이지 않고 그저 광활했다. 두 시간쯤 달리자 나는 그만 굽이굽이 언덕진 그 삭막한 잿빛 광야에 질렸다.

아이슬란드의 중부내륙과 남부는 1년에 약 35밀리미터씩 솟아오른단다. '하이랜드'로 불리는 해발 800여 미터의 중앙고원지대. 지구온난화로 빙하가 녹아내리면서, 빙하에 눌려 있던 땅이 용수철처럼 부풀어 오르는 것이다.

광야의 1차선 도로는 좁고 거칠고 커브가 심했다. 그런 길을 아미는 광속으로 질주했다. 계기판을 슬쩍 보니 시속 80킬로미터를 밟고 있었다. 그것도 왼손으로만 핸들을 잡고 오른손은 따로 놀았다. 쿠키를 집어 먹거나, 물웅덩이를 건널 때 카메라를 들어 촬영하거나. 그런데도 급브레이크를 한번도 밟지 않았다. 앞에서 시속 40킬로미터로 달리고 있는 다른 사륜구동을 만났을 때, 또는 어쩌다가 마주치는 차에게 길을 비켜 줄 때, 사진을 찍기 위해 차를 세울 때만 속도를 줄였다. 그토록 빠르고 부드럽게 달리는 자동차를 타 본 적이 없었다. 와우! 초스피드의 광야 드라이브. 날렵하게 내달리는 야생동물이 따로 없었다. 설마 '오빠, 달려!'라는 내 주문에 걸린 건 아니겠지.

작은 건물 몇 채가 나타났다. 산장이었다. 지도를 보니 아이슬란드 내륙 정중앙에 들어와 있었다. 우리는 거기서 화장실에 들렀다가 남하를 계속했다. 드넓은 잿빛 광야 건너 양쪽으로 빙하가 나타났다. 오른쪽은 호프스예퀴들Hofsjökull, 왼쪽은 퉁그나페들스예퀴들Tungnafellsjökull이었다. 잿빛의 어두운 땅과 먹구름으로 뒤덮인 하늘 사이, 환하게 갈라진 틈으로 빙하가 보였다. 우리는 차를 세우고 그 신비로운 풍광을 카메라에 담았다. 광야를 벗어나자 산악지대와 호수지대가 나타났다. 헤클라 산이 보였을 때, 우리는 동시에 환호성을 질렀다.

"와! 햇빛이다!"

눈부신 햇살이 차창 안으로 쏟아져 들어왔다. 우리는 마침내 중앙내륙을 관통해 눈부신 햇실 속에서 남쪽 해인가 링로드에 다다랐다. 링로드를 타고 서쪽으로 41킬로미터를 더 이동했다. 저녁 7시 50분, 캠핑장에 도착했다. 오늘 달린 거리가 400킬로미터가 넘었다. 그런데 내가 지금 어디에 와 있는 거지? 셀리아란즈포스 캠핑장이었다. 이미 세 번이나 지나간 곳이다. 물안개를 맞으며 폭포 물줄기 뒤로 들어가 볼 수 있는 셀리아란즈포스Seljalandsfoss 와 몇 개의 폭포가 더 떨어지고 있는 수직절벽 아래였다. 바다 건너 베스트만나에이야르의 섬들이 보였다. 26일전 페리를 타고 갔던 곳이다. 여기까지 왔구나! 그런데 내일부터 이 여행을 어떻게 다시 시작하지? 어디로 가야 하지? 당혹감이 밀려왔다. 동쪽으로? 서쪽으로? 여행 코스가 완전히 꼬여 버렸다.

한국 사람들은 어떻게 자살하나요?

○ 31일

엘리다란스토스 캠핑장
아르나르스타피 마을

여행 31일째, 모든 걸 혼자 선택하고 결정하고 행동해야 하는 이 여행이 갑자기 피곤하게 느껴졌다. 지도를 아무리 들여다봐도 어디로 가야 할지 결정을 못 하겠다. 가던 대로 시계 반대 방향으로 복기해 갈까? 디르홀라에이Dyrhólaey, 레이니스피아라Reynisfjara 등 빠뜨렸던 명소들에 들르고 스카프타페들 국립공원에도 다시 가서 아쉬웠던 빙하투어도 새로 도전하면 될 것이다. 궂은 날씨 때문에 패스했던 동부 피오르도 갈 수 있겠다. 아니, 그렇게 돌다 간 서부 피오르를 돌 시간이 빠듯하지 않을까? 그쪽은 또 얼마나 걸릴지, 이동이 쉬울지 알 수 없으니.

　그렇다면 반대로 뒤집어 시계 방향으로 아예 서부 피오르로 올라가 거기부터 돌자. 그러자! 고민 끝! 장고 끝에 악수를 둔 건 아닌지 모르겠다. 아무튼 부딪쳐 보자! 지도를 접고 후다닥 짐을 꾸리고 텐트를 걷었다. 햇살이 캠핑장 뒤쪽의 폭포들과 잔디밭을 붉게 물들인 이침이었다. 햇볕은 쨍쨍한데 바람이 무지하게 세찼다. 글리우뷔라우르포스Gljúfurárfoss와 셀리아란즈포스를 지나 1킬로미터쯤 링로드까지 바람에 떠밀려 나왔다. 오전 9시, 링로드 옆에 섰다. 오늘 목적지는 레이캬비크를 지나 스나이페들스네스 끝이다. 스나이페들스네스Snæfellsnes는 레이캬비크와 서부 피오르 사이, 서쪽으로 길게 뻗어 나온 반도다. 히치하이킹으로 과연 300킬로미터가 넘는 거리를 하루 만에 이동할 수 있을까. 운에 맡겨 보자.

강풍 속에서 히치하이킹을 시작한 지 한 시간 반 만에 아이슬란드 중년부부의 차를 탈 수 있었다. 그때까지 도로 건너편의 히치하이커 청년들은 차를 잡지 못했다. 두 사람 앉을 공간과 두 사람 짐을 놓을 공간이 있는 차들만이 그들을 태워 줄 수 있을 터였다. 나처럼 혼자 다니는 히치하이커에 비해 차를 잡을 확률이 그만큼 낮다. 그런데도 둘이 다니는 히치하이커들이 더 많이 눈에 띄었다. 히치하이커들은 대부분 20대 유럽 젊은이들이었다. 아시아인은 본 적이 없다. 나처럼 나이 많은 히치하이커는 유럽인이고 아시아인이고 아예 없고. 어쨌거나 아이슬란드는 히치하이킹의 천국이다. 잘 태워 주고, 무엇보다 안전하다. 지구 어디 다른 곳에서 이런 여행을 이렇게 안전하게 할 수 있을까? 사람을 무서워하거나 경계하지 않아도 되는 자유로움!

15분 만에 크볼스뵈들뤼르Hvolsvöllur 마을에서 내려 다시 히치하이킹을 시작했다. 20분 뒤 미르크라는 이름의 잘생긴 이탈리아 청년이 차를 태워 줬다. 그는 여행지에서 웨이터 일을 하며 세계여행 중이란다.

50분 후, 셀포스에서 내렸다. 교회 종소리를 들으며 손목시계를 보니 오전 11시 50분. 25분 뒤 다시 차를 잡았다. 운전대를 잡고 있는 청년은 아이슬란드의 정원사라고 했다. 조수석의 청년은 아프리카의 모리타니라는 나라에서 왔다는 흑인이었다. 레이캬비크 주유소에서 일한다고 했다. 둘은 비크에서 어젯밤 캠핑을 하고 레이캬비크로 돌아가는 길이었다.

"나는 스나이페들스네스 반도에 있는 아르나르스타피 마을까지 갈 거예요. 레이캬비크 시내로 들어가기 전에 히치하이킹을 할 수 있는 링로드에서 내려 주세요."

"오케이!"

나는 정원사 청년이 건네준 초콜릿을 먹으며 그의 얘기를 들었다. 정확하게 다 알아들을 수는 없었지만, 그는 환경운동가임에 분명했다. 문명의 발달과 산업화가 아이슬란드의 자연을 훼손하는 것을 우려하고 있었다. 나는 〈헤이마〉에 나오는 한 장면을 기억해 냈다. 〈헤이마〉는 시귀르 로스의 2006년도 투어 공연을 다큐멘터리로 만든 영상이다. 그중에서도 댐 건설 반대 시위 캠프가 자리 잡고 있던 고원지대에서 공연을 하는 장면이 떠올랐다. 그곳은 공연 이후 결국 수몰되었다. 또 미국 월스트리트에서 시작된 2008년도의 금융위기 과정을 다룬 다큐멘터리 〈인사이드 잡Inside Jobs〉의 오프닝 장면도 떠올랐다. 아이슬란드의 산에서 다이너마이트가 터지던 장면.

"여행자들이 많아질수록 관광수익은 늘지만, 그만큼 환경이 오염되는 게 안타까워요. 실제로 정부는 관광 인원 제한을 검토 중이죠.”

두 청년은 레이캬비크 시내 옆으로 복잡하게 얽힌 도로들을 다 빠져나가, 시내 북쪽 끝의 링로드에 차를 세웠다. 자기들이 가야 할 목적지를 한참 지나서였다. 내가 갈 방향으로 히치하이킹하기가 가장 좋은 자리라며 거기까지 나를 데려다 주었다.

남쪽 지방보다 바람은 좀 약했지만 날씨는 여전히 쌀쌀했다. 발을 동동 구르며 엄지를 치켜들었다. 히치하이킹 여행의 장점은 여행경비를 절감할 수 있다는 것뿐만이 아니었다. 생면부지 사람들과의 짧은 만남엔 ‘길 위의 감동’이 있었다. 차를 태워 주는 사람도 행복하고, 차를 타는 사람도 행복했다. 그 행복감을 맛보려면 내가 감내해야 할, 통과의례 같은 게 있었다. 추위, 바람, 기다림, 외로움. 엄지손가락을 치켜들고 차를 기다리고 있을 때는 10분이 한 시간처럼 느껴진다. 차를 얻어 타고 갈 때는 반대로 한 시간이 10분처럼 느껴진다. 고통의 체감시간은 길고, 행복의 체감시간은 짧았다. 길 위에서 ‘지옥과 천국’의 양극을 체험하는 것이다.

이번에는 12분 만에 성공했다. 캠핑카였다. 아이슬란드 두 청년은 캠핑을 하러 가는 게 아니라, 길가에 퍼져 있는 차를 견인하러 가는 길이라고 했다. 두 청년은 신나게 팝송을 부르며 북쪽을 향해 달렸다. 한 청년은 덩치가 크고 한 청년은 왜소했다. 어떻게 아냐고? 아이슬란드 사람들은 히치하이커들을 차에 태울 때 꼭 차에서 내려 짐을 들어 차에 실어 주고 앉을 자리를 만들어 준다. 나는 그들의 노래를 들으며 넓고 높은 창으로 스쳐가는 바다를 구경했다.

해저터널을 지나 초지 앞에 차가 멈췄다. 두 청년은 곧장 길가에 서 있던 밴에 밧줄을 묶어 캠핑카에 연결하는 작업을 했다. 나는 그 옆에서 지나가는 차를 향해 또 엄지손가락을 들었다. 오후 2시 20분이었다.

오늘 다섯 번째로 만난 운전자는 이름이 얄티라는 아이슬란드 중년남자였다. 검은 뿔테 안경을 썼고, 반팔 티셔츠와 반바지 차림의 배불뚝이었다. 그가 내게 어디까지 가냐고 물었다. 나는 지도를 펼쳐 보여 주었다.

"나도 거기까지 가요."

"네?"

링로드를 벗어나 54번 국도를 타고 서쪽으로, 적어도 세 시간은 걸릴 먼 거리인데 목적지가 같다고? 믿어지지 않았다.

"난 그냥 드라이브를 나왔어요. 특별히 갈 곳도 없는데 거기까지 데려다줄게요."

"정말요? 고맙습니다!"

앗싸! 속으로 쾌재를 불렀다. 오늘은 정말 운수 좋은 날! 조수석에 짐이 있어서 나는 뒷자리에 앉았다. 지도를 접어 두고 의자 등받이에 편안하게 등을 기댔다.

잠시 후, 얄티가 차창을 내리더니 담배를 피웠다. 찬바람이 몰려들었다. 나는 재킷의 지퍼를 끝까지 올리고 차창 밖으로 시선을 던졌다. 54번 국도로 들어서자 본격적으로 반도의 풍광이 펼쳐지기 시작했다. 이끼가 깔린 용암지대와 붉은 분화구들, 흙으로 뒤덮인 산과 바다였다. 스나이페들스네스는 미니어처 아이슬란드Iceland in miniature라는 별명이 붙은 반도였다. 빙하, 국립공원,

분화구, 용암지대, 피오르 등 아이슬란드를 대표하는 지형들이 이 반도에 모두 모여 있다는 것이다.

"결혼했어요?"

차창 밖 풍광에 정신이 빠져 있는데 얄티가 불쑥 물었다. 나는 아, 네에 얼버무렸다.

"아이도 있어요?"

"셋이에요."

"나도 아이가 셋인데. 나는 3년 전에 이혼했어요. 6개월 전에 실직했고요. 외롭고 힘들어요."

무겁고 느리고 슬픈 목소리였다. 그는 또 담배에 불을 붙였다. 그때부터 나는 힐긋힐긋 그의 행동을 주시하기 시작했다. 그는 말이 많은 편은 아니었다. 조용히 담배를 피우고 손톱을 이로 물어뜯었다. 다시 담배를 한 대 피우고, 손톱을…… 그의 입에는 손톱과 담배가 번갈아 가며 계속 물려 있었다. 바짝 뜯겨 나간 손톱 끝에 상처들이 보였다. 나는 무지 놀랐다. 이토록 불행해 보이는 아이슬란드 사람이 있다니. 행복지수가 높은 나라이고, 하물며 실패를 찬양하는 나라에서, 불행한 사람을 만날 거라곤 상상도 못했다.

나는 얄티의 그 강박적인 행동을 훔쳐보며 바짝 긴장했다. 이 차를 계속 타고 가도 괜찮은 걸까? 무슨 핑계라도 만들어 그만 내려야 하는 건 아닐까? 설마 위험한 일이 벌어지는 건 아니겠지. 아이슬란드에서 히치하이킹을 하면서 긴장하기는 처음이었다. 그런데 곰곰 생각해 보니 그는 화가 난 사람이 아니고 위험한 사람도 아니었다. 슬픈 사람이었다(그렇게 믿고 싶었다).

"얄티, 그래도 당신은 럭키한 사람이에요."

나도 모르게 불쑥 그런 말이 튀어나왔다. 무슨 말이든 해 주고 싶었다. '힘내세요' 같은 상투적인 말 말고.

"당신은 실업자지만 이렇게 드라이브를 즐기고 있어요. 의식주를 걱정할 만큼 궁핍하진 않은 거죠. 실업수당을 받고 있겠죠?"

내 말을 듣고 있지 않았나? 아니면 내 영어를 알아들을 수 없었나? 그가 다시 낮고 슬픈 목소리로 물어 왔다.

"한국 사람들도 자살 많이 해요?"

"네? 아, 네."

나는 차마 한국은 하루 평균 38명이 자살하고, OECD 국가 중에서 10년 넘게 자살률 1위인 나라라는 말은 할 수 없었다.

"이유가 뭐죠?"

"그건…… 아마 대개가 …… 경제적으로 어려워서……."

"어떤 방법으로 자살하나요? 총을 많이 쓰나요?"

"아니, 총은…… 그러니까…… "

몹시 당혹스러웠다. 도대체 이 사람은 무슨 생각으로 이런 걸 묻는 걸까? 정말 자살이라도 할 생각일까? 그렇더라도 정말 먹고살기 힘들어서 그런 생각을 하는 건 아닐 것이다. 아이슬란드는 2015년 기준 1인당 GDP가 54,331달러로 세계 6위인 나라다(한국은 28,338달러로 세계 28위). 더불어 해마다 유엔과 OECD가 발표하는 '행복지수' 3위권 안에 드는 나라다. 게다가 아이슬란드 사람들은 인플레이션보다 빈부격차가 커지는 걸 더 두려워한다고 했다. 그러니 그가 지금 실업자여도 죽고 싶을 만큼 경제적인 고

충을 겪고 있지는 않을 것이다. 그렇더라도 얼마든지 극복할 수 있는 수준일 게고.

미국발 경제위기의 여파로 2008년 아이슬란드가 파산했을 때, 아이슬란드 정부는 아이슬란드에 우울증과 불안 같은 정신적 문제가 증가할 것이라고 예측했다. 자살률이 높아질 것이라는 진단도 나왔다. 그러나 그런 변화는 일어나지 않았다. 경제위기를 극복하기 위해 정부가 국민의 의견을 받아들인 결과라고 했다. 230조 원의 빚더미에 앉은 3대 은행의 빚을 세금으로 갚아 주는 대신, 경제를 살리는 다른 방법을 찾았던 것이다. 그러니까 부유층에게서 세금을 더 받아내, 청년과 가족 복지를 확대했다. 집 대출금을 탕감해 주었다. 유망한 중소기업의 빚도 감면해 주었다. 실업수당 기간을 2년에서 4년으로 늘렸다. 아이슬란드 청년들은 누구나 직업훈련을 받고 재취업에 도전할 수 있었다. 그 결과 아이슬란드는 '적당한 재분배는 성장을 촉진시킨다'라는 모토로 경제위기를 극복한 나라로 유명해졌다. 얄티는 그런 나라의 국민이었다.

그는 자살 얘기를 물은 뒤 더는 입을 열지 않았다. 나는 아이슬란드 소설 《링로드를 달리는 여자》의 한 대목을 떠올렸다. 동부 마을의 어느 슈퍼마켓 남자가 주인공에게 한 말이다.

여긴 외부인들에겐 참 심심한 동네예요. 그렇다고 아무 일도 안 일어나는 건 아니죠. 갈라서는 부부도 있고, 바람도 피우고, 인생을 망치고 하는 건 여기도 여느 동네 못지않죠. 자연경관이 아무리 아름다워도 소용이 없어요.

구름이 빠르게 이동하고 있었다. 먹구름과 파란 하늘이 번갈아 나타났다 사라졌다 했다. 오후 6시, 마침내 오늘 나의 목적지인 아르나르스타피Arnarstapi에 도착했다. 해안가의 작은 마을이었다. 헤어질 때 얄티가 악수를 청해 왔다. 나는 살짝 그를 안고 등을 토닥였다. '페타 레다스트(잘될 거예요)!' 속으로 중얼거리며.

바람 속에서 캠핑장에 텐트를 쳤다. 긴 하루였다.

쥘 베른을 따라서

○ 32일

스나이페들스예퀴들

바튼스헤들리르 용암동굴

"운명이 이끄는 곳이라면 어디든 기꺼이 따라가리라." 쥘 베른의
소설 《지구 속 여행》에 나오는 시구다. 나 역시 운명에 이끌리듯,
캠핑장에서 바튼스헤들리르Vatnshellir 용암동굴까지 12킬로미터
를 걸었다. 동굴은 스나이페들스예퀴들Snæfellsjökull 국립공원 용
암지대의 서쪽 자락에 있다.

　　오후 4시, 동굴투어를 시작했다(투어비 2,500크로나). 가이드
와 열 명의 여행자들이 함께했다. 투어 사무실에서 나눠 준 안전
모를 쓰고 손전등을 하나씩 들었다. 사실 나는 스나이페들스예퀴
들 정상에 올라가고 싶었다. 《지구 속 여행》에서 그 만년설 아래
숨어 있는 분화구는 지구의 중심으로 들어가는 입구였다. 그런데
날씨가 받쳐 주지 않았다. 단체투어마저 모두 취소된 상태였다.

앞으로 3일 동안 반도의 날씨는 계속 흐리고 강풍이란다.

빙하로 덮여 있는 원뿔 모양의 스나이페들스예퀴들의 산봉우리는 구름에 가려 보이지 않았다. 스나이페들스네스 반도의 상징이라 불리는 그 만년설산은 높이가 1,446미터. 20여 차례 폭발을 일으킨 활화산으로, 1800년 전쯤에 마지막 폭발이 있었다.

대신 나는 바튼스헤들리르 동굴을 통해 지구 속으로 들어가 보기로 한 것이다. 동굴 입구에서 가이드가 동굴에 관해 설명했다. 8800년 전에 만들어진 용암동굴이다, 지하 35미터 아래로 내려가서 200미터 남짓의 공간을 투어한다. 제주도의 만장굴에 비하면 규모가 아주 작은 동굴이다. 나는 나선형 계단을 밟고 지하로 내려가며 "바다와 바람과 빛으로 가득 찬 지하세계"를 상상했다. "요정들이 나와서 맞아 주는 궁전"과 "수많은 빛이 반짝거리는 거대한 다이아몬드 속의 공간"이 눈앞에 펼쳐질 것을 기대했다. 물론 소설과 현실이 다르다는 건 알지만. 8미터쯤 내려갔을까. 물기 축축한 바닥에 내려섰다. 공기가 썰렁했다. 오싹, 한기가 밀려왔다. 가이드가 비쳐 주는 랜턴 빛을 따라 다니며 용암이 흘러간 자국, 용암석순, 입구를 찾지 못해 죽은 여우의 뼈, 마그네슘과 철분과 박테리아들 때문에 색이 노랗거나 불그스레하거나 보랏빛인 동굴 벽을 구경했다.

계단을 타고 두 번째 공간으로 이동했다. 이어 나선형 계단을 밟고 세 번째 공간인 지하 35미터까지 내려갔다. 그곳에서 가이드의 지시에 따라 랜턴을 껐다. 깜깜했다. 눈을 뜨고 있는데도 완벽한 어둠 속이었다. 우리는 숨소리를 죽인 채 귀를 기울였다. 천장 여기저기에서 떨어지는 물방울들이 바위에 부딪치며 공명음을 냈다. 톡! 토독! 톡! 톡! 온몸에 전율이 일었다.

《지구 속 여행》에 나오는 여행자들의 모험이 지구의 중심 즉, '기원'을 찾아가는 모험이라면, 그리하여 그 여행이 '무의식의 중심으로 들어가는 내면여행'이라면, 나는 그 순간 그 중심에 가까워지고 있었다. 지구 속의 완벽한 어둠 속에서 맑디맑은 물방울 소리를 따라 나의 내면 깊숙이 쑤욱~ 스톱! 가이드가 랜턴을 켰다. 무의식의 세계에서 순식간에 지상 밖으로 튕겨져 나왔다. 아쉬웠다. 어쩌면 나의 중심, 그 기원의 비밀을 풀어 줄 이미지를 볼 수도 있었는데. 어쨌든 지구 속의 완벽한 어둠 속에서 들은 물방울 소리는 평생 잊을 수 없을 것 같았다.

동굴에서 나와 바다 쪽으로 걸어갔다. 강풍 속에서 등대를 지나 큰 바위 두 개가 우뚝 서 있는 론드란가르Londrangar를 지났다. 갈래황새풀 군락지와 북극풍선장구채 꽃과 자주범의귀 꽃이 흐드러진 초지를 지나 해안절벽을 타고 캠핑장으로 돌아왔다. 하루 종일 걷고 또 걷고, 걸은 날이었다. 왕복 총 25킬로미터를 걸었다.

너무 늦어 버린 소망

○ 33일

아르나르스타피 캠핑장

스티키스홀뮈르 방향
56번 국도

무시무시한 바람 소리가 끊임없이 들려오는데 텐트는 고요했다. 태풍의 눈 속에 들어 있는 것처럼 바람 한 점 타지 않았다. 옆에서 생나무 울타리가 바람을 완벽하게 막아 주고 있었다. 오전 9시, 나는 물이 식은 페트병을 끌어안고 누워 있었다. 잠은 진즉에 깼는데 일어나기 싫었다. 바람이 웬만해야 밖으로 나돌지. 어제처럼 또 강풍 속에서 강행군을 할 엄두가 나지 않았다. 여길 그만 뜰까? 아니면 텐트 속에서 종일 빈둥거려? 그러려면 페트병에 뜨거운 물을 받아 와야 하는데. 큭큭! 갑자기 웃음이 터져 나왔다. 안고 있는 2리터짜리 페트병 때문이다.

지난밤 10시경, 페트병을 주우려고 캠핑장을 한 바퀴 돌았다. 게스트하우스 겸 레스토랑인 스니오페들Snjófell에서 관리하고 있는 캠핑장이었다. 레스토랑 뒤편 구석에서 재활용 쓰레기통을 찾을 수 있었다. 커다란 철제 쓰레기통 속에 페트병들이 몇 십 개 들어 있었다. 그런데 바닥에 깔려 있어서 손이 닿지 않았다. 쓰레기통 입구에 배를 걸치고 대롱대롱 매달려 팔을 밑으로 뻗었다. 어엇! 그만 쓰레기통 속으로 떨어져 처박혀 버렸다. 얼마나 놀랐던지 정신이 얼떨떨했다. 다친 데는 없었다. 울 수도, 웃을 수도 없는 황당한 상황이었다. 하다하다 참 별짓을 다 하고 있다 싶었다. 혼자 코믹영화를 찍는구나. 살면서 이러기도 처음이지. 비바람에 젖은 옷과 신발을 그냥 입고 다니질 않나, 빨래는커녕 씻는 것도 생략하는 날이 많고, 남이 잃어버린 목도리를 주워 감고 다니질 않나(어제 바위에 걸려 바람에 나풀거리고 있던 목도리를 주웠다. 파란색과 회색이 섞인 울목도리였다. 주위엔 아무도 없었다. 나는 몇 초쯤 망설이다가 목도리를 주워 목에 칭칭 감았다. 몸이 한결 따뜻해지는 것 같았다. 여행 마지막 날까지 울목도리 덕을 톡톡히 봤다), 이젠 쓰레기통에 처박히지를 않나. 이러다가 음식물 쓰레기통까지 뒤지게 생겼다. 이제 자유인 아니, 자연인이 됐나? 다르게 말해 홈리스 피플? 정신을 차리고 간신히 쓰레기통 밖으로 탈출했다. 빈 페트병 하나를 밖으로 던져 놓고. 누가 봤으면 무지 창피했을 텐데 다행히 목격자는 없었다. 나는 비칠비칠 화장실로 걸어가 페트병에 뜨거운 물을 받았다. 그걸 품고 간밤에 따뜻하게 잤다. 밤새 난리치는 바람 소리를 들으며.

텐트 속에서 죽치고 있으니 이동하는 편이 나을 것 같았다. 그래, 반도 북쪽으로 올라가자. 부리나케 일어나 짐을 꾸렸다. 레스토랑에서 보온병에 따뜻한 물을 얻어 와 생강차를 한 잔 타 마시고 배낭을 짊어졌다. 574번 국도로 나왔다. 피라미드 모양의 스타파페들Stapafell 산을 휘어 감는 산자락 도로였다. 먼저 나온 히치하이커 커플 둘이 길 양쪽에 서 있었다. 20대 초반으로 보이는 젊은이들이었다. 나는 동쪽으로 향하는 길에 섰다.

한 시간째, 차 한 대 지나가지 않았다. 건너편에서 백허그를 하고 서 있던 커플이 먼저 떠났다. 그들은 서쪽을 향해 걸어갔다. 내 쪽에 서 있던 프랑스 커플은 포옹을 하고 입을 맞추며 찬바람을 견디고 있었다.

나도 의지할 수 있는 동행이 있으면 덜 추울까? 이 바람 속에서 사랑하는 사람과 히치하이킹을 하고 있다면, 오히려 더 슬프고 비참할 것 같았다. 상대방이 추위하는 모습까지 지켜보려면 마음이 곱절로 더 힘들 테니. 지금은 나만 추위를 견디면 된다. 혼자라 다행이다. 그런 생각을 하고 있는데, 프랑스 젊은이들이 내게 손을 흔들었다. 그들도 더는 추위를 견디지 못하고 걷기 시작한 것이다. 나는 돌덩어리가 들어 있는 무거운 배낭을 짊어지고 100발짝 이상 걸을 자신이 없었다. '페타 레다스트!'를 중얼거리며 버텼다. 15분쯤 지나 차를 잡을 수 있었다. 앞자리엔 30대 남녀가, 뒷자리엔 60대 부부가 타고 있었다. 나는 부부 옆 뒷자리에 끼겨 탔다. 부모와 아들과 딸. 프랑스 가족이었다. 오늘이 아이슬란드 여행 마지막 날이라고 했다.

"12년 만에 가족여행이에요. 우리의 오랜 꿈이었어요. 부모님은 프랑스 남부지방에서 살고 누나는 서부에서 살아요. 나는 캐나다 퀘백에서 살고 있어서 우리는 자주 만나지 못했어요…… 2주 동안 정말 멋진 여행을 했어요."

운전을 하고 있는 아들 필립이 말했다. 조수석에 앉아 있는 딸 에밀리가 부모에게 필립과 내가 주고받는 말을 통역했다.

"한국 녹차, 징말 좋아해요."

필립의 말에 내가 깜짝 놀라서 물었다.

"녹차를 아세요?"

"저는 찻집에서 매니저로 일해요. 차를 연구하고 있어요."

필립이 말했다.

"강의 부모님도 한국에 사시는지 엄마가 물으시네요."

에밀리가 내게 말했다. 그렇다고 대답하는데 갑자기 기분이 울적해졌다. 내가 부모님과 함께했던 마지막 여행이 7년 전이었나? 여행을 좋아하는 아버지가 동유럽으로 9박짜리 패키지여행을 끊어 놓으셨다. 엄마하고 둘이 가시지, 내 것까지 함께. 그때 동행했던 다른 가족들과 가이드는 내가 부모님을 모시고 효도여행을 온 거라고 생각한 것 같았다. 딸이 효녀라며, 침이 마르게 나를 칭찬했다. 부모님은 미소만 지었고, 나는 쥐구멍이라도 있으면 들어가고 싶었다. 여행경비는커녕 용돈 한 푼 부모님께 드리지 못하는, 지지리도 못 사는 장녀였으니.

부모님에게 나는 부끄럽고 아프고 속상한 딸일 게다. 평생 힘들게 과수농사 지으며 예쁘게 키웠는데, 어린 나이에 결혼해 미국으로 가 버렸다. 그러곤 10년 만에 이혼하고 돌아왔다. 그 사실을 뒤늦게 아신 부모님은 친인척에게도 쉬쉬 감추셨다. 자식 얘기가 나오는 자리에선 고개를 들지 못하셨다. 또 이혼녀가 된 딸이 소설인가 뭔가를 쓰겠다고 골방 생활을 하는데 아무리 기다려도 소설가가 됐다는 말은 들려오지 않으니. 명절에 집에 가면 부모님은 동생들에게서 받은 용돈을 쪼개 몰래 내 주머니에 넣어 주셨다. 배곯지 말라며. 여든이 넘으신 늙은 부모님의 모습이 떠오르자 기분이 착잡해졌다.

나도 부모님을 모시고 아이슬란드 여행을 할 수 있으면 좋겠다. 그런데 내게 그럴 만한 경제적인 여유가 생긴다 해도 이젠 연로하신 두 분이 이 먼 길을 따라나설 수 있을까? 너무 늦어 버린 소망이다. 조용히 차창 밖으로 고개를 돌렸다. 한가롭게 풀을 뜯고 있는 양떼와 말들이 스쳐갔다. 54번 국도를 달리고 있었다.

프랑스 가족과 함께 주상절리 절벽을 구경하고, 게스트하우스에 딸린 목장으로 들어가 점심 먹을 자리를 찾았다. 나는 어느새 그 가족과 스스럼없이 섞여 다니고 있었다. 바람이 많이 부는 날이라 목장 주인이 흔쾌히 부엌을 내주었다. 에밀리 가족은 여행 마지막 날이라 남은 음식이 별로 없다며 식탁에 야채와 샐러드 소스들을 펼쳐 놓았다. 나는 그들이 하는 대로 내 앞에 놓인 접시에 당근, 토마토, 아보카도, 양파를 먹을 만큼 덜어 왔다. 해바라기씨도 한 움큼 올렸다. 그 위에 식초, 오일, 겨자를 뿌렸다. 레몬과 후추도 살짝 곁들였다. 오랜만에 먹는 신선한 야채샐러드였다. '라이스 크래커'라는 쌀과자도 뜯어먹었다. 잊지 못할 감동적인 점심 식사였다.

식사를 끝내고 밖으로 나갔다. 바람이 들이치지 않는 양지에 둘러앉아 커피를 마시며 이런저런 여행 얘기를 나눴다. 나는 지리산 집 사진을 보여 주며 한옥에 관해 설명했다. 그들도 프랑스 집 사진을 보여 주었다. 유쾌하고 따뜻한 가족이었다. 그들은 가까운 수영장에 갈 거라며 나랑 계속 동행하기를 원했다. 오후 2시

40분, 나는 그만 그들과 헤어져 오늘의 목적지인 반도의 북쪽으로 넘어가야 할 것 같았다. 그들은 스티키스홀뮈르로 넘어가는 56번 도로 앞까지 나를 데려다주었다. 헤어질 때, 가족 모두 내게 프랑스식 작별인사를 해 주었다. 꼭 안고 양 볼에 입을 맞춰 주었다. 나는 그만 눈물이 핑 돌았다.

"나는 몰랐어요"

○ 33~34일

스티키스홀뮈르 마을

캠핑장에 텐트를 쳐놓고 스티키스홀뮈르Stykkishólmur 마을을 한 바퀴 돌았다. 1200여 명의 주민이 사는 어촌이었다. 18세기에 스나이페르디르Snæferðir라는 회사가 반도 북쪽에 위치한 이 마을에 페리 회사를 세웠다고 한다. 그 때문에 스나이페들스네스 반도에서 가장 큰 마을로 번성했다. 나는 항구 앞 페리 사무실에서 내일 서부 피오르로 가는 티켓을 예약했다.

밤 10시경, 캠핑장에서 한국 가족을 만났다. 중년부부인 호석 씨와 민주 씨, 딸 주현 씨는 아이슬란드에 온 지 이틀째라는데 큰딸이 오길 기다리고 있다고 했다.

세 식구와 거실형 대형 텐트 안에 둘러앉았다.

"우리는 두 딸이 걸음마를 시작했을 때부터 여행을 다녔어요. 남미, 북미, 아프리카, 아시아로요. 물론 여행하다 보면 티격태격 싸우기도 하죠. 그래도 오랫동안 호흡을 맞춰 와서 그런지 가족여행이 가장 편하고 좋아요."

민주 씨가 와인을 버너에 끓이며 말했다. 추운 날엔 따뜻한 와인이 최고라며. 와인을 끓이는 폼에서 전문 여행가다운 포스가 풍겼다. 나는 따뜻한 와인을 마시며 목청 높여 떠들기 시작했다. 내 입에서 모국어가 거침없이 쏟아져 나왔다.

"여기, 꼭 가 보세요! 강추 코습니다! 거기는요, 아, 그땐 정말 죽는구나 싶었어요!"

"33일째라고요? 혼자서 어떻게! 정말 용감하십니다!"

칭찬과 포도주가 기폭제가 됐다. 점점 더 내 목에 힘이 들어갔다. 그동안 겪은 무용담들을 펼쳐 놓으며 천일야화라도 엮을 기세였다. 여행 셋째 날에 골든써클을 같이 돌았던 연희 씨가 떠올랐다. 독일인 남편과 같이 왔던 그녀가 왜 그토록 쉬지 않고 떠들었는지, 그 순간 이해가 됐다. 모국어에 굶주려 있었던 것이다.

모국어에 대한 갈증을 다 풀지 못했지만 자정께 바나나 한쪽을 얻어 들고 텐트로 돌아왔다. 잠이 쉬이 올 것 같지 않았다. 프랑스 가족과 한국 가족을 만난 날이었다. 3개월 전, 첫째딸과의 오키나와 여행이 떠올랐다.

만으로 스물여섯이 된 딸을 십수 년 만에 만났다. 딸은 오키나와에서 직장생활을 하고 있었고, 두 달 뒤에 미국으로 직장을 옮길 예정이었다. 직장 동료와 1년 전 혼인신고를 하고 같이 살고 있었다. 훤칠하니 잘생긴 멕시코계 아메리칸이었다. 직장생활을 하며 파일럿이 되는 학과과정을 밟고 있다는 그는 아주 성실하고 다정해 보이는 청년이었다. 딸이 배우자를 잘 만난 것 같아 기뻤다. 딸은 어릴 적엔 호리호리했는데 살이 많이 쪘다. 외탁해 나를 더 닮았다고 생각했는데, 커서는 친탁으로 돌아섰나.

어릴 때부터 "엄마, 날 가장 많이 사랑하지?"라는 질문을 수시로 퍼부으며 내게 '앵기던' 둘째딸이랑은 다르게, 속내를 잘 보이지 않던 아이였다. 다른 두 형제에 치여 내게 가까이 파고들 빈자리가 없다고 생각했을까? 애정을 갈구하거나 서운함을 표현하지 않아 거리감이 느껴지던 딸이었다. 지금까지 종종 이메일을 보내며 안부를 챙기는 둘째딸과 달리 첫째딸은 메일을 보내도 답장이 없었다.

그랬던 딸이 9일 동안 휴가를 내고 오키나와로 나를 불렀다. 나는 딸이 운전하는 자동차를 타고 오키나와 관광지를 돌았다. 딸은 매일 고급 레스토랑이나 호텔 뷔페에 나를 데리고 가서 맛있는 음식들을 사 주었다. 딸과 나란히 앉아 페디큐어라는 것도 받았다. 내 발톱에 좋아하는 코발트블루 색이 입혀졌다. 그런 호사는 생전 처음이었다. 미국에 있는 둘째딸과 화상통화도 같이했다. 또 딸이 한국요리를 배우고 싶다고 하여, 시장을 같이 봐 와 포기김치와 총각김치 담그는 방법을 가르쳐 주었다. 김밥도 같이 만들고, 미역국도 끓여 주었다.

딸은 내게 매우 싹싹하게 대했다. 명랑하고 예의 발랐다. 반면 나는 마음이 복잡했다. 미안하고, 아프고, 서먹서먹하고, 안타깝고, 참 염치없었다.

여행 6일째인 아침, 우리는 커피를 들고 베란다에 나가 마주 앉았다. 응어리진 속을 털어 내고 진지하게 살아온 얘기를 나누고 싶었다. 이제 어른이 되었으니 딸도 하고 싶었던 말이 있을 것이다. 그러나 모녀 사이를 가로막고 있는 그 빌어먹을 벽! 딸은 한국말을 못 했고 나는 영어를 살하지 못했다(통역인을 가운데 두고 아들을 만난 다음부터 나는 꾸준히 영어공부를 했다. 아이들과 소통하려면 내가 공부를 해야 되겠다 싶었다. 내 바람만큼 실력이 늘지는 않았다. 그래도 아들을 만났을 때처럼 통역까진 필요 없을 거라 생각했다).

"엄마, 왜 그때는 그렇게 오랫동안 연락하지 않았어요?"

"너희들 할머니, 할아버지가 연락 못 하게 하셨어. 너희들이 어려서 힘들어한다고."

"아, 그랬어요? 나는 몰랐어요."

"엄마는 왜 아빠에게 양육비를 보내지 않았어요? 미국에선……."

"이혼할 때 2층짜리 그 큰 집이며 살림들을 모두 아빠에게 넘겨주고 엄마는 빈 몸으로 나왔어. 대신 양육비는 아빠가 다 책임지기로 했고…… 아니, 아빠가 진 카드빛 6만 달러에서 반을…… 그러니까 아빠 빚 반을 갖고 나왔어."

"아, 나는 몰랐어요."

"그 빚을 혼자 갚을 수가 없어서 결국 파산신고를 해야 했고…… 너희들한텐 할 말이 없어. 많이 미안해. 그때는 엄마가 지금 너보다 더 어린 나이였는데 갑자기 세 아이의 엄마가 됐고 아무것도 몰랐어. 아니, 그건…… 네가 한국말 못하는 건 네 책임이 아니야…… 그건 그렇지 않아…… 아니, 아니…… 그건, 그런 게 아니고…… 그건, 그러니까……."

점점 감정이 복받쳐 오르며 그나마 아는 단어들도 떠오르지 않았다. 가슴이 터질 것처럼 답답했다. 아무리 참으려고 애써도 눈물이 자꾸 흘렀다.

'너희들은 5년쯤 있다가 아이를 낳을 계획이라고? 그래, 너는 잘할 수 있을 거야. 엄마가 된다는 게 뭔지 아직은 모르겠지. 나는 스물여덟 시간 산통 끝에 네 오빠를 처음 안았을 때 아, 세상에 정말 기적이 있구나 싶었어. 축복처럼 내게 온 아이. 아이를 낳을 때 겪은 산통이, 하늘이 수백 번 뒤집어지던 그 고통이, 그 기적을 더 고귀하게 만드는 거다 싶었지. 모성애일까? 그런 감정이 자연스럽게 우러나는 게 나도 신기했어. 그런데 3개월 만에 또 임신을 했고…… 또 스물여섯 시간 진통 끝에 자연분만으로 쌍둥이 딸, 너희들을 안았을 때는…… 두려움이 밀려왔어. 갑자기 내 인생에 나타난 세 아이들이 나는……. 그때부터 의무감과 책임감에 짓눌리기 시작했어. 좋은 엄마가 되고 싶었지만 감당할 수가 없었어. 몸도 마음도 정말 힘들었지. 게다가 너희 아빠와는…….'

이런 얘기들을 진솔하게 털어놓고 싶었다. 전남편에 대한 원망과 회한도 이제 다 큰 딸에게 풀어놓고 싶었다. 엄마 없이 크면서 딸이 얼마나 힘들었는지, 뭐가 힘들었는지 듣고 싶었다. 그러면 지난 시간들이 좀 홀가분해질까. 그러나 그런 말들을 제대로 할 수가 없었다. 눈물과 흐느낌만이 계속됐다. '인생 실패자'의 모습으로 딸 앞에 앉아……. 이성적인 딸은 내 눈물에 매우 당혹스러워했다.

"엄마, 이제 다 이해해요. 엄마고, 딸이니까. 우리는 가족이잖아요."

나를 달래려고 딸이 애쓸수록 나는 감정을 더 추스를 수가 없었다. 딸과 내 역할이 바뀐 것 같았다. 현명하고 침착한 엄마 역할을 딸이 하고, 나는 그녀의 철부지 딸인 듯하고.

어떻게 잠들었는지 모르겠다. 다음 날 아침 7시경에 깨자마자 주섬주섬 짐을 꾸리기 시작했다.

"아침 먹으러 오세요!"

텐트 밖에서 주현 씨 목소리가 들려왔다. 꾸리던 짐을 내려놓고 주현 씨네 텐트로 달려갔다. 하얀 쌀밥, 깻잎, 김자반볶음, 고추장. 오, 한국음식이다!

"오늘 제 생일인데, 쌀밥을 먹네요!"

내가 들뜬 목소리로 말했다.

"생일이에요? 그럼 미역국을 먹어야죠."

민주 씨가 곧바로 버너에 미역국을 끓였다. 한국에서 가져온 미역과 레이캬비크에서 샀다는 마른 대구를 넣고. 설마 여행 중에 생일날 미역국을 먹으리라고 상상이나 했겠나. 생일을 챙겨 먹은 게 언제였는지도 기억이 가물가물한데. 혼자 살고부턴 생일은 누가 챙겨 주는 것도, 내가 챙기기도 머쓱해서 별 날 아닌 것처럼 보내곤 했다. 그런데 여행지에서 뜻밖에 생일을 이렇게 맞다니!

미역국 맛도 최고, 기분도 최고였다. 역시 축복받는 생일이 행복하다. 우연히 만난 생면부지 사람들에게라도. 아니, 그래서 더 행복했다.

플라테이 섬의 장례식과 결혼기념식

○ 34일

주현 씨 가족의 배웅을 받으며 스티키스홀뮈르 항구에서 페리를 탔다. 한 시간 30분 뒤, 플라테이 섬에서 내렸다. 항구 앞에 안내판이 서 있었다. 플라테이Flatey는 서쪽으로 뻗어 나온 스나이페들스네스 반도와 서부 피오르 사이의 바다 중간에 위치한 섬이다. 1200만 년 전쯤에 화산 폭발로 형성되었고 40여 개의 부속 섬이 딸려 있다. 길고 평평한 작은 섬. 한 바퀴 도는 데 서너 시간이면 충분하겠다.

캠핑장은 바닷가 목장 안에 있었다. 피크닉 테이블 두 개, 화장실 하나, 화장실 외벽에 붙은 개수대가 하나 있었다. 개수대는 오랫동안 사용하지 않았는지 흙먼지로 얼룩져 있었다. 수도꼭지에선 찬물만 쏟아졌다. 배에서 내린 여행객들은 다 어디로 갔을까? 캠핑객은 한 명도 없고, 날씨가 을씨년스러워서 그런지 분위기가 썰렁했다. 어쨌든 하룻밤만 묵어 가자. 나는 양 똥을 발로 밀어 지우며 풀밭에 텐트를 쳤다. 그러고는 섬 구경을 나섰다.

민들레꽃이 노랗게 핀 풀밭을 건너 공동묘지 쪽으로 올라갔다. 가족 묘비 앞에 스무 명 남짓 사람들이 빙 둘러서 있었다. 흰 로만 칼라에 검은색 수단을 입은 목사와 평상복 차림의 어른과 아이들이었다. 묘비 밑에 파인 직사각형의 작은 구멍 안으로 유골함이 안치됐다. 한 사람씩 삽으로 흙을 퍼 유골함 위를 덮었다. 그 붉은 흙 자리 옆에 글라디올러스와 백합꽃으로 만든 하얀 꽃다발이 놓였다. 목사의 기도가 이어졌다.

담담한 장례식이었다. 오열도 눈물도 없었다. 장례를 마친 사람들이 항구 쪽으로 조용히 사라졌다. 장례문화를 통해 그 지방의 풍습, 문화, 사상, 종교, 자연 등을 연구하는 인류학자들은 그렇듯 담담한 장례식과 무표정해 보이는 공동묘지에서 무엇을 찾아낼 수 있을까?

나는 하얀 꽃다발 앞에 한참 동안 서 있었다. 작은 예배당을 등진 채였다. 아이슬란드엔 마을마다 교회가 있고, 교회 옆엔 공동묘지가 있다. 평평한 풀밭에 모양이 제각각인 십자가와 묘비들이 세워져 있다. 공원처럼 특별히 잘 가꿔 놓지도 않았고, 그렇다고 으스스한 분위기도 아니다. 머릿속에서 수많은 질문들이 맴맴 돌았다. 오늘 누가 여기에 묻힌 걸까? 노인일까, 젊은이일까? 어느 날 갑자기 닥친 죽음이었을까, 서서히 다가온 죽음이었을까? 가족의 배웅을 받으며 여행을 떠나듯, 망자는 이승의 모든 통과의례를 거쳐 미지의 세상으로 떠난 걸까? 먼지가 되어 우주로 사라져 버린 걸까?

"인생은 철과 비슷하다. 사용하면 마모된다. 그러나 사용하지 않으면 녹슨다." 카토의 말처럼, 나는 망가져 가는 숙명의 배를 타고 죽음을 향한 항해를 계속하기 위해 그 묘비 앞에서 돌아섰다. 교회로 들어갔다. 1926년도에 지어진 작은 교회였다. 아치형 천장과 벽면을 온통 뒤덮은 푸른색 톤의 프레스코화가 눈길을 사로잡았다. 그리스도의 일생이나 최후의 만찬 같은 종교화가 아니었다. 섬의 문화와 역사를 담은 그림이었다. 퍼핀을 사냥하는 노인, 물개를 손질하는 어부, 성직자, 양과 독수리와 바닷새들, 바다와 배, 하늘, 집의 모습도 보였다. 파도 소리와 바람 소리가 들려올 듯 역동적인 그림이었다.

맨 뒤의 장의자에 가 앉았다. 통로 건너편 장의자에는 백발의 아이슬란드 커플이 앉아 있었다. 나와 눈이 마주치자 여인이 눈인사를 보내며 말했다.

"우리는 지금 결혼 30주년 기념식을 할 거예요."

마침 그때 강단 옆의 작은 문이 열리고 목사가 들어왔다. 흰 로만 칼라에 검은색 수단을 입은, 좀 전에 묘지에서 본 목사였다. 부부가 강단 쪽으로 걸어 나가더니 목사 앞에 나란히 섰다. 키가 큰 커플이었다. 남자는 청바지에 울스웨터를 입은 체격이 반듯한 미남이었다. 여인은 어깨에 망토를 둘렀고, 둥근 얼굴의 미인이었다. 그녀는 노란색 미나리아재비 꽃을 한 주먹 들고 있었다. 머리는 둘 다 숱이 풍성한 백발인데, 나이가 가늠되지 않았다.

섬마을의 작은 교회 안엔 그 커플과 목사와 나뿐이었다. 목사가 조용한 목소리로 성경을 읽었다. 두 사람의 머리 위에 손을 없고 기도를 했다. 의식은 간단하게 끝났다. 마지막으로 커플이 서로 마주 보고 포옹했다. 둘은 포옹을 한참 동안 풀지 않았다. 그 몸짓, 표정, 가벼운 입맞춤. 감미로운 정면이었다. 멜로영화의 한 장면 같았다. 보고 있는 내 가슴이 뭉클했다. 그들이 포옹을 풀었을 때 나는 박수를 치며 말했다. "축하해요! 정말 아름다워요!"

두 사람을 남겨두고 교회 밖으로 나왔다. 감동의 여운이 가시지 않았다. 교회 옆의 노란 건물로 건너갔다. 1864년, 아이슬란드에서 최초로 지어진 도서관이었다. 무슨 일인지 문이 닫혀 있었다. 북쪽으로 마을이 내려다보였다. 알록달록 페인트가 칠해진 1, 2층짜리 목조건물들. 플라테이에 사람이 거주한 지는 천 년이 넘었다. 이 섬은 수세기 동안 무역의 중심지였다. 상업이 번창했던 19세기와 20세기 초에 지어진 주택들이 남아 있었다. 가장 오래된 집은 1834년에 지어진 펠라그스후스Felagshus다. 옛날 주택들은 대부분 여름별장으로 사용되고 있었다.

마을로 내려갔다. 마을 안쪽에 농가를 개조해 만든 호텔과 레스토랑이 있었다. 여행자들이 어디로 갔나 했더니 그 테라스에 앉아 있었다. 나는 오른쪽으로 길을 꺾어 해변을 끼고 섬을 돌기 시작했다. 어선이 몇 척 떠 있는 말발굽 형의 부속 섬을 바라보며 걸었다. 에에취~~! 갑자기 재채기가 터져 나왔다. 퍼핀과 북극제비갈매기 들이 해변의 바위에 앉아 있다가 놀란 듯 날아올랐다. 에에취~~! 콧물을 닦으며 해안가 초지의 산책로를 따라 걸었다. 해초가 널린 해변엔 물개가 한 마리 죽어 있었다.

한국의 장승처럼 생긴 무속신앙 나무도 만났다. 바이킹 신앙에서 온 토테미즘 조각처럼 보였는데, 140센티미터쯤 되는 하얀 통나무에 얼굴과 몸통을 새긴 거였다. 돌멩이를 박아 눈과 입을 만들었다. 얼굴과 몸통 여기저기에 긴 못이 박혀 있고, 성기가 한 뼘 정도 수평으로 뻗었다. 발아래 제단 위엔 제물이 수북하게 쌓여 있었다. 작은 돌멩이와 조개껍데기, 파도를 타고 밀려온 플라스틱 부표 쪼가리, 깃털, 마른 나뭇가지 들이었다. 나는 까만 몽돌 하나를 주워 그 위에 올려놓았다.

구불구불 해변길을 따라 계속 걸었다. 새 깃털이 하얗게 널린 해안과, 낡은 목선이 쓰러져 있는 해안을 돌았다. 자주포아풀과 나도수영이 붉게 흔들리는 초지를 건너 두어 시간 만에 캠핑장으로 돌아왔다. 에에취~~! 정신을 차릴 수가 없었다. 해변을 도는 동안 1분에 한 번씩 재채기가 터져 나왔다. 콧물이 줄줄 흘렀다. 따갑고 가려워 눈도 제대로 뜰 수 없었다. 알레르기였다. 무슨 꽃가루 때문인지는 알 수 없었다.

찬물로 눈코입을 깨끗이 헹구며 세수를 했다. 손수건과 목도리로 얼굴을 칭칭 가렸다. 텐트 안에 들어가 출입구를 꼭꼭 여미며 닫았다. 다 소용없었다. 재채기가 터질 때마다 온몸이 여진처럼 흔들렸다. 머릿속이 띵해졌다. 서둘러 텐트를 걷었다. 섬을 떠나는 방법밖에 없을 것 같았다. 이 섬에 들렀다가 서부 피오르로 올라가는 페리가 곧 들어올 시간이었다. 하루에 페리 두 척이 중간 정착지인 이 섬에 들른다. 내가 끊은 티켓으로는 아무 때고 서부 피오르로 가는 페리를 탈 수 있다. 배낭을 메고 부리나케 항구로 달려갔다. 에에취~~!

바닷새들의 천국

○ 35일

라우트라비아르그 절벽

아이슬란드의 북서부에 위치한 서부 피오르는 여행자들이 접근하기 힘든 오지라고 했다. 그만큼 오염되지 않은 자연풍광이 여행자들을 유혹했다. 나는 앞뒤 안 재고 용감무쌍하게 서부 피오르에 들어왔다. 내륙으로 자동차를 타고 올 수도 있지만, 나는 스나이페들스네스 반도에서 페리를 타고 바다로 질러왔다.

지도를 들여다보니 들쑥날쑥 손가락 모양의 서부 피오르 지형이 내 눈엔 불꽃처럼 화려하고 복잡해 보였다. 지리학적으로 아이슬란드에서 가장 오래된 땅이다. 7천 명 남짓한 주민이 살고 있단다. 그런데 주민 숫자는 점점 줄어 가고 폐허가 늘고 있다. 주민도 여행자들도 많지 않은 이곳에서 히치하이킹이 잘 될까? 걱정이 앞섰다. 플로우칼륀뒤르Flókalundur 캠핑장에 와 보니, 텐트와 캠핑카가 20여 대 들어와 있었다. 발이 묶일 염려는 안 해도 되겠다 싶었다.

다음 날 서부 피오르에서 가장 먼저 찾아간 곳은 라우트라비아르그Látrabjarg라는 절벽이었다. 홍콩에서 온 신혼부부의 렌터카를 얻어 타고 두 시간 반 만에 도착했다. 아이슬란드의 서쪽 끝이자 유럽의 서쪽 끝이었다. 세계에서 가장 웅장한 절벽 둥지 중 하나로 꼽히는 곳이다. 반도 가장자리의 14킬로미터나 되는 긴 해안선에서 여름엔 10여 종의 바닷새들 100만 마리가 산단다.

퍼핀이 가장 먼저 눈에 들어왔다. 어? 날아가질 않네! 퍼핀은 헤이마에이 섬에서도 봤고 바로 어제 플라테이 섬에서도 봤지만, 멀찍이 떨어져 스쳐봤을 뿐이었다. 아무리 조심조심 접근해도 눈치가 어찌나 빠른지 후룩 날아가 버리곤 했다. 그런데 이 절벽의 퍼핀은 사람이 가까이 다가가도 본체만체했다. 긴장하는 기색이 전혀 보이지 않았다. 그러니 여행자들이 절벽 끝 여기저기에서 카메라를 들고 퍼핀 앞에 장사진을 치고 있었다. 나 역시 퍼핀과 한 발짝 떨어진 자리에서 발이 묶였다. 분홍색 시베리아너도부추 꽃과 바다국화가 하얗게 피어 있는 절벽 위였다.

퍼핀은 바닷새들의 천국이라 불리는 아이슬란드에서 가장 인기 있는 새다. 전 세계 퍼핀 개체수 중 60퍼센트가 아이슬란드에서 번식할 정도로 아이슬란드가 퍼핀의 최대 서식지다. 귀엽게 생긴 외모 때문에 이곳에서 퍼핀은 마스코트 대접을 받고 있다. 인형, 티셔츠, 열쇠고리 등 다양한 퍼핀 기념품들이 어딜 가든 널렸다.

애틀란틱 퍼핀이었다. 고개를 연신 좌우와 위아래로 움직이며 검은 등과 꼬리와 흰 배의 털을 커다란 삼각형 오렌지색 부리로 헤집고 있는 새. 검은 날개를 활짝 펴고 파다닥파다닥 날개를 턴다. 서로 입을 맞추듯 부리를 맞대며 종종거린다. 굴속에서 쏘옥 검은 머리를 내밀며 밖으로 나와 팔랑팔랑 바다로 날아간다. 바다에서 날아와 오리발처럼 생긴 주황색 발로 정확하게 절벽 위에 착지한다. 굴속으로 쏘옥 몸을 감춘다. 그 작고 귀여운 몸짓들이 여행자들의 시선을 사로잡을 만했다.

날아다니는 모습도 특이했다. 1분에 300, 400회 날갯짓을 한다는데, 팔랑거리는 날갯짓이 정말 '바다의 광대'라는 별명에 딱 어울렸다. 높이 날지 못하는 새라 그런가, 바다에서 절벽 위까지 날아왔다가 다시 바다로 내려가기를 반복했다. 하늘 높이 나는 퍼핀은 한 마리도 보이지 않았다. 그러나 바닷속에선 수심 30미터까지 잠수해 물고기처럼 헤엄을 친단다. 나는 것보다 헤엄을 더잘 치는 새라고나 할까.

퍼핀 한 마리가 뒤뚱뒤뚱 내 쪽으로 다가왔다. 코앞까지 바짝. 퍼핀은 고개를 까닥거리며, 슬픈 광대처럼 생긴 눈으로 나를 정면으로 바라보다가 몸을 틀어 옆으로 걸어갔다. 나는 숨을 죽이고 두어 발짝 살살 따라갔다. 그때, 내 등 뒤에서 탄식이 들려왔다.

"오, 마이 갓!"

한 남자가 낭패스러운 표정을 지으며 나를 바라보고 있었다. 어깨까지 머리를 길게 늘어뜨린 유럽 남자였다. 나는 무슨 영문인지 금세 눈치챘다. 순간, 내 얼굴이 확 달아올랐다.

"오, 미안해요, 미안해요!"

남자는 내게 뭐라 대꾸는 못 하고 한숨을 길게 내쉬었다. 그는 삼각대에 카메라를 올려놓고 동영상 촬영을 하고 있었다. 퍼핀 몇 마리의 움직임에 렌즈를 고정시켜 놓고 있었는데 화면 안으로 내가 걸어 들어가 그의 작품을 망쳐 놓은 것이다. 나는 미안하다는 말을 중얼거리며 도망치듯 자리를 떴다. 100미터 남짓 오른쪽으로 걸어가 절벽 아래에서 올라오는 바람을 쏘였다. 90도 각도로 깎아지른 수백 미터 절벽 아래 바다에서 물개들이 헤엄치는 게 내려다보였다.

그 절벽의 단면은 여러 층으로 색깔이 나뉘어 있었다. 지리학자들의 연구에 따르면, 약 1300만 년에서 1400만 년 전에 형성된 현무암 용암층이다. 얇고 부드러운 화산재 층과 붉은 점토층이 층층이 쌓여 있어서 화산 폭발에 따라 지층이 어떻게 형성되었는지 잘 보여 주는 절벽이다. 절벽 위는 드넓게 펼쳐진 초지의 반도였다.

"망했어! 제기랄! 그때 거기로 누가 걸어 들어올 줄 생각이나 했겠어!"

좀 전의 긴 머리 남자가 두 여자를 붙들고 그 불상사에 대해 털어놓고 있었다. 남자는 등을 돌리고 있어서 내가 거기 있는지 모르는 것 같았다. 나는 또 재빨리 고개를 돌리고 자리를 피했다. 다시 얼굴이 달아올랐다. 살면서 이렇게 나의 부주의나 방심 때문에 타인에게 상처나 손해를 준 일이 얼마나 많았겠나. 일부러 그런 건 아니었어도 내 감정에만 빠져 있다가……. 무안해 심장이 쪼그라드는 것만 같았다. 나는 풀이 죽은 채 한숨을 푹푹 내쉬며 절벽 길을 따라 걷기 시작했다. 절벽 위에서 수십수백 마리의 퍼핀들이 아장거렸다.

절벽 중간중간 바위틈에 둥지를 튼 다른 새들과 다르게, 퍼핀은 절벽 맨 위에 자리를 잡고 있었다. 퍼핀은 깊이 1미터쯤 땅굴을 파고 그 속에서 산다. 6월에서 7월 사이가 번식기라니 지금 굴 속엔 알이나 갓 부화한 새끼가 들어 있을 것이다. 알은 한 개씩 낳고, 암수가 번갈아 알을 품는단다. 아이슬란드의 퍼핀은 여름철새로, 겨울이면 지중해로 날아간다는데 높이 날지 못한다는 이 새가 정말 그렇게 멀리 갈 수 있을까? 그래도 명색이 새니까.

해안선은 지그재로로 이어지는 수직 바위절벽 길이었다. 절벽에 부딪히며 올라오는 새소리가 아주 소란스러웠다. 교황 그레고리오 1세는 새를 '조물주의 신성한 음악을 인간에게 계시해 주는 영물'이라고 했다. 찰스 다윈은 음악의 기원을 새의 소리에서 찾았다. 수컷 새가 암컷을 유혹하기 위해 부르는, 그 아름다운 새의 노래에서 음악이 시작됐다고. 그런데 여긴 새가 얼마나 많은지 귀를 틀어막고 싶을 정도로 새소리가 시끄러웠다.

벼랑은 또 흰색 페인트를 죽죽 뿌려놓은 것처럼 새들의 분비물로 온통 얼룩져 있었다. 가장 많이 보이는 새는 몸매가 오동통한 세가락갈매기였다. 마른풀과 나뭇가지로 바위틈에 둥지를 틀고 있던 그 새의 솜털 보송보송한 새끼들을 보려면 절벽 끝에서 배를 깔고 엎드려야 했다. 검은색 슈트를 날렵하게 차려입은 듯 몸매가 쭉 빠진 큰부리바다오리도 수천 마리 모여 절벽에 붙어 있었다.

아이슬란드 사람들은 봄과 여름에 이 절벽에서 새알을 수집했다고 한다. 먹을 게 귀한 척박한 땅에서 새알은 중요한 먹을거리였다. 그러나 밧줄을 몸에 묶고 절벽을 타고 내려가며 알을 수

286

집하는 작업은 쉽지 않았을 것이다.

441미터, 가장 높은 절벽 위에 섰다. 오후 12시 40분, 거기까지 걸어온 사람들이 벼랑 끝에 엎드려 바다를 내려다보고 있었다. 바람 한 점 없는 날이라 망망대해가 잔잔했다. 나는 배낭에서 에너지바 하나를 꺼내 먹었다. 그런 다음 올라온 길로 주차장까지 내려갔다. 30분 정도 어정거렸지만 나가는 차를 잡을 수 없었다.

"강, 지금 갈 거예요? 같이 가요."

지지가 나를 불렀다. 캠핑장에서부터 여기까지 나를 태워 준 홍콩 커플. 나는 잠시 망설이다가 활짝 미소 지으며 다시 그 소형 캠핑카 뒤쪽에 올라탔다. 설마, 사고야 나겠어. 그래도 바짝 긴장할 수밖에 없었다. 황금색 해변의 비포장 길을 한 시간쯤 굽이굽이 달려오는 동안 20여 차례나 시동이 꺼진 차였다. 운전자는 커브길이나 내리막길마다 급브레이크를 밟으며 차를 세웠다. 그때마다 시동이 꺼졌다.

나는 운전석 등받이를 단단히 붙들고 앉았다. 황금빛 해안선을 타고 612번 비포장도로를 달리는데 끼이익! 덜컥! 윽! 또 난리였다. 차체가 폭발할 듯이 요동치다가 시동이 꺼졌다. 나는 또 식겁해서 식은땀을 흘렸다. 온몸의 근육이 경직됐다. '운전 좀 살살, 똑바로 할 수 없어요?' 소리칠 수도 없고. "윽! 아, 괜찮아요, 괜찮아요" 미안해할까 봐 신음소리를 삼키며 그렇게 말했다. 그러면 조수석의 지지가 뒤돌아보며 "길이 너무 험하니까요"라며 배시시 웃는 거였다. 그녀는 남편의 서툴고 광폭한 운전에 전혀 스트레스를 받지 않는 것 같았다. 비명은커녕 이맛살 한번 찌푸리지 않았다.

다행히 나는 612번과 62번 도로의 갈림길에서 내려야 했다. 거기서부턴 가는 방향이 달랐다. 곧 내린다는 생각에 잠깐 방심했었나 보다. 차체가 앞으로 고꾸라질 듯이 요동치며 급부레이크로 정차할 때 그만 윽! 운전석 등받이 뒤쪽에 있는 사물함 모서리에 어깻죽지를 짓찧고 말았다. 어찌나 아픈지 눈물이 핑 돌았다. 으으윽 신음소리를 삼키며 또 "괜찮아요, 괜찮아요" 하고는 얼른 차에서 내렸다.

거기서 캠핑장까지는 아프리카에서 만나 국제연애 중이라는 프랑스 남자와 러시아 여자가 차를 태워 주었다. 캠핑장에 도착하자마자 수영복을 챙겨 입고 바닷가로 내려갔다. 바다로 흘러 들어가는 노천온천탕에 몸을 담갔다. 스무 명 정도 들어앉을 만한 작은 온천 웅덩이였다. 아이슬란드 가족이 앉아 있었다. 나는 바다를 바라보고 앉아 벌겋게 부풀어 오른 왼쪽 어깨를 따뜻한 물속에 담갔다.

프랑스 부부의 슈퍼 캠핑카

○ 36~37일

디냔디 폭포

싱게이리 마을

산드페들 산

싱게이리 실내수영장

피오르 산맥의 높은 지대를 넘어 디냔디Dynjandi 폭포에 도착했다. 캠핑장 앞에서 차를 얻어 타고 북쪽으로 한 시간쯤 달려 피오르 깊숙이 들어온 것이다. 오전 10시 40분, 배낭을 주차장 한쪽에 팽개쳐 놓고 언덕으로 올라갔다. 언덕엔 작은 폭포들이 계단을 이루며 쏟아지고 있었다. 그 맨 위에 거대한 폭포가 100미터 높이의 산꼭대기에서 쏟아져 내리고 있었다. 수백수천 개의 바위층에 층층층 부딪쳐 가며 부채꼴 모양으로 흘러내리는 폭포. 층층이 하얀 레이스가 달린 치맛자락 같았다. 그 하얀 레이스 속에 손을 집어넣었다. 앗, 차가워!

　폭포 주변을 둘러봤다. 피오르 바다 앞은 한때 번성했던 목초지 농장지대였다. 땔감과 숯을 구할 수 있는 산림지대였지만 폭포에서 내려온 물길이 자주 범람하고 산사태가 일어나 농장과 목초지가 훼손됐다. 1951년까지 농장이 있었다는데, 지금은 여기저기 흔적만 돌담으로 남아 있다. 그렇게 사람과 나무 들이 사라진 곳이다.

〈자연의 아이들Children of Nature〉이라는 아이슬란드 영화가 떠올랐다. 어릴 적 친구였던 게이와 스텔라가 양로원에서 만나 고향을 찾아가는 영화였다. 그 여정에서 두 노인이 디냔디 폭포를 등지고 앉았다. 두 노인은 이 폭포를 지나 서부 피오르의 거친 길을 걷고, 배를 타고 고향에 도착한다. 폐허가 된 고향에서 세상과 작별하는 두 노인. 결국 모든 것은 쓸쓸히 사라진다. 그렇게 소멸한다. 언젠가 사라질 것들은 모두 눈물겨운 존재다.

디냔디 폭포 아래 60번 도로에서 히치하이킹을 했다. 한 시간쯤 지났을 때 덩치가 큰 주황색 캠핑카가 멈춰 섰다. 앞머리가 벗겨진 남자가 운전석에서 내려 내 배낭을 차 안으로 들어 올렸다. 나는 금발의 여자랑 조수석에 나란히 앉았다. 50대 후반의 프랑스 부부였다. 남자 이름은 부크노, 체격이 건장했다. 그의 아내 크리스티나는 깡마른 여자였다.

"어디까지 가나요?"

나는 지도를 펼쳐 들고 대답했다.

"싱게이리Þingeyri요."

"우리는 싱게이리를 지나 북쪽으로 올라갈 거예요. 싱게이리까지는 60번 도로를 타고 내륙으로 질러 갈 수 있어요. 갈림길 앞에서 내려줄까요? 우리는 해안도로를 타고 돌아서 갈 건데."

지도를 살펴보니 그들은 아르나르피외르뒤르Arnarfjörður와 디라피외르뒤르Dýrafjörður 사이에 손가락처럼 나와 있는 반도를 한 바퀴 돌려는 거였다.

"이 길로 가나요? 저도 그 길로 가도 되는데. 싱게이리까지 같이 갈 수 있을까요?"

"오케이!"

부크노가 너털웃음을 터뜨리며 말했다. 크리스티나도 미소를 지어 보였다.

60번 도로를 벗어나 본격적으로 반도의 해안도로로 들어섰다. 덜컹덜컹 물웅덩이와 물길을 건넜다. 좁고 거친 길이었다. 바다에서 수직으로 솟아오른 듯한 산자락 길을 30분 달렸을까? 부크노가 길 옆에 차를 세웠다.

"여기서 점심 먹고 가요."

벌써 오후 2시 30분이었다. 우리는 캠핑카 안쪽으로 자리를 옮겼다. 캠핑카는 널찍하고 깔끔했다. 호화스러운 분위기는 아니었다. 가스레인지, 싱크대, 냉장고, 테이블과 소파, 수납장, 화장실이 있었고 차 뒤편에 커튼으로 가려진 침상이 보였다. 놀랍게도 이 '움직이는 집'을 1년 6개월 걸려 부크노가 직접 만들었단다.

흔히 볼 수 있는 캠핑카가 아니었다. 커다란 바퀴 위에 높이 올라간 차체, 견고해 보이는 각진 바디, 보호철망이 쳐진 전조등과 미등이 독특했다. 슈퍼트럭인 벤츠 유니목을 개조해 만든 캠핑카였다. 정글이나 사막, 어떤 오지에서도 천하무적 달릴 수 있는 차였다.

"우리는 이 차를 몰고 유럽과 아프리카를 다 돌았어요. 아시

아는 아직 가 보지 않았지만요. 모로코와 사하라 사막이 인상적이었어요."

부크노가 밀했다.

"나는 그래도 아이슬란드의 느낌이 가장 특별한 것 같아요."

크리스티나가 주방에서 점심 준비를 하며 말했다.

"특별한 나라지. 우리는 아이슬란드에 세 번째 온 거예요. 지난번엔 겨울에 왔었는데, 풍경이 완전히 다른 나라 같았어요."

부크노가 창밖을 내다보며 말했다. 피오르 바다 건너 거칠고 험한 산들이 보였다. 아이슬란드의 서부 피오르는 마지막 빙하기가 끝나 가던 시기에 빙하에 의해 침식된 곳이다. 빙하가 산을 깎고 갉으며 흘러내려간 것이다. 그때 산과 산 사이에 좁고 깊은 U자형의 골짜기가 생겼다. 그 골짜기로 바닷물이 차올랐다. 그렇게 생긴 피오르였다. 그런데 아이슬란드의 피오르는 노르웨이의 송네피오르Songne Fjord처럼 숲이 우거진 긴 반도가 아니다. 계단식으로 선명하게 층층이 그어진 톱니무늬의 산들이 높이 솟아 있다. 그 척박한 풍경이 독특하고 신비로웠다. 햇살이 들어오는 창가에 앉아 피오르의 산과 바다를 바라보고 있으니 평화로웠다. 냄비에서 물 끓는 소리가 아늑하게 들려왔다. 이런 차를 몰고 여행을 다니면 기분이 어떨까? 캠핑카를 타고 지구를 돌며 평생 집시처럼 사는 것도 멋지겠지.

캠핑카는 15세기경 집시들이 마차 위에 집을 얹어 다니면서 시작되었다고 한다. 제2차 세계대전 때엔 먹고 자는 것을 해결하기 위한 장소로 쓰였다. 1900년대부터 캠핑카 여행이 인기를 얻기 시작했다. 프랑스 부부는 이제 캠핑카를 몰고 남미를 일주할

계획을 세우고 있었다.

크리스티나가 삶은 스파게티면을 버터에 볶아 프라이팬째로 식탁에 내려놨다. 부크노가 달걀프라이를 만들어 왔다. 우리는 각자 접시에 스파게티를 덜고 그 위에 치즈랑 달걀프라이 두 개를 얹었다. 부크노가 와인도 한 잔 따라 주었다. 스파게티 맛은 느끼하면서도 고소했다. 와인 맛은 가볍고 부드러웠다.

"프랑스 와인이 최고죠. 프랑스 치즈도 맛있어요. 종류가 천 가지가 넘어요."

부크노가 와인을 한 잔 더 권하며 말했다. 길에서 우연히 만난 아시아 여자를 마치 집에 찾아온 귀한 손님처럼 대접하는 부부였다. 주는 사람도 받는 사람도 행복한 시간이었다.

지리산 내 집에 찾아오는 지인들을 맞으려 준비하던 시간들이 떠올랐다. 대청소를 하고, 황토로 염색해 만든 요를 빨아 빨랫줄에 널고, 산나물과 들나물을 뜯어 오는 시간이 얼마나 즐거웠는지. 프랑스 부부에게서 받은 대접을 내 집에 찾아오는 손님들에게 몇 배로 더 갚아야지. 그러면 나는 몇 배로 더 행복해질 것이다.

식사를 끝내고 우리는 커피를 한 잔씩 들고 밖으로 나왔다. 햇살을 쪼이며 커피를 마셨다.

오후 3시 25분, 다시 여정에 올랐다. 험준한 벼랑 아래 거칠고 좁은 해안선을 탔다. 날씨는 말할 수 없이 화창했다. 나는 차창 밖 풍경을 보느라 정신없었다. 푸른 바다와 건너편 반도의 산줄기, 파란 하늘 아래 물결무늬 치듯 줄지어 선 바위절벽이 정말 인상적이었다. 마치 산자락 위를 두르고 있는 고풍스러운 성벽 같았다. 붉거나 푸르거나 잿빛의 톱니무늬 벽은 빙하와 바람과 눈비가 빛은 아찔한 예술작품이었다. 우리는 차에서 몇 번이나 내려서 카메라에 피오르의 풍광을 담았다.

대형배낭을 메고 도보로 이동하는 사람들이 있었다. 자전거 여행자도 지나갔다. 길은 반도 끝의 곶을 찍고 동쪽으로 휘어졌다. 두 시간여 만에 622번 포장도로에 올라섰다. 빨간색 지붕의 교회와 작은 마을이 나타났다. 싱게이리였다. 프랑스 부부는 주유소에 차를 세우고 캠핑카에 주유를 했다. 나는 배낭을 내렸다. 천하무적 캠핑카와 헤어질 시간이었다.

다음 날 아침 일찍 싱게이리 마을의 산드페들Sandfell 산에 올라갔다. 눈부신 햇살 아래 피오르의 산과 바다, 300여 명의 주민이 사는 해안가의 싱게이리 마을을 구경하고 내려왔다. 싱게이리 캠핑장은 마을 수영장에서 관리하고 있었다. 캠핑족은 수영장 샤워실에서 공짜로 샤워를 할 수 있고, 수영장 이용요금도 반액 할인해 290크로나(약 2,600원)였다. 샤워나 하고 싱게이리를 떠나려고 했는데 수영장 티켓을 끊고 말았다. 아침부터 산에 올라갔다 오느라 고생한 몸이니 한번 풀어 주자.

샤워장을 둘러봤다. 아무도 없었다. 아이슬란드 수영장엔 샤워 경찰shower police이 있다는 글을 어디서 읽었는데. 수영복을 입고 풀에 들어가기 전 홀딱 벗고 온몸 구석구석 비누칠을 하며 씻지 않으면 경찰이 다가와 벌금을 물린다고 했던가. 그저 아이슬란드 사람들이 얼마나 수영장을 아끼고 사랑하는지 말해 주는 에피소드였나? 아무튼 아이슬란드엔 가는 곳마다 실내수영장이나 실외수영장이 있다.

보는 사람은 없지만 깨끗이 씻었다. 알몸으로 오랜만에 전신

거울 앞에 섰다. 가슴은 바람 빠진 풍선마냥 축 처졌다. 아랫배는 등에 붙게 홀쭉 꺼졌다. 살을 놓친 팔다리 가죽은 흐물흐물했다. 피골이 상접한 정도는 아니지만 새까맣게 탄 얼굴이며 몰골이 딱 길 잃은 노파였다. 얼른 거울 앞을 떠나 수영장 안으로 들어갔다.

작은 실내수영장에는 마침 이용객이 많지 않았다. 아이들 서너 명이 물에서 놀고 있고, 주민으로 보이는 아이슬란드 사람들 대여섯 명은 창가 테이블에 둘러앉아 음식을 먹고 있었다. 밖이 훤히 내다보이는 넓은 창이 사방으로 뚫려 있었다. 돔형의 천장에도 긴 채광창이 뚫려 있고 창을 통해 들어온 햇살이 가득했다. 풀은 길이 25미터, 레인이 네 개다. 물이 깨끗하고 따뜻했다. 첨벙첨벙 물장구치며 놀고 있는 아이들을 피해 빈 레인을 세 번 완주했다. 자유형, 배영, 평영으로 번갈아 가며 돌았다. 25미터를 한 번에 다 못 가고 꼭 중간에서 한 번씩 쉬었다. 폐활량도 기운도 전과 같지 않았다.

풀 옆의 자쿠지로 들어갔다. 노인들이 둘러앉아 담소를 나누고 있었다. 뜨거운 욕조hot tub 문화. 아이슬란드 사람들에게 이 공중욕조가 사회적으로 매우 중요한 장소라고 한다. 영국인들은 단골 펍을 갖고 있고, 터키인은 찻집, 프랑스 사람들은 단골 카페가 있다면, 아이슬란드 사람들에겐 각자 선호하는 단골 욕조가 있단다. 어떤 사람들은 매일 또는 매주 같은 시간에 모이기도 한다고. 휴식을 취하며 현재 벌어지고 있는 사회적인 문제나 고민을 상의하며 대화를 나누는 장소. 아마 어딜 가나 물과 온천이 풍부한 나라이니 그럴 만도 할 것이다. 또 어둡고 춥고 긴 겨울에 모여 담소를 나누기에 그보다 마땅한 장소도 없을 것이다.

2장 50년 만의 악천후

나는 풀에 들어가 20여 분 더 놀다가 수영장에서 나왔다. 짐을 꾸리고 텐트를 걷었다. 주유소를 지나 열 발짝이나 걸었을까. 차가 한 대 옆에 서더니 타겠냐고 물었다. 이사피외르뒤르에 간다며. 얼씨구나, 잘됐다. 이름이 '시라'라는 아이슬란드 할머니였다. 이사피외르뒤르로 옷을 사러 간다고 했다. 단발 금발에 커다란 귀걸이, 빨간색 재킷을 입은 멋쟁이 할머니였다.

"레이캬비크에서 이사 온 지 5년쯤 됐어요. 나는 도시가 싫어요. 레이캬비크에 사는 두 아이들과 손자들이 여기로 가끔 놀러 와요. 나도 두어 달에 한 번은 레이캬비크에 가요. 극장에 가서 영화도 보고, 연극도 보고 오죠. 여긴 정말 조용하고 평화롭고 아름다워요. 매일 수영장에 가서 친구들도 만나고요."

내가 좀 전에 그 수영장에 갔었다고 말하자 할머니의 얼굴에 미소가 피었다. 자글자글 주름진 얼굴에.

외넌다르피외르뒤르Önundarfjörður 바다를 건너, 5km가 넘는 긴 터널을 통과했다. 항구마을이 나타났다. 이사피외르뒤르Ísafjörður였다. 서부 피오르에서 가장 큰 마을이고, 세상의 끝에 온 것처럼 느껴진다는 곳이다. 나는 또 새로운 세상에 온 것 마냥 가슴이 두근거렸다. 시라 할머니는 마을로 들어가 인포메이션 센터 앞에 나를 내려 주었다.

"38일째라고요?"

○ 38일

볼룽가르비크 마을

플라테이리 마을

이사피외르뒤르 캠핑장에서 가벼운 차림으로 나왔다. 아스팔트 길을 걷는 건 딱 질색인데, 가파른 산 아래 갈까마귀가 날아다니는 적막한 아스팔트 해안도로를 따라 천천히 걸었다. 차량통행이 뜸해 엄지손가락을 들며 걷다 보니 4킬로미터를 걸었다. 크니프스달뤼르Hnífsdalur 마을 앞 터널 입구까지 와서야 차를 얻어 탈 수 있었다. 스페인 청년 알바로와 금발이 허리까지 내려오는 아이슬란드 여인 카트릭은 이사피외르뒤르의 한 레스토랑에서 일한단다. 쉬는 날이라 놀러 나왔다고.

　조수석에서 카트릭이 몸을 뒤로 돌렸다. 눈을 커다랗게 뜨고 나를 쳐다보며 재차 물었다.

　"정말이에요? 38일째라고요? 와아!"

여행이 30일째 넘어서부턴 만나는 사람마다 반응이 이랬다. 믿을 수 없다는 듯 놀란 표정을 지으며 환호성을 터뜨렸다. 아이슬란드에선 나처럼 장기여행을 하는 사람이 드물기 때문이리라. 그때마다 나는 자만심이 가득 찬 표정을 지으며 어깨를 으쓱거렸다.

오늘은 어딜 가냐고 카트릭이 내게 물었다. 딱히 어디를 갈지, 뭘 할지, 별 계획이 없다고 말했더니, 괜찮다면 자기들 스케줄에 합류하란다.

"두 사람 데이트 방해하는 거 아닌가요?"

"아니요, 우린 그냥 직장동료예요. 2년이나 같이 일했고요."

카트릭이 상냥하게 웃으며 말했다.

2010년에 뚫린 5.4킬로미터의 터널을 통과해 볼룽가르비크 Bolungarvík 마을에 도착했다. 터널이 만들어지기 전까진 겨울이면 눈사태로 길이 막혀 폐쇄되던 마을이라고 한다. 아이슬란드 영화 〈노이 알비노이〉를 촬영한 서부 피오르의 외딴 어촌이다. 영화에선 한겨울 눈 속에 둘러싸여 고립된 마을로 나온다. 영화 속 주민들은 실제 이 마을의 주민들이었다고.

내가 영화 속의 그 비극적이고 황량한 겨울풍경을 떠올리는 동안, 차는 마을 위로 올라가 푸르른 골짜기로 향했다. 흙길을 지그재그 돌아가며 600미터 높이의 산꼭대기까지 올라갔다. 그 고원은 약 1400만 년 전에 생긴 땅이었다. 황량한 고원에 돔형 레이더와 안테나 같은 것들이 보였다. 안내판을 읽어 보니 그곳은 1953년부터 1961년까지 냉전시대 동안 NATO(북대서양조약기구)의 레이더 기지였다. 당시 공중과 해양에서 소련의 움직임을 감시하던 곳이다. 지금은 아이슬란드 해상운항관리, 구조활동, 항공기 관제업무용으로 가동되고 있다(아이슬란드는 NATO 회원국 중 유일하게 군대가 없는 나라다. 비무장국가로, 어선을 보호하기 위해 자체적으로 150여 명의 해안경비대만 두고 있다).

알바로가 내게 물었다.

"강은 사우스 코리아, 노스 코리아?"

여행하며 가장 많이 듣는 질문 중 하나다.

"알바로는 노스 코리안 만난 적 있어요?"

내가 되묻자 알바로가 씨익 웃으며 다시 물었다.

"한국에 살기 무섭지 않아요?"

"아니, 왜요?"

"한국은 여행 위험국가로, 전쟁이 언제 터질지 모르는 데다가, 교통사고 1위인 나라라 여행하다가 죽을 수 있다고 어떤 여행 가이드북에서 읽은 것 같아요."

여행 중에 만난 외국인들이 가끔 하는 말이었다. 그들은 지구상에 남은 유일한 분단국가에 대한 호기심을 보인다. 나는 목소리를 높여 위험하지 않다, 안전한 나라다, 라고 알바로에게 말하며 지리산 집에 놀러 오라고 덧붙였다.

우리는 절벽 끝으로 걸어갔다. 날씨가 맑아 피오르 바다 건너 북쪽의 호른스트란디르Hornstrandir 반도가 훤히 건너다보였다. 눈 덮인 황무지의 긴 반도 위에 새털 같은 흰 구름이 가벼운 터치로 걸려 있었다.

'인간한계선'인 서부 피오르의 땅끝에 서서, 사람이 살지 않는 오지, 그야말로 동토의 오지를 바라보고 있는데 가슴이 두근거렸다. 천혜의 자연환경이 그대로 보존되어 있다는 곳이다. 북극여우가 산다는 곳. 탐험가의 피가 흐르는 용감한 여행자들만이 이사피외르뒤르에서 배를 타고 건너가 하이킹을 한다고 한다. 나는 팔을 뻗어 거길 가리키며 말했다.

"호른스트란디르에 가 봐야겠어요."

"혼자서요?"

"네."

덤덤히 대답했지만 사실, 떨렸다. 정말 갈 수 있을까? 무거운 배낭을 메고, 이틀이고 사흘이고 혼자 저 험악한 오지를 걸을 수 있을까? 그래, 가 보자! 나는 내일 당장 배를 예약해야겠다고 마음을 굳혔다(물론 이때는 그곳에서 또 죽을 고비를 겪을 거라곤 상상도 못 했다).

우리는 이사피외르뒤르로 되돌아 나와 남쪽으로 20킬로미터쯤 달렸다. 플라테이리Flateyri 마을에 도착했다. 카약이 풀밭에 죽 뉘여 있는 해안가 한쪽에 차를 세웠다. 알바로와 카트릭은 카약을 타겠다고 했다. 두 시간에 1,700크로나(약 15,000원)였다. 카약을 타기에 좋은 날이었다. 바다는 잔잔하고 햇살은 찬란했다.

나는 뭘 할까 생각하다가 마을 뒷산에 오르기로 했다. 캬약 주인이 가는 길을 일러 주었다.

"저쪽으로 가다가 빙 돌아서…… 그 위에서…… 반대편으로 내려가는 길이……."

"오케이!"

카트릭과 알바로가 노를 저어 카약을 몰고 바다로 나가는 모습을 잠깐 지켜보다가 손을 흔들고 일어섰다. 오후 2시, 마을을 빠져나가다가 일광욕을 하는 가족을 만났다. 청년과 중년남자가 반

바지만 입고 잔디밭 마당에 벌렁 누워 있었다. 아버지와 아들 같았다. 그 옆에서 중년여자가 민소매 티셔츠와 반바지 차림으로 의자에 앉아 뜨개질을 하고 있었다. 모두 상체가 벌겋게 익었다. 일광욕을 하기에도 최상의 날씨였다. 물론 나는 추워서 재킷을 꽁꽁 여며 입고 있었지만. 그 집에서 물통에 식수를 가득 얻어 들고 다시 걷기 시작했다.

마을을 두르고 있는 제방을 지났다(1995년에 그 산에서 흘러내린 눈사태로 32채의 집이 망가지고 20명이 사망했다. 참사 후 마을 뒤쪽에 20미터 높이로 제방을 쌓았다). 산자락을 타고 오르는 완만한 오르막길은 들꽃 천지였다. 청보라색 루핀, 연보라색 이질풀꽃, 노란색과 흰색 꽃들이 만개했다. 꽃밭의 너럭바위에 걸터앉아 바다를 내려다보며 바나나 하나를 배낭에서 꺼내 먹었다.

산 안쪽으로 오르막길이 이어졌다. 돌무더기 골짜기를 건넜다. 아무도 없는 산길에 헉헉거리며 나타난 나를 양 세 마리가 멀뚱멀뚱 쳐다봤다. 돌무더기를 올라서자 길이 사라졌다. 흘러내리는 돌을 조심조심 밟으며 줄곧 치고 올라갔다. 숨이 헐떡헐떡 차올랐다.

오후 4시 30분, 드디어 600미터 정상에 다다랐다. 내 키보다 높은 돌탑 네 기가 서 있었다. 무너진 돌탑들도 보였다. 플라테이리 마을과 내가 올라온 길이 한눈에 내려다보였다. 피오르 바다에 하얀 항적을 그리며 지나는 어선이 흰개미처럼 보였다. 날이 맑아 바다 건너편 반도의 거친 산맥까지 속속들이 건너다보였다. 피오르의 절경을 둘러보며 거친 숨을 가라앉혔다. 이런 맛을 느끼려고 힘들어도 높은 곳에 오르는 것이다.

땀을 식히고 일어나 하산 길을 찾았다. 반대편으로 가는 길이 있을 텐데, 있다고 했는데, 내가 잘못 알아들었나? 아무리 살펴봐도 이정표는커녕 등산객들의 발자국조차 흔적을 찾을 수 없었다. 끝도 없이 펼쳐진 평평한 돌밭만 보일 뿐이었다. 반대편으로 가 보면 내려가는 길이 나오겠지. 무작정 걷기 시작했다. 걷고 걸었다. 너무나 적막한 공간이었다. 돌밭을 밟는 내 발자국 소리만 들렸다. 사방을 둘러봐도 아무것도 보이지 않았다. 움직이는 거라곤 파란 하늘의 뭉게구름뿐. 황량하고 평평하고 드넓고 고요하고 기이한 고원이었다. 갑자기 UFO가 나타난다 하더라도 하나도 이상하지 않겠다 싶을 정도로, 비현실적이게 평평하고 고독한 공간이었다.

한 시간쯤 걸었을까. 드디어 맞은편 절벽 끝에 다다랐다. 나는 그만 자리에 주저앉고 말았다. 오, 이럴 수가! 바다를 향해 뻗어 내린 산등성이와 골짜기, 에메랄드 보석처럼 박혀 있는 작은 호수, 구불구불 흐르는 물길 들이 투명하리만치 맑은 연두색과 초록색, 보라색, 분홍색, 갈색으로 발아래에서 빛나고 있었다. 그 조화에 홀려 정신을 차릴 수가 없었다. 그곳에 깃든 평화와 고요가 비극적이리만치 아름다웠다. 존재의 황홀감이 밀려왔다. 온몸에 전율이 일며 눈물이 또 솟구쳤다. 그 순간 나는 살아 있어서 미치도록 좋았다! 심장이 떨리고 가슴이 두근거렸다. 조셉 캠벨의《신화의 힘》에 나오는 구절을 인용해야겠다. '삶'이라는 단어를 '여행'이라는 단어로 바꾸어.

우리 모두가 추구하는 것이 여행의 의미라는 주장이 있다. 하지

302

만 내 생각에 우리가 진정으로 추구하는 것은 그것이 아니다. 우리가 진정으로 추구하는 것은 살아 숨 쉬는 것을 경험하는 것이다.

오후 6시가 넘은 시각이었다. 그만 정신 차리고 내려가는 길을 찾아야 했다. 까마득히 내려다보이는 저 아래, 바닷가 초지에 농장 같은 건물이 보였다. 거기로 내려가면 도로가 있을 것 같았다. 도로는 이사피외르뒤르와 연결되겠지. 내려갈 길을 찾아 수백 길 낭떠러지를 살피며, 서쪽 바다를 향해 걸었다. 그런데 아무리 살펴봐도 내려갈 길을 못 찾겠다. 90도 각도로 깎아지른 벼랑에 발을 디딜 자리가 없었다. 한 시간 넘게 내려갈 길을 찾았지만 결국 포기하고 돌아섰다. 할 수 없이 왔던 길을 향해 걷기 시작했다. 돌탑까지 가면 올라온 길로 되짚어 내려갈 수 있을 것이다. 다시 한 시간 뒤 플라테이리 마을이 내려다보이는 절벽에 도착했다. 돌탑은 보이지 않았다. 서쪽으로 한참 이동한 지점이었다. 벼랑 위에 서서 지형을 살폈다. 벼랑의 각도를 보아 잘하면 바다까지 내려갈 수 있을 것 같았다. 마을과 이어진 해안선이 저 아래 가느다란 하얀 실처럼 보였다. 네 발로 땅을 짚고 뒷걸음질로 내려가기 시작했다. 발밑에서 돌들이 굴러떨어졌다. 다리가 후들거리고 심장이 졸아들었다. 몇 미터 내려왔을까. 아무래도 잘못 판단한 것 같았다. 내려갈 수도 없고 올라갈 수도 없고, 진퇴양난. 아, 어쩌지? 다시 마음을 다잡고 한 발 한 발 하산을 시도했다.

밤 9시경이 돼서야 바다에 다다랐다. 죽을 둥 살 둥 내려오느라 온몸이 흙투성이가 됐다. 손톱은 짓찢어지고 손바닥은 까졌다.

그게 문제가 아니었다. 더 늦기 전에 마을에 도착해야 했다. 바닷물에 씻겨 둥글게 닳고 닳은 돌밭을 걷기 시작했다. 바다에서 밀려온 해초가 돌밭 위에 빨갛게 널려 있었다. 그 길을 또 한 시간 넘게 걸었다. 폭포를 몇 개 지났고, 오래전 무너진 집터들도 지났다. 발이 너무 아파 신음소리가 절로 흘러나왔다. 그래도 쉬지 않고 걸었다.

밤 10시 35분, 마을에 도착했다. 네댓 살이나 됐을까? 어린아이들이 집 앞 모래상자 안에서 놀고 있었다. 열 살쯤 되어 보이는 아이들이 자전거를 타고 지나갔다. 한밤중 내내 아이들이 밖에서 놀아도 안전한 나라. 갓난아이들을 유모차에 뉘어 건물 밖에 세워놓고 엄마들은 쇼핑을 하는 나라. 그래서 만났던 아이슬란드 사람들이 세상에서 가장 안전한 나라라고 한 거였다. 사람이 무섭지 않은 나라였다.

마을을 다 통과하도록 돌아다니는 자동차는 한 대도 보이지 않았다. 마을은 쥐 죽은 듯이 조용했다. 히치하이킹은 틀린 것 같았다. 그나마 백야의 여름밤이라 어둡지 않다는 게 다행이었다. 그래도 혹시나 싶어서 마을 입구 길가에 앉아 차를 기다렸다. 땀이 식자 한기가 몰려왔다. 여기서 얼마나 버틸 수 있을까? 언제까지 차를 기다려야 하지? 기다리면 차는 올까? 여기 앉아 밤을 샐 수는 없고 어떡하지? 이사피외르뒤르까지 걸어간다? 도보로 다섯 시간쯤 걸리겠다. 문제는 터널이다. 5킬로미터가 넘는 왕복 1차선 터널을 도보로 통과할 수는 없다. 맞은편에서 오는 차를 만나면, 100미터마다 마련된 주차공간에 차를 세우고 맞은편 차가 지나가기를 기다렸다 다시 출발해야 하는 좁은 터널이다. 터널도 문제지만 더는 걸을 기운이 없었다.

마을로 들어가 숙소를 찾아본다? 더 늦기 전에 그럴까? 으, 춥다. 배도 고프고 지쳤다. 목도리를 꺼내 얼굴을 칭칭 감았다. 그리고 기적 같은 일이 일어났다. 자동차 한 대가 스르르 마을에서 나오더니 내 앞에 서는 거였다. 이사피외르뒤르로 간단다. 사지에서 구조대를 만난 기분이었다. 레이캬비크에서 온 할머니와 손녀였다. 할머니 고향이 플라테이리란다.

둘은 내 텐트가 쳐져 있는 이사피외르뒤르 캠핑장 앞까지 나를 데려다주었다. 나도 모르게 떠나는 자동차 꽁무니를 향해 허리를 깊숙이 굽혀 인사를 했다.

오지 하이킹, 해낼 수 있을까?

○ 39~40일

이사피외르뒤르 캠핑장

셀리아란즈달뤼르 스키장

인포메이션 센터 안에 있는 예약 사무실에서 호른스트란디르 반도로 가는 보트를 예약했다. 7월 29일 출발해 4일 동안 하이킹, 8월 1일 돌아오는 코스였다. 뱃삯은 갈 때는 8,500크로나(약 77,000원), 돌아올 때는 10,500크로나(약 95,000원)다. 눈 돌아가게 비쌌다. 하이킹 지도도 1,500크로나(약 14,000원)를 주고 샀다. 혼자 오지 하이킹을 하려면 지도라도 있어야 할 것 같았다.

오후엔 빨래를 해 널고, 차를 마시며 텐트에 누워 빈둥거렸다. 아이슬란드에 와서 햇살 좋은 날 그렇게 쉬기는 처음이었다. 그동안 뭐에 홀린 사람처럼 거의 쉬지 않고 돌아다녔다. 처음엔 화산과 빙하로 이뤄진 대자연에 홀렸다. 다음엔 관성의 법칙에 따라 몸이 저절로 움직이는 것 같았다. 그러는 동안 아이슬란드에 오기 전에 나를 짓누르고 있던 절망감이나 회의감 따위, 잊는 시간이 많았다. 사실 몸이 너무 고되었다.

　모처럼 빈둥거리자니 하루가 참 길고 무료했다. 심심했다. 누군가와 편하게 소통할 수 있으면 좋겠다 싶었다. 캠핑장을 관리하는 호텔 로비에 앉아 노트북을 들고 아이슬란드 여행자 카페에 사진과 여행기를 올렸다. 먼저 올린 여행기에 달린 댓글에 일일이 답글도 달았다.

다음 날 오전엔 셀리아란즈달뤼르Seljalandsdalur 계곡의 스키장을 구경하고 오는 길에 보뉘스에서 3,500크로나(약 32,000원)어치 장을 봤다. 장 보따리를 들고 캠핑장에 막 들어서는데 한 청년이 말을 걸어왔다.

　"하이! 이사피외르뒤르엔 언제 왔어요?"

　옆 텐트의 짧은 머리 청년이었다. 이름이 존 미셸이라고 했다. 캐나다 출신으로 레이캬비크에서 일하고 있단다. 휴가를 내 호른스트란디르 하이킹을 했다고 한다. 내가 내일 거기로 간다고 했더니 지도를 들고 왔다. 마침 그가 갔던 곳이 내가 짠 코스랑 같았다.

　"첫날은 안개 속에서 걸었어요. 아무것도 안 보였어요. 다음 날은 다행히 괜찮았고요. 날씨가 정말 중요해요. 날씨 변화가 아주 심한 곳이라, 뭐, 운에 달린 거죠…… 이 코스에선 물길 건널 때 특히 조심해야 하고요, 이 코스에서는 북극여우들을 많이 봤어요…… 정말 놀라운 원시자연이에요. 최고의 여행지였어요!"

　그의 들뜬 목소리를 듣고 있자니 맥박이 빨라졌다. 설렘과 두려움, 두 개의 북이 동시에 둥둥둥둥 울렸다.

"음식은 충분히 준비했어요?"

나는 피크닉 테이블에 올려놓은 보뉘스 봉지를 가리켰다. 그가 봉지 안을 들여다보며 고개를 저었다.

"이렇게 먹고 어떻게 나흘을 걸어요. 안 돼, 안 돼."

내가 산 식료품은 이랬다. 식빵 두 봉지, 오이 두 개, 에너지 바 열 개, 방울토마토 두 팩, 치즈 한 팩, 잼 한 병.

존은 자기가 짰던 식단 리스트를 가져와 보여 주었다. 한 끼 한 끼 식단에 맞춰 조목조목 식재료 품목이 적혀 있었다. 반면에 나는 그동안 내가 먹은 음식량을 짐작하며 대충 산 거였다. 코펠, 버너 같은 조리도구도 없고 무엇보다 양식을 무겁게 짊어지고 다닐 자신이 없었다. 짐을 최대한 가볍게 만들어야 했다. 야영에 꼭 필요한 물건만 챙기고 노트북이나 책 등은 호텔에 맡길 생각이었다.

"양말은 몇 켤레 있어요?"

"네 켤레요. 아니, 세 켤레 반. 한 짝을 잃어버렸어요."

"여섯 켤레는 있어야 해요! 자, 이런 울 양말로 더 준비하세요! 옷은 충분해요? 여기보다 더 추울 거라는 건 알죠? 모자, 목도리, 장갑은 있어요?"

고개를 가로젓는 나를 바라보며 그는 심히 걱정된다는 표정을 지었다. 주운 목도리만 있었고 털모자나 장갑은 없었다. 그런데 내 표정이 어두웠나.

"강, 긴장했어요? 너무 걱정하지 마요. 준비만 잘해 가면 괜찮을 거예요. 한 달 넘게 혼자 여행 중이라면서요. 그런 사람이면 갔다 올 수 있어요. 힘내요!"

내가 멍하니 앉아 있는 동안, 그는 텐트를 걷어 떠났다. "굿럭!" 내게 행운을 빌어 주며.

엎치락뒤치락, 밤에 잠이 오지 않았다. 하이킹하는 동안 제발 날씨 운이라도 따라 주어야 하는데.

호른스트란디르 하이킹 첫날

○ 41일

7월 29일 오후 2시, 이사피외르뒤르의 항구에서 보트를 탔다. 여행자 열넷이 선실의 승객 의자를 꽉 채웠다. 서부 피오르의 최북단인 호른스트란디르를 향해 보트가 출발하자, 모두 고물로 나가 바닷길을 구경했다. 보트는 물보라를 일으키며 피오르 바다를 빠져나가 북쪽을 향해 쾌속으로 달렸다. 어느 때보다도 긴장됐다. 4일 동안의 오지 하이킹. 어떤 풍경을 보게 될지, 무슨 일이 있을지, 흥분과 두려움으로 심장이 떨렸다.

보트를 탄 지 한 시간 만에 예퀴들피르디르Jökulfirðir 앞바다에 있는 헤스테이리Hesteyri에 도착했다. 햇살 눈부신 오후의 헤스테이리는 여행자들로 복작거렸다. 10여 채의 목조건물이 흩어져 있는 초원에서 배회하는 사람들, 햇살 눈부신 해안가를 걷는 사람들, 찻

집의 피크닉 테이블에 둘러앉아 차 마시는 사람들. 사람이 많아서 깜짝 놀랐다. 여기가 오지 맞나? 하이커들이 왜 이렇게 많지(성수기에 한나절 코스로 여행 온 사람들이라는 건 나중에 알게 됐다)?

헤스테이리는 1881년 무역 장소로 번성했고, 1912년까지 노르웨이인들의 고래 고기 처리 기지였다. 80여 명의 주민이 살았다. 그러나 전기와 도로, 전화도 없이 긴 겨울과 추위를 견디며 살던 사람들이 하나둘 떠나고 1952년 마지막 거주자가 마을을 떠났다. 현재 남아 있는 목조건물들은 후손들이 여름별장으로 사용하고 있단다.

나는 바다를 등지고 천천히 언덕을 오르기 시작했다. 안젤리카, 이질풀, 민들레, 눈미나리아재비 같은 툰드라 꽃들이 흐드러지게 핀 언덕길이었다. 첫 걸음부터 숨이 차올라 딴생각할 여유가 없었다.

배낭이 어깨를 짓눌렀다. 예상대로 무거운 짐을 지고 걷는 게 보통 힘든 일이 아니었다. 몸이 고통스럽다 못해 정신이 혼미해졌다. 도대체 배낭 무게가 얼마나 될까? 아마 20킬로그램? 야영에 쓸데없는 물건이 하나라도 들어 있나? 아무리 생각해도 더 덜어낼 물건이 없었다. 《와일드》에서 셰릴 스트레이드의 배낭 속에 들어 있던 콘돔 같은 것이 있을 턱도 없고.

어제 이사피외르뒤르 캠핑장에서 만난 캐나다 청년의 충고를 듣지 않았다. 식료품도 양말도 더 준비하지 않았다. 최소한의 야영장비만 꾸렸다. 주워 모은 돌멩이와 나머지 짐들은 호텔에 맡겼다. 그런데도 시작부터 짐 때문에 정신을 차릴 수가 없다니.

허덕허덕 20분쯤 언덕을 올라가다가 바닥에 주저앉았다. 심장이 터질 것 같고, 눈앞이 뿌얘지며 현기증이 일었다. 숨이 가라앉을 즈음 언덕 위에서 내려오던 금발 아가씨랑 눈이 마주쳤다.

"뷔디르Buðir 캠핑장으로 가는데, 이 길이 맞죠?"

"잘못 왔어요. 지도 가지고 있어요? 자, 저 아래에서 왼쪽으로 꺾어야 해요."

이런, 젠장! 지금까지 헛고생했단 말인가. 등고선이 지문처럼 깔려 있는 지도를 아무리 들여다봐도 어디가 어딘지 모르겠다. 동서남북 방향감각조차 잃었다. 다시 선착장으로 내려갔다. 오른쪽으로 찻집 옆의 물길을 건너 해안선을 따라 걸었다. 갈림길에 이정표가 서 있었다. 다시 주저앉았다. 이대로는 도저히 못 걷겠다. 어떡하든 배낭 무게를 줄여야겠다. 오이를 꺼내 먹기 시작했다. 그때 불쑥, 풀밭에서 동물 한 마리가 나타나 살살 다가왔다. 몸집이 고양이만 한, 짙은 갈색 털의 동물이었다. 북극여우인가? 여우가 이렇게 생겼나? 생김새가 여우스럽지 않은데. 사실 나는 여우를 직접 본 적이 없다. 검은 코, 연갈색 눈동자, 짧은 귀, 긴 꼬리. 그 동물은 나랑 두어 발짝 떨어진 풀밭에 앉더니 움직이지 않았다. 나는 그 동물을 흘끔흘끔 쳐다보며 오이를 열심히 씹어 먹었다. 배 속으로 '짐'을 옮길 생각이었다. 등에 메고 가는 것보단 덜 무겁겠지.

"오, 마이 갓! 오, 마이 갓! 언빌리버블!"

키가 크고 피부가 가무잡잡한 여자가 탄성을 지르며 내게 다가오고 있었다. 누구지? 날 아는 사람인가? 우선 나는 그녀를 향해 활짝 미소를 지어 보였다. 누구지? 아, 보트를 같이 타고 온 여자였다. 나를 다시 만난 게 그렇게 반갑나? 그녀가 내 앞에 무릎을 꿇고 앉았다. 카메라를 들었다.

"오자마자 북극여우를 보게 되다니. 오, 놀라워요!"

그녀가 셔터를 누르며 말했다. 그녀가 그토록 반긴 건 내가 아니라 내 옆에 앉아 있는 갈색 동물이었다. 물고기나 새를 잡아먹으며 이 반도에서 산다는 북극여우, 원시자연의 생명체. 야생에서 살고 있는 순록이나 밍크 같은 동물들은 외지에서 아이슬란드로 들어온 동물인 반면, 북극여우는 아이슬란드에서 유일하게 아이슬란드가 원생지인 육지동물이다. 그런데 눈빛이 지치고 배고파 보이는 여우였다.

"주면 안 되겠죠?"

내가 먹던 오이를 들어 보이며 말했다. 이탈리아에서 온 고등학교 교사라는 그녀가 단호한 말투로 말했다.

"야생동물인데요. 주면 안 되죠."

어쨌거나 나는 방울토마토며 식빵이며, 그 자리에서 양식을 배 속으로 최대한 옮기고 떠날 생각이었는데, 배고파 보이는 여우 앞에서 못할 짓 같았다. 그만 포기하고 일어났다. 이탈리아 여자는 몇 시간 바닷가 산책을 하고 이사피외르뒤르로 돌아간다고 했다.

오늘 나의 목적지까지는 13킬로미터, 호른스트란디르 하이킹 36번 코스. 북쪽 해변까지 반도를 가로질러 가는 코스다. 지도 뒤편에 나와 있는 코스 설명에 따르면 네다섯 시간 걸린단다. 내 걸음걸이로는 두어 시간 더 걸릴 것이다. 백야라 어두워지는 길이 아니니 천만다행이다.

오후 4시 30분, 풀밭과 눈길을 지나 언덕에 올라섰다. 돌탑이 100미터에 하나씩 서 있었다. 휴우, 길은 잃지 않겠다. 숨을 헐떡거리며 한 발짝 한 발짝 앞서간 사람들의 발자국을 살펴 전진했다. 습지를 지나 다시 가파른 오르막이었다. 고지에 올라서자 너른 돌밭 건너 또 가파른 언덕길이 보였다. 다시 배낭을 내려놓고 남은 오이 하나를 꺼내 먹었다. 피오르 바다와 건너편 반도를 바라보며 방울토마토도 꺼냈다. 토마토는 아리고 풋내가 심했다. 서너 개 꾸역꾸역 입에 밀어 넣자 욕지기가 올라왔다.

'짐 옮기기 작업'을 중단하고 배낭을 다시 짊어졌다. 짐은 전혀 가벼워지지 않은 것 같았다. 몇 발짝 걷자 다시 온몸의 근육이 끊어질 것처럼 고통스러웠다. 돌밭을 건너 눈이 쌓인 오르막을 기다시피 하며 올랐다. 뒤돌아보니 대형배낭을 짊어진 젊은 남녀가 내 뒤를 따라오고 있었다.

산자락 옆구리를 타고 누런 돌밭을 걷고 걸었다. 울퉁불퉁한 돌밭이라 돌부리에 채여 엎어지지 않으려면 바닥을 잘 보고 걸어야 했다. 두 시간쯤 걸었을까. 나는 어느새 조금씩 짐의 고통으로부터 벗어나고 있었다. 몸이 짐에 익숙해졌나?

짐의 고통으로부터 좀 자유로워지자 비로소 풍경이 눈에 들어오기 시작했다. 자주 멈춰서 사방을 둘러봤다. 나무 한 그루 서있지 않은 황무지였다. 시야를 가리는 게 없으니 산줄기와 파란하늘, 깊숙이 들어온 피오르 바다, 건너편 산벼랑을 타고 흘러내리는 폭포들, 돌밭 사이로 흐르는 눈 녹은 물, 습지의 연두색 이끼 식물들이 고스란히 맨살을 드러냈다.

바지를 정강이 위로 올리고 맨발로 물길을 건넜다. 윽! 차가워, 차가워! 오후 6시 45분, 뒤따라온 폴란드 커플이 나를 제치고 앞서갔다. 습지와 돌밭을 지나며 물길을 세 번 더 건넜다. 가파른 언덕을 숨이 차게 올라섰다. 그 돌밭 언덕에 앞서간 폴란드 커플과 한 여성이 앉아 있었다. 그들은 돌 틈에 석쇠를 올려놓고 고기를 굽고 있었다. 저들도 '짐 옮기는 작업'을 하고 있나? 오후 8시 25분. 저녁식사 시간이었다.

향긋한 고기 냄새를 맡은 내 코가 벌렁벌렁거렸다. 위장이 뒤틀렸다. 괜히 얼쩡거리면 아까 그 북극여우처럼 불쌍해 보일까 싶어서 얼른 걸음을 재촉했다.

"그쪽 아니에요! 길은 여기 절벽 아래로 이어져요."

길을 또 잘못 들 뻔했다. 돌아서 그들에게 다시 갔다.

"돌탑도 안 보이는데 어떻게 알았어요?"

청년이 손가락으로 지도를 짚어 보이며 앞에 보이는 산봉우리와 주변 지형을 가리켰다. 지도의 등고선 높이와 지형을 비교해 보면 가늠할 수 있다고 설명해 줬다. 나는 그 친절한 설명을 듣고도 어디가 어디인지 분간하는 일이 풀기 어려운 수수께끼만 같았다. '내가 있는 위치를 헤아리고, 걸어온 길을 가늠하며, 앞으로 걸어갈 방향을 예측한다는 것', 그게 그토록 난해할 수가 없었다. 지도를 들고서도 좌표를 못 찾아 쩔쩔매는 꼴이라니.

청년이 가르쳐 준 벼랑길로 내려갔다. 가파르고 미끄러운 길이었다. 조심조심 내려서자 완만한 내리막길이 북쪽 바다를 향해 이어지고 있었다. 너른 골짜기였다. 톱니 같은 것에 갉힌 자국이 선명한 가파른 산들이 양옆을 두르고 있었다. 저녁 햇살이 거친 돌산의 상층부를 붉게 물들였다. 돌밭을 벗어나자 얕은 물길 주위로 연두색 이끼가 깔린 습지가 나왔다. 검은색 지의류가 핀 바위들이 뒹굴고 있었다. 내려갈수록 넓어지는 습지에 보라색, 노란색 꽃들이 무리지어 펼쳐져 있었다. 길 옆의 물길도 깊어져 갔다.

청정한 대자연 속에서 나 홀로 걷고 있었다. 고요했다. 공기는 얼음장치럼 차고 맑았다. 어느 순간 내가 두 발로 걷고 있는 삭은 곤충이나 벌레처럼 느껴졌다. 자연과 동화되어 간다는 게 이런 느낌일까. 한없이 작아지고 작아지다가 완전히 사라져 버리는 것.

해안까지 내려왔다. 잿빛 모래해변으로 파도가 밀려왔다. 파도 소리가 우렁찼다. 해안가엔 아름드리 유목driftwood들이 하얗게 쌓여 있었다. 유목이 널려 있는 해변의 풍광이 너무나 목가적이었다. 유목은 핀란드나 러시아나 노르웨이 쪽에서 해류를 타고 파도에 떠밀려 온 통나무였다. 오래전부터 호른스트란디르엔 유독 유목이 많았단다. 유목은 나무가 흔치 않은 아이슬란드에선 훌륭한 목재감이었다. 맥주통이나 욕조를 만들어 팔았다. 이곳에서 수집되는 유목은 지금도 울타리목으로 아이슬란드 전역으로 팔리고 있단다.

오후 10시 30분, 일곱 시간 만에 반도를 가로질러 바다 앞에 다다랐다. 짐에 눌려 어깨는 구부정해졌고, 발은 벌써 절뚝거리고 있었다. 유목 더미 옆에 모닥불을 작게 피워 놓고 남녀가 앉아 있었다.

"여기가 뷔디르 캠핑장인가요?"

청년이 해안 동쪽을 가리키며, 더 올라가야 한다고 말했다.

"잠깐 앉았다 가도 될까요?"

"아, 그럼요. 불 옆에 가까이 앉으세요. 커피 드릴까요?"

여자가 보온병에서 커피를 따라 주었다. 달고 뜨거운 게 들어가니 피로가 좀 풀렸다. 둘은 네덜란드에서 왔다고 했다.

"여긴 왜 왔어요?"

그렇게 내가 불쑥 물었다. 남자가 손가락을 뻗어 사방을 한 바퀴 가리키며 말했다.

"보세요! 우리가 왜 여기 왔는지 알겠죠?"

나는 알겠다고, 사실 나도 그래서 왔다며 고개를 끄덕였다. IT 회사의 매니저라는 남자가 다시 말을 이었다.

"2년 전 생일날이었어요. 갑자기 그런 생각이 들더라고요. 건물 안에 갇혀 인생을 보내고 있구나. 그때 결심을 했어요. 앞으로는 반은 실내에서, 반은 밖에서 시간을 보내며 살겠다고. 그때부터 캠핑을 시작했어요. 일과 여가의 균형을 맞추는 게 내겐 아주 중요한 일이 됐어요."

그들과 헤어져 동쪽을 향해 바닷가를 걸었다. 밤 11시 15분, 마침내 오늘의 목적지에 도착했다. 작은 화장실 하나가 서 있을 뿐인 캠핑장이었다. 유목이 나뒹구는 해안가 풀밭에 텐트 세 동이 멀찍멀찍 떨어져 쳐져 있었다. 나는 방전 직전이었다. 간신히 남은 체력을 모아 텐트를 치고 식빵 두 쪽을 꺼냈다. 잼을 바르고 치즈 한 장을 얹어 먹었다.

시냇물을 물병에 떠 오는데 바위 언덕에서 고기를 구워 먹던 폴란드 커플이 도착해 텐트를 치기 시작했다. 그들은 또 곧장 식사 준비를 했고, 수프 끓이는 냄새가 내 텐트까지 건너왔다. 으, 미치겠군! 나는 양말만 벗어던지고 그대로 곯아떨어졌다.

호른스트란디르 하이킹 둘째 날

○ 42일

호른스트란디르 하이킹
18번 코스

파도 소리에 깼다. 하이킹 둘째 날 오전 7시 20분. 풀밭에 쏟아지는 붉은 햇살을 밟으며 물을 찾아 나섰다. 캠핑장 옆에 앞 바다로 흘러들어가는 시냇물이 있었다. 물가에 쭈그리고 앉아 손바닥으로 물을 퍼 세수를 했다. 푸우! 푸우! 두 번 끼얹고 말았다. 어찌나 물이 차가운지 볼에 살얼음이 끼겠다. 수건으로 얼른 물기를 닦고 손바닥으로 물을 퍼 호로록호로록 마셨다. 온몸의 모세혈관이 깨어나 피돌기가 빨라지는 느낌이었다. 콧노래가 저절로 나왔다. 새벽에 토~끼가 눈 비비고 일~어나 세수하러 왔다가 물만 먹고 가지요~ 콧노래를 부르며 주변을 둘러봤다. 푸른 바다와 수평선, 파도가 몰려오는 자갈해변, 바다로 날카롭게 경사진 산, 거대한 산줄기, 푸른 초원, 야생화 흐드러진 꽃밭 위의 텐트들, 샤방샤방 빛나

318

는 아침 햇살, 깨끗하고 맑은 대기. 기분이 묘했다. 꿈인가. 지구의 과거, 어느 원시 시대인가. 나를 둘러싼 이 장엄하고 신비로운 기운이 현실 같지 않았다. 순간, 행복감이 파도의 너울처럼 밀려들었다. 살아서 이 자리에 있다는 것. 다시 짜릿한 전율과 황홀한 존재감이 온몸을 휘어 감았다.

첨벙첨벙! 물장구 소리가 황홀경을 깼다. 한 청년이 발가벗은 몸으로 시냇물 속으로 들어가고 있었다. 그의 탱탱한 엉덩이와 잘빠진 뒤태에 홀려, 나는 또 정신이 멍해졌다. 청년은 주저 없이 얼음장처럼 차가운 물속에 알몸을 담갔다. 나는 정말이지 깨고 싶지 않은 야생의 꿈을 꾸고 있었다.

벌써 텐트를 걷어 떠나는 팀들이 보였다. 내가 오늘 걸을 코스는 9킬로미터. 서두르지 않아도 될 길이었다. 해가 저물지 않으니 하루는 길 터다. 식빵 두 쪽과 아린 방울토마토 한 주먹으로 아침을 때우고 천천히 텐트를 정리했다.

오전 10시, 끙! 배낭을 메고 일어섰다. 맨발로 시냇물을 건넜다. 모래사장에 주저앉아 물집 터진 발바닥에 덕지덕지 반창고를 붙였다. 시커멓게 죽어 들뜬 엄지발톱에 반창고를 세 겹 덧붙였다. 휴지로 또 발바닥을 둘둘 말았다. 양말을 두 켤레 껴 신고 해변을 따라 동쪽으로 걷기 시작했다. 동시에 고통이 시작됐다. 무거운 짐을 처음 멘 것마냥, 어깨와 등을 짓누르는 공격이 이어졌다. 바닷가 옆의 평평한 초지를 걷는데도 숨이 턱까지 차올랐다. 금세 지쳤다. 허벅지가 뻐근하고 전신에 진땀이 솟아올랐다.

40분쯤 뒤 초지 한가운데 농장처럼 보이는 건물 앞을 지나게 됐다. 아이슬란드 국기가 높이 게양되어 있었고 사람들이 북적였

2장 50년 만의 악천후

다. 볕 좋은 데크의 테이블에는 여인들이 둘러앉아 커피를 마시고 있었다. 어제 선착장에서도 봤던, 여름 한철 장사하는 카페 같았다. 나는 걸음을 멈추고 데크 옆에 배낭을 벗어 내려놓았다. 뜨거운 커피라도 한 잔 마시고 기운을 차려야 할 것 같았다. 의자에 앉아 있던 통통한 중년여인들이 내게 인사를 건넸다.

"커피, 마실 수 있을까요?"

"그럼요. 블랙으로 줄까요?"

"단 커피를 마시고 싶어요."

"여기 앉아서 기다려요. 내가 타 올게요."

민소매 차림의 여인이 일어나 의자를 권하며 건물 안으로 들어갔다. 그녀는 곧 머그잔 한가득 커피를 들고 왔다. 크림과 설탕을 듬뿍 탄 커피였다. 쿠키도 한 접시 곁들여 내왔다. 오지에서 파는 커피이니 값이 비싸겠지? 가격을 물어봤다. 여인들이 모두 뜨악한 표정으로 날 바라보는 거였다. 이 반응은 뭐지?

여름별장에 놀러온 아이슬란드 가족이란다. 아이슬란드 전 지역에 흩어져 사는 서른한 명의 친인척들이 모여, 놀러온 지 3일째 됐다고. 얼굴이 화끈화끈 달아올랐다. 당당하게 커피를 요구하는 낯선 이방인이 얼마나 이상해 보였을까. 착각했다, 미안하다, 했더니 모두 손사래를 치며 괜찮단다. 별말씀을 다 하신단다. 커피를 다 마시고 일어서는데, 남은 쿠키를 봉지에 싸 주었다.

덕분에 기운이 솟았다. 여름별장을 지나 솜털 같은 하얀 씨방이 맺힌 북극황새풀과 연보라색, 노란색 꽃이 펼쳐진 초지를 건넜다. 그러고는 수직 벼랑을 타고 300여 미터를 치고 올라갔다. 숨이 깔딱깔딱 넘어가기 직전, 산마루에 올라섰다. 다리가 풀려 또 기진맥진 주저앉았다. 하이커 둘이 천천히 초지를 건너오고 있는 게 쇠똥구리처럼 작게 내려다보였다. 나는 거친 숨을 가라앉히고도, 그들이 벼랑에 올라서 내 등 뒤로 사라질 때까지 그 자리에 앉아 있었다. 물을 마시며 하늘과 바다와 산과 초지를 둘러보았다. 바다 멀리 수평선을 덮은 뭉게구름과 산의 상층부를 가리며 신기루처럼 흐르는 구름이 보였다.

아이슬란드의 풍광을 더 멋지게 보이도록 거드는 게 구름이었다. 바람이 강한 해양성 기후 탓인지 아이슬란드의 구름은 변화무쌍했다. 게다가 아주 낮게 떠 빠르게 흘렀다. 뭉게구름, 깃털구름, 양떼구름, 먹구름……. 보들레르는 구름을 '신이 증기로 만든 움직이는 건축'이라고 했다. 그 신은 특별히 아이슬란드의 하늘을 더 사랑하나?

다시 짐을 둘러멨다. 드넓은 돌밭 고원을 걸어 나갔다. 한 발 한 발 고난의 행군. 또 몸이 서서히 적응해 가고 있었다. 고통이 어느 순간 마술처럼 슬쩍 사라지거나 희열로 바뀌는 것이다. 짐이 내 몸으로 스며드는 것마냥 어깨로 팔로 가슴으로 다리로, 그러다가 아예 한 몸처럼 느껴질 때, 비로소 짐으로부터 해방되는 걸까?

시냇물을 만나면 물을 퍼 마시며, 가다 쉬다 천천히 걸었다. 한 시간쯤 지나 다시 가파른 절벽길이 나왔다. 헐떡헐떡 올라선 산등성이에 강풍이 몰아치고 있었다. 허리를 펴지 못하게 센 바람이었다. 목도리로 단단히 얼굴을 가리고 재킷 후드를 둘러썼다. 바람을 안고 곧바로 가파른 내리막길을 탔다. 바다로 이어지는 질퍽질퍽한 골짜기 초지였다. 반대편에서 올라오는 사람들과 스쳐지났다. 남자 둘, 남녀 둘. 혼자 걷는 사람은 없었다.

오후 3시, 해안가에 도착했다. 해안엔 바람 한 점 불지 않았다. 목도리를 풀고 모자를 벗었다. 바닷새들이 흩뿌려진 흰 종이 조각들처럼 떼로 날고 있었다. 유목을 밟고 시냇물을 건넜다. 해안가 비탈면을 타고 걸었다. 우뚝우뚝 바다에 서 있는 바위들을 지났다. 바위에 매인 밧줄을 잡고 5미터가량 벼랑을 타고 넘었다. 돌이 쩍쩍 갈라져 내린 절벽 아래를 지났다. 날카롭게 날선 모난 돌길이라 발이 몹시 아팠다. 초지를 또 한참 걸었다.

마침내 캠핑장이 나타났다. 오늘의 목적지 호른비크Hornvík만이었다. 오후 4시 10분. 텐트부터 치고 찬물을 마시며 식빵을 먹었다. 몸이 천근만근이었다. 그대로 쓰러져 곯아떨어졌다. 저녁 7시 30분께 잠에서 깼다. 밖에 나가 보니, 북극여우 서너 마리가 캠핑장을 배회하고 있었다. 캠핑장은 끝도 없이 드넓은 평평한 초지 한쪽에 자리 잡고 있었다. 유목이 여기저기 흩어져 있고, 텐트가 스무 채 남짓 쳐져 있었다. 놀랍게도 그곳에 캠핑장 관리소가 있었다. 보트가 들어오는 곳이라 그런가.

캠핑장 곳곳의 피크닉 테이블마다 둘씩, 셋씩 사람들이 모여 앉아 저녁을 먹거나 술을 마시고 있었다. 이쪽저쪽에서 왁자지껄 웃음소리가 터져 올랐다. 갑자기 허기와 함께 외로움이 몰려왔다.

캠핑장을 벗어나 바다 쪽으로 나갔다. 3킬로미터쯤 되는 초승달 모양의 잿빛 모래사장. 모래사장 끝으로 북서쪽을 향해 길게 뻗어나간 반도가 보였다. 산봉우리에 구름이 걸려 있었다. 나는 파도 소리를 들으며 천천히 모래사장을 걸었다. 그런데 모래사장을 가볍게 쓸어내리고 있는 파도 소리가 이렇게 들리는 거였다. 쓰을쓸…… 쓰을쓸…… 쓸쓸…….

호른스트란디르 하이킹 셋째 날

○ 43일

호른비크 만 캠핑장
→ 카울파틴뒤르 벼랑
→ 호른비크 만 캠핑장

하이킹 셋째 날 오후, 혼자 비바람과 맞서며 악전고투 중이었다. 그러다가 해안가에서 목조건물을 만났다. 농가였다가 지금은 누군가가 여름별장으로 사용하고 있을 건물이었다. 큰 실례가 될까 싶어서 망설이다가 현관문을 두드렸다. 기척이 없었다. 창문에 코를 박고 안을 들여다봤다. 소파와 테이블이 놓인 거실과 벽 쪽에 붙은 싱크대가 보였다. 깔끔하게 정돈된 오래된 가구들. 사람이 기거하고 있는 흔적은 보이지 않았다.

100여 미터 옆에 목조건물이 한 채 더 있었다. 거기로 건너갔다. 빗방울이 내리치는 창문을 손으로 닦아 가며 안을 또 들여다봤다. 장작불이 발갛게 타고 있는 난로가 보였다. 김이 모락모락 피어오르는 음식이 테이블 가득 차려져 있고, 가족으로 보이는 사람들이 둘러앉아 있었다. 아, 따뜻한 물 한 잔만 얻어 마실 수 있을까? 나는 성냥팔이 소녀처럼 곱은 손으로 창문을 두드렸다. 기척이 없어 다시 창문을 들여다봤다. 덩 빈 거실. 나는 그만 현관문 앞 데크에 주저앉았다. 처마가 짧아 비를 피할 만한 자리도 없었다. 재킷 주머니를 뒤졌다. 성냥이라도 나오면 불을 피워 손이라도 녹일 텐데. 주머니에서 에너지바를 꺼냈다. 허기와 추위에 덜덜 떨며 빗속에서 에너지바를 먹었다. 너무 추워 눈물이 나오려고 했지만 꾹꾹 참았다.

피오르 바다 건너 캠핑장 있는 쪽을 바라봤다. 비바람과 안개에 가려 보이지 않았다. 이제 어떡하지? 캠핑장으로 돌아가야 할까. 이런 궂은 날씨에 여기까지 온 것도 미친 짓이지. 그렇지만 얼마나 힘들게 온 길인데, 그냥 돌아가긴 아쉽다. 손목시계를 보니 오후 3시 20분이었다. 오전 10시에 캠핑장을 출발했으니 다섯 시간 넘게 걸어왔다. 나중에 알았지만, 물때를 맞춰 강 하구로 건너왔으면 채 두 시간도 걸리지 않는 거리였다(물길은 오후 4시부터 열렸단다. 하필 오늘 따라 길을 나서기 전 캠핑장 관리소에서 주변 정보를 왜 문의하지 않았는지 모르겠다). 혼자 무턱대고 지도만 들고 나섰다가 질퍽거리는 습지를 돌고 돌아, 무릎까지 빠지는 물길을 건너며, 돌투성이 해안길과 무너져 내린 비탈길을 걸어 여기까지 온 거였다. 날카롭게 치솟은 황량한 산을 등지고 목조건물 두 채가 나란히 서 있는 해안까지.

출발할 땐 가늘게 흩뿌리던 빗발이었다. 습지를 통과할 땐 굵은 빗발이 얼굴을 사정없이 갈겼다. 눈을 뜨기도 힘들었다. 금세 속옷까지 홀딱 젖었다. 판초를 걸쳤지만 소용없었다. 오히려 몸에서 김이 풀풀 피어오르며 습기가 차 판초 안쪽에서 물이 줄줄 흘러내렸다. 무거운 짐을 짊어지고 걷는 길은 아니었다. 캠핑장 건너편, 좁고 긴 반도를 한 바퀴 돌아 캠핑장으로 돌아가는 코스였다. 그래서 배낭에 물병과 카메라만 챙겨 메고 나왔다. 비 때문에 카메라는 꺼내지도 못했지만.

에너지바 하나를 다 먹고, 주머니에서 지도를 꺼냈다. 비에 젖어 접히는 부분이 너덜너덜해졌다. 상체를 웅크려 머리와 가슴으로 비를 가리고 지도를 펼쳤다. 만 끝으로 해안가를 타고 전진하다가 벼랑을 타고 올라가는 길만 남았다. 거대한 '새 절벽' 호른비아르그Hornbjarg. 이 건물 위쪽에 뾰족하게 솟아오른 산봉우리는 카울파틴뒤르Kálfatindur 절벽. 534미터의 수직낙하 벼랑으로, 아이슬란드의 엽서마다 빠지지 않고 등장하는 명소였다.

호른스트란디르에서 여행자가 가장 많이 몰리는 곳이라는데, 걷는 사람이 한 명도 보이지 않았다. 으으으. 덜덜덜. 더 앉아 있다가는 얼어 죽겠다. 걸으면 몸에 열이 올라 춥지 않을 테니, 걷자. 그래, 올라가자. 어차피 미친 걸음이었으니 끝까지 가 보자. 정신만 똑바로 차리고 걸으면 위험할 일은 없겠지. 북극곰이나 연쇄살인범이 숨어 사는 곳도 아니고. 아스캬에서처럼 길을 잃거나 방향감각을 상실할 염려도 없었다. 한눈에 다 집히는 지형이니.

나는 너덜거리는 지도를 접어 주머니에 넣고 신발을 벗어 빗물을 쏟아 냈다. 양말을 벗어 비틀어 짰다. 발에 둘렀던 휴지는 젖어 갈기갈기 찢겨졌고 발바닥은 퉁퉁 불어 있었다. 물집 터진 자리는 감각이 사라져, 쓰라린지도 모르겠다. 젖은 양말과 신발을 도로 신고, 다시 용기를 내어 걷기 시작했다. 금세 신발 가득 물이

쩔꺽쩔꺽 차올랐다.

　한 시간쯤 걸려 반도 끄트머리 절벽에 올라섰다. 엎드려 아래를 내려다봤다. 새소리가 소린스럽게 울려왔고 파도 소리가 절벽에 부딪쳐 왔다. 그러나 보이는 건 아무것도 없었다. 안개만 자욱했다. 절벽 가를 타고 동쪽으로 둥글게 꺾여 가는 길. 곡선을 지어 가다가 북쪽 절벽 끝이 치솟은 좁은 반도. 풀이 우거진 경사면에 발자국이 계단처럼 찍혀 있었다. 바람에 날려 갈까 봐, 몸을 바짝 낮추고 걸었다.

　경사가 가팔라 심장이 터질 것처럼 숨이 차올랐다. 30분쯤 올라가 울퉁불퉁한 돌길로 들어섰다. 땅바닥만 내려다보고 걸었다. 사람들이 지나가며 남긴 발자국만 따라갔다. 돌길에서 발자국을 찾기가 쉬운 일은 아니었다. 눈을 크게 떴다. 안개에 갇혔지만, 다행히 빗발은 약해졌고 바람도 가라앉았다.

　길은 곧 뾰족뾰족 험악한 바윗길로 바뀌었다. 바위를 타고 조심조심 내리막길을 탔다. 얼마나 내려갔을까. 이런 젠장! 길을 잘못 들었다고 깨달았을 때는 이미 뒤돌아설 수 없는 상황에 빠져 있었다. 하나님, 맙소사! 나는 한 팔 정도 넓이의 깎아지른 바위 벼랑 위에 서 있었다. 이럴 수가! 여긴 어디지? 어떻게 된 거지? 공포감에 휩싸였다. 뒷골에서 스파크가 튀는 것 같았다. 혼이 반쯤 나가 버렸다. 사시나무 떨듯 온몸이 덜덜덜 떨리기 시작했다. 정신 차리자, 정신 차리자. 주먹을 꽉 쥐며 중얼거렸지만, 정신을 차릴 수가 없었다.

　안개 때문에 가시거리는 사방 10미터. 수백 길 벼랑 아래로 굴러떨어져 그대로 추락사할 판이었다. 혹 운이 좋아 부상만 당하더라도 스스로 움직이지 못하면 구조요청을 할 수 없으니 곧 저체온증으로 비명횡사하겠지. 보름 전 아스카 고원에서 길을 잃었을 때보다 수백 곱절 더 위험한 상황이었다. 길을 잃은 것뿐만이 아니라 벼랑 위에서 오도 가도 못하게 됐으니. 왔던 길로 되돌아갈 수 있을까? 암벽을 타고 올라가는 건 가능해 보이지 않았다. 가까스로 어떻게 내려오기는 했지만, 올라가는 건 불가능했다. 밟거나 손으로 잡고 매달리면 쉽게 부스러지거나 허물어지는, 지반이 약한 돌벼랑이었다. 어쩔 수 없다. 정신줄 바짝 틀어잡고 내려가자. 어떡하든 내려가자. 아래로 내려가자. 그런데 어디로 내려가지? 어디로? 엎드려 사방을 둘러봐도 벼랑이 너무 깊고 각이 90도로 곧추섰다. 으으으.

정신을 가다듬고 다시 둘러봤다. 왼쪽 바위틈으로 2미터쯤 타고 내려가면, 좁은 선반처럼 튀어나온 평평한 자리에 발을 디딜 수 있겠다. 그냥 앉아 있다가 황천길로 가느니……. 그렇게 지형을 살피고 또 살폈다. 어디를 어떻게 딛고 내려서야 할지 몇 번이나 머릿속으로 시뮬레이션을 해 보았다.

죽을힘을 다해 네 발로 벼랑을 타고 내렸다. 한 발, 또 한 발 톱니무늬처럼 가로로 파인 피오르 지형의 그 벼랑 발판을 밟아 갔다. 얼마나 내려왔나. 아, 더는 못 내려가겠다. 아무리 살펴봐도 발 디딜 자리가 보이지 않았다. 그렇다고 벼랑에 매달려 있을 수만은 없고. 조심조심 몸을 뒤집었다. 벼랑에 얼굴을 대고 달라붙어 있던 자세를 바꿨다. 등을 벼랑에 붙이고 발을 아래로 뻗었다. 간신히 돌부리 하나가 발에 걸렸다. 몸의 무게를 발에 옮기는 순간, 탁! 돌부리가 뽑혀 나갔다. 등 뒤의 벼랑이 와르르 무너져 내렸다. 잡고 있던 돌부리를 놓쳤다. 몸이 아래로 쏟아져 내려가기 시작했다. 악! 몸이 앞으로 뒤집히더니 머리가 밑으로 향했다. 정수리를 바닥에 짓찧으며 퍽, 엎어졌디. 그 충격으로 정신을 잃은 것 같았다. 갑자기 정전이 된 것마냥 머릿속이 깜깜해졌다.

어떻게 정신을 차렸는지 모르겠다. 나는 엎어진 자세로 누워 있었다. 머릿속으로 재빨리 몸 상태부터 체크했다. 머리, 얼굴, 어깨, 팔, 다리, 여기저기에서 통증이 느껴졌다. 못 견딜 정도로 극심한 통증은 아니었다. 괜찮다! 그러나 서둘러 일어날 수가 없었다. 머리를 아래쪽에 두고 벼랑 끝 경사면에 엎어져 있었던 탓이다. 한뼘 눈앞은 다시 끝도 보이지 않는 수직 절벽이었다. 서둘러 일어서다가는 몸이 아래로 밀려 또 떨어질 판이었다. 피가 머리로 쏠려 눈앞이 어찔어찔했다. 간신히 몸을 옆으로 틀어 가며 상체를 세웠다. 벼랑에 붙어 앉았다. 온몸이 덜덜덜 떨렸다. 웩웩! 멀건 토사물이 바짓가랑이 위로 쏟아졌다. 구토가 멈추자 정신이 좀 맑아졌다. 고개를 돌려 주변을 살폈다. 왼쪽 벼랑이 산사태로 치맛자락처럼 아래까지 흘러내린 지형이었다. 벼랑 각도가 60도쯤 되겠다. 5일 전 플라테이리의 피오르 산에 올라갔다가 내려올 때 경험했던 그런 벼랑길이었다. 이번에도 발만 헛디디지 않으면 굴러 떨어지지 않고 내려갈 수 있을 것 같았다. 안개가 걷히고 있었다. 후들후들 떨며 초긴장한 상태로 한 시간쯤 벼랑을 타고 내려오자, 발아래로 올라올 때 들렀던 여름별장이 내려다보였다. 살았다! 안도의 한숨이 쏟아져 나왔다.

30분 뒤 오후 6시 30분, 그 집 데크에 다시 앉았다. 비로소 몸을 샅샅이 훑어봤다. 손바닥이 긁히고 찢겨 피투성이였다. 정수리엔 커다란 혹이 솟았고 이마가 까진 것 같았다. 바지 무릎은 찢어져 너덜거렸다. 그래도 이만하길 정말 하늘이 도왔다 싶었다.

바람도 비도 소강상태에 들어갔다. 안개도 많이 걷혔다. 또 기운을 내고 걸어야 했다. 두어 시간만 걸으면 캠핑장에 복귀하겠지. 그러나 내가 캠핑장에 도착한 시간은 그로부터 다섯 시간 뒤인 밤 11시 30분께였다. 체력도 정신력도 완전히 고갈된 상태였다. 관리소 앞에 서 있던 관리소 청년 비에스티를 만났다. 나는 죽어가는 목소리로 그에게 오늘 내가 겪은 일을 횡설수설 털어놓았다.

"악몽 같았어요. 그렇게 돌아오는데 저쪽, 해변 강 하구 물이 깊어 건널 수가 없어서…… 습지를 돌아서 폭포 다섯 개를 지나는데…… 비가 내려서 폭포 아래 물길이 불어…… 물길이 얕은 폭포 상류로 올라가…… 저 산, 저 꼭대기까지 올라가야 했어요. 정말 악몽 같았어요. 길도 없는 저 산 능선을 타고 헤매는데 백야가 아니었으면…… 오늘 열세 시간 걸었어요. 아, 이건 저쪽 산 낭떠러지에서 떨어져…… 네? 오늘 이 캠핑장에선 아무도 나간 사람이 없다고요? 아, 스톰이라고요? 그랬구나…… 다른 캠핑장에서 넘어온 사람은 있어요? 오다가 그 사람은 손가락이 부러졌다고요? 나는, 괜찮아요. 크게 다친 데는 없어요. 괜찮아요. 아니, 죽을 것 같아요. 도와주세요. 뜨거운 물이 필요해요……."

비에스티가 끓인 물을 보온병에 담아 내 텐트로 가져왔다. 나는 뜨거운 물을 두 잔 따라 마시고 침낭 안으로 기어 들어갔다. 판초랑 양말만 벗어 놓고 젖은 옷을 그대로 입은 채였다. 뜨거운 보온병을 끌어안고 누웠다. 눈물이 주르르 흘러내렸다.

죽다 살아났구나

○ 44~45일

호른비크 만 캠핑장
이사피외르뒤르 캠핑장

"강, 나와 보세요."

다음 날, 잠결에 부르는 소리를 듣고 간신히 몸을 일으켜 앉았다. 텐트를 열고 내다보니 장화부리가 흙탕물 속에 잠겨 있는 게 보였다. 판초를 뒤집어쓴 비예스티가 목이 긴 장화를 신고 텐트 앞에 서 있었다.

"텐트를 옮겨야겠어요."

물웅덩이 안에 내 텐트가 섬처럼 고립돼 가고 있었다. 이틀째 줄기차게 비바람이 치고 있었다.

"텐트 옮겨 줄 테니 그냥 나오세요."

허둥지둥 바닥에 널려 있던 물건들을 배낭에 쑤셔 넣어 들고 나왔다.

"안에 들어가 있어요."

비예스티를 따라 캠핑장 관리소로 들어갔다. 그가 기거하는 작은 원룸이었다. 식탁용 테이블 하나와 간이침대, 싱크대가 놓여 있었다. 그는 들고 온 내 배낭을 벽 한쪽에 기대 놓고 다시 밖으로 나갔다. 나는 식탁 의자에 앉아 작은 창문으로 밖을 내다봤다. 그와 또 한 남자가 물웅덩이 속에서 내 텐트의 팩을 모두 빼더니, 텐트를 양쪽에서 마주 잡고 들어 올려 건물 앞쪽으로 사라졌다. 나는 멍하니 빗발 내리치는 창문을 내다보며 한숨을 내쉬었다. 온몸이 쑤셨다. 손목시계를 보니 저녁 7시였다.

어제 죽을 고생을 하고 돌아온 뒤 지금까지 운신을 못 하고 있었다. 오전에 잠깐 텐트 밖으로 나오기는 했다. 한 번은 화장실에 갔고, 한 번은 비예스티와 일정을 상의했다. 결국 16.5킬로미터의 마지막 하이킹 일정을 포기했다. 오늘 700미터의 산을 넘어가 호른비크에서 예약한 보트를 타고 이사피외르뒤르로 돌아가야 했다. 그러나 나는 네댓 명의 여행자들이 비바람을 뚫고 남쪽을 향해 출발하는 모습을 물끄러미 지켜보기만 했다. 비예스티가 내 보트 예약을 취소하고, 내일 밤 이곳에서 탈 수 있는 보트를 다시 예약해 주기로 했다. 그는 그런 일을 무전기를 통해 하는 것 같았다.

어제 겪은 충격으로 나는 정신력과 체력을 완전히 소진한 상태다. 어지럼증 때문에 오래 서 있을 수조차 없고, 구토증이 심해 물 외엔 아무것도 먹을 수가 없었다. 아침에 속이 너무 쓰려 식빵을 억지로 씹어 봤지만 그대로 게우고 말았다. 할 수 없이 비예스티가 준 보온병의 온기를 끌어안고 침낭 속에 웅크린 채 내내 누위 있었다. 마치 무중력 상태의 우주 한가운데 붕붕 떠 있는 것만 같았다. 광활한 우주 속에서 나는 먼지처럼 작고 가벼웠다. 나의 존재는 너무 미미했다. 나는 아무것도 아니었다. 아무것도 아니라는 생각을 하며 우울해져, 블랙홀에 빨려 들어가듯 까무룩 잠이 들었다. 그러고는 다시 지구로 소환되듯 잠에서 깨어나곤 했다. 의식이 돌아올 때마다 비바람 치는 소리를 들었고 북극여우들이 텐트를 스치며 지나가는 소리를 들었다. 그때마다 보온병에서 물을 한 잔씩 따라 마시고, 다시 먼지처럼 붕붕 떠다니며 우울해했다. 텐트가 물바다에 떠 있는 줄도 모르고 말이다.

텐트를 옮겨 놓고 들어온 비에스티가 괜찮냐고 물어 왔다. 나는 괜찮다고 죽어 가는 목소리로 말했다. 그가 시퍼렇게 멍이 오른 내 손등을 가리키며 괜찮냐고 또 물었다. 나는 또 괜찮다고 대답했다.

"차 한 잔 마실래요?"

나는 고개를 가로저었다. 더 앉아 있을 기운이 없었다. 내 텐트는 건물 오른쪽에서 왼쪽으로 옮겨가 있었다. 살짝 언덕진 풀밭 위였다. 캠핑장 여기저기 물웅덩이가 생기고 있었다. 비에스티가 물을 다시 끓여다 주었다. 보온병을 끌어안고 또 까무룩 정신을 놓쳤다.

다음 날 오전 9시, 사람들의 웃음소리를 들으며 잠에서 깼다. 마침내 폭풍이 지나가고 비가 그쳤다. 텐트 안으로 햇살이 비쳐 들고 있었다. 밖에서 들려오는 사람들의 목소리와 웃음소리가 맑은 날 산바람처럼 명랑했다. 나는 다시 정신줄을 놓듯 잠에 빠졌다. 오후 3시께가 돼서야 몸을 추스르고 텐트 밖으로 나왔다. 40

시간 만에 정신이 좀 돌아온 것이다. 배가 미치도록 고팠지만 컨디션은 한결 좋아졌다. 근육통도 많이 가라앉았다. 옷도 다 말랐다. 젖은 옷을 체온으로 완벽하게 말렸다. 냄새가 좀 나겠지만.

천천히 걸어 해변으로 나갔다. 폭풍에 밀려온 해초가 모래사장 수북하게 쌓여 있었다. 놀랍게도 3킬로미터쯤 되는 사구 전체가 해초로 뒤덮여 있었다. 톳이나 다시마, 미역같이 생긴 연초록, 연갈색의 해초 더미. 초고추장을 찍어 먹으면 맛있겠다. 살짝 데쳐 고추장, 참기름, 식초, 올리고당을 넣고 새콤달콤하게 무쳐 먹어도 맛있겠지. 모래를 파 볼까? 대합이나 모시조개, 가리비 같은 게 나오겠지. 여름에 새를 잡아먹고 사는 갈색 털의 북극여우들이 겨울에는 붉은색 털로 갈아입고 물고기와 조개를 잡아먹고 산다는데. 실파, 홍고추, 청양고추, 다진 마늘이랑 쑥갓과 미나리를 넣고 맑은 조개탕을 끓이면……. 군침이 입안 가득 괴었다. 배 속에 거지 깡통이 들어가 있는 것마냥 먹을 것만 떠올랐다. 해초 더미 사이로 흰 꽃이 핀 갯무 이파리가 보였다. 망설이지 않고 갯무 이파리를 한 장 뜯어 씹었다. 차고 비릿하고 매콤한 즙이 입안에 퍼졌다. 몸이 부르르 떨렸다. 아, 따뜻한 음식이 먹고 싶어 정말 미치겠다.

고개를 들어 바다 건너 반도를 바라봤다. 파란 하늘에 뭉게구름이 흐르고 있었다. 안개가 싹 걷힌 반도의 산봉우리가 선명하게 보였다. 내가 걸었던 해안길과, 푸른 언덕, 매달려 있던 벼랑, 굴러떨어진 절벽이 너무나 선명하고 가깝게 보였다. 어디서 길을 잘못 들었고, 어디서 굴러떨어졌는지도 짐작할 수 있었다. 그러니까, 저곳에서 길은 숫자 3의 모양으로 휘어져 가고, 그 가운데 쪽

들어가는 지점에서 왼쪽으로 내려가야 했는데, 앞으로 뻗은 곳으로 계속 전진했구나. 저렇게 날카롭고 뾰족한 산꼭대기 벼랑을 걸었다고? 사지가 멀쩡해서 돌아온 게 정말 기적이었다.

맑은 날 갔으면 어땠을까? 오늘 밤 보트를 또 취소하고 내일 다시 갈까, 하는 생각이 문득 들었다. 그 아찔한 사고를 겪은 현장에 다시 가고 싶다는 생각이 드는 걸 보니, 제정신으로 돌아왔군. 그러려면 며칠 더 여기 머물며 보트가 들어오는 날을 기다리거나 보트가 들어오는 때를 맞춰 다른 선착장을 향해 하이킹을 해야 하는데 문제는 양식이었다. 남아 있는 양식이라고 해 봐야 식빵 세 쪽과 에너지바 두 개, 쿠키 몇 개가 전부였다. 오늘 떠날 수밖에 없겠다.

캠핑장으로 돌아왔다. 수 킬로미터의 드넓은 초지 한쪽에 텐트가 열 동쯤 쳐져 있는 게 보였다. 눈을 들어 멀리 푸른 초지를 바라봤다. 그 초지의 풍광이 머릿속에서 동영상처럼 재생됐다. 강 사구에 앉아 있던 수만 마리의 바닷새들이 일제히 내 쪽을 향해 날아오를 때는 놀라 심장이 떨어지는 줄 알았다. 근처에서 내달리던 북극여우들, 북극여우에게 몸통을 뜯어먹힌 바닷새의 사체들, 습지식물들이 빼곡한 푸른 습지에 숨어 있던 물웅덩이들, 세 마리 하얀 백조 가족, 거칠게 쏟아지는 폭포가 눈앞에 펼쳐졌다.

"괜찮아요?"

비예스티였다. 내게 괜찮냐고 물어봐 주는 사람이 있다는 게 감동스러웠다.

"이젠 정말 괜찮아요. 보트가 몇 시에 온다고 했죠?"

"밤 10시쯤 올 거예요. 뭐 필요한 건 없어요?"

"혹시 수프 같은 것 갖고 있어요? 사실, 배가 너무 고파요."

불쑥, 말이 그렇게 튀어나왔다. 이래도 되나? 이미 뱉어 버린 말이었다. 그래도 자존심이 있지, 너무 불쌍하게 보이지는 말자. 그런데 남에게 차를 태워 달라고 '구걸'할 때는 당당하게 엄지손가락을 치켜들잖아. 나는 지금 따뜻한 수프를 먹지 않으면 정말 머리가 어떻게 되거나 죽어 버릴지도 몰라. 비상사태인데 이만한 도움은 청할 수 있는 거잖아.

그가 끓여 준 옥수수수프를 싹싹 핥듯이 비우고, 홍차도 마셨다. 뜨거운 음식이 들어가자 접혔던 허리가 펴지고, 몸도 따뜻해지고 마음도 환해졌다. 그러자 비예스티의 모습이 눈에 들어왔다. 190센티미터가 넘는 큰 키에 건장한 체격, 연갈색 머리카락, 금발 수염과 구레나룻, 금발 눈썹, 검은 테 안경, 조용한 목소리와 미소. 비예스티는 여행가이드로 5년 동안 일하다가, 여름에 이곳에서 일을 한 지 두 해째라고 했다. 6월 중순에 들어와 8월까지, 두 달 반 동안 이곳에 머문단다.

"지붕에 설치된 태양광 패널로 전기를 만들어 써요. 무전기의 배터리를 충전하고요. 꼭 필요한 전기만 최소한으로 사용해요. 여행자들이 캠프파이어를 하거나 쓰레기를 놓고 가는 걸 못 하게 감시하죠. 자진해서 왔어요. 내 인생에서 가장 중요한 건 아이슬란드의 자연이에요."

그의 얘기를 들으면서, 점점 그에게 빠져드는 기분이었다. 심장이 쿵쿵쿵 뛰는 거였다. 이건 뭐지? 그에겐 내가 혼자 오지에 들어와 민폐를 끼치는, 참 신경 쓰이고 성가신 늙은 아시아 여자인지 모르겠지만, 나는 마치 사랑에 빠진 여자처럼 얼굴이 붉어지는 느낌이었다. 떨려서 그를 똑바로 쳐다볼 수가 없었다. 오랜만에 느껴 보는 이 감정은 정말 뭐지?

그로부터 다섯 시간이 지난 밤 11시 10분, 해초로 뒤덮인 바닷가에 그를 남겨두고 혼자 보트에 올랐다. 호른스트란디르를 떠난다는 아쉬움보다 그와 영영 헤어진다는 게 더 슬펐다. 그가 보이지 않을 때까지 보트의 고물에 서 있었다.

일곱 명이 탈 수 있는 작은 보트에 승객은 나까지 셋이었다. 아이슬란드 중년부부가 먼저 타고 있었다.

"우리는 4일 동안 하이킹을 하고, 이틀 동안 저쪽 등대에 갇혀 폭풍이 가라앉길 기다렸어요. 비바람이 정말 대단했어요."

폭풍이 언제 몰아쳤었나 싶게 바다는 잔잔했다. 몽환적인 바닷길이었다. 동쪽 하늘엔 둥근 달이 떠 있었다. 수면에 비친 황금 달빛이 일렁이며 따라왔다. 하늘도 바다도 피오르 반도의 산들도 어스름한 푸른빛에 감싸여 있었다.

밤 2시, 이사피외르뒤르에 도착했다. 예약했던 바닷길보다 먼 곳에서 보트를 타고 왔기에 2,960크로나 추가 요금을 내고 보트에서 내릴 수 있었다. 묵었던 호텔 캠핑장으로 돌아왔다. 라이브 연주 소리와 환호성으로 도시 전체가 들썩이고 있었다. 젊은이들이 웃음을 터뜨리며 캠핑장 풀밭을 지나다녔고, 삼삼오오 둘러앉아 술을 마시고 있었다. 무슨 일인지 물어보니, 캠핑장 옆의 경기장에서 오늘 전유럽 습지 축구 챔피언십European Swamp Soccer Championships이 끝나고 폐막축제를 하고 있단다. 내일부터 3일 동안 상점과 사무실이 대부분 문을 닫는단다. 도시 전체가 휴가인 것이다. 매해 8월 초 열린다는 이사피외르뒤르의 전통 축제였다.

진흙탕에서 하는 축구라니 볼 만했겠다 싶었다.

　테트를 치고 호텔에 맡겼던 짐을 찾아왔다. 환호성 소리를 들으며 침낭 속에 누웠다. 술에 취한 젊은이들이 테트 줄에 발이 걸려 비틀거리는 기척도 들려왔다. 테트 옆 나무 밑에다 오줌을 누는 소리도. 아침 5시쯤 돼서야 도시가 조용해졌다. 그때서야 가물가물 잠들 수 있었다.

꼭 무언가가 되어야 할까?

○ 46일

호텔 샤워장에서 샤워를 했다. 사용료를 조금 냈다. 옷을 벗고 보니 무릎, 엉덩이, 옆구리, 팔꿈치 여기저기 얼룩덜룩 멍이 들어 있었다. 전신이 욱신거렸다. 뜨거운 물을 맞고 서서 경직된 근육들을 풀었다. 추위와 허기와 사고의 충격을 씻어 냈다. 아침식사도 특별히 호텔 식당에서 했다. 호른스트란디르에서 탕진한 기력을 보충해야 했다. 지금까지 아이슬란드에서 사 먹은 음식 중에 최고 비싼 식사였다. 호텔 투숙객들에게 제공하는 조식을 1,900크로나를 내면 먹을 수 있다기에 눈 딱 감고 질렀다(약 17,000원. 그래도 아이슬란드에서 한 끼 식사비용으로는 아주 싼 가격).

　호두, 잣 같은 견과류와 말린 과일을 넣고 우유를 부어 시리얼 두 컵, 파프리카 볶음과 대구구이 세 접시, 찐 달걀 세 개, 스키

338

르 두 개, 수박, 오렌지, 사과 주스 한 잔씩. 마지막으로 커피 한 잔을 마셨다. 욕심 같아서는 한 3일치 음식을 먹어 두고 싶었지만 더는 밀어 넣을 수 없었다. 그러고는 호텔 로비에서 인터넷을 접속하며 빈둥거렸다. 오후 3시경 호텔 로비로 아시아 청년이 들어섰다. 나는 단박에 그를 알아볼 수 있었다. 그는 눈을 동그랗게 뜨고 놀란 표정을 지으며 나를 바라봤다.

"네, 내가 강이에요. 정양권 씨죠?"

내가 자리에서 일어나 악수를 청하며 말했다.

"설마……. 아니, 나는 남자일 거라고 생각했어요."

"실망했어요?"

"그런 게 아니고. 카페에 올리신 여행기를 보니 여행을 정말 빡세게 하시는 것 같은데, 어떻게…… 믿어지지가 않네요. 나보다 한두 살 나이가 많거나 한두 살 어린 남자일 거라고만 생각했지…… 정말 상상 밖이라. 어떻게 이런 여행을……. 정말 강이세요?"

"나이 든 여자가 혼자 이런 여행을 못 할 거라는 고정관념이 있는 건 아니죠? 아무튼 반가워요. 날씨도 좋은데 우리 밖에 나가서 얘기해요."

우리는 캠핑장 풀밭의 피크닉 테이블에 마주 앉았다. 날씨가 화창한 오후였다. 어제 호른스트란디르에서 젖은 채 신고 왔던 신발을 볕 좋은 쪽에 벗어 놨더니 바짝 말랐다.

정양권 씨는 중키에 피부가 가무잡잡한 20대 후반의 청년이었다. 인상이 밤톨처럼 야무지고 단단해 보였다. 거뭇거뭇 콧수염을 길렀고, 검은 뿔테 안경을 쓰고 있었다. 우리는 이전에 한번도 만난 적이 없는 사람들이다. 현재 아이슬란드를 여행 중이라는 사실만 인터넷 카페를 통해 서로 알고 있을 뿐이었다. 물론 나는 그가 카페에 친절하게 올린 프로필과 사진들을 미리 봤기 때문에 그의 화려한 이력과 생김새를 알고 있었다. 그리고 그 카페를 통해 세 시간 전에 오늘 이곳에서 만나자는 약속이 이뤄졌다.

"버너, 코펠 갖고 있죠? 점심을 아직 안 먹었어요. 내가 짬뽕밥을 한 봉지 갖고 있어요. 같이 끓여 먹어요."

나는 앉자마자 밥부터 해 먹자고 채근했다. 인스턴트 짬뽕밥은 지난 7월 22일 여행 34일째 날, 스티키스홀뮈르 캠핑장에서 만났던 민주 씨가 찔러 준 거였다. 여태까지 스토브가 갖춰진 캠핑장을 만나지 못해 끓여 먹지 못했다. 그걸 보글보글 끓여 나눠 먹었다. 맛이 맵고 화끈했다. 인스턴트 음식이지만 오랜만에 먹는 한국음식이 활기를 불러일으켰다.

"제가 어떻게 불러야 할지. 강 선생님이라고 부를까요?"

"아뇨! 이름을 불러 주면 좋지만 불편하면 누나라고 하세요."

나는 나이나 지위를 따져 수직적인 인간관계를 맺는 걸 질색팔색한다. 그렇다고 한국 사람들의 일반적인 정서를 완전히 무시할 수는 없어서 내 스타일대로 호칭을 고집부리지는 않는다. 대체로 누구하고라도 허물없이 맞먹는 관계가 편하다. 그렇지만 아들뻘 되는 청년에게 이모도 고모도 아니고 누나라고 부르라니, 상대는 좀 징그럽다고 생각할지도 모르겠다.

"어떻게 그 나이에 60개국이나 배낭여행을 했어요? 경비가 만만치 않았을 텐데. 혹시 재벌 집 아들?"

"아니에요. 제 돈으로 여행한 적은 없어요. 국가보조금을 받아 다른 나라에서 열리는 세미나에 참석하면서 여행도 하고, 대학 때 장학금과 국가보조금으로 외국에 나가 어학연수도 몇 번 받았어요."

기획력이 뛰어난 청년 같았다. 지난해 여행기도 한 권 출판했단다. 기획안을 써 출판사 몇 군데에 보냈더니 출판사에서 모두 책을 내자며 연락을 해 왔단다.

"글 쓰는 방법을 배운 적도 없었고, 제대로 된 글을 써 본 적도 없어서 힘들었어요. 책을 쓰면서 글쓰기를 많이 배웠어요."

"그럼 양권 씨는 이번 아이슬란드 여행도 책으로?"

그는 현재 아이슬란드 40일 장기여행자였다. 아이슬란드에는 다섯 번째 온 거라고 했다. 지난해엔 9개월 동안 아이슬란드에 장기체류한 경험도 있다. 사진 워크숍과 전시기획 등을 하며 NGO에서 워크캠프 리더로 일했다.

"네, 귀국하면 곧바로 작업에 들어갈 생각이에요."

"놀랍네요. 그 능력과 재능이요. 혹시, 천재 아니에요?"

"아니, 저 머리 엄청 나빠요. 대학을 두 번이나 떨어졌어요. 한의대를 가고 싶었는데 결국 미대에 가게 됐죠. 데생 한번 배운 적 없었지만요. 대학 입학하고부터 미술학원에 다녔어요. 그러니 남들보다 몇 배 더 열심히 노력해야 했죠. 잠을 서너 시간 이상 잔 적이 없어요. 그러다가 차츰 사진에 매력을 느끼게 됐고 사진 공부를 또 열심히 했어요."

그는 전문 사진작가였다. 그의 카메라는 니콘 D800, 고해상도의 풀 프레임 바디였다. 렌즈도 고가의 기종이었다. 들어 보니 크기나 무게가 엄청났다. 그가 니콘을 옆으로 치워 두고 즉석카메라를 꺼냈다. 셔터를 누르더니 명암만 한 인화지를 한 장 빼 주었다. 고개를 외로 틀고 수줍게 웃고 있는 내 모습이 붕 떠올랐다. 낯선 여자였다.

삶에 대한 열정이 뜨거운 청년 같았다. 살면서 그때그때 자기가 원하는 것이 무엇인지, 좋아하는 게 무엇인지 확실하게 아는 사람. 그것을 성취하려고 최선을 다해 매진하는 사람. NGO에서 봉사활동도 계속해 왔단다. 일찍이 국제적으로 놀고 있는 청년이었다.

여행의 목적과 방법도, 자신만의 색깔을 분명하게 갖고 있었다. 그는 이 여행을 '나눔 기획'이라는 모토로 시작했단다. 몇 군데 기업에 요청해 텐트, 배낭, 필름 등을 협찬받았다. 여행 전 '나눔 파티'도 했다. 히치하이킹과 캠핑을 하거나 아이슬란드 현지인들과 어울리며 숙식을 해결하고, 결혼식 사진 같은, 현지인들의 특별한 행사사진을 무료로 찍어 주고 있다고 했다.

"양권 씨, 그런데 카페에 올린 글, 양권 씨의 이 아이슬란드 여행 말이죠. '사람을 사랑하는 연습을 하러 간다. 자연을 사랑하는 연습을 하러 간다. 이 모든 것을 만든 분을 사랑하는 연습을 하러 간다'라고 했는데 나는 그 글을 보며 '연습'이라는 단어가 걸렸어요. 살면서 '연습'이라고 할 수 있는 시간이 있나요? 매 순간 순간이 실전이지. 더군다나 사랑을 연습할 수 있을까요? 연습 삼아 하는 사랑도 있나요? 수학문제 풀듯 정말 연습을 한다고 하더라도, 그다음에 더 잘할 수 있는 것도 아니다 싶고요."

내 말투가 좀 강했나, 그가 진지한 표정으로 말했다.

"사랑을 연습한다는 말은, 사랑을 배운다는 뜻이에요."

사랑을 배운다? 정말 사랑은 배울 수 있는 걸까? 그의 말이 맞을지도 모르겠다. 사랑을 잘할 수 있도록 사랑하는 방법을 배우는 거라면 말이다. 나는 한번도 사랑을 배워야겠다는 생각을 못해 봤다. 그냥 마음 가는 대로 움직이는 거라고 생각했지. 그때그때 감정에 솔직하려고만 했지. 그것으로 충분하지 않았나?

'그럼 누나는 이 여행을 왜 하고 있어요? 여행의 목적이 뭐죠?' 하고 그가 내게 묻지 않는 게 다행이다 싶었다. 나는 그처럼 딱 부러지게 보여 줄, 일목요연하게 정리된 모토를 갖고 있지 않다.

'인생 전체를 실패했다 자각하고 절망에 빠져 시작한 여행이다. 몸과 정신이 더 망가지기 전에 도전하고 싶었던 여행이다. 그렇다고 이 여행을 통해 지난 삶을 정리하거나, 무슨 인생의 해답을 구하겠다는 목적도 없다. 그저 순간순간 다가오는 모든 것들과 뜨겁게 부딪치고 있을 뿐. 그러다보면 어쩌면…….' 이렇게 말한들, 그를 이해시킬 수 있을지도 모르겠고.

그와 대화를 나눌수록 나는 왠지 위축돼 갔다. 그의 자신감과 당당함이 매력적으로 보일수록 더욱. 무한한 가능성과 꿈을 품고 있는 그 창창한 젊음이 부러웠다. 인생의 출발점에 선 청년과 갈 길을 잃고 노년기의 문턱에 다다른 사람과의 만남. 이 만남의 부조화가 아이슬란드와 잘 어울리는 것 같았다. 태초의 시공간과 종말의 시공간이 공존하는 곳이니.

불쑥, 혼자 읊조리듯이 자조적인 목소리가 내 입에서 튀어나왔다.

"우리는 늘 크고 거창한 꿈을 가져야 한다고, 너무 강요받으며 사는 건 아니었을까요? 꼭 목적을 갖고, 꼭 꿈을 갖고 살아야만 하는 걸까요? 그 꿈이 말하자면, 그 욕망이 나를 늘 불행하고 불안하게 만든다 해도? 꼭 뭔가 돼야 하는 걸까요? 그래야만 꼭 잘 살고 있다고 할 수 있을까요? 그냥 하루하루 즐겁게 신나게 살면 안 될까요? 그러다가 뭐가 되면 좋고 안 돼도 불행해할 것도 없고."

사실 그 질문들은 나에게 던지는 거였다. 뭔가 내 안에서 변화가 일어나고 있었다.

"아니죠. 뭐를 하든지 반드시 목적이나 목표가 있어야 한다고 생각해요."

자신감 넘치는 젊음, 확고부동한 신념. 나 역시 그런 적이 있었지.

우리 얘기는 그쯤에서 중단됐다. 양권 씨가 호른스트란디르로 가는 보트를 예약하고 하이킹에 필요한 식료품을 사러 시내로 내려갔다. 그는 '칼디'라는 흑맥주를 사 들고 한 시간 뒤에 돌아왔다. 우리는 맥주를 마시며 자정 넘도록 다시 수다를 이어 갔다. 여행담을 풀어놓으며 정보를 교환했다. 나는 멋진 청년과 모국어로 거침없이 떠들 수 있는 재미에 폭 빠졌다.

3

나는 정말

실패자
일까?

남의 차를 타고 서에 번쩍 북에 번쩍

○ 47일

✓ 이사피외르뒤르 캠핑장
↙ 아퀘레이리 캠핑장

오전 10시 25분

이사피외르뒤르 캠핑장 입구에서 터널 앞까지. 2.6킬로미터. 4분. 이사피외르뒤르 마을에 사는 아이슬란드 남자.

오전 11시 55분

터널 앞에서 61번 서부 피오르 동쪽 해안선과 61번 서부 내륙도로를 거쳐 링로드 그라우브로크 앞까지. 344킬로미터. 한 번 휴식 포함 다섯 시간. 이사피외르뒤르 바다에서 이틀 동안 2.7톤 어선으로 대구잡이를 마치고 레이캬비크의 집으로 돌아가는 아이슬란드 중년부부.

오후 5시 55분

링로드 그라우브로크에서 블론뒤오스까지. 136킬로미터. 한 시간 30분. 레스토랑 일을 끝내고 드라이브 중인 스위스 남자 유르크.

오후 7시 35분

블론뒤오스에서 아퀴레이리까지. 142킬로미터. 한 시간 40분. 아이슬란드인 남편과 필리핀인 아내, 그들의 열 살짜리 딸.

총 496.6킬로미터를 달려 오후 9시 55분, 아퀴레이리 캠핑장에 도착했다. 지난 7월 19일, 남쪽 해안 셀리아란즈포스 캠핑장에서 서쪽 스나이페들스네스 반도까지, 당일치기로 최장 이동거리였던 352킬로미터의 기록을 깼다. 시간도 두 시간 30분 더 걸렸다.

내일 저녁 아퀴레이리에 도착한다는 백경하 씨 팀을 만나러 그 먼 길을 달려왔다. 말 그대로 서에 번쩍 북에 번쩍! 백경하 씨도 보고 싶고 단체여행도 어떻게 하는지 궁금했다. 그리고 아퀴레이리에서는 후사비크가 지척이었다. 후사비크는 링로드를 따라 시계반대 방향으로 북쪽의 미바튼까지 올라갔다가 남쪽으로 방향을 틀어 버리는 바람에 가지 못했던 곳이다. 그때 중단했던 여행 코스를 여기서 다시 이어 갈 생각이다.

빗속에 텐트를 치고 누웠다. 풀밭도 젖고 텐트도 젖고, 나도 또 젖었다. 기분까지 축축하게 젖은 채 침낭 속에 누워 남은 여정을 체크했다. 어제 홍필 씨가 이메일로 그린란드 스케줄을 보내주었다. 항공 예약 완료. 그러니까 지난 7월 초, 4박 5일 동안 인랜드에서 등산동호인들에게 밥을 해 준 수고비로 받는 티켓이었다. 그린란드 여행은 예상에 없었던 터라 망설였는데, 이런 기회가 아니면 언제 그린란드에 가 보겠냐는 부추김에 넘어가 오케이했다. 그래서 여행스케줄이 좀 변동됐다. 귀국일이었던 8월 26일, 그린란드로 가게 됐다. 그린란드 3박 4일 여행을 하고 레이캬비크로 돌아와 이틀 더 아이슬란드에 체류. 아이슬란드 총 여행기간이 71일로 확정됐다. 오늘이 8월 4일, 아이슬란드 여행이 이제 25일 남았다.

여행일지 수첩을 밀어 놓고 눈을 감았다. 빗소리를 들으며 오늘 오면서 차창에 코를 박고 내다봤던 풍경들을 떠올렸다. 서부 피오르의 긴 만과 푸른 바다, 광활한 초지와 농가, 하얀 비닐로 둘둘 말아 놓은 건초더미들, 말, 높이 솟은 북쪽 지형의 험악한 산……. 까무룩 잠이 들었다.

아퀴레이리에서 꽃씨를 얻다

○ 48일

아퀴레이라르키르캬 교회

리스티가르뒤른 식물원

논나후스 박물관

비가 계속 내리고 있다. 쉽게 그칠 기세가 아니다. 캠핑장에 붙어 있는 일기예보판을 보니 앞으로 5일 동안 내리 비였다. 오늘 기온은 영상 6도. 비가 온다고 죽치고 앉아 있으면 기분만 처질 것 같아 시내 구경을 나서기로 했다. 판초를 걸치고 캠핑장 관리소에서 얻은 시내지도, 카메라, 물병…… 어라? 물병이 어디 갔지? 텐트 바닥에 뒤죽박죽 널려 있는 물건들을 샅샅이 들춰봤다. 침낭에서 끝없이 빠지고 있는 거위털만 풀풀 날아올랐다. 곰곰 생각해 보니, 어제 두 번째 히치하이킹을 했던 자동차 뒷자리에 놓고 내린 것 같다. 우씨! 물건들이 사라지고 있다. 할 수 없이 재활용 쓰레기통에서 빈 생수병 하나를 주워다가 수돗물을 받았다.

언덕 위에 우뚝 서 있는 아퀴레이라르키르캬Akureyrarkirkja에 먼저 들렀다. 1940년에 세워진 교회로, 여행자들의 발길을 끄는 건물이다. 레이캬비크의 교회 하들그림스키르캬를 만든 건축가 그뷔드온 사무엘손Guðjón Samúelsson이 설계했다. 주상절리를 본뜬 외관이 비슷했지만 규모는 훨씬 작고 단순하다.

안으로 들어가니 긴 스테인드글라스 창이 눈길을 끌었다. 아이슬란드의 역사와 예수의 일생이 새겨져 있다. 중앙제단 뒤편에도 다섯 개의 컬러풀한 유리공예 창이 반원형을 두르고 있다. 그 중 하나는 영국의 코번트리 대성당에서 가져온 것이다.

공중에 매달린 모형 선박이 눈에 띄었다. 바다에 나간 어부들의 안전을 기도하는 상징물이다. 역시 어업국가답다(이런 모형 선박을 아이슬란드의 다른 교회에서도 봤는데, 어디였더라?). 2층엔 3,300개의 파이프를 가진 오르간이 놓여 있다. 교회 정문 앞에 서서 시내를 내려다봤다. 현대식 건물들과 피오르 바다, 그 건너 눈 덮인 높은 산맥과 먹장구름이 보였다. 아퀴레이리Akureyri는 아이슬란드에서 가장 깊은 피오르인 에이야피외르뒤르Eyjafjörður 아래에 위치하고 있다. 아퀴레이리는 아이슬란드 북부의 중심지이며, 레이캬비크 다음으로 인구가 가장 많은 곳이다. 18,000명 정도가 살고 있는 이 도시는 9세기부터 사람이 거주하기 시작했고, 16세기에 덴마크 상인이 창고를 지으면서 무역항구 도시로 발전했다. 북극권에 가까운데도 높은 산맥 때문에 기온이 따스해서 농사를 지을 수 있는 땅이 있다.

지도를 보며 교회 뒷길로 내려갔다. 500미터쯤 내려가 리스티가르뒤른Lystigarðurinn으로 들어갔다. 세계에서 가장 북쪽에 위치한 식물원이다. 1912년에 만들어진 이곳에서 아이슬란드의 자생종 식물들과 유럽의 다양한 희귀식물들이 자란다.

비를 맞으며 식물원을 돌았다. 분수와 잔디밭에 서 있는 조각 작품들, 비에 젖은 벤치, 세련된 외관의 식물원 카페가 있었다. 날씨가 궂은 탓인지 걷는 사람들이 몇 명 없었다. 나는 하얀 꽃다발이 달린 마가목, 노란 꽃이 방울방울 매달린 노랑아카시아, 가문비나무, 낙엽송, 포플러, 단풍나무 같은 나무들이 들어선, 아무도 없는 숲길을 걸었다. 꽃밭엔 루핀, 포피, 붓꽃, 알리움, 꽃양배추, 금어초 같은 꽃들이 피어 있었다.

비에 젖어 으스스 몸이 떨릴 즈음 온실을 발견했다. 온실 문을 살짝 밀치고 안으로 들어갔다. 묘목 화분들 사이에서 아이슬란드 여인을 만났다. 이름이 구투른이라는, 금발 커트 머리에 몸매가 통통한 정원사였다. 15년 동안 정원사 일을 했고, 여기서 일한 지는 4개월째란다.

나는 불쑥 배낭에서 노트북을 꺼내 그녀 앞에 펼쳤다. 지리산 집 마당에 핀 꽃 사진들을 찾아 보여 주었다. 장독대를 두르고 있는 봉선화, 채송화, 우단동자, 원추리, 양귀비 등 한옥 마당 한가득 핀 꽃들이었다. 그녀는 사진을 한 장 한 장 유심히 들여다보며 감탄사를 터뜨렸다.

"오, 예뻐요!"

전문가한테 받는 칭찬이라 어깨가 더 으쓱해졌다.

"잠깐만 여기서 기다리고 있어요."

그녀가 온실 밖으로 나갔다. 무슨 일이지? 나는 온실을 둘러보며 4년 전 지리산으로 이사 와 작은 마당에 꽃밭을 가꾸던 때를 떠올렸다.

먼저 마당 가득 허리까지 올라온 풀을 제거했다. 돌을 주워 화단을 쌓고 흙을 골랐다. 손톱에 낀 흙물이 빠질 날이 없었다. 동네 이 집 저 집에서 꽃씨를 받아 왔다. 꽃나무와 잔디도 얻었다. 꽃의 키, 꽃이 피는 시기, 꽃 색깔 등을 고려해 자리를 잡아 주었다. 또 이리저리 옮겨 심고, 물을 주고, 돌아서면 한 뼘씩 자라는 풀을 뽑았다. 마음이 홀딱 빠져들었다. 동네 할머니들이 꽃구경하러 들르기도 했다. 어떤 분들은 텃밭이나 만들지, 먹지도 못하는 꽃은 뭐 하러 심었냐며 타박도 하셨다. 그러면 나는 한련화 한 송이를 따 입에 넣으며, "저는 꽃 따 먹고 살아요" 하고 배시시 웃곤 했다. 툇마루에 앉아 피고 지는 꽃을 바라보며 하루하루가 설렜다. 나비가 날아오고 딱새가 날아오고, 물까치 떼가 들렀다.

화집을 툇마루에 꺼내 놓고 들춰보기도 했다. 앙리 마티스의 원색적인 꽃 그림, 지베르니 정원을 만든 클로드 모네의 〈수련〉, 폴 세잔의 〈푸른 화병 속의 꽃〉…… 화집이나 내가 가꾼 꽃밭을 볼 때는 내 처지를 잊을 수 있었다. 앞날이 깜깜하다는 것도, 종교처럼 붙들고 살던 꿈이 사라졌다는 것도, 돋보기를 쓰지 않으면 책을 읽을 수 없다는 것도, 폐경기가 지났다는 것도. 호르몬의 변화 탓인지, 체온이 널뛰듯 오르내리는 통에 어지럼증에 시달리다가도 꽃밭에 나가 풀을 뽑으면 다 잊을 수 있었다. 풀을 뽑다가 새로 핀 꽃 앞에 쪼그리고 앉아 도종환 시인의 〈흔들리며 피는 꽃〉을 읊조리기도 했다.

흔들리지 않고 피는 꽃이 어디 있으랴
이 세상 그 어떤 아름다운 꽃들도

다 흔들리면서 피었나니 (중략)

젖지 않고 피는 꽃이 어디 있으랴

이 세상 그 어떤 빛나는 꽃들도

다 젖으며 젖으며 피었나니 (중략)

젖지 않고 가는 삶이 어디 있으랴

구투른이 돌아왔다. 내게 꽃씨 봉투를 내밀었다. 나는 그녀를 꼭 끌어안았다. 덩치에 밀려 그녀가 나를 안은 꼴이 됐지만.

"고마워요. 정말 고마워요. 무슨 꽃씨죠?"

"이건 루핀, 이건 아이슬란드 포피. 파란 꽃을 피워요."

"루핀이라면 아이슬란드에서 가장 많이 피는, 청보라색 그 꽃이죠? 포피는 꽃 색깔이 파란색이라고요?"

"따라와요. 보여 줄게요."

구투른이 나를 노란색, 주황색, 빨간색 포피(꽃양귀비) 꽃들이 무리지어 피어 있는 곳으로 데려갔다. 그녀가 하늘거리는 하늘색 꽃들을 가리켰다. 꽃잎에 빗방울이 맺혀 있었다.

"파란색 양귀비 꽃은 처음 봐요. 오, 신비스러워요. 정말 고마워요!"

그녀는 꽃씨를 심고 키우는 방법을 자세하게 설명해 줬다. 나는 내년 봄 지리산 꽃밭에 이 꽃씨를 심고 싹을 틔우고 꽃을 볼 생각을 하니 벌써부터 설렜다. 혹시 기후와 토질이 맞지 않아 싹이 안 트면 어쩌나.

콧노래를 흥얼거리며 오솔길을 따라 바다 쪽으로 내려왔다.

아이슬란드 전통 목조가옥들이 늘어선 길을 걸었다. 예쁜 해안 도시였다. 1795년에 지었다는, 아퀴레이리에서 가장 오래된 건물과 논나후스Nonnahús 박물관을 구경하고 시내로 돌아왔다.

하프나르스트라이티Hafnarstræti 거리가 가장 번화한 거리라는데, 한국의 시골 읍내 거리보다 작고 조용했다. 커다란 트롤 인형이 밖에 나와 있는 기념품점 건너편에서 핫도그를 하나 사 먹었다. 빗발이 점점 더 굵어지더니 한국의 여름 장맛비처럼 쏟아졌다. 비를 피해 아퀴레이리 미술관으로 들어가 아이슬란드 작가의 개인전을 구경하고 캠핑장으로 돌아왔다.

오후 6시, 비는 계속 내리고 추웠다. 화장실에 들어가 따뜻한 라디에이터 앞에서 창문으로 밖을 내다보며 서 있었다. 오후 8시 50분, 드디어 백경하 씨가 캠핑장에 나타났다.

달비크에서 고래투어

○ 49일

에이야퍼외르뒤르 바다

"지붕이며 벽이며 새까맣게 칠해진 집이 그 마을에서 가장 오래 된 집이에요. 대부분 박물관으로 사용되고 있어요. 아직 못 봤어요? 오늘 아퀴레이리에서 볼 수 있을 거예요. 이상하죠? 하필 석탄덩어리처럼 시커멓게 칠한 게……."

내 목소리에 신바람이 올랐다. 나는 그동안 아이슬란드에서 보고 주워들은 정보들을 맥락 없이 떠벌리느라 정신없었다.

"아이슬란드 전통 목조가옥이 원래 노르웨이에서 건너온 거예요. 목조가옥이라 페인트를 칠해야 썩는 걸 막을 수 있는데, 당시 가난했던 아이슬란드 사람들은 새까만 모르타르를 칠했던 거죠. 아, 저기 봐요! 저 꽃, 루핀이라는 꽃인데 지금은 꽃이 다 져가고 있지만 여름에는 온 천지가 루핀이었어요. 저 말 보이죠? 아이슬란드 말은 품종이……."

아퀴레이리에서 달비크Dalvík로 가는 길이었다. 82번 해안도로를 타고 40킬로미터쯤 북쪽으로 이동 중이었다. 어젯밤 백경하 씨의 몽유캠프 팀과 저녁식사를 같이 하고, 호텔에서 같이 자고, 오늘 아침밥까지 얻어먹고, 고래투어를 간다기에 또 따라나선 길이다.

몽유팀의 여덟 명은 렌터카 두 대로 움직였다. 나는 운전을 하고 있는 휘빈 씨와 조수석의 인혜 씨, 내 옆자리 은미 씨와 함께였다. 건강한 젊은이들이었다.

"오늘 가이드 팁 받으면 저녁 거하게 쏠게요. 그럼, 팁 준비하시고!"

내 농담에 한바탕 웃음소리가 터져 나왔다.

"궁금한 거 있으면 물어보세요. 그런데 반드시 내가 아는 것만 질문하세요!"

다시 웃음이 터졌다.

"아이슬란드에 없는 게 뭔지 알아요?"

내가 묻고 내가 대답했다. 나는 혼자 북 치고 장구 치고 흥분해서 난리였다. 물론 열화와 같은 성원을 받으며.

"쉿! 국가 1급 기밀인데, 여긴 뱀이 없어요. 개구리도 없고, 개미도 없어요. 또 인종차별, 소수자차별, 성차별이 없어요! 진짜 이상한 나라죠?"

웃고 떠드는 사이 달비크에 도착했다. 고래투어 회사에서 나눠 준 파란색 방한복을 입고 히알테이리Hjalteyri 항구에서 배를 탔다. 40여 명의 관광객을 태운 배는 드넓은 난바다를 향해…… 나아가지 않고 고작 200미터나 달렸을까. 에이야피외르뒤르 바다 가운데 멈췄다. 아퀴레이리로 이어지는 좁은 피오르 바다였다.

근처에 고래투어를 나온 배들이 서너 척 떠 있었다(아이슬란 드는 세계 10대 고래 관광국이다. 레이캬비크, 아퀴레이리, 후사비크, 그리고 이곳 달비크에서 고래투어를 할 수 있다. 범고래, 밍크고래, 혹 등고래, 흰긴수염고래, 돌고래 등 20종이 넘는 고래가 아이슬란드의 바다를 찾는다). 갑판 난간에 몰려선 사람들이 수면을 내려다보며 고래를 기다리고 있었다. 날은 흐렸지만 다행히 비는 내리지 않았 다. 바닷바람이 찼지만 우주복처럼 생긴, 내피 털이 두껍게 들어 간 방한복을 입고 있어서 춥지는 않았다.

"3시 방향!"

드디어 가이드가 마이크에 대고 외쳤다. 사람들의 머리가 일 제히 3시 방향으로 돌아갔다.

"와우~~!"

탄성이 터졌다. 고래의 검은 등이 수면 위로 살짝 떠올랐다 가 눈 깜짝할 사이 사라졌다. 나는 15년 전 인도양에서 봤던 돌고 래 떼가 기억났다. 수백 마리의 돌고래들이 수면 위로 뛰어오르며 유영하던 모습. 그때는 바다에 나가면 흔히 보는 풍경인 줄 알았 다. 수면을 치며 광속으로 날던 수천 마리의 날치 떼도 장관이었 는데.

고래는 인간에게 강렬한 인상을 주는 바다 생명체다. 크기 때문일까. 지구상에서 가장 큰 생명체인 흰수염고래는 몸길이 30미터에 몸무게가 150톤 남짓이라고 한다. 그 거대한 나선형 생 명체가 바닷속을 유영하는 모습은 상상만 해도 황홀하다. 또 고래는 덩치에 비해 이미지가 온순하고 지능이 높은 포유동물로, 이 래저래 인간의 상상력을 자극하는 생명체다. 그러니 허먼 멜빌이 '19세기 상상력에 정점을 찍은 위대한 미국 소설'《모비 딕》을 썼고, 천명관은 3대에 걸친 여인들의 이야기에《고래》라는 제목을 달았고〈그랑 블루〉,〈프리 윌리〉처럼 인간과 교감을 나누는 돌고래 영화들이 인기를 끄는 것일 게다. 거대한 몸집으로 우아하게 유영하는 걸 보면 누구나 탄성을 지르지 않고는 못 배긴다.

푸우! 수면 위로 솟아오르는 물기둥. 11시 방향! 2시 방향! 7시 방향! 우리는 한 시간 동안 고래를 수십 번 목격할 수 있었다. 아쉽게도 등과 꼬리만 잠깐잠깐 보여 줄 뿐, 수면 밖으로 높이 튀어 오르지는 않았다. 가이드에게 물어보니 여덟 내지 열 마리의 혹등고래가 주변을 배회했단다.

가이드가 나눠 준 핫초코와 쿠키를 먹고, 열댓 명이 낚싯대를 받아 낚시를 시작했다. 배 난간에 붙어 서서. 한 유럽인이 광어처럼 생긴 납작한 물고기를 한 마리 낚아 올렸다. 이후 30분이 넘어가면서 모두가 낚시를 포기한 즈음 백경하 씨가 손바닥만 한 대구를 낚았다. 우리는 돌아가며 마치 자기가 잡은 것처럼 대구를 들고 기념사진을 한 방씩 찍었다. 그런 뒤 대구는 가이드 손으로 넘어가 즉석에서 회쳐졌다. 한 점씩 대구 살을 맛봤다. 쫄깃쫄깃 살아 있는 싱싱한 바다 맛이었다.

배에서 내려 아퀴레이리로 돌아가는 몽유팀과 헤어졌다. 나는 달비크에 남았다. 더 따라붙을 수도 있겠지만 나만의 여행을 계속하기로 했다. 헤어질 때 인혜 씨와 은미 씨가 내 배낭을 짊어져 보더니 허리도 제대로 펴지 못했다. 휘청휘청 몇 발짝 걷지도 못했다.

"이건 사람이 메고 다닐 배낭이 아니에요! 도대체 뭐가 들었어요?"

나는 대답하지 못했다. 돌덩어리들이 들었다고.

그들과 헤어진 뒤, 고래투어 사무실 옆에서 대구버터구이를 한 접시 얻어먹었다. 담백하니 입에서 살살 녹는 게, 부드러운 식감이 죽여줬다. 단체관광객들이 대구구이를 다 먹고 떠난 뒤, 나는 호일 불판 위에 붙어 있던 남은 살점들을 손으로 긁어 떼어 먹었다. 거지 같나? 좀 창피한데…… 음, 맛있어! 이걸 남겨두고 그냥 어떻게 가? 누가 보든 말든 그러고 있는데 지나가던 젊은 프랑스 커플이 다가와 동참했다. 우리는 사이좋게 눌어붙은 대구 살을 남김없이 뜯어먹었다.

오후 1시, 고래투어 배에서 만났던 시윤 씨와 동인 씨가 달비크 캠핑장에서 소시지를 넣고 라면을 끓였다. 9도짜리 아이슬란드 맥주도 한 병 곁들여 잘 얻어먹었다.

그들도 레이캬비크로 떠나고, 나는 내일 아침 9시 그림세이 섬으로 떠나는 페리를 예약했다. 그림세이는 아이슬란드에서 유일하게 북극권에 포함된 섬이다.

뜻밖의 행운

○ 50일

오전 9시, 달비크 항구에서 그림세이Grímsey 섬을 향해 페리가 100여 명의 승객을 싣고 출발했다. 먹구름이 낮게 깔려 찌뿌듯한 날이었다. 승무원이 승객들에게 봉투를 하나씩 나눠 줬다. 뭐지? 토사물 봉투였다. 바닷길이 험한가? 긴장됐다. 봉투를 접어 재킷 주머니에 넣고 갑판으로 나갔다. 피오르 설산들이 뒤로 밀려 가고 있었다. 회색빛 바다는 잔잔했다. 난바다로 나간 배는 북쪽을 향해 순항했다. 뱃멀미는 일지 않았다. 나는 한자리에 진득이 앉아 있지 못하고, 풀 방구리에 생쥐 들랑거리듯 선실과 갑판을 들락날락거렸다. 못 견디게 추워지면 선실로 들어오고 몸이 좀 녹았다 싶으면 갑판으로 나가 바다를 바라봤다.

그림세이는 북위 66도 30분, 아이슬란드 최북단에 위치한 외딴 섬이다. 아이슬란드에서 유일하게 북극권 경계선이 섬을 가르며 지난다. 여행자들이 달비크에서 페리를 타거나, 아퀴레이리에서 경비행기를 티고 그 섬에 가는 이유가 북극 경계선을 넘어가퍼핀을 보기 위해서였다.

70킬로미터의 바닷길. 세 시간 항해 끝에 무사히 섬에 도착했다. 정오였다. 페리는 항구에 네 시간 동안 정박해 있을 것이다. 여행자들은 그동안 섬을 구경하며 북극 공기를 마시고, 다시 페리를 타고 달비크로 돌아간다. 그러나 나는 다음 배가 들어오는 월요일까지 3일 동안 섬에 머물 생각이었다. 페리는 월, 수, 금, 일주일에 세 번 섬을 왕래하고 있었다.

비바람이 쳤다. 여행자들은 배에서 내리자마자 비를 피해 항구 위에 있는 레스토랑으로 몰려갔다. 나는 주민에게 물어 캠핑장을 찾아갔다. 캠핑장은 초등학교 건물 뒤편에 있었다. 젖은 풀밭에 텐트는 한 동도 보이지 않았다. 화장실과 세면대가 갖춰진 작은 목조건물만 한 채 서 있었다. 눈인사 나눌 사람도 없고, 날씨는 을씨년스럽고 쓸쓸했다. 학교 건물을 바람막이 삼아 텐트를 쳤다.

비가 덜 들이치는 처마 밑의 피크닉 테이블에 조리도구를 꺼내 놓았다. 추워서 손이 덜덜 떨렸다. 뭘 먹을까? 조리기구와 식료품 봉지는 백경하 씨가 이끄는 몽유팀에게서 받은 거였다. "누나, 제발 잘 챙겨 먹고 다니세요. 그러다 쓰러지면 어떡하려고." 백경하 씨가 즉석밥 세 개, 스키르 한 통, 참치통조림 두 캔, 고추장, 초콜릿 한 봉지, 커피믹스, 3분 카레 한 봉지, 3분 자장면 한 봉지, 소주 한 팩을 찔러 주었다. 어제 달비크 캠핑장에서 점심을 같이 먹은 한국 청년들이 준 부탄가스 한 통, 11.5도짜리 아이슬란드

맥주 한 병, 한국 라면 두 봉지도 있었다. 아이슬란드 여행 중에 먹을 게 이토록 풍부한 적이 없었다. 이젠 식빵이라면 신물이 났다. 배를 곯고 다니는 것도, 추운 날 에너지바와 찬물로 허기를 끄는 것도 한계에 다다랐다. 마침 이럴 때 긴한 보급품을 받은 것이다. 덕분에 배낭이 더 무거워졌다.

날도 추우니 즉석밥을 끓여 먹어야겠다. 그런데 캠핑용 버너를 사용해 본 적이 없었다. 백경하 씨가 일러 준 사용법을 찬찬히 머릿속으로 복기하며 하드박스에서 버너를 꺼냈다. 250그램짜리 부탄가스통과 연결했다. 접혀 있는 화구다리 세 개를 폈다. 판판한 테이블 위에 올려놓고, 다이얼을 오른쪽으로 돌려 밸브를 열었다. 점화버튼을 눌렀다. 화르륵! 불꽃이 피어올랐다. 화장실 세면대에서 물을 받아 와 코펠을 올려놓았다. 아하! 이렇게 간단할 수가. 신통방통한 물건이었다. 3분 만에 물이 펄펄 끓었다. 즉석밥을 덜어 넣고 숟가락으로 꾹꾹 눌러 저었다. 참치통조림을 반찬 삼아 뜨거운 밥을 먹으니 몸도 기분도 한결 훈훈해졌다.

비가 좀 수그러들기에 항구 쪽으로 마을 구경을 나갔다. 스무 채 가량의 집들이 항구 위쪽에 죽 이어져 있었다. 길 옆에 비에 젖은 체스판이 보였다. 10세기 그리뮈르Grímur('그림의 섬'이라는 뜻)라는 바이킹이 처음 이 섬에서 살았단다. 그의 후손들은 체스에 열광적인 사람들이었다.

체스판 길 건너 '바이킹 레스토랑'으로 들어갔다. 점심을 먹은 여행자들이 섬 구경을 나간 시간이라 한가했다. 이름이 '길다'라는 종업원과 얘기를 나누게 됐다. 이런저런 섬 이야기를 들었다. 현재 주민은 85명, 아이들은 열세 살이 넘으면 본토로 건너가

학교에 다닌다.

길다에게 오늘이 아이슬란드 여행 50일째라는 얘기를 했다. 캠핑장엔 내 텐트 밖에 없다, 날씨가 정말 춥다……. 창밖으로 내다보이는 항구를 바라보며 불쑥, 지난해 팔라완 여행 중에 멸치잡이 배를 탔던 얘기도 꺼냈다. 그때, 키가 땅딸막한 노인 한 분이 들어와 길다와 아이슬란드어로 얘기를 나눴다. 인상이 무뚝뚝하고 심술궂어 보이는 노인이었다. 길다가 노인에게 내 얘기를 하는 것 같았다.

"아이슬란드에서 50일째 여행 중인 한국 여행자라고 했어요. 강이 멸치잡이 배를 탔었다는 얘기를 했더니 선장님이 대구를 잡으러 같이 가겠냐고 물어보시네요."

"선장님이세요? 그럼요! 배를 태워 주시면."

그 특별한 경험을 내가 마다할 리가 있겠나. 이름이 '길뵈'라는 그 노인은 길다의 친할아버지였다. 내게 악수를 청하며 미소를 짓는데 짙고 긴 눈썹꼬리가 아래로 내려갔다. 무뚝뚝해 보이던 인상이 달리 보였다. 따뜻하고 온화한 얼굴로.

대구잡이 배를 타게 되다니, 노인의 볼에 키스라도 퍼붓고 싶었다. 게다가 이렇게 말씀하시는 게 아닌가. "고기잡이는 언제 나갈지 모른다, 내일 새벽에 출항할 수도 있고, 그날그날 날씨 봐 가며……. 어쨌든 날도 추운데 배에서 지내고 있어라." 나는 뛸 듯이 기뻤다.

오후 3시 10분, 텐트를 철수해 짐을 메고 항구로 갔다. 항구에는 5톤에서 10톤쯤 되는 어선들이 20척 정도 정박해 있었다. 나를 기다리고 있던 선장님을 따라 배로 들어갔다. 항구의 어선들

중에 제일 큰 80톤짜리 선박이었다. 소르레이뷔르Þorleifur. 배 이름이었다. 나중에 안 사실이지만 선장님의 매형 이름이었다. 선장님과 함께 선원생활을 했던 그는 젊어서 사고로 사망했다고 한다. 조타실 벽에 그의 사진이 걸려 있었다.

갑판을 지나 선실 안으로 들어갔다. 선장님은 먼저 침실로 나를 안내했다. 2층으로 이뤄진 여섯 개의 침대가 양쪽 벽에 붙어 있었다. 선장님이 내게 파란색 침구가 깔려 있는 오른쪽 침대를 가리키며 그 침대를 쓰라고 했다. 나는 잠깐 갈등에 빠졌다. 어쩌지? 어부들이 쓰던 침구를 그냥 덮고 자야 하나? 내 침낭을 꺼냈다간 거위털이 날려 난장판이 될 텐데. 나 혼자 쓰는 텐트에선 거위털 따위 날리든 말든 괘념치 않았지만 그 부스러기들이 칠락팔락 여길 점령하면…….

선장을 따라 화장실과 욕실을 구경하고 주방으로 들어갔다. 식탁과 의자, 냉장고, 싱크대, 오븐, 전자레인지 등 깔끔하고 현대적인 가정집 분위기였다. 선장은 식빵, 크래커, 우유, 치즈, 햄 같은 식료품이 들어 있는 냉장고와 수납장을 일일이 열어 보여 주며 뭐든 먹어도 된다고 했다. 커피메이커에 커피를 내려 주며 언제든 따라 마시라고도 했다. 생큐! 생큐! 우리는 쉬운 영어단어를 섞어 가며, 국제언어인 바디랭귀지로 얘기를 나눴다.

마지막으로 계단을 올라가 조타실을 구경했다. 조타실은 선박 앞쪽 가장 높은 곳에 위치해 있었다. 조타실의 기기들은 처음 보는 것들이라 뭐가 뭔지 알 수 없었지만 컴퓨터처럼 보이는 계기판 여섯 개를 비롯해 현대적인 장비를 갖춘 어선이었다.

어쩌면 내일 새벽에 바다로 나갈 수 있을지 모른다, 나는 집에 가서 잔다, 그때까지 혼자 잘 쉬고 잘 자라……. 배를 떠나며 선장님이 당부했다. 그를 보내고 나는 갑판에 나가 섬을 건너다봤다. 어느새 비바람이 그치고 오후의 햇실이 섬을 감싸고 있었다. 그림세이 섬에 도착했지만 아직 북극을 밟지 않았다는 사실이 문득 떠올랐다.

대구잡이 배에 오르다

○ 51일

스카울반디 바다

엔진 소리에 잠이 깼다. 오전 4시, 파란색 침구에서 빠져나왔다. 화장실에서 얼굴을 대충 씻고 조타실로 올라갔다.

"굿모닝!"

출항 준비를 하고 있던 선장님이 두 시간은 가야 작업을 시작한다, 그때까지 더 자라, 라며 내게 몸짓 손짓을 섞어 말했다. 조타실 창밖으로 그림세이 항구가 천천히 멀어져 가고 있었다. 바다엔 안개가 옅게 깔려 있었다. 어제까지만 해도 날씨 때문에 언제 출항할지 모른다고 했는데. 나는 어업국가인 아이슬란드에서 저인망 어선을 타고 대구잡이를 하러 나간다는 사실이 신이 나서 잠이 확 달아났다. 마음이 들뜬 탓인지 뱃멀미 탓인지, 심장이 벌렁벌렁거렸다.

주방으로 내려와 커피를 마시고 있는 선원 두 분을 만났다.

"굿모닝! 반가워요. 강이에요. 어젯밤 이 배에서 잤어요."

"굿모닝! 나는 비아르니예요."

훤칠하니 잘생긴 30대 후반의 남자가 인사를 받고는 같이 있던 노인을 소개시켜 줬다. 이름은 올리, 키가 아주 큰 60대 노인이었다. 선장님처럼 영어를 못했다. 인사를 하자 노인이 찌푸린 눈으로 날 바라봤다. 내가 이 배를 탄 게 못마땅한가 싶어서 눈치가 보였다. 나도 커피를 한 잔 따라 들고 식탁에 앉았다. 몸이 좌우로 출렁거렸다. 뱃멀미를 하면 어떡하지? 괜히 생고생만 하고 민폐만 끼치게 되면 어떡하나 싶어 덜컥 겁이 났다.

"두 분뿐이세요?"

"한 사람이 더 있는데 휴가 중이에요."

80톤짜리 어선에 선장 한 사람, 선원 셋? 게다가 오늘은 둘! 이 큰 배에서 둘이 대구를 잡는다고? 적어도 선원이 열 명은 될 줄 알았는데. 저인망 어선으로 물고기를 잡는 걸 본 적이 없으니 어리둥절하기만 했다.

"두 분 모두 그림세이 섬이 고향이세요?"

비아르니가 고개를 끄덕이며 벽 한쪽을 손가락으로 가리켰다. 벽에는 신문 조각들이 다닥다닥 붙어 있었다. 그림세이 섬 어부들에 관한 신문기사들을 오려 붙인 거였다. 배에서 조업 중인 어부들과 대구, 고래, 레드피시 같은 물고기들이 함께 실려 있는 사진 기사들이었다. 아이슬란드어라 기사 내용은 읽을 수 없었다. 비아르니의 손이 맨 아래 붙어 있는 신문을 짚었다. 귀퉁이가 찢어지고 얼룩진 게, 오래된 기사 같았다. 아코디언을 켜는 사람, 어린아이, 음식이 차려진 긴 테이블 앞에 마주 앉은 사람들 사진이 들어 있었다. 그중에서 나란히 서 있는 세 아이의 사진을 짚으며 비아르니가 말했다.

"다섯 살 때 찍은 사진이에요. 아, 나는 세 쌍둥이에요. 얘는 어려서 세상을 떠났고. 네, 우리 형제는 모두 어부고, 그림세이 섬에서 살고 있어요."

세 쌍둥이 위로 턱수염이 길고 하얀, 한 남자의 초상화가 걸려 있었다.

"다니엘 윌러드 피스케Daniel Willard Fiske예요. 그의 생일 축하연에서 찍은 사진이죠."

피스케는 그림세이 섬에서 성인으로 존경받는 인물이다. 부유한 미국인으로 19세기 후반에 그림세이 섬에 유산을 기부했다. 섬 주민들은 해마다 그의 생일인 11월 11일, 마을회관에서 축하연을 벌인다.

비아르니가 청년들이 대구를 안고 활짝 웃고 있는 사진을 또 가리켰다.

"올리의 두 아들이에요. 네, 그림세이 섬에서 살아요. 키가 2미터가 넘는 친구들이죠."

그러고는 올리에게 아이슬란드어로 뭐라고 말했다. 아마 내게 한 말을 얘기해 주는 것 같았다. 올리가 그 사진을 올려다봤다. 그의 딱딱한 표정엔 별 변화가 없었다.

비아르니가 내 여행에 관해 이것저것 물었다. 아이슬란드를 좋아하냐고도 물었다.

"네, 그럼요. 어메이징, 판타스틱……. 그런데 딱 한 가지, 아이슬란드에서 정말 싫은 게 있어요. 바람! 으으, 정말 싫어요."

비아르니가 이해한다는 듯 고개를 끄덕이며 웃었다. 커피를 마시며 이런저런 얘기를 나누다 보니 시간이 금세 갔다. 작업을 시작해야 한다며 비아르니와 올리가 일어섰다. 둘은 선실 벽에 걸린 작업복을 내려 입었다. 나도 뒤따라가 남아 있는 작업복과 내 가슴을 손가락질해 보였다. 제대로 일을 거들고 싶었다. 구경만 하고 서 있으면 미안하고 뻘쭘할 것 같았다. 올리가 형광색으로 반짝거리는 그 주황색 방수 작업복과 장화를 한 벌 내게 건네주곤 입는 걸 거들어 줬다. 여전히 굳은 표정이었다. 어쨌든 그의 눈치를 안 봐도 되겠다는 생각이 들었다. 나는 사이즈가 큰 멜빵바지에 긴 상의를 걸치고, 무릎까지 올라오는 커다란 장화를 신고 허수아비처럼 팔을 벌리며 헤헤 웃어 보였다.

오전 5시 55분, 그물 내리는 작업이 시작됐다. 그런데 내가 거들 일이 전혀 없었다. 기계가 돌아가며 선미에서 대형 그물이 바다로 천천히 내려갔다. 현대식 장비를 갖춘 강철 선박이었다. 비아르니와 올리는 선미 양쪽에 서서 그물망이 엉키지 않고 잘 풀려나가도록 지켜보고 있었다. 나는 정말 허수아비처럼 멀뚱멀뚱 한쪽 구석에 서 있었다.

조타실 창문을 열고 선장이 나를 불렀다. 강! 손짓을 했다. 후다닥 철제 계단을 밟고 조타실로 올라갔다. 선장이 선수 쪽 2시 방향을 가리켰다. 아, 돌고래 떼였다. 돌고래 십수 마리가 수면 밖으로 점프를 하며 이동하고 있었다. 수면 위로 힘차게 솟구쳐 오르는 야생의 생명력. 나는 멀어져 가는 돌고래들을 향해 손을 흔들었다. 하늘엔 구름이 잔뜩 깔려 있었다. 배 주변엔 언제 날아왔는지 수천 마리의 바다갈매기가 내려앉아 있었다. 선수 앞쪽으로는 저 멀리 구름 띠 사이로 눈 덮인 피오르 산맥이 비쳐 보였다. 배는 본토 근해에 와 있었다. 섬에서 남쪽으로 내려와 스캬울반디Skjálfandi 바다에 떠 있었던 것이다. 북쪽 해안도시인 후사비크에서 고작 몇 십 킬로미터 떨어진 지점이었다. 대서양 망망대해로 나온 줄 알았는데, 이렇게 본토랑 가까운 바다에서 대구잡이를 하나? 오늘은 대구가 다 이쪽으로 모였나? 평생 뱃사람으로 살았으니 선장님은 날씨 따라 계절 따라 대구가 모이는 지역을 꿰뚫고 있을 터다. 물론 물고기 떼를 찾는 수중음파 탐지기도 있었다.

대구는 차가운 물에서 사는 물고기다. 바다 밑바닥 암반지대, 암초가 많은 곳에서 산다. 해양생물들이 모여드는, 따뜻한 해류와 차가운 해류가 만나는 지점에서 먹이를 찾는다.

40분 만에 그물 내리는 작업이 끝났다. 배의 요동이 점점 심해지는 것 같았다. 멀미 기운이 살살 느껴졌다. 두 선원을 뒤따라 얼른 선실로 들어갔다. 작업복 상의는 벗어 벽에 걸어놓고, 멜빵바지는 장화 위로 벗어 흘러내린 모양 그대로 놔두었다. 그렇게 선실 문 앞 바닥에 작업복 세 벌이 놓였다.

"배가 너무 흔들려요."

내가 비틀비틀 의자에 앉으며 말했다.

"오늘은 날씨가 좋은 거예요. 파도도 없는 편이고."

비아르니가 말했다. 나는 멀미가 가라앉기를 바라며 가슴을 쓸어내렸다. 둘러앉아 우유와 쿠키를 마시며 또 수다를 떨었다. 비아르니는 열세 살 때부터 바다에 나가기 시작했고, 선원 경력은 25년 됐고 자녀가 넷이란다. 그리고 그는 길뵈 선장의 아들이었다. 그러니까 길다는 그의 조카였다. 올리는 세 자녀를 둔, 40년 경력의 어부였다.

그들은 그림세이 섬에서 대대로 어부로 산 사람들이다. 현재 그림세이 섬에는 30명 남짓의 어부가 살고 있단다. 여자와 아이들을 빼면 성인 남자는 거의 어부라는 말이다. 물론 그들은 물고기만 잡는 게 아니라 말과 양도 키운다.

40분 뒤 다시 작업복을 입고 갑판으로 나갔다. 이번에도 후딱 따라나섰다. 다행히 멀미 기운이 가셨다. 두 사람 뒤에 서서 부표를 끌어올리는 걸 지켜봤다. 이때도 내가 할 일은 없었다. 두 사람은 내게 뭘 하라거나 하지 말라거나 비키라거나, 어떤 지시도 하지 않았다. 묵묵히 자기들 할 일만 했다.

지난해 팔라완에서 탔던 멸치잡이 배가 생각났다. '방카'라고 불리는 나무배였다. 닻이나 그물을 내리고 올릴 때마다 장정 열 명이 밧줄을 잡고 영차! 영차! 힘쓰던 모습이 떠올랐다. 침실, 주방 같은 시설도 없었다. 한쪽 구석에 드럼통을 세워 바닷바람을 가리고 그 안에다 불을 피워 밥을 하고 생선을 구워 먹었다. 잠도 갑판 아무 데서나 누워 잤다. 소변은 바다를 향해 방뇨했다.

그러니까 필리핀과 아이슬란드 어부들의 조업 환경이 하늘과 땅 차이다. 같은 시대에 사는데도, 마치 수십 년 혹은 수백 년 다른 시간대에 사는 사람들처럼 물고기를 잡고 있다. 나중에 궁금해서 비아르니에게 살짝 수입을 물어봤더니, 한 달 수입이 1~2밀리온 크로나(약 900~1800만 원)라고 했다. 팔라완 멸치잡이 어부들의 한 달 수입은 한국 돈으로 20만 원 정도. 아무리 물가 차이를 따져 계산하더라도 소득 차이가 엄청났다.

그물을 올리는 작업도 크레인이 했다. 선장이 조타실 앞에 있는 레버를 움직여 크레인을 작동시켰다. 바다에서 그물을 끌어 올려 갑판 중앙에 있는 커다란 철제 박스 안에 물고기를 쏟아 놨다. 그렇게 그물이 두 번 올려졌다. 100마리 정도의 물고기들이 들어 있었다. 비아르니와 올리가 박스 앞 작업대에 붙어 섰다. 나는 또 얼른 고무장갑을 끼고 박스에서 가장 가까운 앞자리에 섰다. 눈치껏 박스 속에서 물고기를 꺼내 두 사람 쪽으로 밀어 주었다. 파닥파닥 몸부림치는 탱탱한 물고기의 감촉이 온몸으로 전해져 왔다. 대구는 길이가 50센티미터쯤 되는 것들이었다. 그런데 대구보다 넙치와 레드피시가 더 많이 잡혔다. 비아르니와 올리는 내가 밀어 준 물고기를 앞에 놓고 피 빼는 작업을 했다. 작업대는 물고기의 핏물로 흥건해졌다. 피를 뺀 물고기는 컨베이어벨트를 타고 돌며 세척됐다. 컨베이어벨트에서 떨어진 물고기는 커다란 플라스틱 박스 안으로 들어갔다. 레드피시 따로, 대구 따로. 박스는 갑판 아래 저장고로 내려갔다. 비아르니가 저장고로 내려가 박스 위에 얼음을 덮었다. 넙치는 몽땅 바다로 던져졌다. 그때마다 갈매기 울음소리가 높아졌다. 작업이 신속하게 끝났다.

비아르니와 올리는 곧바로 뒤처리를 시작했다. 바닷물이 뿜어져 나오는 호스를 들고 작업대는 물론이고 갑판 구석구석 돌며 생선 찌꺼기나 핏물을 싹싹 닦아 냈다. 나는 또 멍하게 서서 갈매기들을 구경했다. 멀리 떨어져 있던 갈매기들이 팟, 팟, 팟! 수면을 발로 차며 배 가까이로 계속해서 달려오고 있었다.

물청소가 끝났다. 갑판은 조업을 하기 전처럼 깨끗해졌다. 핏물 한 방울도 비린내 한 조각도 남지 않았다. 마지막으로 입고 있는 작업복에 물을 뿌렸다. 비아르니가 호스를 들고 나를 겨냥해 바닷물을 쏘았다. 곧바로 다시 부표와 그물을 내렸다. 그물을 내려놓고 선실 주방에 들어갔다. 커피나 우유, 주스, 쿠키, 빵 등 산 식거리를 지범거리며 또 40분쯤 쉬었다.

오전 8시 50분, 두 번째 그물을 올렸다. 이번에도 넙치가 많이 올라왔다. 나는 또 작업대의 같은 자리에 섰다. 비아르니와 올리는 조업을 하는 동안 거의 말이 없었다. 말없이 몸만 바삐 놀렸다. 비아르니가 쓰다 잠깐 내려놓은 칼을 들어 봤다. 끝이 위로 휘어진 날카롭고 짧은 칼이었다.

"자, 이렇게요. 여기 열고……"

비아르니가 대구 한 마리를 내 앞에 놓더니 아가미를 열었다. 나는 당황스러웠지만 그가 시키는 대로 아가미 속으로 칼을 집어넣었다. 고개를 돌리고 손목에 힘을 주었다. 쓰윽! 새빨간 핏물이 콸콸콸 쏟아져 내렸다. 팔뚝에 소름이 쫙 돋는 것 같았다. 대구는 죽었는지 움직이지 않았다. 그렇게 생전 처음 살아 있는 물고기의 '목을 땄다.' 죽은 생선이나 죽은 닭을 토막 내는 일은 가끔 부엌에서 하는 일이지만 그것과는 느낌이 달랐다.

다시 내 앞에 대구 한 마리가 놓였다. 마음을 단단히 먹고 아가미덮개를 열었다. 칼날을 아가미 안쪽 중앙 부위에 대고 쓰윽! 지켜보고 있던 비아르니가 만족스러운 표정으로 고개를 끄덕였다. 자기 자리로 돌아가더니 다른 칼을 집어들고 작업을 이어 갔다. 아, 이런! 이 일을 계속하라는 건가? 그래, 물고기는 고통을 느끼지 못한다는 말을 어디선가 들은 것 같은데. 살을 다 발라내도 아무 일 없다는 듯 헤엄칠 정도로(그 끔찍한 장면을 김기덕 영화

〈섬〉에서 봤던가?). 아니, 생물학자들의 연구결과로는 물고기도 고통을 느낀다고 했는데. 제발 그 연구결과가 틀렸으면 좋겠다.

대구 한 마리를 앞으로 끌어왔다. '다음 생엔 더 좋은 몸으로 태어나.' 속으로 중얼거리며 아가미를 열 때였다. 대구가 꼬리를 파닥파닥 내리치며 몸부림쳤다. 작업대에 흥건하게 고여 있던 핏물이 튀어 올랐다. 윽! 피가 얼굴로 날아왔다. 입안으로도 들어왔다. 나는 칼을 놓고 뒤로 물러섰다.

"못 하겠어요."

울상을 지으며 말했다. 올리와 비아르니가 내 꼴을 보며 웃었다. 나는 화장실로 가 얼굴을 씻었다. 물로 입을 몇 번이나 헹궈도 피 맛이 가시지 않았다. 짜고 비리고 쓰고 찝찝한 맛이었다.

그물을 내려놓고 또 주방에서 쉬었다. 하루에 일곱 번이나 여덟 번 그물을 내린다고 했다. 그물 내리고, 기다리며 쉬고, 그물을 걷어 올려 물고기를 처리하고 갑판을 청소하고…… 그 순서로 작업이 반복되었다. 겨울에도 대구를 잡느냐 물었더니 겨울이 베스트 시즌이라고 했다. 날씨가 안 좋은 날만 빼고 1년 내내 대구를 잡는단다.

세 번째 그물을 올렸다. 이번에는 전보다 두 배는 더 큰 대구들이 올라왔다. 레드피시나 넙치, 불가사리 같은 건 한 마리도 끼어 있지 않았다. 대구뿐이었다. 크레인을 조정하고 있던 선장님의 얼굴에 함박웃음이 번졌다. 나는 계속 조업에 끼어들었지만 칼은 다시 잡지 않았다. 이번에는 박스 안에 포개져 쌓여 있는 대구를 한 마리씩 꺼내 밀어 주는 일이 쉽지 않았다. 꼬리를 잡고 끙끙 당겨도 끌려 나오질 않았다. 무게가 20~25킬로그램 나가는 대구들이었다. 길이가 1미터도 넘었다. 지금까지 그렇게 큰 대구를 본 적도 만져 본 적도 없으니, 입이 딱 벌어질 뿐이었다.

대구는 머리가 크고 입이 큰 물고기다. 뭐든지 잘 먹어치운다는 대식가. 큰 입 속에서 고등어 같은 생선이 통째로 나오는 걸 보고 깜짝 놀랐다. 그 생선들은 곧바로 바다로 던져져 갈매기 밥이 되었다. 대구의 몸통에는 갈색 바탕에 노란 반점들이 박혀 있고, 몸통 양옆에 흰 줄무늬가 나 있었다. 아래턱 쪽에 긴 수염이 있고, 몸통은 꼬리 쪽으로 가면서 홀쭉했다. 200여 種의 대구 중에 가장 크고, 살이 가장 하얗다는 대서양대구다.

아이슬란드의 사가에 따르면, 바이킹들이 멀고 먼 황량한 바다를 여행할 수 있었던 것은 대구 때문이라고 한다. 대구를 보존해 먹는 방법을 일찍이 알았기에 가능한 항해였다고. 그러니까 대구를 추운 공기 속에 매달아 말린다. 무게가 5분의 1로 줄어들며 나무처럼 딱딱해진다. 수분이 증발하고 난 대구는 단백질이 80퍼센트로, 그걸 잘게 부숴서 씹으면 빵처럼 먹을 수 있다. 또한 대구는 버릴 게 없는 생선이다. 머리, 내장, 알, 껍질, 간유까지 먹는다. 9세기에 이미 스칸디나비아인들은 아이슬란드와 노르웨이에 말린 대구 가공공장을 세웠다. 지금도 비린내 없이 담백한 맛의 대구는 세계 시장에서 으뜸으로 쳐 주는 흰살생선이다.

큰 대구들 속에 몸통이 내 팔뚝만 하고 길이가 40센티미터쯤 되는, 작은 대구 몇 마리가 섞여 있었다. 버터를 발라 한 마리 구워 먹으면 좋겠다는 생각을 하며 두 사람 쪽으로 밀어 줬다. 그런데 그걸 바다로 훌쩍 던져 버린다. 작아서 잡을 수 없는 거라며. 어종을 보호하고 남획을 막기 위해 잡을 수 있는 대구의 크기며,

양이 정해져 있단다.

작업을 끝내고 선실로 들어오니 선장님이 소시지를 삶아 놓았다. 오후 12시 30분, 점심으로 핫도그를 먹었다. 대구구이도 대구탕도 아닌 핫도그를. 빵 사이에 소시지와 머스터드, 마요네즈, 양파튀김을 넣어서.

점심을 먹고 작업이 계속됐다. 구름이 걷히고 파란 하늘이 드러났다. 바다색이 짙은 쪽빛이 됐다. 오후엔 계속해서 대형 대구들만 올라왔다. 선장님과 비아르니의 표정이 오전보다 훨씬 밝아졌다. 그물을 걷어 올릴 때는 선장님이 내게 엄지를 척 들어 보이기도 했다. 올리도 가끔 미소를 지어 보였다. 사진을 찍으라며, 내 품에 25킬로그램짜리 대구를 안겨 주기도 했다.

오후 5시 45분, 작업이 완전히 끝났다. 오늘 총 수확량이 4톤이라고 했다. 만선은 아니지만 나쁘지 않은 양이라고 한다. 그림세이 섬을 향해 배가 출발했다. 속도가 오르자 배가 요동쳤다. 선수가 파도를 치며 솟구쳐 올랐다 내렸다 하는데, 하루 노동 끝의 피로와 함께 멀미가 훅 밀려왔다. 그대로 침실로 달려가 누웠다. 금방 곯아떨어졌다.

오후 8시 10분, 그림세이 항구에 도착했다. 잠에서 깨 갑판으로 나갔다. 선장과 두 선원이 하역작업을 시작했다. 저장고에 든 대형 플라스틱 박스를 크레인에 달아 화물차에 옮겨 싣는 작업이었다. 그 작업이 끝나고 우리는 작별인사를 나눴다. 모두 집으로 돌아가고, 나는 혼자 또 배에 남았다. 내일 아침 7시 출항 전까지 배에서 하룻밤 더 자기로 한 것이다. 주방에서 혼자 라면을 끓여 즉석밥을 말아 저녁을 먹었다. 하루가 또 꿈처럼 지나갔다.

세상 끝에 서서, 혼자

○ 52일

오전 6시, 배에서 나왔다. 곧 출항할 어부들에게 방해가 되지 않도록 서둘러 캠핑장으로 짐을 옮겼다. 캠핑장에 1인용 텐트가 한 동 쳐져 있었다. 아치형의 낮은 텐트였다. 누구지? 어떻게 왔지? 페리는 내일 들어오는데. 누군지는 모르겠지만 반가움과 안도감이 몰려왔다. 나는 지난번 자리에 살금살금 텐트를 쳤다. 이른 시각이었다. 버너에 물을 끓여 커피믹스를 한 잔 타 마시고 섬 일주를 나섰다. 오늘의 목적지는 북극 경계선이다.

안개가 뿌옇게 서린 이른 아침, 산드비크Sandvík 마을길엔 아무도 보이지 않았다. 내가 탔던 배는 벌써 출항했는지 항구에서 보이지 않았다. 참 부지런한 사람들이다. 북유럽 국가 가운데 노동시간이 가장 길다는 곳. 아이슬란드 사람들은 일하지 않으면 죄

책감을 느낄 정도로 근면한 사람들이라는 글을 읽은 기억이 났다. 길이 마을을 지나 풀밭 안으로 휘어졌다. 미나리아재비가 노랗게 풀밭을 물들였다. 민들레 홀씨도 흩날리고 있었다. 1킬로미터쯤 걸어가자 건물 세 채가 앞을 막아 섰다. 비행장 관제탑과 사무실, 활주로가 보였다. 왼쪽 건물은 게스트 하우스였다. 그 건물 뒤쪽 풀밭에 이정표가 서 있었다. 북극권 한계선arctic circle이 지나가는 자리였다. 풀밭 가운데 덩그러니 놓인 작은 철제계단은 일종의 상징물. 계단 세 개를 밟고 올라가 곧바로 반대편으로 계단을 내려가면 북극이었다. 계단 중앙에 높이 서 있는 이정표엔 전 세계 도시들을 가리키는 화살표가 삐죽삐죽 달려 있었다. 뉴욕 4,445킬로미터, 런던 1,949킬로미터, 시드니 16,317킬로미터…….

호흡을 가다듬고 천천히 계단을 통과했다. 그냥 풀밭으로 걸어가면 될 걸 굳이 무슨 의식을 치르듯 천천히 오르고 내렸다. 하지에는 낮이 24시간, 동지에는 어둠이 24시간 계속되는 한계선. 그 가상의 경계선을 넘었다. 드디어 북극권에 들어섰다. 북극은 북극점에서 위도 66도 30분까지 펼쳐진 고위도 지방을 일컫는다.

와우! 여기까지 혼자 달려온 나의 담력과 체력과 의지를 찬양할지어다! 만세라도 부를까? 호들갑 떨기는. 마음을 가라앉히고 북극 공기를 깊이 들이마셨다. 맑고 차가운 공기가 폐부 가득히 밀려들었다. 세상 끝에 와 있는 것 같았다. 나는 푸른 초원과 안개와 바람과 고독 속에 혼자 서 있었다. 뼛속 시리게 고독했고, 한편 행복했다.

지구의 자전축인 북극점을 향해 더 위쪽으로 천천히 발을 옮겼다. 북극 바다로 떨어지는 바위절벽이 나왔다. 100여 미터 높이의 벼랑을 퍼핀이 뒤덮고 있었다. 그 앙증맞게 생긴 새 떼를 향해 조심조심 다가갔다. 퍼핀이 일제히 포르릉포르릉 바다 쪽으로 날아갔다. 어행 35일째였던 시난 7월 23일, 라우트라비아르그의 절벽에서 봤던 퍼핀보단 덩치가 좀 작아 보였다. 경계심도 강해 보였다.

두더지 땅굴처럼 뚫린 퍼핀의 둥지 주위를 스칼비글라스(겨자과 식물)가 뒤덮고 있었다. 반짝반짝 윤기가 흐르는, 진초록 둥근 이파리 사이에서 하얀 꽃이 피어올랐다. 스칼비글라스는 비타민 C가 풍부한 약초로, 그림세이 섬의 해안절벽은 그 툰드라 식물이 장악하고 있다. 호기심에 이파리를 하나 따 씹어 봤다. 매운맛이 아릿했다.

해안길을 타고 북쪽 끝까지 걸었다. 이 섬은 북쪽 4분의 1가량이 북극권에 들어가 있다. 긴 꼬리처럼 북쪽으로 뻗은, 폭이 좁은 초원이다. 서쪽으로 살짝 기운, 그 경사진 초원에 새 깃털이 하얗게 널려 있었다. 지그재그 깎아지른 양쪽 해안절벽엔 시끄럽게 울어 대는 세가락갈매기와 풀머갈매기 들이 둥지를 틀었다.

낮은 돌탑 하나가 바다 앞에 서 있었다. 탑 옆에 서서 안개 낀 북극해를 바라보았다. 겨울에 유빙을 타고 북극곰이 떠내려 왔다는 곳이 여기일까? 지금은 유빙 한 조각도 보이지 않는 텅 빈 여름 바다다. 아무 생각도 떠오르지 않았다. 좀 전 북극에 첫 발을 디뎠을 때 느낀 고독감과 행복감은 사라졌고 가슴이 그저 먹먹하고 공허했다. '카르페 디엠!'이라도 외치면 딱 좋을 장소인데, 나는 아무 생각 없이 북극 바람을 맞으며 멍하니 서 있었다.

긴 북극 초원을 돌아 나와 동쪽 절벽 길로 향했다. 북극권에

서 벗어나 안개 속 해안절벽을 뒤덮고 있는 수천수만 마리의 퍼핀을 스쳐보며 계속해서 걸었다. 갈기를 휘날리며 안개 속에서 나타났다 사라지는 말과 양들도 무심히 지나쳤다. 동쪽 해안선을 타고 남쪽을 향해 5킬로미터쯤 터벅터벅 걸었다. 그 끝에 주홍색 등대가 서 있었다. 안개가 옅어졌고 파도 소리가 높아졌다. 물병을 꺼내 찬물을 몇 모금 마셨다. 등대 주변의 해안도 온통 퍼핀이었다. 철새들은 이른 봄부터 그림세이 섬으로 날아 들어오기 시작한단다. 8월 이때쯤이면 항구를 제외한 모든 해안이 새들로 꽉 찬다.

등대에서 항구까진 비포장도로였다. 마을 앞의 서쪽 해안절벽에선 현무암 주상절리와 바위섬들이 보였다. 거기도 퍼핀과 북극제비갈매기 떼가 차지했다. 수천 마리의 북극제비갈매기 떼가 풀밭의 물웅덩이나 해변에서 일제히 날아오르는 광경이 장관이었다.

넋 놓고 보고 있는데 머리 위로 수백 마리의 새 떼가 몰려와 선회했다. 몸매가 날렵해 보이는 흰색과 연회색 깃털의 북극제비갈매기들이었다. 크리아! 크리아(이렇게 우는 소리는 북극제비갈매기의 아이슬란드 이름이기도 하다)! 날카로운 금속성 울음소리가 머리 위에서 쏟아져 내렸다. 솜털 뽀송뽀송한 새끼들이 뒤뚱거리며 풀밭과 길 위를 걷고 있었다. 나는 허리를 굽히고 새끼들을 향해 카메라 셔터를 눌렀다. 크리아! 크리아! 분위기가 심상치 않았다. 왜 이렇게 시끄럽게 울며 쫓아오지? 고개를 들고 올려다봤다. 그때였다. 새 한 마리가 빛의 속도로 내리꽂히듯 내게 달려들었다. 파닥! 새 날개가 이마를 쳤다. 깜짝 놀라 자리에 주저앉고 말았다. 곧이어 새 몇 마리가 또 맹렬한 속도로 내 머리를 향해 날아왔다.

날카로운 부리로 머리를 쪼려 했다. 크리아! 새끼를 보호하려는 본능적인 공격 같았다. 생전 처음 겪는 일이었다. 알프레드 히치콕의 영화 〈새〉에서나 이런 장면을 봤지. 나는 잽싸게 재킷 후드를 뒤집어쓰고 몸을 낮춘 자세로 나 살려라, 도망쳤다.

나중에 안 사실이지만, 북극제비갈매기는 자기 영역 안에 누군가가 들어오면 상대를 가리지 않고 공격하는 무서운 새였다. 또한 지구상에서 가장 먼 거리를 옮겨 다니는 새로 유명했다. 북극과 남극을 오간다. 여름인 4~8월에 북극에서 번식하고, 새끼가 어느 정도 성장하면 남극으로 이동해 겨울을 보낸다.

새의 공격을 마지막으로 섬 일주를 끝냈다. 차가운 북극 공기를 들이마시며 여섯 시간쯤 걸은 거였다. 북극해의 푸른 외딴섬. 이 섬은 내게 새처럼 날아다니는 푸른 느낌표의 이미지로 새겨졌다.

캠핑장으로 복귀해 점심을 준비했다. 버너에 불을 붙여 즉석밥을 끓이고 있을 때, 털모자를 뒤집어쓴 노인이 캠핑장으로 들어섰다. 옆 텐트의 주인이었다. 이름이 빌란드라는 70대 독일인이었다. 아이슬란드 남자와 결혼해 아퀴레이리에서 살고 있는 딸을 방문했단다. 어제 혼자 이 섬에 왔다고 했다.

"난 아퀴레이리에서 경비행기를 타고 왔어요. 하룻밤만 자고 가려고 했는데 오늘 오후 비행기가 안개 때문에 취소됐어요. 내일도 돌아가기 힘들 것 같아요. 내일은 비도 오고 바람도 더 강해진다니."

날씨가 더 험악해지면 나도 내일 발이 묶이지 않을까. 페리를 타고 달비크로 나가는 날인데.

"먹을 건 남았어요?"

"지금 슈퍼마켓에서 계란을 좀 사 왔어요."

"밥인데, 같이 드실래요?"

"아, 고마워요. 괜찮아요."

노인은 간밤에 추워서 잠을 설쳤다고 했다. 그래서 빈 페트병 하나를 그에게 건네줬다. 화장실에서 뜨거운 물을 받아 안고 자면 덜 추울 거라고 일러 주며.

점심을 먹고는 교회에 갔다. 풀밭의 비석들을 지나 교회 안으로 들어갔다. 문은 열려 있는데 아무도 없었다. 19세기 말에 지어져 여러 번 증축된 예배당이었다. 제단 위에는 레오나르도 다빈치의 〈최후의 만찬〉 모작품이 걸려 있었다. 나는 장의자에 앉아 꾸벅꾸벅 졸았다.

퍼핀 고기와 고래 고기

○ 53일

화물차를 모는데 내리막길에서 브레이크가 밟히지 않았다. 수영을 하고 있는데 수영장 물이 순식간에 증발해 버렸다. 울면서 잃어버린 파란색 우산을 찾아다녔다……

꿈자리가 어수선했다. 비바람 소리를 들으며 깰 때마다 가슴을 쓸어내렸다. 휴우~ 깰 수 있는 꿈이라 얼마나 다행인지. 영원히 지속되는 악몽도, 고통도, 기쁨이나 사랑도 없다. 꿈에서 깨면 전부 사라진다. 시간이 지나면 희미해진다. 또 머지않아 이런 인식조차 깡그리 날아가겠지. 그러면 슬플까, 홀가분할까? 그조차 못 느끼겠지. 아무것도 느끼지 못한다는 건 슬픔일까, 자유일까? 어쨌든 지금 내겐 이 순간 순간의 악몽도 고통도 사랑도 애틋하다.

두서없이 조각조각 이런 생각들을 하며 잠들었다 깼다 했다.

크리아! 크리아! 새소리가 다시 잠을 깨웠다. 아침이었다. 비바람이 좀 수그러든 것 같았다. 밖에 나가 보니 텐트에 하얀 새똥이 군데군데 묻어 있다.

화장실 거울 앞에서 앞머리를 잘랐다. 눈을 찌르는 앞머리를 맥가이버 칼로 끊어 냈다. 아이슬란드에 올 때 짧게 쳤던 커트머리가 꽤 자랐다. 구불구불거리는 곱슬머리가 귀밑까지 내려왔다. 곧 어깨에 닿겠다. 머리가 이렇게 자랄 만큼 벌써 아이슬란드 여행이 후반부에 다다랐다. 내가 어디서 뭘 하고 다니든 시간은 어김없이 흐르고 있었다. 남은 여행기간이 이제 18일. 얼마 안 남았네. 아, 뢰이가베귀린 트레킹! 더 미루다가 못 갈 수도 있겠다. 당장 무슨 변고나 이변이 일어날지 알 수 없는 여행이니. 그래, 이젠 꼭 가고 싶은 곳부터 먼저 찍고 봐야겠다.

뢰이가베귀린Laugavegurinn은 세계적인 트레킹 코스로 꼽히는 곳이다. 이사피외르뒤르에서 만났던 양권 씨도 이렇게 말했다. "저는 세계에서 유명하다는 트레킹 코스는 거의 다 걸었는데, 그 중에 뢰이가베귀린을 세 손가락 안에 꼽겠어요. 풍광이 굉장했어요. 시간이 되면 다시 가고 싶어요." 아이슬란드에서 가장 인기 있는 코스인데, 그렇다고 여행자 누구나 다 갈 수 있는 곳은 아니다. 시간과 체력과 도전정신이 필요하다. 내륙의 란드만날뢰이가르에서 남쪽 소르스뫼르크까지 걷는 이 4박 5일 트레킹 코스는 주로 열정적인 배낭여행자들이 모여 함께 걷거나 투어 회사의 가이드를 앞세우고 걷는다. 물론 혼자 걷는 사람도 드물게 있는 것 같다.

여기서 트레킹 시작점까지 가려면 레이캬비크로 돌아가 링로드를 타고 남쪽으로 내려가(아이슬란드를 반 바퀴쯤 도는 거다)

다시 북쪽으로 이동하여 인랜드로 들어가야 한다. 이동거리가 만만치 않다. 링로드를 벗어나면 히치하이킹도 쉽지 않다. 게다가 무거운 짐을 다 짊어지고 걷는다는 건 불가능하다. 몇 발짝 못 걷고 뻗을 게다. 그래, 짐을 덜어 레이캬비크 캠핑장에다 맡겨 놓자. 지난번 호른스트란디르 하이킹 때처럼 최소한의 야영장비만 챙겨 들고 가자. 오늘 달비크로 나가면 즉시 레이캬비크로 돌아가 트레킹 준비를 하자. 그런데 후사비크는? 지난번 미바튼에서 가려다가 못 갔는데 이번에도 코스를 갑자기 이렇게 변경하면? 그렇게 가려다가 끝끝내 못 가는 곳도 있는 거지 뭐. 그나저나 날씨가 험한데 오늘 페리는 들어오는 걸까?

다음 코스를 머릿속으로 짜며 세면대에서 머리를 감았다. 수도꼭지를 틀면 뜨거운 물이 나온다는 게 얼마나 행복한 일인지. 젖은 머리를 한 채 강풍을 뚫고 항구 앞 레스토랑으로 갔다. 오늘 페리가 들어오는지 물어보니, 온단다.

오후 1시께 텐트를 걷고 짐을 쌌다. 독일 할아버지 빌란드와 작별인사를 나눴다. 바람 부는 캠핑장에 그를 혼자 두고 떠나기가 마음이 짠했다.

"오늘 오후에 아퀴레이리에서 경비행기가 들어온다는 말을 들었어요. 비바람은 치지만 안개가 끼지 않아서 괜찮나 봐요. 확인해 보세요. 어쩌면 오늘 비행기 탈 수 있을 거예요."

"고마워요. 확인해 볼게요. 강, 잘 가요!"

항구로 가는 길, 해안절벽 위에 퍼핀이 수천 마리 떠 있었다. 퍼핀이 절벽보다 더 높은 공중에서 나는 모습은 처음 봤다. 나는 게 아니라 떠 있는 것처럼 보였다. 한 자리에서 날개만 파롱파롱

치고 있었다. 평소 잘 날지 못하는 새라 바람을 타고 높이 올라갔나? 거센 기류에 몸을 싣고 바람을 즐기고 있나? 아니, 바람이 너무 세 벼랑 위에 내려앉지 못해서 저러고 있나? 신기했다.

항구에 여행객들을 싣고 온 페리가 정박해 있었다. 여행자들이 비바람에 휘둘리며 허리를 구부린 채 마을길을 걷고 있었다. 나는 짐을 메고 바이킹 레스토랑으로 들어갔다. 페리가 떠나기 전까지 두어 시간 거기서 쉴 참이었다. 대여섯 명의 여행자들이 커피나 수프, 빵 같은 걸 먹고 있었다. 종업원인 길다에게 어제 섬 일주를 하며 찍은 사진을 보여 주었다. 퍼핀 수백 마리가 절벽 풀밭에 죽어 쌓여 있는 사진이었다. 길다가 사진을 설명해 줬다.

"이건 '하우아'라는 퍼핀 사냥용 그물망이에요. 7월 중순에서 8월 중순 사이 한 달이 퍼핀 사냥철이죠. 우리는 잡은 퍼핀을 손질해 냉동시켜 놓고, 1년 내내 먹어요. 소금에 절여 훈제를 하거나 말려서 먹기도 하고요."

"식용 새는 퍼핀뿐인가요?"

"블랙 길리마트(유럽바다비둘기)도 먹어요."

"네, 퍼핀 고기 맛은 어때요?"

"맛있어요."

"메뉴에 있다면 맛볼 수 있을까요?"

"아마 지금 가슴살 한쪽 정도는 있을 거예요. 고래 고기랑 같이 줄까요?"

퍼핀 고기와 고래 고기를 합해 1,500크로나(약 13,000원)를 계산하기로 했다. 잠시 후에 그녀가 납작한 나무판을 들고 왔다. 그 위에 붉은색 살코기 한 주먹과 검은색 살코기 한 주먹이 놓여 있었다. 식초에 절인 보라색 양파가 고명으로 얹혀져 있고.

퍼핀 사냥은 나라에 따라 법으로 금지되어 있지만, 아이슬란드에서는 오래전부터 공공연하게 이어져 온 전통이다. 법적으로도 금지돼 있지 않다. 그만큼 아이슬란드에서는 퍼핀의 개체수가 많다. '하우아'라는 삼각형 모양의 그물망을 휘둘러, 날고 있는 퍼핀을 낚아채 잡는다고 했다(매미채로 매미를 잡듯). 내가 본 그물망은 한 변 길이가 2미터쯤 될 것 같았다. 손잡이 길이는 4미터쯤이었다.

앙증맞고 예쁘게 생긴 새를 어떻게 잡아먹을 수 있을까 싶지만 인간은 잡식성 동물이다. 게다가 혹독한 자연환경 속에서 먹을게 흔치 않았던 아이슬란드에서 퍼핀은 최고의 식량 중 하나였을 것이다.

나는 퍼핀 고기도 고래 고기도 처음 먹어 보는 거였다. 음식을 통해 그 지역의 문화, 환경, 습성 등을 맛본다는 생각을 하며 퍼핀 한 조각을 포크로 찍었다. 소금에 절여 훈제한 붉은 고깃살 한쪽 끝을 이로 베어 물고 천천히 씹었다. 식감은 부드러우면서도 쫄깃쫄깃했다. 비린 향이 강했다. 맛이랑 모양이 소간과 비슷하다고 하더니 간보다 더 비릿한 피 맛이었다. 비위가 약한 사람은 먹기 힘들겠다. 그런데 향이 강한 음식은 처음엔 먹기 역겨워도 중독성이 강하다.

고래 고기는 양념 맛이 강했다. 갈비찜 양념 같았다. 땅콩가루도 뿌려져 있었다. 입맛에 딱 맞았다. 맛있다. 누구나 맛있다고 하겠다. 그렇다고 굳이 또 찾아 먹고 싶다는 생각은 들지 않았다. 길다에게 무슨 고래냐고 물어보니 쥐돌고래라고 했다.

고래는 멸종 위기에 처해 있는 동물이다. 인간의 무분별한 고래사냥 때문이다. 생태계 보존과 자연보호 차원에서 1986년 국제적으로 고래사냥이 금지됐다. 그러나 노르웨이, 일본, 아이슬란드에선 지금도 고래를 잡는다. 아이슬란드는 과학적인 명목을 내세웠다. DNA 샘플을 구하기 위해 고래를 잡고, 남은 고기를 레스토랑에 파는 거라고 했다. 그러나 국제적으로, 또 아이슬란드 사람들 사이에서도 고래사냥은 논란거리다.

"무슨 고기예요?"

옆 테이블에 앉아 있던 할머니가 물어 왔다.

"이건 퍼핀이고 이건 고래 고기예요."

"고래 고기는 먹어 봤는데, 퍼핀은…… 맛이 어때요?"

"오셔서 같이 드세요."

"고마워요. 맛만 볼게요."

할머니가 포크로 퍼핀 한 조각을 찍어 갔다.

"어때요?"

"음~ 좋아요."

할머니는 아예 내 테이블로 자리를 옮겼다. 같이 앉아 있던 아시아 청년은 동행이 아니었나 보다. 청년은 하얗게 질린 얼굴로 멍하니 앉아 있었다. 할머니는 키가 크고 깡마른 분이었다. 백발의 작은 얼굴에 미소와 굵은 주름이 가득했다. 70대 미국 할머니였다. 이름은 메리엔. 아이슬란드에 온 지 2주 됐단다.

"내가 혼자 아이슬란드로 여행을 가겠다고 했더니, 친구들이랑 손주들이 날 보고 미쳤다는 거예요. 아니, 텔레비전 앞에 매일 붙어 사는 걔들이 미친 거지, 내가 미친 거예요?"

목소리가 쨍쨍했다. 몸짓이나 손짓도 가볍고 활달했다. 그녀는 혼자 버스를 타거나 때론 자동차를 얻어 타며 여행을 하고 있었다.

"그림세이 섬엔 왜 오셨어요?"

"남극에 한 번 간 적이 있어요. 그래서 북극에도 한 번 오고 싶었지."

그녀와 얘기를 나누는 동안 기운이 샘솟았다. 아, 이렇게 늙을 수도 있구나.

페리를 타기 전에 길다와 포옹으로 작별인사를 했다. 오후 3시 30분 페리에 승선했다. 미국 할머니와 한국 젊은이들이랑 같이였다.

다시 레이캬비크

○ 53~54일

그라우브로크 분화구

스나이페들스네스 반도

오후 4시, 페리는 출발과 동시에 출렁출렁 앞뒤로 요동쳤다. 험난한 바닷길이 될 것 같았다. 바짝 긴장됐다. 그림세이 섬은 비바람 속으로 신기루처럼 금세 사라졌다.

"맨 밑바닥에 있는 선실이 덜 흔들립니다. 뱃멀미가 심한 분들은 선실로 내려오십시오." 안내방송이 몇 차례 흘러나왔다. 비틀거리며 내려가 봤다. 스무 명 남짓의 여행자들이 노랗게 뜬 얼굴로 중앙 바닥에 둘러앉아 있었다. 나는 승무원에게서 토사물 봉투랑 무릎담요 두 장을 얻어 들고, 갑판으로 다시 올라왔다. 내가 빌려준 판초를 둘러쓰고 동영 씨가 빗속에서 떨고 있었다. 그는 그림세이 섬의 레스토랑에서 하얗게 질린 얼굴로 미국 할머니 앞에 앉아 있던 청년이다. 일본 청년인가 했는데 한국 청년이었다.

"내가 해군이었어요! 뱃멀미라니, 말도 안 되죠! 이런 날씨에 배를 띄운다는 건 상상할 수도 없는 일이에요. 무슨 배짱으로, 미쳤지. 정말 죽는 줄 알았어요. 그런데 또 이 배를 타고 가야 한다니."

페리를 타기 전 레스토랑에서 그가 오늘 겪은 일을 얘기하는 동안, 나는 연신 폭소를 터뜨렸다.

"배는 뒤집어질 것처럼 흔들리지, 멀미는 나지, 이쪽저쪽에서 사람들은 난간에 매달려 토하고 있지, 난리가 아니었어요. 생지옥! 그런데 뭔가 이상했어요. 배가 출발한 지 한 시간이나 지났는데 고래를 보러 이렇게 멀리 가나? 이런 날씨에도 고래를 볼 수 있나? 싶더라고요. 그래서 승무원에게 물어봤죠. 고래를 어디서 보냐고? 헐! 섬으로 가는 배라네요. 어느 섬? 그림세이? 무슨 섬인데? 난 분명히 고래투어를 하고 싶다고 말했고, 티켓을 샀고."

"고래투어 배랑 섬으로 오는 배는 티켓 끊는 건물도 다르고, 항구도 다른 곳에 있어요."

"그래요? 세 시간이나 걸리는 섬이라는데 배를 돌려 달비크로 돌아가라고 할 수도 없고, 중간에서 내릴 수도 없고. 비 홀딱 맞으며 갑판에 서 있는데 사람 미치겠더라고요. 바이킹 세 시간 타 보셨어요? 완전 초주검이에요. "

"히히! 아, 미안해요, 웃어서. 근데 너무 웃기잖아요!"

자꾸 웃는 게 실례인 줄 알면서도 자신의 실수담을 능청스럽게 풀어놓는 그의 말투와 표정이 정말 웃겼다.

"그렇게 죽을 고생하며 왔는데, 네 시간 동안 앉아 있다가 그냥 갈 거예요? 북극도 가 보고, 퍼핀도 보고, 가까우니까 나가

서……"

"퍼핀요? 그게 뭐예요?"

"새요."

그는 휘청휘청 일어나 밖으로 나갔다 곧 다시 돌아왔다.

"바람이 죽이네요. 날아갈 뻔했네! 요 앞에서 새들이 날던데 그게 퍼핀이죠? 그럼 본 거네요. 아이슬란드에 관해 아무 정보도 없이 그냥 불쑥 혼자 왔어요. 가을용 재킷만 입고. 으으 얼어 죽게 춥네요. 오늘이 여행 4일째인데 매일 비가 내렸어요. 아이슬란드 날씨가 원래 이런가요? 도착한 첫날은 어떡하다 보니 렌터카로 열일곱 시간이나 운전을 했어요. 달리고 달려 동부 피오르까지, 드라이브 한번 원 없이 했네요."

그림세이 섬에서 만난 또 다른 한국인은 승희 씨였다. 그녀는 배를 타자마자 눈을 딱 감고 앉아 잠든 듯 미동이 없었다. 올 때도 가수면 상태에 빠져 풍랑을 버텼다고 했다. 초등학교 교사라는 승희 씨는 영화 〈프로메테우스〉에 나오는 데티포스를 보고 아이슬란드에 왔단다. 혼자 버스 여행 중이었다. "이런 나라에서 살면 착하게 살 수 있을 것 같아요. 서로 경쟁하지 않고 부대끼지 않으면서. 나도 이런 나라에서 착하게 살고 싶어요." 그녀는 말했다.

나도 그녀처럼 눈을 감고 잠을 불렀다. 최소한의 신체활동만 유지하고 모든 동작을 정지시키듯, 스위치를 하나하나 내렸다. 그러고는 기적처럼 세 시간을 버텼다. 저녁 7시 10분, 달비크에 도착했다. 승객들은 피곤한 얼굴로 안도의 한숨을 내쉬었다. 미국 할머니와 작별인사를 나눴다. 승희 씨도 먼저 떠났다.

동영 씨와 캠핑장에서 라면을 끓여 먹었다. 이후에는 그의 렌터카를 같이 타고 물웅덩이가 뻥뻥 파인 비포장 해안도로를 두 시간 동안 달려 블론뒤오스Blönduós의 캠핑장에 도착했다. 그곳에 나를 내려놓고 동영 씨는 예약한 숙소까지 한 시간쯤 더 가야 한다며 밤길을 달려갔다.

자정 가까운 시각, 캠핑장이 깜깜했다. 백야가 끝났나? 그동안은 이른 아침부터 강행군을 하다 보니 초저녁에 곯아떨어지곤 했다. 그래서 백야가 끝났는지도 몰랐다. 밤이 이렇게 어두운 걸 보니 오로라의 계절이 멀지 않겠다. 운 좋으면 이맘 때도 볼 수 있다지만, 그건 정말 하늘의 별 따기라고 한다. 어느 우주과학자가 말했지? 죽기 전에 지구에서 꼭 봐야 할 '우주쇼' 세 가지가 있다고. 두 가지는 봤다. 별똥별과 일식. 나머지 하나가 오로라인데 오로라를 보러 겨울에 아이슬란드에 다시 와야 할까? 황홀함을 말로 다 표현할 수 없다는 그 우주쇼를 보기 위해서 말이다. 어둠 속에서 더듬더듬 간신히 텐트를 쳤다.

다음 날 오전 10시, 레이캬비크로 가기 위해 다시 히치하이킹으로 차를 잡았다.

"어? 한국 사람이세요? 오늘 저는 링로드 여행 마지막 날이에요. 그동안 히치하이커를 볼 때마다 태워 주고 싶었는데 영어가 자신이 없어서 엄두가 안 났어요. 마지막 날이니 용기를 내자, 첫 번째 만나는 히치하이커를 꼭 태워 주자 마음먹고 아침에 아퀘레이리에서 출발했는데, 어, 한국 사람이네요!"

우리는 마주 보며 같이 웃었다. 나로서는 운이 좋은 거였다. 레이캬비크까지 단 한 번의 히치하이킹으로 편하게 가게 됐다. 최지영 씨는 반듯하니 인상이 선한 청년이었다. 자기계발서를 제외한 모든 분야의 책을 다독한다는 독서광이기도 했다. 철학책 세 권을 들고 아이슬란드에 왔단다. 당연히 책은 거의 읽지 못했다고. 우리는 여행 얘기를 나누며 남서쪽으로 달렸다. 햇살이 쨍쨍하게 빛났다.

"와! 날씨가 좋아요!"

우리는 계속해서 탄성을 터뜨렸다.

레이캬비크까지 한 시간 30분쯤 남겨놓고, 그라우브로크 Grábrók 분화구 밑에서 차를 세웠다. 안내판을 보니 세 개의 작은 분화구가 있는 곳이다. 스나이페들스네스 반도까지 이어지는 리요쉬피요들Ljósufjöll 화산 시스템의 일부분으로, 생긴 지 3400년 내지 3600년 된 분화구들이었다.

북극자작나무 잡목 길을 지나 능선을 타고 분화구로 올라갔다. 높이가 50미터나 될까. 작고 낮은 분화구였다. 놀랍게도 분화구 안에 나무판으로 트레일이 만들어져 있었다. 어딜 가든 인공적인 설치물이나 구조물을 거의 찾아볼 수 없는 나라라 좀 뜨악했다. 아마도 지반은 약하고 사람들의 발길은 잦고, 그래서 만들어났나 싶었다. 1962년 자연보호 지역으로 지정되기 전까지 광물 채취로 파헤쳐진 지역이라고 했다.

분화구의 돌 색깔이 검정색, 갈색, 고동색, 붉은색으로 알록달록 아름다웠다. 그 위에 연미색 이끼가 군데군데 덮여 있었다. 다른 두 개의 분화구는 건너다만 봤다. 분화구의 독특한 색감도, 주변 풍광도 아름다웠다. 용암지대의 이끼와 산맥들 한가운데 호텔 건물도 보였다.

분화구를 한 바퀴 돌고 내려와 근처의 골프장으로 들어갔다.

바람이 들이치지 않는 건물 뒤편 데크에서 전투식량과 라면을 끓여 먹었다. 코펠과 버너를 얻고부턴 따뜻한 음식을 만들어 먹는 일에 재미가 붙었다. 몇 곱절 더 야영생활의 흥취를 느낄 수 있었다.

지영 씨가 한국에 있는 여자친구와 전화통화를 했다. 히치하이커를 만나 같이 있다고. 어떤 여자냐, 나이는 몇이냐 묻는다기에 아줌마 아니, 할머니라고 솔직하게 말하라고 했다.

"지영 씨, 스나이페들스네스 반도 가 봤어요?"

"아뇨."

"오늘 레이캬비크에 서둘러 가야 할 이유가 없다면 반도로 돌아서 갈까요? 나는 지난달에 갔었는데."

내가 1일 가이드 겸 내비게이션을 자처했다. 우리는 60번 도로를 타고 북쪽으로 올라가 54번으로 바꿔 타고 서쪽으로 나아가다 반도 끝을 돌아 남쪽 해변을 타고 나왔다. 그렇게 300여 킬로미터를 돌아서 저녁 9시 30분 레이캬비크 캠핑장에 도착했다. 곧바로 캠핑장 조리실에서 저녁밥을 지어 먹었다. 볶음밥, 야채샐러드를 만들었다. 연어도 굽고 양파도 구해 볶고, 스파게티도 삶았다. 온갖 종류의 소스와 식재료 들이 조리실 선반을 빼곡 채우고 있으니, 이것저것 골라 대충 섞으면 먹을 만한 요리가 나왔다. 숭늉이 끓는 동안, 우리는 큰 접시에 멋지게 요리를 세팅해 먹었다. 꿀맛 같은 저녁이었다. 설거지를 끝내고 차를 마셨다. 지영 씨는 이벤트 같은 멋진 하루였다는 말을 남기고 자정 무렵 예약해 놨다는 숙소로 떠났다. 우연히 만나 장장 열두 시간 30분 동안 함께 여행한 사람을 보내 놓고 나는 캠핑장에 텐트를 쳤다.

강. 은. 경. 내 이름을 불러 준 에바

○ 55~57일

레이캬비크 미술관 순례

레이캬비크 캠핑장

란드만날뢰이가르 캠핑장

세 번째 들른 레이캬비크 캠핑장. 하루 푹 쉬었다. 샤워를 하고 빨래를 해 널었다. 6월에 왔을 때 봤던 샤워장 탈의실의 새들은 보이지 않았다. 둥지가 비었다. 새끼들이 날갯짓을 할 만큼 자라 다른 곳으로 이동했겠지.

지난 6월과 7월보다 캠핑족들이 두 배는 더 늘었다. 휴게실도 조리실도 빈자리가 없을 정도였다. 프리푸드 선반에도 식재료들이 수북하게 쌓였다 또 그만큼 빨리 동났다. 지난해는 93만 명의 여행자들이 아이슬란드를 찾았다고 한다. 아이슬란드 전체 인구의 세 배쯤 되는 수였다. 올해는 지난해 관광객의 두 배가 넘을 거라 했다. 아이슬란드는 점점 더 인기 높은 관광국이 되고 있다. 나는 프리푸드 선반 앞에서 장시간 얼쩡거리며 뢰이가베귀린 트레킹에 들고 갈 식료품들을 보이는 족족 챙겼다. 쌀, 파스타면, 과일, 식빵, 라면을 내 텐트로 부지런히 옮겨 놨다. 버너가스도 쓰다 남은 가스통을 모아 놓은 선반에서 하나 더 챙겼다.

다음 날은 레이캬비크 미술관 순례를 했다. 시내지도 한 장을 들고 미술관만 여섯 군데 들렀다. 시각예술품들을 구경하며 하루를 보냈다. 그리고 다음 날 아침 여행 57일째, 배낭을 짊어지고 캠핑장에서 나와 크링글란Kringlan 쇼핑몰 앞까지 걸었다. 3킬로미터쯤 되는 거리였는데 배낭이 무거워 죽을 맛이었다. 야영에 필요 없는 물건들은 캠핑장에 맡기고(하루 짐 보관료 900크로나) 대신 식료품을 바리바리 싸 들고 나섰던 것이다. 지난번 호른스트란디르 반도에서 배를 곯았던 경험 때문에 욕심을 좀 부렸다. 이번에는 음식을 끓일 수 있는 조리도구까지 챙겼으니. 그런데 힘에 부치는 이 짐을 지고 4박 5일 동안 트레킹을 또 할 수 있을까? 미쳤지, 미쳤어. 나도 모르게 자꾸 욕지거리가 튀어나왔다.

자동차들이 도시 외곽의 6차선 도로를 양방향으로 쌩쌩 달리고 있었다. 버스정류장 뒤쪽 도로가에 서서 자동차가 설 수 있는 갓길을 확보했다. 날이 흐렸다.

"히치하이커인데요, 링로드로 나가는 차를 여기서 얻어 탈 수 있을까요?"

버스정류장의 중년여인에게 물어봤다. 잡을 수 있을 거란다.

링로드로 갈라지는 지점까지 아이슬란드 중년남자의 차를 얻어 탔다. 크베라게르디까지 40여 킬로미터는 프랑스 여행자의 렌터카를, 셀포스까지 15킬로미터는 대형트럭을 탔다. 그리고 오전 11시 40분, 셀포스에서 아이슬란드 할머니인 에바의 차를 탔다. 그녀를 따라 여름별장에 들르게 됐다. 헤클라 산 조금 못 미쳐 허허 벌판에 위치한 목조건물이었다. 거실, 주방, 화장실, 침실과 다락방이 있는 작은 집이었다.

"오늘은 잠깐 들렀다 가려고 온 거라 줄 게 이것밖에 없어요. 미안해요."

에바가 커피와 초콜릿 쿠키를 접시에 내놓으며 말했다. 그녀는 인상이 조용해 보이는 마른 몸매의 여든세 살 할머니다. 고상하게 나이든 분이셨다. 손녀가 선물해 주었다는 쥐색 울스웨터를 입고 있었고, 손톱에는 반짝반짝 빛나는 주홍색 매니큐어가 칠해져 있었다. 은퇴 전까지 레이캬비크 대학 총장실에서 일을 했고, 아들 둘, 딸 하나가 있다고 했다.

"12년 전에 지은 집이에요. 황량한 벌판에 나무를 심고 가꿨죠. 가끔 혼자 들르거나 여름에 가족이 다 같이 오곤 하죠."

나는 식탁과 소파가 놓인 거실을 한 바퀴 둘러보았다. 정갈하고 따뜻한 분위기였다. 커다란 유리창으로 햇살이 가득 들어오고 있었다.

"여기선 뭘 하고 지내세요?"

"책을 읽으며 지내요. 여긴 조용해서 정말 좋아요. 평화로운 곳이죠. 가까운 곳으로 드라이브도 가고."

하들도르 락스네스의 소설《아이슬란드의 종Iceland's Bell》을 가장 좋아한다는 그녀가 불쑥, 볼펜과 수첩을 들고 왔다. 내 이름을 한글로 적어 달라고 했다. 그러고는 발음을 수정하며 나를 따라 몇 번이나 반복해서 읽었다. 강. 은. 경. 그녀가 내 이름을 부를 때마다 내 마음이 화사해졌다. 갑자기 이 여행을 끝내고 싶지 않다는 생각이 들었다. 이렇게 따뜻한 사람들을 길 위에서 계속해서 만나고 싶었다.

커피를 마시며 내가 아이슬란드 여행 얘기를 했다. 그녀가 미소를 지으며 말했다.

"참 좋을 때네요. 건강한 몸으로 자유롭게 다니고."

그녀에게 나는 '젊은이'였다.

"에바는 지금까지 살면서 가장 힘든 일이 뭐였어요?"

그녀의 고개가 창 쪽으로 돌아갔다. 창밖을 내다보며 말이 없었다. 창밖에선 자작나무 이파리가 바람에 흔들리고 있었다. 긴 침묵 끝에 그녀가 조용히 입을 열었다.

"4년 전에 남편이 세상을 떠났어요. 지금이 내 평생 가장 힘든 시간 같아요."

그녀의 눈가가 젖어 올랐다.

"오, 미안해요!"

나는 그만 자리에서 일어나 그녀에게 다가갔다. 그녀의 어깨에 살짝 손을 얹었다.

"강이 내게 많은 생각을 하게 만드네요."

"정말 미안합니다."

"괜찮아요, 괜찮아요."

그녀가 눈물 고인 눈으로 나를 올려다보며 내 손등을 두드렸다. 왜 그런 질문을 해서 에바를 가슴 아프게 만들었는지 후회막급이었다. 어쩌면 나 자신에게 던지고 싶은 질문이었나? 살면서 가장 힘든 순간이 언제였냐고? 아이들과 헤어질 때, 그리고…….. 살면서 가장 행복했던 순간이 언제냐고 물었어야 했다. 에바에게도, 나에게도. 행복했던 기억을 떠올리며 입가에 미소를 지을 수 있도록.

10분쯤 더 앉아 있다가 일어났다. 아직 갈 길이 멀었다. 에바가 26번 도로까지 차로 다시 태워다 줬다. 헤어질 때 꼭 안아 주는데 다시 만날 수 없겠지, 길 위에서 만난 사람들과 헤어질 때 늘 드는 그 생각이, 또 가슴을 먹먹하게 만들었다.

얼마 지나지 않아 운 좋게 란드만날뢰이가르까지 가는 러시아 젊은이들의 사륜 지프를 얻어 탔다. F225번 도로로 세 시간 동안 빗발이 흩날리는 새까만 용암지대를 달렸다. 크고 작은 물길을 수없이 건넜다. 오후 3시 30분, 마침내 목적지인 란드만날뢰이가르 캠핑장에 도착했다. 러시아 젊은이들은 곧 다른 도로를 타고 인랜드에서 나간다고 했다.

배낭을 메고 캠핑장 쪽으로 들어갔다. 궂은 날씨인데도 아이슬란드에서 가장 인기 있는 장소라 그런지 여행자들이 많았다. 샤워실이고 화장실이고, 여행자들로 북적거렸다. 창가나 벽에 처진 빨랫줄엔 주렁주렁 젖은 옷들이 걸려 있고, 젖은 배낭과 등산화들이 남녀공용 화장실 구석구석 놓여 있었다.

높이 솟아 있는 산 사이로 드넓게 펼쳐진 모래평야. 그 한쪽에 수십 동의 텐트가 들어서 있었다. 관리소, 화장실, 산장 등 목조건물들도 보였다. 나는 우선 텐트부터 쳤다. 딱딱하고 축축한 흙바닥에 돌멩이들을 치우며 텐트를 치느라 손이 곱을 지경이었다. 그러고는 비를 피해 지붕이 있는 조리실 피크닉 테이블에서 허기진 배를 달랬다. 레이캬비크에서 쪄 온 감자를 넣고 라면을 끓였다. 뜨거운 음식이 들어가니 덜덜덜 떨리던 몸이 진정됐다.

다시 심장이 뛴다

○ 57일

란드만날뢰이가르
노천온천

수영복 차림으로 빗속에서 뛰었다. 습지대에 설치된 데크 길을 달려가 노천온천탕에 몸을 담갔다. 용암지대 골짜기의 온천 시냇물이 온천탕으로 흘러들어오고 있었다. 어느 자리는 물이 너무 차고, 어느 자리는 물이 너무 뜨거웠다. 찬물과 뜨거운 물이 적당히 섞인 자리를 찾아 조금씩 이동하다 보니 바위 둑에 몸을 기대게 됐다. 둘러앉아 담소를 나누고 있는 사람들 뒤쪽이었다.

　머리만 물 밖에 내놓은 채 다리를 쭉 폈다. 차가운 빗방울이 얼굴을 시원하게 때렸다. 란드만날뢰이가르는 '사람들의 온천들'이라는 뜻이다. 해발 600미터에 자리 잡고 있는 드넓은 지열 평야지대로 높이 치솟은 산봉우리와 검은 용암지대에 둘러싸여 있다. 얼마나 오래 앉아 있었을까. 갑자기 햇살이 밝게 비쳐 들었다. 비가 그쳤다. 고개를 빼고 주위를 둘러봤다. 삐죽삐죽 날카롭게 솟아오른 산들이 노란색, 붉은색으로 반짝반짝 빛나고 있었다. 와! 탄성이 흘러나왔다. 심장박동이 빨라지기 시작했다. 나는 다시 '사랑'에 빠진 것 같았다.

아이슬란드 여행 초기에 그런 생각을 했다. 이 경이롭고 괴이한 풍광에 심장이 떨려 아이슬란드 사람들은 어떻게 살까? 대자연을 향한 경외감, 두려움, 신비감 앞에서 떨리는 가슴을 어떻게 견디며 살 수 있을까? 그런데 얼마 전에 그 비밀을 알게 됐다. 나도 모르게 어느새 무덤덤한 표정으로, 담담한 시선으로 풍경들을 스쳐보고 있던 것이다. 더 이상 동공이 확장되거나 입이 딱 벌어지지 않았다. 탄성도 터지지 않았다. 내겐 더 이상 놀랍거나 신기한 풍광이 아니었다. 아이슬란드의 동서남북을 휘젓고 다닌 끝이었다.

그 감흥 변화가 사랑과 비슷하다는 생각이 들었다. 과학자들이 주장하는 화학적인 반응 면에서 보자면 그렇다. 그러니까 사랑에 빠지게 되면 뇌에서 도파민, 옥시토신 같은 화학물질과 호르몬이 분비된단다. 그러면 얼굴이 빨개지고, 음식이 목으로 잘 넘어가지 않고, 일에 집중을 못 하고, 기분이 좋아지고, 흥분해 잠을 이루지 못하고, 에너지가 넘치고, 심장이 뛰고, 심하면 가슴통증을 느낀다. 일종의 각성제인 암페타민을 복용했을 때랑 비슷한 증상이라고 한다. 그런 증상이 나타나는 사랑의 감정은 보통 짧으면 6개월, 길어도 2년 안에 사라진다. 만약 약물중독 증상과 같은 그런 사랑이 오랫동안 지속되거나 혹은 영원하다면, 즉 정열이 식지 않는다면, 인간은 일을 제대로 할 수 없고 정신이나 몸에 병이 생겨 똑바로 살 수 없단다. 그래서 '인류의 안녕과 발전을 위해' 사랑은 변하거나 식어야만 마땅했다.

　나는 아이슬란드의 광활하고 기이한 풍광들에 시들해진 감흥이 씁쓸했다. 앞으로 더 이상 숨 막히는 감동은 몰려오지 않을 거라 생각하니 서운했다. 대신 낯익은 장소에 있을 때처럼 안도감과 편안함을 느꼈다. 그런데 눈앞에 나타난 절경이 다시 심장을 뛰게 만든 것이다. 나는 노천온천탕에 앉아서 떨리는 가슴을 어쩔 줄 몰라 하고 있었다.

나는 사진작가 손이 아니니까

○ 58일

란드만날뢰이가르 캠핑장
키르큐바이아르클뢰이스튀르
캠핑장

오후 2시, 침낭 속에 누워 있었다. 텐트를 내리치는 빗소리 속에서. 뜨거운 페트병을 세 개나 재킷 속에 품은 채였다. 그래야 젖은 침낭과 옷이 빨리 마를 테고 추위도 견딜 수 있다. 침낭과 몸에서 김이 폴폴 피어올랐다. 텐트 가득 뿌옇게 김이 서렸다. 기분이 완전히 다운됐다. 트레킹이고 뭐고 의욕을 모조리 잃었다. 꼼짝도 하기 싫었다. 추위나 궂은 날씨 문제가 아니었다.

  란드만날뢰이가르 캠핑장에 2박 3일 머물며 근처 트레킹 코스를 돌아본 뒤 본격적으로 4박 5일 동안 소르스뫼르크까지 트레킹을 할 생각으로 어제 이곳에 왔다. 그리고 오늘 아침, 계획대로 근처 트레일을 돌려고 가늘게 내리는 빗속에서 길을 나섰다. 눈으로 보면서도 믿기지 않는 기이하고 황홀한 풍광 속으로 들어가려던 참이었다. 어디다 카메라 초점을 맞춰야 할지 모른 채로, 사방으로 렌즈를 돌리며 셔터를 눌러 댔다. 그런데 젠장! 카메라가 작동하지 않는 서였다. 셔터가 눌러지지 않았다. 렌즈 속은 김이 뿌옇게 서려 있었다. 지난해에도 그런 일이 있어서 카메라를 수리받은 적이 있었다. 캐논 EOS-550D, 1800만 화소, 무게 475그램. 5년 동안 줄기차게 들고 다닌 카메라인데 너무 내둘렀나? 이젠 맛이 완전히 갔나?

한 해 한 해 머리숱이 휑하게 줄어드는 것마냥 기억력이 실감나게 떨어지면서부터 나의 해마가 담당했던 일을 카메라가 대신했다. 본 것, 먹은 것, 만난 사람 등 지난 시간을 언제든 필요할 때 들춰볼 수 있게 저장해 두는 일을 카메라에 맡겼다. 전문 사진작가마냥 사진을 예술적으로 공들여 찍을 필요는 없었다. 단순 기억용이니 말이다(내 사진은 거의 찍지 않았다. '셀카'를 찍어 본 적은 전혀 없고). 나는 점점 더 사진 찍기에 기억력을 의탁했다. 카메라에 중독돼 갔다. 아이슬란드 여행을 하면서도 손에서 카메라를 거의 놓지 않았다. 사진을 찍든 안 찍든, 불편하든 무겁든, 들고 있어야 마음이 안정됐다.

그런 카메라가 고장 난 것이다. 동시에 더 걷고 싶은 마음이 싹 사라졌다. 어깨를 축 늘어뜨리고 캠핑장으로 돌아왔다. 상심에 젖어 자리에 누워 버렸다. 아, 어떡하지? 그래, 까짓 사진이 뭐라고. 안 찍으면 어때. 작품사진을 찍으러 다니는 여행도 아니잖아. 기억? 인터넷만 열어도 차고 넘치는 게 여행사진인데. 남는 건 사진뿐이라고? 남겨서 뭐? 국 끓여 먹을 일 있나? 뭐 대단한 행보라고. 대대손손 물려줄 것도 아니고. 이제 카메라를 내려놓고 온전히 자연과 동화되는 거다. 그게 진짜 여행이지. 차라리 잘된 거야.

영화 〈월터의 상상은 현실이 된다〉의 명대사도 떠올랐다. 월터가 사진작가 숀에게 묻는다. 히말라야에서 기다리고 기다리던 눈표범을 봤을 때였다. "언제 찍으실 거예요?" 숀이 대답한다. "가끔 안 찍을 때도 있어. 정말 멋진 순간에, 나를 위해서. 이 순간을 망치고 싶지 않아. 그냥 이 순간에 머물 뿐이야." "머문다고요?" "그래, 바로 이 순간."

사실, 여행을 하며 사진을 찍는 행위는 몰입을 방해한다. 자연과 깊이 동화되고 감화될 틈을 주지 않는다. 사진의 각도, 구도, 빛 등을 생각하기에 바쁘다. 한자리에 오래오래 머물며 찍으면 모를까. 거추장스럽고 불편해 필요악이라는 생각이 들 때도 많다. 솔직히 어떤 때는 집어던져 버리고도 싶었고. 그러니 오히려 잘됐다. 잘된 거다. 오롯이 나의 오감만으로 자연과 합일해야겠다. '순간에 머무는' 황홀경을 즐기자.

그런데 나는 숀처럼 카메라맨의 철학을 갖고 있지 않았다. 고수가 아니었다. 맨손으로 여행을 계속할 자신이 없었다. 이 상황을 바꿀 수 있다면, 고칠 수 있다면……. 고치는 쪽으로 마음이 자꾸 기울었다. 결국 일어나 후다닥 짐을 꾸렸다. 레이캬비크로 돌아가 카메라를 수리하자, 그리고 다시 오자. 아니, 이건 바보 같은 결정이다. 정말 고칠 수나 있을까? 미친 짓이지, 사진이 뭐라고. 중얼거리면서도 짐 싸는 손을 멈추지 않았다. 바닥에 널부러져 있는 코펠, 버너, 식료품 봉지를 꾸역꾸역 배낭에 집어넣었다.

라면 네 봉지, 분말수프 여덟 봉지, 액체수프 네 봉지, 쌀 열 봉지, 식빵 반 봉지, 고추장 한 통, 커피믹스 한 봉지, 홍차 티백 다섯 봉지, 오렌지 한 개, 복숭아 한 개, 찐 감자 다섯 알, 찐 달걀 두 개, 초콜릿 네 개, 파스타면 두 봉지. 양이 어마어마했다. 얼마나 먹을지, 얼마나 먹어야 할지, 필요한 양을 계산하지 못해 보이는 족족 레이캬비크 캠핑장에서 챙겨 왔던 것이다. 일주일치 식료품 으로 많은 건지 적은 건지 모르겠다. 오늘로 야영생활 58일째인데 도, 초짜처럼 어리바리했다. 나이를 먹을수록 덩달아 삶의 내공까 지 깊어지는 게 아니듯이.

배낭에 물건을 서둘러 쑤셔 넣고, 텐트를 걷었다. 주차장으 로 나가 출발하는 자동차들을 붙들고 빈자리가 있는지 물었다. 어 느 길로 나가든지 링로드까지만 태워 달라고 청했다. 그러길 한 시간 가까이, 드디어 히치하이킹에 성공했다. 이탈리아 여자 빅토 리아, 프랑스 남자 버둠은 30대 연인이었다. F208번을 타고 남쪽 으로 나가 동부 피오르로 간다고 했다. 나는 링로드에서 내려, 그 들과 반대 방향으로 다시 히치하이킹을 하면 된다.

란드만날뢰이가르에서 남쪽 링로드로 가는 코스가 셋이었 다. 첫 번째는 F225번을 타고 서쪽으로 나가 26번이나 32번으로 바꿔 타고 남쪽으로 내려가는 길(어제 올 때 탄 코스). 두 번째는 F208번을 타고 북쪽으로 올라가다가 26번이나 32번으로 바꿔 타 고 남쪽으로 내려가는 길. 세 번째는 F208번을 타고 곧장 남쪽으 로 내려가는 길. 빅토리아와 버둠이 선택한 길은 세 번째 코스로 가장 험하고 긴 길이었다. 그리고 첫 번째, 두 번째 코스보다 레이 캬비크와 160킬로미터쯤 더 떨어진 링로드로 나가게 되지만 상관 없었다. 어차피 오늘은 시간이 늦어서 링로드 근처 캠핑장에서 하 룻밤 야영을 하고 내일 이동해야 할 테니.

오후 4시 20분, 란드만날뢰이가르 캠핑장에서 출발했다. 이 정표가 서 있는 갈림길에서 F208번으로 우회전했다. 덜컹덜컹 산과 호수 사이를 돌았다. 갈매색의 이끼가 뒤덮인 검은 산등선이들, 무지개가 걸린 옥빛의 호수들…… 그 위로 빗발과 햇살이 번갈아 비추었다.

20분 정도 지나자 차가 멈췄다. 너비가 100미터쯤 될까. 유속이 빠른 잿빛 물길이 앞을 가로막고 있었다. 길이 끊겼다. 버둠과 빅토리아가 잠시 옥신각신했다. 건널 수 있다, 못 건넌다. 목소리가 큰 빅토리아가 이겼다. 버둠은 마지못한 표정으로 핸들을 꺾어 차를 뒤로 돌렸다. 다른 루트로 나가기로 한 것이다. 난감한 듯, 둘은 한동안 입을 열지 않았다. 다음 목적지까지 너무 멀리 돌아가게 될 터였다. 10분쯤 나갔을 때 앞쪽에서 오던 차와 마주쳤다. 젊은 프랑스 커플이었다. 차창을 열어 놓고 한동안 프랑스어가 오고갔다. 그 차를 따라 또 차를 돌렸다. 구세주를 만난 양 둘의 표정이 밝아졌다. 다시 그 물길 앞까지 왔다. 양쪽 차에서 내린 두 남자가 물길을 살피며 건너기에 안전한 바닥을 찾았다. 돌을 던져 보기도 하며.

프랑스 커플이 먼저 건너겠다고 했다. 프랑스 남자는 엄지를 들어 보이며 자신만만하게 물속으로 차를 몰고 들어갔다. 거센 물살에 쓸려 갈 듯 차체가 휘청거리기는 했지만 무사히 건너편 땅으로 올라갔다. 바퀴가 물속에 다 가라앉을 정도였으니 물이 깊기는 깊었다. 차를 세우고 밖으로 나온 남자는 이쪽을 향해 손짓을 했다. 오른쪽으로 살짝 꺾어 건너라는 의미였다. 시동을 걸기 전에 내가 버둠에게 말했다.

"할 수 있어요You can do it!"

버둠은 몹시 긴장해 있었다. 겁먹은 표정이 역력했다. 그는 전력 질주하듯이 속도를 냈다. 어어어? 뭐야? 이런, 강물 한가운데서 차가 멈춰 버렸다. 헛바퀴가 돌았다. 버둠은 다시 힘껏 액셀을 밟았다. 차는 더 깊이 모랫바닥을 파고들었다. 시동이 꺼졌다. 순식간에 벌어진 일이었다. 이게 도대체 무슨 일이지? 강바닥 한가운데 처박히다니. 이런 일을 겪은 적도, 직접 본 적도 없었다. 견인차가 올 때까지 차 안에서 기다려야 하나? 얼마나 기다려야 할까? 난감하긴 했지만 시간이 해결해 줄 문제라고 생각했다. 버둠은 바들바들 떨고 있었고 빅토리아가 침착한 목소리로 그를 달랬다.

"괜찮아, 진정해. 아무 일도 없을 거야, 괜찮을 거야."

윽! 버둠이 단발마를 터뜨렸다. 순간 나도 눈앞이 하얘지는 공포감에 휩싸였다. 자동차 안으로 물이 콸콸콸 흘러들고 있었다. 순식간에 시트까지 물이 차올랐다. 곧 물속에 수장되거나 떠내려 갈 거라는 공포감이 밀려왔다. 빨리 밖으로 탈출해야 할 상황이었다.

버둠이 오열을 뱉으며 미친 듯이 등받이를 타고 뒷자리로 넘어왔다. 짐칸에서 정신없이 짐을 꺼내기 시작했다. 나도 내 정신이 아니었다. 배낭을 들고 나가야 하는데 뒷좌석 옆에 뉘어 둔 내 배낭이 버둠의 무릎 밑에 깔려 있었다. 그는 공황 상태에 빠진 듯 울부짖으며 짐을 꺼내 빅토리아 쪽으로 던져 주고 있었다. 가까스로 버둠의 다리 밑에서 내 배낭을 빼내 한쪽 어깨에 들처 멨다. 차 문이 열리지 않아 손과 발로 있는 힘껏 밀어야 했다. 다행히 문이 열렸고 차 밖으로 나올 수 있었다. 엉덩이까지 얼음장처럼 찬물에 잠겼다. 정신없이 물길을 건넜다. 프랑스 커플이 서 있는 건너편으로 모두 무사히 탈출했다. 몸에선 물이 줄줄 흘러내리고 이가 딱딱딱 마주치게 온몸이 떨렸다.

짐을 프랑스 커플 자동차 트렁크에 옮기고 그 차에 탔다. 히터가 빵빵하게 터지고 있었다. 프랑스 여자가 내게 갈아입을 옷이 있냐고 물어보기에 고개를 저었다. 그녀가 큰 타월 한 장과 양말, 청바지를 갖다 줬다. 저체온증에 걸린다며, 빨리 갈아입으라고 했다. 버둠과 빅토리아는 여분의 옷을 꺼내 갈아입었다. 나는 운동화를 벗어 물을 털고 양말을 벗었다. 바지 아랫단을 비비 틀어 물을 짰다. 바지는 갈아입지 않고 타월로 하반신을 둘렀다. 그러고는 앉아서 덜덜덜 떨었다. 빅토리아가 왜 바지를 안 갈아입냐고 물었다. 뭐라 대답해야 할지 난감했다. 그냥 괜찮다고 했다. 입술이 파랗다며, 갈아입으라고 그녀가 채근했지만, 나는 또 괜찮다고 대답했다. 사실 나중에 청바지를 돌려주지 못하게 될까 봐 갈아입을 수가 없었다. 젖어 버린 옷을 입은 채로 말린 일이 한두 번도 아니고.

건너편에 나타난 자동차 두 대가 물길 아래쪽으로 내려가 지반이 단단하고 물길이 얕은 곳을 골라 건너왔다. 버둠이 내게 다가와 말했다.

"강, 다른 차로 옮겨 타고 먼저 떠나세요."

의리 없이 그래도 되나 싶었다. 얻어 탄 차가 강에 처박혔는데 내 차가 아니라고 현장이 수습되기도 전에 나만 빠져나간다는 게 내키지 않았다. 견인차가 와서 차를 꺼낼 때까지라도 같이 있어 줘야 하는 건 아닐까? 나는 아무 대답도 못 하고 멍하니 있었다.

"우리는 이 차를 타고 가야 할 것 같은데, 짐을 다 싣고 다섯 사람이 타기에는 자리가 너무 좁아요. 다른 차로 옮겨 타고 먼저 떠나세요."

들고 보니 내가 먼저 떠나는 게 나을 것 같았다. 마침 물길을 건너온 자동차에서 중년여인이, 도와줄 일이 있는지 물어왔다. 내가 대충 사정 설명을 하며 빈자리가 있으면 태워 달라고 말했다. 중년남자가 운전석에서 내려 내 배낭을 자기 차 트렁크로 옮겨 실었다. 나는 두르고 있던 타월을 벗어 놓고 그 차 뒷자리로 옮겨 탔다. 오후 6시 20분, 나 먼저 사고 현장에서 떠나게 됐다.

네덜란드 중년부부였다. 차에 타자마자 내게 커다란 타월 한 장과 무릎담요를 꺼내 주었다. 보온병에서 뜨거운 물을 따라 주고 초콜릿을 주며 괜찮냐고 몇 번이나 물어 왔다. 그들은 자연재해를 당한 사람을 구조해 데리고 나가는 것마냥 나를 극진히 보살폈다. 추위가 어느 정도 가시고 오한이 좀 가라앉았다. 비로소 더듬더듬 겪은 일을 털어놓았다. 돌아봐도 아찔했던 순간이었다.

빗발이 점점 세차졌다. 건너야 할 물길이 계속해서 나타났다. 그때마다 나는 몸이 굳고 눈앞이 하얘졌다.

"강, 걱정하지 말아요. 설마 오늘 그런 사고를 또 겪겠어요? 며칠 동안 계속 비가 내려 물이 많이 불었다고는 하지만. 이 사람 운전 잘해요. 걱정하지 말아요."

조수석에 앉아 있는 부인이 내게 말했다. 나는 물길을 건널 때마다 눈을 질끈 감고 양손을 꽉 틀어쥐었다. 자동차 세 대가 같이 움직였다. 물길을 만나면 남자들이 밖으로 나와 돌멩이를 던지며 수위를 진단했다. 첫 번째 자동차가 무사히 건너면 뒤차들이 따라 건넜다. 주로 우리 차가 앞장서 건넜다. 운전 실력이 좋거나 용기가 있어야 맨 앞에서 건널 수 있다. 얼마나 갔을까? 아시아 청년 둘이 나타나 앞장서기 시작했다. 담력 있어 보이는 덩치 큰 남자들이었다.

"여긴 깊지 않네! 됐다, 건너자!"

한국말이 들려왔다. 나는 반가운 마음에 차창을 내리고 인사를 건넸다. 그러고는 혹시 빈자리가 있냐고 물었다. 없단다. 짐이 많단다.

열다섯 번 넘게 큰 물길을 건넜다. 진흙탕에 바퀴가 빠져 꼼짝 못하고 있는 자동차도 있었다. 차창 밖으로 보이는 풍광은 진초록의 이끼가 뒤덮인 거대한 용암지대였다. 짙푸른 이끼가 빈틈없이 두껍게 뒤덮여 있었다.

1783년 폭발한 라키Laki 화산 용암지대였다. 인류가 목격한 사상 최대의 용암 분출이 있었던 곳이다. 용암은 아이슬란드의 남쪽 지역의 절반을 초토화시켰다. 하늘은 화산가스로 뒤덮이고 기온변화로 아이슬란드 주민의 약 20퍼센트(1만 명 이상)가 사망했다. 가축도 약 70퍼센트 몰살당했다. 뿐만 아니라 화산 구름이 유럽 전역으로 퍼져나갔다. 수년에 걸쳐 유럽에 기상이변이 일어났고 빈곤과 기근이 이어졌다. 사회학자들은 그 결과로 1789년 프랑스 혁명이 일어났다고 말하기도 한다.

길고 험한 그 용암지대를 통과해 링로드로 올라섰다. 오후 9시, 키르큐바이야르클뢰이스튀르Kirkjubæjarklaustur 마을에 있는 캠핑장에서 내렸다.

카메라도, 스마트폰도 없는 여행자

○ 60일

레이캬비크 캠핑장
란드만날뢰이가르 캠핑장

8월 16일 여행 60일째 아침, 레이캬비크 캠핑장에서 나는 그만 병
찌고 말았다. 찰깍! 어? 찍히네! 카메라 셔터가 눌러졌다. 카메라
는 멀쩡했다. 나중에 알았지만 카메라에 습기가 차 셔터가 눌러지
지 않았던 것이다. 이런 경우에는 습기가 마를 때까지 그냥 놔두
면 저절로 작동된다. 나는 카메라를 들고 다니며 열심히 셔터만
눌렀지, 기계의 작동 원리에 관해선 그토록 무지했다. 그러니 생
고생만 한 것이다. 그 먼 란드만날뢰이가르에서 레이캬비크로 돌
아오기 위해 히치하이킹으로 얻어 탄 자동차가 강물에 빠지는 사
고까지 당했으니 이건 뭐, 울어야 할지 웃어야 할지.

　레이캬비크 캠핑장에서 만난 권순재 씨의 렌터카를 타고 다
시 란드만날뢰이가르로 돌아가기로 했다. 순재 씨는 부잣집 도련

414

님처럼 생긴 20대 초반의 부산 청년이었다. 렌터카로 혼자 링로드를 돌며 캠핑여행을 했단다.

"란드만날뢰이가르에 가고 싶은데 어떻게 가야 할지 모르겠어요."

"그래요? 잘됐네요. 나도 거기로 가야 하는데. 나는 히치하이커인데 그럼 같이 가요. 거기까지 가이드 할게요. 내비게이션도 필요 없어요."

오후 2시, 우리는 두 사람 짐을 트렁크에 싣고 캠핑장을 나섰다. 구름이 낮게 흐르는 맑은 날이었다. 가끔 경치 좋은 곳에서 차를 세우고 밖에 나가 신선한 공기를 들이마셨다. 그때마다 나는 또 카메라 셔터를 바쁘게 눌러 댔다. 습관, 중독, 기억을 빙자한 소유욕이었다. 반면 순재 씨는 조용히 서서 풍경을 관망했다.

"여행 일곱째 날, 스마트폰을 눈 속에 잃어버렸어요. 카메라를 일부러 가져오지 않았는데……. 괜찮아요. 사진을 찍어야 한다는 강박증에서 벗어나 자유로워졌어요. 처음엔 아쉬웠지만, 마음이 너무나 홀가분해졌어요."

여행하는 자세가 나보다 한 수 위인 청년이었다. 스마트폰을 잃어버린 덕분에 여행이 더 깊어지고 근사해졌다니.

링로드에서 26번 도로로 바꿔 타고 북쪽으로 향했다. 나는 지도와 길가의 도로표지판을 부지런히 번갈아 보며 길을 안내했다. 집중해서 잘 보지 않으면 표지판을 놓치고 지나쳐 버리기 십상이었다. 인색하게도 표지판은 길이 갈라지기 5미터 전방쯤에 딱 하나씩 서 있었다. 다행스럽게도 순재 씨의 운전 실력이 좋았다. 침착하고 능숙했다.

빗발이 살짝 뿌려 대는 길로 들어섰다. 우뚝 솟은 산 아래 무지개가 떠 있었다. 이틀 전 지나간 길이었다. 드넓은 황무지 건너 서쪽 저 멀리로 콩알만 하게 지난 7월 초 등산동호회와 같이 묵었던 산장도 보였다.

헤클라 산을 지나 북쪽으로 더 올라갔다. F208번을 타고 남쪽으로 내려가는 코스를 선택할 생각이었다. 란드만날뢰이가르로 들어가는 코스 중에서 가장 순탄한 길일 거라고 짐작하며. 지도상으로 목적지까지 거리도 가장 짧았다. 실제로 그랬다. 가슴 졸이며 건너야 하는 물길도 만나지 않았다.

포장도로를 벗어나 남쪽으로 내려가기 시작했다. 피아들라바크Fjallabak 국립공원의 호수와 높이 솟은 산 사이로 구불구불 거친 길이 이어졌다. 문명의 그림자라고는 찾아보기 힘든, 광활한 오지의 땅을 흙먼지 날리며 달렸다. 우리는 비경 속으로 깊이 들어가고 있었고 더 자주 차를 세웠다.

란드만날뢰이가르를 5킬로미터쯤 남겨놓고 이정표 앞에서 동북쪽으로 차를 돌리게 했다. 사흘 전에 러시아 청년들과 올라갔던 분화구를 다시 가 보고 싶었다. 능선을 타고 분화구 위까지 차가 올라갔다. 와우! 우리는 차를 세우자마자 동시에 탄성을 지르며 분화구 쪽으로 뛰쳐나갔다. 타원형 분화구 속에 코발트블루 호수가 보였다. 그 주위를 두른 새빨간 흙 절벽이 강렬하게 대비를 이뤄 보는 사람의 얼을 뺐다.

주변 전망도 죽여줬다. 북쪽으로 꼬불꼬불 향하는 작은 물줄기들과 호수, 남쪽의 잿빛 모래평야와 울긋불긋 솟은 산봉우리들. 그저 칙칙한 무채색 땅이었던 며칠 전 풍경과는 너무나 달랐다.

순전히 날씨 때문이었다. 그때는 먹구름과 비바람 때문에 채도가
죽어 버렸던 것이다.

"고맙습니다. 이렇게 멋진 곳을 보게 해 주셔서."

순재 씨는 참 예의 바른 청년이었다.

오후 7시 50분, 드디어 목적지인 란드만날뢰이가르에 도착
했다. 우리는 곧바로 텐트를 치고 신바람이 나서 온천부터 했다.
밤 10시, 깜깜한 오밤중에 늦은 저녁밥을 같이 해 먹었다.

뢰이가베귀린 트레킹 첫날

○ 61일

아침 일찍부터 비가 내리기 시작했다. 어제는 날씨가 그렇게 화창하더니. 인포메이션 센터에 가서 일기예보를 확인했다. 이런! 란드만날뢰이가르Landmannalaugar는 오늘부터 3일 동안 내리 '비, 비, 비'란다.

　"오늘 뢰이가베귀린 트레킹을 시작하는 게 좋을까요? 아니면 여기서 며칠 머물다 떠나는 게 좋을까요? 어떻게 해야 할지 모르겠어요."

　"여기 날씨는 더 안 좋아질 것 같아요. 오후 들면 큰 비가 내릴 것 같고요. 남쪽으로 빨리 내려가는 게 좋을 거예요. 오늘 떠나세요. 그런데 GPS가 없으면 혼자 가지 마세요. 오늘 코스는 안개가 짙어서 길을 잃을 거예요. GPS를 갖고 있는 사람을 따라가야 해요. 아, 12시에 가이드랑 단체로 출발하는 팀이 있네요. 기다렸다가 같이 가세요. 절대로 혼자 가면 안 됩니다."

단체팀을 따라가라고? 자신 없다. 워낙 걸음이 느려 다른 사람과 보행속도를 맞추기가 얼마나 힘든지. 허겁지겁 따라붙어도 결국 뒤처져 낙오될 게 뻔했다. 그렇다고 혼자 갈 수도 없고. 아무리 담력이 남달라도 위험하니 혼자 가지 말라는데 막무가내 나설 수는 없잖은가? 게다가 지난 7월 중순 아스캬에서, 또 7월말엔 호른스트란디르 반도에서 용감무쌍하게 혼자 안개를 뚫고 나갔다가 길을 잃고 죽음의 공포를 호되게 맛봤잖은가. 그러니 또 한 번 죽을 각오를 한다면 모를까, 무리해서 나설 길이 아니었다. 가장 위험한 건 날씨였다. 바람과 안개와 갑작스럽게 돌변하는 날씨.

어쩌지? 단체에 끼어 가? 젖 먹던 힘까지 발휘하면 꽁무니에라도 붙어 갈 수 있지 않을까? 아니, 그냥 날이 갤 때까지 3일 동안 여기서 개길까? 빗속에서 뭘 하지? 그래, 그냥 가자. 먼저 출발하자. 한 시간쯤 먼저 출발하면 단체팀이 날 따라잡을 테고, 그때 합류하자. 갈 수 있는 데까지 혼자 먼저 가 보자.

뢰이가베귀린 트레킹 지도를 한 장 샀다. 1,700크로나였다. 인포메이션 센터 직원에게 지도 위에 트레일을 표시해 달라고 부탁했다. 그녀는 4일 동안 걸을 트레일과 야영장소를 형광펜으로 마크해 주었다. 나는 그동안 GPS, 나침반, 호루라기, 스틱 같은 오지 트레킹에 필요한 장비 하나 없이 혼자 트레킹을 하고 다녔다. 이건 뭐 배포가 두둑한 건지, 무모한 건지, 무식한 건지. 이번에도 지도 한 장 달랑 들고 나서게 됐다. 란드만날뢰이가르에서 소르스뫼르크까지 55킬로미터였다. 얼마나 다이내믹하고 기이한 풍광 속을 걷게 될지 기대가 컸다. 날씨만 받쳐 주면 더할 나위 없이 좋으련만, 오늘은 글러 보였다.

오전 11시, 짐을 꾸려 메고 가랑비 속으로 첫발을 내디뎠다. 오늘 목적지는 흐라픈틴뉘스케르Hrafntinnusker 산장. 11킬로미터 거리다. 하루 도보거리로는 짧은 편이다. 야영장비 없이 가벼운 차림으로 가이드를 동반하고 산장에서 묵으며 걷는 사람들은 일찍 출발해 이틀 코스를 하루에 걷기도 한단다. 그러나 궂은 날씨에 야영장비를 다 짊어지고 걷는다면 11킬로미터도 가까운 거리가 아니다.

캠핑장 위로 급경사를 타고 20분쯤 올라갔다. 숨은 헐떡헐떡 심장은 쿵쿵쿵쿵. 무거운 배낭 때문에 한 발짝 한 발짝 발을 옮길 때마다 또 몸이 부서지는 것 같았다. 25킬로그램의 짐을 짊어지고 걷는다는 것. 호른스트란디르에서도 그랬지만 앞으로 4일 동안, 또 혼자 견디고 극복해야 할 가장 큰 문제였다.

남서쪽으로 뢰이가흐뢰인Laugahraun 용암지대를 가로질렀다. 이끼가 뒤덮인 울퉁불퉁한 잿빛 현무암 지대. 이 주변에선 가장 늦게 생긴 용암지대였다(500여 년 전에). 용암 두께는 약 50미터. 아직도 식지 않은 뜨거운 용암이 아래층에 깔려 있단다.

형형색색의 산들이 그 너른 용암지대를 두르고 사방으로 솟아 있었다. 붉은색, 주황색, 노란색, 흰색 산들이었다. 나무 한 그루 서 있지 않은 황량한 산이 황량해 보이지 않는 건, 화려한 색깔 때문이다. 정장석, 석영, 운모 등의 결정으로 이루어진 유문암 산(800만 내지 천만 년 전에 만들어진 암석산)들은 정말이지 황홀했다. 햇살이 비치면 더 찬란하게 반짝일 텐데, 그냥 바라보며 떠나기가 아쉬웠다.

흐린 날씨에도 트레일을 따라 걷는 사람들이 많았다. 눈이 녹고 길이 열리는 여름 시즌에만 올 수 있고 노천온천과 독특한 지형의 유문암 산들이 여행자들을 홀리는 곳이니. 레이캬비크에서 오고가는 투어버스도 있었다.

용암지대를 지나자 이정표가 나왔다. 나무 표지판이 가리키는 남쪽 방향으로 삼각형 모양으로 솟은 유문암 산을 향해 걸었다. 평지를 지나 200미터쯤 언덕을 올라갔을 때 순재 씨를 만났다. 어제 레이캬비크에서 같이 들어와 오늘 아침밥을 같이 해 먹고 헤어졌던 부산 청년. 그는 란드만날뢰이가르를 잠깐 둘러보고 곧장 레이캬비크로 나가야 했다. 내일 귀국 비행기를 타야 한다고 했다. 우리는 다시 찐한 작별인사를 나누고 각자 갈 길로 돌아섰다.

길은 브렌니스테인살다Brennisteinsalda 유문암 산(해발 881미터)의 옆구리를 돌아 남쪽으로 이어졌다. 산 아래 이정표 옆에다 배낭을 내려놓았다. 트레일을 벗어나 증기와 유황 냄새가 피어오르는 동쪽 지역을 한 바퀴 돌았다. 곳곳에서 뿌연 수증기를 뿜어내는 분기공들, 옥색 호수, 황금빛 산맥들, 언제 또 화산이 터질지 모르는 뜨거운 땅이 갈 길 먼 사람의 발길을 붙잡고 놔 주지 않았다. 손목시계를 보니 벌써 정오가 넘었다.

저 사람들이 단체 트레커일까? 대형배낭을 짊어진 열 명 남짓의 사람들이 유문암 산자락을 돌아가고 있었다. 마음이 초조해지기 시작했다. 이렇게 늑장 부리다간 또 동행 없이 혼자 안개 속을 걷겠다.

배낭을 다시 둘러메고 길을 재촉했다. 산자락을 돌아가니 눈밭이었다. 거기부턴 트레커들만 걷는 길이라 인적이 뚝 끊겼다. 다행히 대형배낭을 짊어지고 눈밭을 건너고 있는 젊은 커플을 만났다.

"헬로! 난 혼자인데 길을 잃을 것 같아서요. 따라가도 되겠어요?"

"물론이죠. 오늘 흐라폰틴뉘스케르 산장까지 갈 거죠?"

휴우~ 살았다. 게다가 빨리 걷지 않아도 되겠다. 파란색 재킷을 입은 여자가 자주 멈춰 섰다. 가쁜 숨을 내쉬며 힘들어했다. 그때마다 검정 재킷을 입은 청년이 그녀의 목도리를 올려 주고, 모자를 조여 주고, 입을 맞추며 격려해 주었다.

그들을 뒤따라 가파른 언덕을 치고 올라갔다. 얼마나 걸어야 몸이 무거운 짐에 적응할는지. 언덕 위에 올라가 배낭을 등에 받치고 앉아 쉬었다(배낭을 벗고 쉬면 다시 멜 때 들어올리기가 너무 힘들다). 살짝 안개가 서린 유문암 산들과 응달의 잔설, 협곡, 골짜기로 흐르는 물줄기들을 둘러봤다. 정말 기괴하고 아름다운 땅이었다.

폭이 좁은 능선 길을 지나는데 바람이 세차게 몰아쳤다. 앞서 걷던 커플이 땅바닥에 무릎을 대고 주저앉았다. 나 역시 바람에 날아가지 않으려 몸을 낮추고 앉아 버렸다. 으, 미치겠군! 금방 세가 약해지거나 기류가 바뀔 바람 같지 않았다. 차라리 빨리 강풍을 통과하는 게 낫겠다 싶었다. 내가 먼저 일어나 최대한 바람의 저항을 줄이려 몸을 굽히고 앞으로 걸어 나갔다. 풍광이 서서히 달라졌다. 고원 설산지대로 올라가는 길이었다. 날씨가 본격적으로 사나워지기 시작했다. 안개가 짙어지고 비바람이 몰려왔다.

증기가 피어오르고 물이 부글부글 끓어오르는 협곡을 건너 배낭을 벗었다. 더는 카메라를 손에 들고 걸을 수가 없었다. 빗방울이 굵어졌다. 배낭을 열고 카메라를 넣는 사이 커플이 멈춰 서서 나를 기다려 주었다. 그게 미안하고 눈치 보여 서둘다가 그만 배낭커버를 놓쳤다. 낚아채려 팔을 휘둘렀지만 헛손질이었다. 눈 깜짝할 사이 빨간색 배낭커버는 바람에 낚여 안개 속으로 사라져 버렸다. 이런! 짐이 젖는 것보단 내 몸이 젖는 게 낫겠지. 할 수 없이 입고 있던 판초를 벗어 배낭에 씌웠다. 판초의 모자 끈을 잡아당겨 묶고, 양팔을 배낭 앞으로 돌려 꽉 묶었다. 배낭을 짊어지는데 청년이 다가와 배낭을 받쳐 주었다.

우리는 점점 악천후 속으로 깊이 빨려 들어갔다. 이젠 몇 미터 앞도 분간되지 않았다. 비바람 몰아치는 해발 천여 미터의 설산은 여름에도 눈이 녹지 않는 고원지대였다. 눈밭에선 사람들의 발자국이 찍혀 있어 길을 찾을 수 있지만 발자국이 보이지 않는 돌밭에선 또 방향조차 가늠할 수 없었다. 세상이 잿빛 장막에 가려 완전히 사라졌다.

청년이 계속해서 뒤를 돌아보며 내게 물었다. "괜찮아요?" 나는 바람에 휘청거리는 몸을 간신히 가누며 고개를 끄덕였다. 너무 힘들어 울고 싶은 심정이었지만 꾹 참았다. 청년은 여자친구를 챙기랴, 나를 챙기랴, 앞에서 길을 찾아가랴 악전고투 중이었다. 그렇게 얼마나 갔을까. 안개 속에서 불쑥 사람들이 나타났다. 우리와 반대로 남쪽에서 북쪽으로 걷는 트레커들이었다. 청년은 그들에게 길의 방향과 남은 거리를 물었다.

"괜찮아요? 한 시간만 더 가면 된대요."

비바람 치는 눈밭이라 앉아 쉴 자리도 없었다. 잠깐씩 멈춰서서 허리를 구부린 채 숨을 고르고는 다시 전진했다. 죽을힘을 다해 강풍 속으로 발을 옮겼다. 영원히 끝날 것 같지 않은 고행이었다.

"다 왔어요!"

청년이 돌아서 눈웃음을 지으며 말했다. 그때서야 나는 고개를 들고 전방을 주시했다. 오후 3시 40분, 안개 속에 빨간색 지붕의 건물 한 채가 보였다. 다 왔다고? 왜 믿어지지 않는 거지? 내가 멍하게 서 있는 사이, 두 사람이 먼저 건물 쪽으로 사라졌다.

나는 체력도 정신력도 완전히 잃었다. 정신이 반쯤 나간 사람마냥 아무 생각도 할 수 없었다. 간신히 건물을 향해 발을 뗐다. 출입문을 열고 안으로 들어갔다. 문 앞에 젖은 재킷과 판초가 널려 있었다. 입구 통로 옆으론 배낭이 빼곡히 놓여 있었다. 산장엔 사람들이 가득했다. 나는 배낭을 벗어 내려놓고 출입문 옆 구석에 섰다. 뭘 어떻게 해야 할지 모르겠다. 밖엔 비바람이 몰아치고 있고, 빗물을 뚝뚝 흘리며 사람들이 들랑거리는데…… 여기가 어디지? 나를 여기까지 데려온 그 친구들은 어디로 갔지? 정신줄을 놓은 채 멍하니 얼마나 서 있었을까. 마침내 정신을 차리고 통로를 지나 산장 안쪽으로 들어갔다. 데스크 안쪽으로 벽에 죽 붙어 있는 침대와 긴 테이블과 의자들이 보였다. 의자에 앉아 있거나 조리실에서 요리를 하고 있는 사람들도 보였다. 나는 데스크 앞에 서 있는 직원에게 다가갔다. 재킷 주머니에서 지도를 꺼내 펼쳐들고 오늘 목적지인 장소를 짚어 보이며 물었다.

"여기가 맞나요?"

"네."

이 산장은 2004년도에 한 청년이 강풍에 조난사한 이후 지어진 건물이다.

"산장을 예약하고 오셨어요?"

그녀가 물었다. 나는 고개를 저었다.

"캠핑할 건가요?"

고개를 끄덕이며 그녀가 내민 방명록에 이름과 국적을 쓰고 캠핑장 이용료를 냈다.

"물은 어디에 있어요?"

"밖으로 나가 저쪽으로 돌아가면 화장실이 있어요. 거기서 물을 받을 수 있어요."

나는 안전하고 따뜻한 산장 안에 있는 여행자들이 너무나 부러웠다. 비바람 치는 밖으로 나가고 싶지 않았다. 이 날씨에 텐트를 치고 야영을 하는 일이 엄두가 나지 않았다. 젖은 몸이 덜덜덜 떨렸다. 그렇다고 마냥 거기 서 있을 수는 없었다. 어쩌겠나. 우선 배낭에서 텐트만 빼 들고 밖으로 나왔다. 데크 아래쪽 검은 모랫바닥에 텐트 네 동이 쳐져 있었다. 그 옆에 텐트 칠 자리를 잡았다. 곱은 손으로 방수깔개를 펼쳤다. 네 귀퉁이를 돌며 말뚝고리에 팩을 집어넣고 돌멩이로 내리쳤다. 세 번째 팩을 박는데 순간 돌풍이 일었다. 파락! 방수깔개가 부풀어 올랐다. 박은 팩이 튕겨 오르며 깔개가 눈밭으로 날아갔다. 정신없이 달려가 잡았다. 우씨! 주변을 이 잡듯 뒤져도 날아간 팩 두 개는 찾을 수 없었다. 돌덩어리를 들어다가 방수깔개를 눌러 놨다. 비바람 속에서 가까스로 텐트를 쳤다. 텐트 안으로 검은 모래가 날려 들어갔다. 비바람만 휘몰아치지 않는다면 텐트 치는 것쯤이야 이젠 눈 감고도 하는데. 배낭을 텐트 안으로 옮겨와 짐을 풀었다.

으, 돋보기안경이 사라졌다. 빈 안경집만 재킷 주머니에 들어 있었다. 어디 짐에 따로 박혀 있을 턱이 없는데 오늘 안경을 어디서 썼었지? 트레킹 출발하기 전에 란드만날뢰이가르 인포메이션 센터에서 트레킹 지도를 샀을 때! 거기 놓고 왔나?

맥이 탁 풀렸다. 여행은 열흘 더 남았는데 두 개나 챙겨 온 돋보기안경을 다 잃어버렸으니. 어쩌지? 지도나 가이드북은 이제 못 보겠네. 여행일지도 못 쓰겠지. 아이러니하게도 시력은 밝으니 먼 것만 보며 다녀야 한다. 우라질! 몸은 가속도를 내며 더 망가져 갈 테고, 사는 데 제약들이 늘어 가겠지. 투덜대며 식수를 구하러 페트병을 들고 화장실로 갔다. 암모니아 냄새가 지독한 화장실이었다. 수도꼭지를 아무리 돌려도 물이 나오지 않았다. 다시 산장 안으로 들어가 데스크 앞에 섰다. 볼멘소리로 말했다.

"물이 안 나와요."

"세면대 아래쪽에 붙은 밸브를 열고……"

"이, 이 안경은?"

"아까 놓고 가셨죠?"

잃어버린 내 돋보기안경이 데스크 책상 위에 놓여 있었다. 안경에 발이 달려 아니, 날개가 달려 란드만날뢰이가르에서 날아왔나? 아무튼 반갑다! 고맙다!

텐트 안에서 밥을 했다. 밖에는 비바람을 피해 앉을 자리가 없었다. 버너가 넘어져 혹시 텐트에 불이 붙을까 마음이 조마조마했다. 텐트가 비바람에 휘둘리며 파락파락 지랄발광하고 있으니.

고추장에 밥을 비벼 먹고, 코펠 가득 물을 끓였다. 끓인 물을 빈 페트병으로 옮겨 부었다. 뜨거운 물병을 품에 안고 누웠다. 젖은 양말만 벗었다. 텐트 안에 김이 짙게 서렸다. 눈을 떠도 감아도 눈앞이 뿌옜다. 다시 안개 속에서 길을 잃은 것 같았다. 주루룩, 눈물이 흘러내렸다. 몸과 마음이 너무 고단해 흐르는 눈물인지, 살아 있음에 대한 감동의 눈물인지 모르겠다.

뢰이가베귀린 트레킹 둘째 날

○ 62일

뢰이가베귀린 트레킹
2번 코스

오전 6시 50분, 밤새도록 세상을 뒤집어놓을 것처럼 몰아쳤던 비 바람 소리가 뚝 끊겼다. 텐트 안으로 햇살이 비쳐 들고 있었다. 세 상 고요했다. 어제 겪은 일들이 또 꿈이었나 싶었다. 비바람 치는 안개 속의 설산 트레킹. 나 혼자 걸었으면 말하나 마나 십중팔구 길을 잃었을 것이다. 그런데 어제 나를 여기까지 인도해 준 젊은 커플의 얼굴이 떠오르지 않았다. 파란색과 검정색 재킷만 어른거 릴 뿐. 다시 만나면 알아볼 수 있을까? 못 알아볼 것 같았다. 모자 를 푹 눌러쓰고 목도리로 얼굴을 감싸고 있었다. 통성명을 나누지 않아 이름도 모르고 고맙다는 말도 못했다.

몸이 천근만근이었다. 찌릿찌릿! 두통도 일었다. 어제 강풍 에 휘둘렸던 충격이 덜 가셨나? 날씨는 좋아졌지만 컨디션이 이래

428

서야 오늘 걸을 수 있을까? 밖에서 들려오는 젊은이들의 명랑한 웃음소리를 들으며 가까스로 몸을 추스르고 일어났다.

침낭이 축축하게 젖어 있었다. 비틀어 짜면 물이 뚝뚝 떨어지겠다. 이런 일은 없었는데 웬일이지? 아무리 밤새 폭풍우가 몰아쳤어도 빗물이 새들어 왔을 리는 만무한데. 텐트 바닥도 축축했다. 결로현상인가? 혹시 텐트 안에서 밥을 하고 물을 끓여서 이런 걸까? 뜨거운 김이 꽉 서렸었으니, 바깥공기와 안 공기의 온도 차이도 컸을 것이다. 어쨌든 침낭에서 나와 벗어 놨던 축축한 양말을 도로 꿰어 신었다. 어차피 신발이 젖어 있어서 마른 양말을 신어 봤자 다시 젖을 터였다.

밖으로 나갔다. 공기는 시리도록 맑고 햇살은 눈부셨다. 주변 풍광이 한눈에 들어왔다. 붉은 지붕의 산장이 해발 1,122미터의 쇠둘Söðull 산을 등지고 남쪽 언덕에 앉아 있었다. 아래로는 설산 평야가 펼쳐졌다. 군데군데 눈 녹은 자리마다 검은 화산 땅이 반짝반짝 드러나 있었다. 산장 바로 옆 골짜기에선 수증기가 뿜어져 올라오고 있었다. 산장 앞에는 스무 동의 텐트가 다닥다닥 모여 있고 벌써 텐트를 철수하는 사람들도 보였다.

"굿모닝!"

한 청년이 내게 다가오며 인사를 건넸다. 머리가 짧고 턱수염이 보송보송 난 청년이었다.

"괜찮아요?"

미소를 지으며 그가 내게 물었다. 그때서야 나는 그가 누군지 알아챘다. 그는 아마 나를 금방 알아봤을 게다. 캠핑장에 아시아인은 나뿐이었다.

"어제 정말 고마웠어요!"

고맙다는 말을 백번 천번 해도 부족할 것 같았다. 이름이 나암이라고 했다. 여자친구는 타마르. 이스라엘 젊은이들이었다.

"옷도 양말도 다 젖었을 텐데 괜찮아요? 마른 양말 없으면 한 켤레 드릴까요?"

나암이 물었다. 가슴이 찡했다. 나는 그에게 혹시 쌀이나 파스타면 같은 식료품이 필요하면 주겠다고 말했다. 그는 미소를 지으며 식량은 충분하고 짐이 무거워 뭘 더 지고 갈 수도 없다고 말했다. 오늘은 날씨가 좋아 럭키라며, 저녁 때 다음 산장에서 만나자는 말을 남기고 그가 자리를 떴다.

나는 어제 먹다 남은 밥을 끓여 먹고 텐트를 걷었다. 그런데 텐트 앞에 파란색 스틱 두 자루가 놓여 있었다. 어제 텐트를 칠 때 보고는 건드리지 않았는데 지금까지 그 자리에 그대로 비에 젖은 채로 검은 흙바닥에 뉘어 있었다. 스틱 주인이 잃어버리고 떠났나? 어디다 둔지 못 찾고?

슬쩍 들고 가고 싶었다. 스틱만 있어도 트레킹이 훨씬 편할 텐데. 특히 물길을 건널 때 긴요할 것이다. 급물살 속에서 균형을 잡으려면 스틱이 꼭 필요하지. 에이, 관두자! 얼마 못 간 주인이 스틱을 기억해 내고 찾으러 올 수도 있다. 내가 슬쩍 챙겨 가면 그 사람은…… 내 몸은 편해도 마음은 내내 편치 않겠지. 몸 힘든 것보다 마음 힘든 게 천 배 만 배 견디기 어렵잖아. 생각은 그래도 텐트를 걷는 내내 스틱을 힐끗힐끗 훔쳐봤다.

끙! 푹 젖어 버린 침낭과 텐트를 짊어지고 일어서려니 배낭 메기가 어제보다 더 힘들었다. 오전 9시, 다음 목적지를 향해 출발했다. 아울프타바튼Álftavatn 산장까지 12킬로미터. 남쪽을 향해 내리막길로 발걸음을 내디뎠다. 날씨는 바람 한 점 없이 화창했다. 시야가 확 트였다. 혼자 걸어도 길을 잃을 염려는 없겠다. 그런데 찌릿찌릿! 편두통이 자꾸 일었다.

맑고 찬 공기를 깊이 들이마시며 천천히 걸었다. 검은 유리처럼 반짝거리는 새까만 돌들이 흩어져 있는 길이었다. 흑요석이다. 어제도 흑요석이 깔린 황야지대를 건너왔지만, 눈여겨볼 여력이 없었다. 화살촉처럼 생긴 삼각형 모양의 조각을 하나 집어 들었다. 깨진 단면이 유리처럼 날카롭게 반짝였다. 원석으로 흑요석을 보기는 처음이다. 검은 유리처럼 반질반질 빛나는 돌들이 신기했다. 출발하자마자 가던 길을 접고 그 돌밭을 빙빙 돌았다. 용암이 빨리 식으면서 생긴 검은 돌은 유문암이 만들어지는 용암에서 흔히 발견된다. 그러니까 이 지역은 형형색색의 유문암들과 새까만 흑요석으로 이루어진 화산지대다.

흑요석 두 개를 챙겨 주머니에 넣고 검은 돌밭에서 내려와 하얀 눈밭을 걸었다. 하늘은 새파랬다. 피라미드처럼 솟아오른 하얀 산봉우리들이 구름에 갇혔다 열렸다 했다. 너른 눈밭을 걷고 걸었다. 어느새 뒤따라온 트레커들이 나를 제치고 앞질러갔다. 나는 또 짐에 짓눌려 가고 있었다. 어깨가 끊어질 것 같고 허리가 자꾸 앞으로 접혔다. 고산병에 걸린 사람마냥 두통이 일면서 우웩! 헛구역질까지 올라왔다. 비틀비틀 30분쯤 걸었을까. 설산평야 한가운데 돌탑 하나가 높게 서 있었다. 벌렁 등을 대고 앉았다. 구토증이 가라앉을 때까지 한참 동안 앉아 있었다. 땀이 식자 이번에는 추위가 몰려왔다. 다시 용기를 내 일어서는데 돌탑 위쪽에 타원형의 철판이 붙어 있는 게 보였다. 1년 전 이곳에서 조난당해 사망한 남자의 사진이 걸려 있었다. 돌탑은 그의 추모비였다. 아까 재킷 주머니에 집어넣었던 흑요석을 하나 꺼내 탑 위에 올려놓았다.

다시 눈밭과 협곡을 건너 오르막길을 탔다. 몇 팀의 트레커들이 계속해서 나를 스쳐갔다. 오전 10시 30분, 바위산 고개를 가파르게 치고 올라갔다. 동쪽으로는 뾰족한 설산들이, 서쪽으론 황금빛 유문암 산맥들이 눈에 들어왔다. 굽이굽이 물결치는 황금색 산줄기를 넋 놓고 바라보았다. 발길이 쉬이 떨어지지 않았다.

풍광이 확연히 달라졌다. 여기저기 골짜기에서 증기가 피어오르고 있는 불모의 뜨거운 땅이 나타났다. 청년들 몇몇이 물이 콸콸 끓어오르는 분기공 옆에 둘러앉아 추위를 녹이고 있었다. 그때부턴 앞쪽에서 올라오는 사람들과 자주 마주쳤다. 오늘 목적지인 산장에서 아침에 출발한 트레커들이었다.

물이 발목쯤 차오르는 얕은 물길을 만났다. 다른 사람들은 신발과 양말을 벗고 바지를 걷어 올리고 맨발로 건너거나 샌들로 바꿔 신고 건넜다. 나는 양말도 신발도 그냥 신은 채, 바짓단만 돌돌 말아 걷어 올리고 건넜다. 어차피 젖은 발이었다.

물이 찔꺽거리는 발로 다시 가파른 고개를 탔다. 실리카 머드가 회반죽처럼 질척거리는 미끄러운 경사지였다. 발이 주룩주룩 미끄러져 내렸다. 두 손으로 땅을 짚어 가며 어떡하든 올라가 보려고 했다. 아, 이런! 결국 끈적거리는 진흙 속에 빠진 발을 뗄 수가 없게 됐다. 들고 오지 못했던 스틱이 떠올랐다. 우씨, 착한 척하지 말걸 그랬어!

허리를 굽힌 채 그 자리에 그냥 서 있었다. 진흙탕에 미끄러지고 뒹굴며 온몸을 더럽히지 않고는 올라갈 수 없을 것 같았다. 3미터만 더 올라가면 진흙탕에서 벗어나겠는데. 정말 난감했다.

"헬로! 이거 받으세요. 받을 수 있겠어요?"

까만색 털모자를 쓴 남자가 위에서 몸을 뒤로 젖히고 앉아 내게 스틱을 내밀었다. 그 위에서 또 한 여자가 그의 한 손을 잡고 앉아 버팅기고 있었다. 나는 얼른 스틱을 낚아챘다. 하나, 또 하나. 양손에 스틱을 잡고 땅을 깊이 찍으며 간신히 올라갔다.

"휴우~ 살았어요! 고맙습니다!"

그들은 나랑은 반대 방향으로 트레킹을 하고 있는 독일인 커플이었다. 그들과 헤어져 구불구불 고갯마루를 타고 계속해서 남쪽으로 걸었다. 신발과 바짓단에는 하얀 머드가 덕지덕지 붙어 있고 바지 무릎은 찢어져 너덜거리는 몰골로 휘청휘청 걸었다. 꼴이 말이 아니군.

남쪽으로 전망이 확 뚫렸다. 풍광이 또 한 번 달라졌다. 초록색 이끼와 사초로 뒤덮인 푸른 세상이 내려다보였다. 삼각형 모양의 뾰족한 검은 산들이 이어지며 드넓은 푸른 대지와 파란 호수도 보였다. 눈과 돌과 흙으로만 뒤덮인 불모의 땅을 건너와 푸르른 땅으로 내려가는 길이었다. 자갈이 굴러 내리는 가파른 길이었다. 윽! 미끄러져 엉덩방아를 찧고 말았다. 오전 11시 50분, 엎어진 김에 쉰다고, 그 자리에 다리를 쭉 뻗고 앉아 물을 마시고 초콜릿바를 먹었다. 근처 협곡에서 들려오는 물소리가 우렁찼다. 발 옆에는 청보라색의 작은 야생화들이 피어 있었다.

다시 걷기 시작했다. 좀 괜찮아졌다 싶었는데 두통이 또 심해졌다. 머릿속에서 전기 스파크가 튀는 것처럼 찌릿찌릿! 그때마

3장 나는 정말 실패자일까?

다 깜짝깜짝 놀라 나도 모르게 머리를 흔들었다. 왜 이러지? 마음이 점점 불안해졌다. 어찔어찔 어지럼증까지 일었다. 윽! 몇 발짝 못 걷고 또 넘어졌다. 꼬리뼈를 돌멩이에 짓찧었다. 찌르르 통증이 몸을 관통해 머릿끝까지 뻗쳐올랐다. 눈물이 핑 돌았다.

"괜찮아요?"

밑에서 올라오던 청년들이 소리쳤다.

"아, 괘, 괜찮아요."

기진맥진 언덕을 내려와 물길을 만났다. 고도가 많이 낮아졌는지 더웠다. 위에서 내려온 트레커들이 재킷을 벗고 정강이까지 차오르는 얼음장 같은 물속을 건너고 있었다. 나도 물속에 처박히지 않으려 용을 쓰며 유속이 빠른 물길을 또 힘들게 건넜다.

오후 1시 45분, 마침내 오늘 목적지인 호수 앞 아울프타바튼 산장에 기진맥진 도착했다. 곧장 산장 사무실을 찾아가 내일 일기예보를 문의했다. '비!' 그만 전의를 상실하고 말았다. 내일 또 빗속을 걸어야 한다고? 이런 제기랄! 죽어도 더는 못 걷겠다.

마침 그곳에 레이캬비크까지 간다는 산악버스가 정차해 있었다. 거기서 나갈 수 있는 방법은 그 버스밖에 없다. 다른 차량은 들어오지 않는 곳이다. 그냥 막무가내로 버스에 올라탔다. 그렇게 이틀 만에 트레킹을 중단하고 말았다. 남은 이틀 코스를 포기했다. 기분이 착잡하고 우울했지만 도저히 더 걸을 자신이 없었다.

오후 2시, 나처럼 지친 십수 명의 트레커들을 싣고 버스가 출발했다. 꿋꿋하게 대형배낭을 메고 계속해서 걷고 있는 트레커들이 버스를 향해 손을 흔들었다. 안녕! 나는 부러운 눈길로 그들을 멍하니 바라보고 있었다.

작가로 성공한 삶

○ 63일

그뷔드욘손
락스네스 기념관

뢰이가베귀린 트레킹을 중도 포기하고 레이캬비크로 돌아온 이튿날, 기분이 엉망이었다. 트레킹을 끝까지 마치지 못한 게 영 마음에 걸렸다. 날씨가 안 좋아도, 힘이 들어도 포기하지 말걸 그랬다는 뒤늦은 후회감에 시달렸다. 몸도 마음도 자꾸 처졌다. 이럴 땐 짐을 꾸려 메고 다시 길을 떠나는 게 상책이다.

"여기예요!"

36번 도로가에 차를 세우며 아이슬란드 여자가 말했다.

"저 건물인가요? 고맙습니다!"

그뷔드욘손 락스네스 기념관Guðjónsson Laxness Museum은 레이캬비크에서 북동쪽으로 15킬로미터쯤 떨어져 있다. 레이캬비크에서 지적이지만 여기까지 오는데 히치하이킹으로 차를 두 번이나 바꿔 타야 했다.

자동차를 보내고 잡목 숲 사이로 걸어 들어갔디. 자작나무 울타리 안에 아담한 흰색 건물이 보였다. 2층짜리 콘크리트 건물이었다. 입장료를 지불하고 현관 벨을 눌렀다. 안에서 잠긴 문이 열렸다. 현관엔 1층 거실로 들어가는 문과 2층으로 올라가는 계단이 있었다. 벽에는 유화 작품들이 걸려 있고 커다란 괘종시계가 놓여 있었다. 혼자 1층 거실로 들어갔다.

노벨문학상을 수상한 아이슬란드의 20세기 작가, 하들도르 락스네스(1902~1998년)가 40여 년 동안 살던 집이다. 락스네스 사후에 그의 아내가 레이캬비크 시에 기증해 기념관으로 관리되며, 살던 당시 그 모습 그대로 개방되었다. 꼭 한번 들러 보고 싶은 곳이었다. 세계적인 작가로 성공한 사람의 삶은 어땠을지, 어떤 집에서 살았을지 궁금했다.

1층부터 천천히 둘러봤다. 그랜드피아노, 관엽식물들, 얼룩무늬 긴 장의자, 모양과 재질이 제각각인 팔걸이의자들과 티테이블, 조각품들과 벽에 걸린 그림들, 식탁……. 2층엔 부부가 따로 사용한 두 개의 작은 침실과 수천 권의 책이 빼곡히 책장을 채운 서재가 있었다. 타자기도 보였고 락스네스 딸이 여행을 하며 수집했다는 각 나라의 전통 인형들도 있었다. 평범한 중산층 가정집 분위기다. 다만 그림과 조각품과 책이 많다는 게 다를까. 그리고 소품 하나하나를 신중하게 골라 장식한 듯 주인의 손길과 애정이 느껴졌다.

한참 동안 서재 앞에 서 있었다. 사실 락스네스의 글을 읽어 본 적이 없다. 찾아봤지만 한글번역본이 나와 있지 않았다. 미국

작가 수전 손택의《문학은 자유다》에서, 락스네스의《빙하 아래》라는 소설의 평을 읽어 봤을 뿐이다. 수전 손택은 그 소설을 "최고 경지의 조소와 기지의 작품이다. 지금껏 나온 책 가운데서 가장 재미있는 책으로 손꼽을 만하다"며 과학소설, 철학소설, 몽환소설, 희극소설을 아우른 작품이라고 극찬했다. 그 평을 읽으니 락스네스의 소설이 더 궁금해졌다.

락스네스는 열일곱 살 때 첫 소설《자연의 아들》을 출판했다. 당시 그는 코펜하겐을 여행하며 어머니에게 편지를 보냈다.

"이번 여행은 내가 진짜 작가가 되기 위해 필요한, 사람과 세계에 관한 지식을 얻을 수 있는 과정이 될 것 같습니다."

그는 일찍이 자기가 갈 방향을 찾았던 것이다. 그는 1920년대에는 미국 할리우드에서 살았고, 1930년대에는 소련에서 살았다. 스탈린평화상(1952년)과 노벨문학상(1955년)을 받았다. 그는 가난한 아이슬란드 농부들을 다룬 서사시적 소설로 유명해졌다. 대표작은《독립한 민중》,《아이슬란드의 종》등으로, 간결하고 힘찬 고대 사가 스타일을 현대문학에 재현했다고 평가받고 있다. 소설, 수필, 희곡, 회고록 등 60편이 넘는 작품을 출판한 작가다.

그가 평생 보여 준 문학을 향한 열정과 깊이가 놀랍고 한편 부끄러웠다. 수십 년 동안 소설을 습작했던 나로서는 더욱 그랬다. 나의 습작소설들이 질은 차치하고라도 양에 있어서도 얼마나 부족한 것인지 새삼스레 실감났다. 나는 애초부터 '작가정신'도 찾지 못했고 '작가의 삶'에도 닿지 못하면서 바람만 잔뜩 든 채 살았던 것이다. 재능도 노력도 턱없이 부족했다. 그러니 꿈을 이루지 못한 게 당연할밖에.

씁쓸한 기분에 젖어 기념관에서 나왔다. 배낭을 맡겨 놓았던 프런트에서 그곳에 비치된 락스네스의 책들을 훑어봤다. 엉어번역본으로《The Fish Can Sing》이라는 제목의 소설 한 권과 드라마로 제작됐던《빙하 아래》를 담은 비디오 CD를 한 장 샀다. 산책을 하려고 약도도 한 장 챙겼다. 락스네스가 매일 산책했다는 코스를 따라 걸어 볼 생각이었다.

"이건 선물로 드릴게요."

프런트 직원이 몽당연필 한 자루를 내밀며 말했다.

"뭐예요?"

연필 반 자루만 한 흰색 몽당연필이었다. 기념품으로 팔고 있었다.

"락스네스는 산책할 때마다 종이를 접어 그 사이에 몽당연필을 끼워 들고 다녔어요. 떠오른 생각이나 영감을 늘 메모하면서 걸었어요."

그녀가 준 연필을 손에 꼭 쥐고 밖으로 나왔다. 정원을 한 바퀴 돌았다. 집 앞엔 락스네스가 아꼈다는 흰색 재규어 자동차가 서 있었다. 정원엔 그의 소설에 등장하는 '크라피'라는 이름의 말 동상이 수영장 옆에 서 있고 작은 수영장엔 깨끗한 물이 찰랑찰랑 차 있었다. 슬쩍 손을 담가 보니 물이 따뜻했다.

작은 강가 옆으로 산책로를 따라 걸었다. 날은 흐렸지만 바람이 잔잔하고 길이 평탄해 걸을 만했다. 남쪽으론 500여 미터 높이의 산이 보였다. 주변은 울퉁불퉁한 돌밭 황무지였다. 키 작은 풀들이 뒤덮고 있었다. 락스네스가 어렸을 때 살았고, 유럽과 미국 등지에서 살다가 돌아와 집을 짓고 살며 산책을 즐겼던 지역.

나는 세계적인 작가에게 영감을 불러일으켰던 땅과 대기의 기운을 느껴 보려고 자주 멈춰 서서 주변을 둘러보며 숨을 깊이 들이마셨다. 몽당연필도 만지작거렸다. 뭐라도 좀 근사한 생각이 떠오르면 락스네스처럼 몽당연필로 메모를 하고 싶었는데, 떠오르는 게 없었다. 우울했다. 대가 앞에서 주눅 든 사람마냥 풀이 죽었다. 3킬로미터쯤 걸어가자 작은 폭포가 나왔다. 폭포 앞에서 넋 놓고 앉아 있다가 돌아섰다.

기념관으로 돌아오는 길에 씨앗이 맺혀 있는 루핀 꽃대를 발견했다. 콩꼬투리처럼 생긴 씨방이 다닥다닥 까맣게 매달려 있었다. 청보랏빛 꽃으로 물들었던 시간이 지나 벌써 계절이 바뀐 것이다. 아퀴레이리의 식물원에서 만났던 정원사 구투른이 내게 꽃씨를 주며 했던 말이 떠올랐다. "루핀은 씨방을 따서 귀에 대고 흔들어 보면 여문 씨앗들이 부딪치는 소리가 들려요. 그때 씨앗을 받을 수 있어요." 하나 따서 흔들어 보니 찰랑찰랑 청아한 소리가 났다. 씨방을 까고 동글동글한 작은 씨앗들을 한 주먹 받았다.

수첩을 꺼내 들고 물가에 앉았다. 기념관에서 들고 온 소책자를 펼쳐 놓고 거기에 적혀 있는 락스네스의 글귀를, 락스네스의 몽당연필로 수첩에 옮겨 적었다.

Flowers are immortal, you cut them in autumn and they grow again in spring(꽃은 불멸의 존재다. 당신이 가을에 꽃을 꺾어도 봄에 꽃은 다시 피어난다).

그 밑에 한 줄 더 적었다.

내게 다시 그런 봄날이 올까?

불현듯 이런 말이 기억났다. "우리가 보는 것이 우리를 이끈다." 그건 내가 마지막으로 썼던 단편소설 〈작전명, 꽃〉에 나오는 구절이다. 이 문장을 어디서 인용했나? 내가 생각해 낸 말인가? 그것까진 기억나지 않았다. 그 소설을 다시 고쳐 쓰게 되면 이렇게 바꿔야겠다. "내가 보는 것이 나를 이끈다."

'꿈은 이루어진다'는 희망고문 따위

○ 64일

싱그베들리르 알싱

외크사라우 강가

싱그베들리르에 다시 왔다. 어제 락스네스 기념관에서 동쪽으로 조금 더 이동한 것이다. 싱그베들리르는 레이캬비크를 떠나 들렀던 첫 여행지로 두 달 전에 캠핑장에서 우연히 만난 연희 씨 부부의 차를 얻어 타고 왔었다. 본격적으로 아이슬란드 여행을 막 시작하던 때였지. 그때는 이 여행을 정말 잘할 수 있을까 불안해 가슴을 졸였고 야영생활, 히치하이킹, 영어로 말하기 등 모든 게 서툴고 어리바리했다. 또 숨 막히도록 경이로운 풍경을 보며 정신을 차릴 수가 없었지.

그렇게 시작한 여행이 막바지에 다다랐다. 그동안 나는 말 그대로 '상상 그 이상의 것'을 목격하며, 아이슬란드 동서남북을 정신없이 휘돌았다. 그러고는 제법 노련해진 배낭여행자 티를 내며 꾀죄죄한 몰골로 싱그베들리르에 다시 온 것이다. 스킨스쿠버 다이빙을 하기 위해. 이제 여행이 8일 남았다.

　야채죽과 식빵으로 아침을 먹고, 캠핑장에서 실프라까지 3킬로미터쯤 걸어가 스쿠버다이빙 예약부터 했다. 그러고는 천천히 싱그베들리르를 걸었다. 의회민주주의의 모태가 되는 알싱이 세계 최초로 세워진 역사적인 장소를 다시 한 바퀴 돌았다. 지금은 대통령의 여름별장으로 사용되고 있다는 농가 옆의 교회도 들어가 봤다. 아이슬란드가 기독교를 국교로 받아들인 서기 1000년에 세워진 교회. 1859년에 다시 세워져 1983년까지 보수된 그 작은 예배당에 여행자들이 들랑거리고 있었다.

　안젤리카 꽃이 하얗게 피어 있는 외크사라우Öxará 강가의 산책길, 북아메리카판과 유러시아판이 쩍쩍 갈라진 협곡들, 그 협곡 사이로 떨어지는 외크사라우포스Öxaráfoss의 폭포수, 로지폴소나무 숲을 걸어 캠핑장으로 돌아왔다. 캠핑장 주변은 이끼와 키 작은 북극버들나무와 난장이자작나무 들이 우거져 푸르렀다. 군락을 이루며 노란 꽃과 흰 꽃을 피어 올린 흰솔나물과 큰솔나물이 바람에 흔들리고 있었다.

　어쩐지 원을 한 바퀴 빙 돌아 출발점으로 돌아온 것만 같았다. 수많은 시행착오와 난관 들을 겪으며 돌아온 느낌. 새로운 여행이 다시 시작되는 기분이었다. 아주 묘했다. 풍경과 공기와 바람이 낯익은 듯 낯선 느낌이랄까. 그런데 정말 여행을 다시 시작한다면 더 멋진 여행을 할 수 있을까? 과거의 어느 시점으로 돌아가 다시 살면 잘 살 수 있을까? 훨씬 더 여유롭고 지혜롭게 자유로운 여행을 할 수 있겠지? 이젠 뭘 좀 알았으니까. 그래도 아쉬움은 남을 테고 시행착오는 반복되고 수시로 난관에 봉착할 것이다. 다시 살아도 그럴 것 같다.

캠핑장 피크닉 테이블에서 점심으로 라면을 끓여 먹으며 그런 생각을 하고 있을 때였다.

"이곳에 언제 왔어요?"

옆 테이블에서 한 노인이 말을 걸어왔다. 얼굴도 몸도 깡마른 노인이었다.

"어제 왔어요."

"나는 여기 한 달째 있는 거예요."

"아이슬란드에요?"

"아니, 싱그베들리르에요."

"여기가 좋으세요?"

"와이파이도 안 되고, 전기도 없고. 문명과 동떨어진 곳이죠. 그리고 조금씩 땅이 벌어지고 있는 곳이고요. 신기하죠."

"네. 어느 나라에서 오셨어요?"

"그런 건 중요하지 않아요!"

노인은 예의 없는 질문을 받았다는 듯이 이맛살을 찌푸리며 대답했다. 그러고는 진지한 표정으로 문명기기와 전자파 같은 것들이 사람에게 얼마나 해로운지 한참 동안 얘기했다.

"몸도 망치고 정신까지 망치는 물건들이죠. 그런 것들이 우리를 행복하게 만들어 준다고 사람들은 착각하고 있어요. 그런 물건들을 많이 갖고 있다고 행복해지는 게 아닌데."

노인은 내 테이블 위에 놓여 있는 카메라 때문에 내 옆으로 가까이 다가올 수 없다는 말도 했다. 현대문명 회의주의자인 노인이 떠나고 나는 다시 상념에 젖어들었다. 실패를 찬양한다는 나라의 햇볕을 쬐면서.

다시 산다면 아니, 앞으로 남은 인생이라도 '꿈은 이루어진다'는 희망고문 따위 붙들지 말아야지. 아이슬란드 사람들처럼 '내일', '다음' 따위의 단어도 버려야지. 수시로 땅속에서 불이 솟구쳐 오르고 땅이 뒤흔들리고 뒤집히는 걸 보며 사는 아이슬란드 사람들에겐 '지금'이 중요하지 '내일'이 중요한 게 아니었다. "네 꿈이 뭐니? 나중에 뭐가 되고 싶어?"라고 묻지 않고 "지금 하고 싶은 게 뭐니?"라고 묻는 것도 자연이 눈앞에서 꿈틀거리고 뒤집히는 걸 수시로 목격하며 사는 사람들이라 그럴 것이다. 나도 어떤 먼 계획이나 거창한 목적 따위 없이, 그때그때 단기 계획을 세우며 나 좋을 대로 내키는 대로 여행하듯이 살아야지. 순간순간 잘 놀아야지. 뭐가 되려고 아득바득 애쓰지 말고.

그렇게 좀 교훈적이고 상투적인 생각들을 이어 가다가 그만 일어섰다. 다이빙 예약 시간에 맞춰 실프라까지 걸어가려면 서둘러 출발해야 했다. 그런데 나는 정말 '인생 실패자'일까?

왼손은 아메리카에, 오른손은 유럽에

○ 64일

실프라Silfra는 싱그베들리르의 호수인 싱바들라바튼 수면 아래,
두 개의 대륙 틈에서 다이빙이나 스노클링을 하는 곳이다. 세계
다이버들이 특별한 경험을 하기 위해 찾아오는 다이빙 포인트. 다
이빙 경비는 39,990크로나(약 36만 원)였다. 우라질! 엄청 비싸다.
어쨌든 두 눈 딱 감고 돈을 치렀다. 초짜 다이버지만 '지질학적으
로 아주 거대한 변화의 현장'을 온몸으로 체험해 보고 싶었다.

　　오후 3시 30분, 아침에 예약했던 다이빙 회사의 가이드가
'스쿠버다이빙 위험에 관한 공문'이라는 문서를 내밀었다. 나는
찬찬히 20개가 넘는 항목들을 훑어봤다. 국제적으로 인정되는 다
이빙 교육기관에서 발급한 자격증을 갖춘 다이버인지, 자발적인
참여인지, 다이빙을 하기에 부적합한 질병을 갖고 있거나 임신 중

인지, 약물이나 술을 복용했는지 등 질문들이 적혀 있었다. 또한 다이빙이 위험하다는 걸 인지하고 있으며, 벌어질 수 있는 사고에 책임을 질 것인지 등등. 이런 서류에 사인을 할 때는 굉장히 긴장하게 된다. 목숨이 위험할 수도 있는 일에 도전한다는 사실을 새삼 인식하게 된다. 떨리는 가슴을 한 손으로 쓸어내리며 이름, 생년월일, 날짜를 적고 사인을 했다.

가이드는 이름이 아론, 안드레이라는 두 청년이었다. 가이드를 따라 300미터를 걸어갔다. 두 개의 판이 갈라져 생긴 긴 협곡 사이로 푸른 수정처럼 맑은 물이 호수 쪽으로 흘러가고 있었다. 호수를 바라보며 가이드의 브리핑을 들었다. 다이버는 미국 청년과 미국 중년여자, 그리고 나까지 셋이었다.

"이 안쪽에 동굴이 있어요. 이곳에서 북쪽으로 150킬로미터쯤 떨어진 빙하 랑예퀴들Langjökull이 녹아 흘러온 물이 지하동굴을 통해 여기로 나오죠. 세상에서 가장 깨끗하고 맑은 물이에요. 물에 들어가면 제일 먼저 이 물을 마셔 보고 입수할 겁니다. 수온은 3도예요. 연중 온도가 비슷해요. 깊이는 22미터. 18미터까지 내려가지만 보통 10~12미터에서 이동할 겁니다. 깊이 내려가 봐야 모랫바닥밖에 보이는 게 없어요. 강, 드라이슈트 입어 봤어요?"

"아뇨, 처음이에요."

"다이빙은 얼마나 해 봤어요?"

"완전 초짜예요. 지난봄 필리핀 여행 중에 자격증을 땄고, 20회 정도밖에는."

아론이 내가 내민 다이버 자격증을 받아 확인하며 말했다.

"웻슈트를 입고 열대 바다에만 들어가 봤겠네요. 음, 오케이!

할 수 있어요. 도와줄게요. 겁먹지 말아요!"

　겁먹지 말라는 말이 오히려 나를 더 겁나게 만들었다. 순간, 또 심장박동이 빨라졌다. 두 미국인은 다이버 경력 10년이 넘는 베테랑들이라고 했다.

　다이빙 장비를 착용하기 시작했다. 생전 처음 입어 보는 드라이슈트는 도저히 혼자 입을 수 있는 옷이 아니었다. 드라이슈트는 웻슈트와 다르게 몸이 물에 젖지 않는다. 또 내부에 공기층을 만들어 단열효과를 높여 준다. 그러니까 수온이 낮은 찬물에 들어갈 때 입는 잠수복이다. 먼저 재킷과 바지를 벗고 내의 위에다 상하의가 붙은 방상내피를 입었다. 그 위에 까만색 슈트를 입었다. 가이드가 도와주지 않으면 팔다리를 낄 수도 없었다. 고무재질의 슈트가 몸을 꽉 쪼였다. 볼품없이 비쩍 마른 몸매가 적나라하게 드러났다(여행 끝나고 한국에 돌아와 재 보니 11킬로그램이 빠졌다). 특히 목을 어찌나 조이는지 숨이 막힐 지경이었다. 팔목, 발목도 세게 조였다. 그렇게 조여야 물이 새 들어오지 않아 몸이 젖지 않는단다. 젖는 부위는 머리와 손뿐이라고 했다. 양말 위에 부츠를 신었다. 쇄골까지 내려와 조이는 모자를 썼다. 공상과학영화 속의 우주인이 된 것 같았다. 슈트 위에 웨이트를 허리에 차고 에어 탱크를 등에 멨다. 허리가 휘어지도록 무거운 탱크를 지고 다이빙 포인트까지 다시 300미터 걸었다. 물에 들어가기 전에 스노클을 쓰고 장갑을 꼈다. 가이드가 발에 핀을 신겨 주었다.

　슈트에 공기를 주입하고 물로 뛰어들었다. 수면 위로 얼굴을 내놓은 채 둥둥 떠 있었다. 가이드의 지시에 따라 스노클을 벗고 고개를 숙여 물을 몇 모금 들이켰다. 물 맛이 맑고 깔끔하고 시원했다. 드디어 입수를 시작했다. 5미터쯤 아래로 죽 내려갔다. 나는 입수를 할 때면 매번 공포감에 질려 머릿속이 하애지는 느낌이다. 그때마다 괜찮아, 괜찮아, 침착하자, 침착하자 속으로 되뇌며 불안한 마음을 애써 진정시킨다. 마음이 가라앉고 호흡이 안정될 때까지. 공기통의 무게도 내 몸의 무게도 전혀 느껴지지 않는, 무중력 상태의 고요한 공간에 적응할 때까지 그리 오래 걸리지는 않았다.

가이드의 수신호에 따라 슈트에 공기를 주입하고 빼는 연습을 잠깐 했다. 이어 곧바로 앞으로 나아가기 시작했다. 바위들이 양쪽에서 수직절벽을 이루고 있는 협곡의 틈을 타고 호수 방향으로 향했다. 그런데 어, 어어? 출발하자마자 나는 그만 몸의 균형을 잃고 말았다. 몸이 발랑 뒤집어지더니 위로 붕 떠올랐다. 옆으로 손을 뻗어 간신히 바위를 붙들었다. 몸을 바로 잡으려 용을 써 봤지만, 몸이 엎어지지 않았다. 가이드가 한쪽 옆구리를 붙들고 끌어내리며 몸을 바로잡아 주었다. 그러고도 한 번 더 뒤집혀 또 진땀을 뺐다. 드라이슈트에 적응하기가 쉽지 않았다. 다행히 차츰 중성부력이 잡혀 갔다. 협곡 틈이 좁아졌다. 양팔을 벌리자 왼손이 아메리카, 오른손이 유럽에 닿았다. 나는 두 대륙 사이의 기이한 공간, 지구의 역사 속에 끼여 있었다.

6천만 년 전 지구 표면에 생긴 거대한 균열, 대륙이동설의 현장이었다. 그러니까 그 틈에서 마그마가 쏟아져 나왔고, 수백만 년에 걸쳐 균열이 뻗어 나가면서 아메리카 대륙이 유럽 대륙으로부터 밀려나간 것이다. 그 사이에 대서양이 생겼다. 아이슬란드는 대서양에서 해저산의 정상이 바다 위로 떠올라 생긴 섬나라였다.

448

내가 두 대륙을 양손으로 잡고 있는 동안, 안드레이가 앞에서 수중카메라를 들고 기념촬영을 했다.

두 미국인은 능수능란하게 움직이며 다이빙을 즐기고 있었다. 바닥 끝까지 내려가 모래를 손으로 푸기도 했다. 나는 되도록 수심에 변화를 주지 않고 차분하게 가이드를 따라갔다. 물이 맑디맑아 시야가 뻥 뚫렸다. 물빛은 눈이 시리게 푸르고 푸르렀다. 화려한 물고기와 산호초가 사는 바다와는 느낌이 달랐다. 생명체는 보이지 않았다. 바위 덩어리들과 모래뿐. 푸른 수정처럼 신비롭고 너무나 고요한 공간이었다. 두 개의 대륙 사이에서 헤엄친다는 것만으로도 지구 속으로의 특별한 여행이었다.

그런데 너무 추웠다. 입수하고 얼마간은 장갑과 모자 안으로 새어 들어온 찬물 때문에 손과 머리가 좀 차다 싶었는데 점점 온몸에 한기가 퍼져 갔다. 추위를 참으며 협곡을 통과해 좌회전했다. 수심이 낮고 넓은 지역이 나타났다. 햇살이 찬란하게 쏟아져 들어오는 그 모래지역을 지나자 연두색 실처럼 생긴 긴 물풀들이 끝도 없이 하늘거리는 게 보였다. 그런데 추위 탓인가. 머리가 띵했다. 더 있다간 심장도 얼어붙겠다 싶었다. 다행히 거기서 얼마 안 가 밖으로 나왔다. 들어간 지 35분 만이었다. 가이드가 준 핫초코를 마시며 몸을 녹였다. 가이드가 한 번 더 입수를 하겠냐고 묻는데 나는 고개를 설레설레 저었다. 얼어 죽을 것 같아요, 라며.

캠핑장으로 돌아와 뜨거운 물로 샤워를 하고 텐트 안에서 맥주를 마셨다. 좀 전에 경험한 특별한 여행을 떠올리며 혼자 축배를 들었다. '화이트 에일'이라는 알코올 5.2퍼센트의 아이슬란드 캔맥주였다. 다이빙을 하기 전 실프라에서 우연히 만난 준표 씨와 재후

씨에게서 얻은 거였다. 둘은 실프라에서 스노클링을 마치고 나오는 길이었다. 우리는 처음 만난 게 아니었다. 일주일 전, 란드만날뢰이가르에서 나오면서 히치하이킹한 자동차가 물속에 처박힌 날, F208번 도로에서 만났었다. 내가 차에 빈자리가 있냐고 물었을 때 단칼에 짐이 많다며 거절하고 떠났던 바로 그 건장한 남자들이었다. 그때 얘기를 하자 좀 미안했는지, 둘은 곧 한국으로 돌아간다며, 먹을 걸 바리바리 내주고 실프라를 떠났다. 3분 자장면, 햄버거스테이크, 고추장, 참치통조림, 에너지바, 홍차 티백, 캔맥주.

참치를 안주 삼아 홀짝홀짝 마시다 보니, 맥주 네 캔을 비웠다. 오랜만에 취했다. 기분이 헤롱헤롱 삼삼했다. 역시 여행 중에 마시는 맥주 맛이 끝내주는군. 그래도 술친구가 있으면 흥이 더 오를 텐데. 마음의 단추를 풀어놓고 진솔하고 유쾌하게 떠들어 대는 술자리 대화가 그리웠다. 한국에 돌아가면 친구들이랑 밤새워 마시며, 오늘 내가 얼마나 멋진 곳에 갔는지 실컷 자랑해야지.

당신, 실패한 사람 맞아요?

○ 68일

티외르닌 호수

레이캬비크 시청

아이슬란드 국립박물관

다음 날 뢰이가르바튼Laugarvatn에서 1박, 그다음 날엔 게이시르까지 갔다가, 또 그다음 날 레이캬비크로 돌아왔다. 내일 그린란드로 가는 비행기를 타야 했다. 오늘은 아침부터 레이캬비크 시내를 또 배회했다. 클린턴 대통령도 먹었다는 유명한 핫도그를 사 먹으며.

점심으로는 아르나르홀 언덕 벤치에 앉아 찐 감자와 건과일을 먹었다. 레이캬비크 시내 구경을 나왔던 첫날, 점심을 먹었던 바로 그 자리였다. 잉골뷔르 아르나르손의 동상 아래. 67일 전 그날은 아이슬란드 여행을 막 시작했던 때라 낯선 도시의 풍광 속에서 들떠 있었다. 지난 시간이 정말 한여름 밤의 꿈만 같다. 오늘은 여행이 막바지에 이르렀다는 사실 때문에 또 감개무량했다. 나는 결국, 미친 짓이라는 이 여행을 해냈다!

얼마나 돈을 아껴 썼는지, 허리에 두르고 있는 전대를 확인해 보니 221,700크로나(약 200만 원)가 남았다. 좀 전에 시짐에 들러 기념(?)으로 사진집 한 권과 아이슬란드 민담집 한 권, 수필집 한 권, 식물도감 한 권을 샀는데 그 돈을 제하고도 200만 원이 남았다. 여행 총 경비 422,078크로나에서 200,378크로나를 썼다. 들고 온 경비의 절반쯤을 쓴 것이다. 참 지독하게 가난한 여행을 했다.

오늘 물고기 문양이 찍혀 있는 동전들과 화가, 시인, 주교의 세 번째 부인, 학자, 주교, 정치가의 인물 도안이 들어 있는 지폐들을 들여다보는데(화폐 인물들의 직업이 놀랍다!) 너무 아껴 썼나? 여행을 제대로 한 거야, 뭐야? 하는 생각이 들었다. 여행경비만 보자면 대단히 성공적인 여행이다. 게다가 히치하이킹과 야영생활이라는, 청춘 같고 축제 같은 여행을 했다. 그런데 가슴 한켠이 여전히 어두운 건 왜지? 정오의 햇살이 이토록 눈부신데.

달디단 건과일을 씹으며 벤치를 떠나 티외르닌Tjörnin 호수로 내려갔다. 백조와 물오리들을 바라보다 호숫가 물 위에 지어진 시청사로 들어갔다. 아이슬란드 대형 입체도를 보기 위해서였다. 정교하게 만들어진 아이슬란드의 입체도를 빙빙 돌며 구석구석 내려다봤다. 내가 갔던 길, 가지 못한 길을 눈으로 더듬었다. 안개에 길을 잃고 울며 헤맸던 아스캬 지형이 이렇게 생겼구나! 오, 이렇게 날카로운 절벽에서 굴러떨어졌던 거네. 진짜 비명횡사하지 않은 게 천운이었군! 에바 할머니 여름별장은 이쯤에 있겠지. 풀리지 않던 수수께끼가 풀리듯, 머릿속이 환해지는 느낌이었다.

시청사를 나와 호숫가 남쪽 산책로를 걸었다. 햇살이 반짝이는 벤치에 금발 할머니 한 분이 앉아 있었다. 나는 잠시 쉴 겸 물오리도 구경할 겸, 그 옆에 앉았다. 할머니에게 눈인사를 건네며.

"분홍색 실이 참 곱네요. 뭘 뜨세요?"

할머니는 손뜨개질을 멈추고 나를 바라보며 말했다.

"손녀 스웨터예요."

할머니는 다시 뜨개질을 이어갔고, 나는 멍하니 호수를 바라보고 앉아 있었다.

"아이슬란드엔 왜 왔어요?"

할머니가 다시 뜨개질을 멈추고 내게 물었다. 지난 6월말 헤이마에이 섬에서 만났던 목장 할머니도 내게 왜 왔냐고 물었는데. 그때 나는 그냥 여행 왔다고 대답했었지. 같은 질문을 아이슬란드 할머니에게 두 번째 듣는 거였다. 에릭 와이너의 《행복의 지도》에 나오는 글이 떠올랐다.

"우리는 훌륭한 실패담을 사랑한다. 그 이야기의 결말이 성공으로 끝나기만 한다면. 몇 번이나 실패를 겪은 뒤 눈부신 아이디어로 대박을 터뜨린 기업가의 이야기, 출판사에서 몇 번이나 퇴짜를 맞은 적이 있는 베스트셀러 작가의 이야기. 이런 이야기에서 실패는 성공의 맛을 더 달콤하게 해 주는 역할을 할 뿐이다. 애피타이저처럼. 하지만 아이슬란드 사람들에게 실패는 메인 코스다."

나는 메인 코스의 음식을 펼치듯 더듬더듬 내 얘기를 털어놓기 시작했다. 두어 마디밖에 말을 나누지 않은, 이름도 모르는 할머니에게 그동안 버겁게 끌어안고 다니던 비밀을 누설하듯, 고해성사를 하듯 내 인생의 추레한 그 시간들, 결혼 실패, 꿈 실패, 사랑 실패를 펼쳐 놓았다. 왜 그랬는지 나도 모르겠다. 실례이다 못해 무례한 짓일 수도 있는데. 할머니는 뜨개질감을 무릎 위에 내려놓고 내 얘기를 조용히 들어주었다. 후우~ 내가 얘기를 다 끝내고 긴 한숨을 토하는데, 할머니가 물었다.

"당신, 인생 실패한 사람 맞아요?"

"네?"

"당신은 쓰고 싶은 글 쓰며 살았잖아요. 그랬으면 됐지, 왜 실패자라는 거죠? 지금 여기에 앉아 있는 당신이 인생을 다 실패했다니, 난 당신 말을 이해할 수가 없어요. 당신에겐 사는 게 뭐죠?"

뭐라 대답할 수가 없었다. 아무 말 없이 할머니를 바라보았다. 할머니의 파란 눈을 바라보았다. 푸른 호수처럼 고요한 눈빛. 그녀와 나는 서로를 바라보며 고개를 끄덕였다. 그녀가 '괜찮아요, 괜찮아요' 나를 격려하는 것 같았다. 나는 '고마워요, 고마워요.' 내 얘기를 그렇게 털어놨던 건 이런 위로가 필요해서였나.

호숫가를 떠나 국립박물관National Museum of Iceland을 향해 걷는 동안 그녀의 말이 머릿속에서 맴돌았다. "그랬으면 됐지. 당신에겐 사는 게 뭐죠That's good enough for you. What exactly does life mean to you?"

마지막으로 신춘문예에 응모했던 때가 생각났다. 4년 전이었나? 1년 동안 수정작업을 수없이 거치며 쓴 세 편의 단편소설을 12월 중순에 전국 신문사와 지역 신문사에 나눠 보냈다. 언제부턴가 대부분의 신문사에서 응모란에 주민등록번호(나이)를 기재하라는 항목이 새로 생겼다. 그 속내를 콕 찍어 캘 수는 없었지만 나로서는 아무래도 등단에 불리하다 싶었다. 그래서 다른 건 둘째치고 주민등록번호 항목이 없는 신문사만 선택해 보냈다.

응모작을 보낸 뒤에는 피가 마르는 기다림의 하루하루가 이어졌다. 전화기를 한시도 손에서 놓지 못했다. 누구처럼 당선소감을 미리 써 놔야 하나, 라는 달콤한 상상에 빠지기도 했다. 12월의 마지막 주는 신문사에 직접 전화해서 결과를 물어보고 싶은 욕구에 시달렸다. 이렇게 연락이 안 올 수가 없는데. 새해 1월 1일 인터넷으로 지면에 발표된 당선작들을 보면서도 그 결과를 믿을 수가 없었다. 그런 심정이니 응모자 중에 신문사로 전화해 항의한다는 사람들도 있겠지.

다른 사람들이 새해 계획을 세우는 1월 1일 밤, 나는 가슴을 틀어쥐고 울며 혼자 술에 취해 갔다. 사실 그전에는 이미 등단했거나 같은 처지에 있는 문청들에게 전화해 한탄을 퍼부으며 꺼이꺼이 홀쩍였지만 이젠 그럴 체면도 아니다 싶었다. 이후 3, 4일 동안 마치 죽음을 기다리는 사람처럼 꼼짝도 않고 누워 있었다. 극단적인 생각까지 하면서. 다른 해 같으면 내 소설을 다시 읽어 보고 얼마나 후졌는지 인정하며 우울증을 털어 내고 있었겠지만 4년 전 그때는 소설을 그만 때려치워야겠다는 생각을 했다. 이제 남은 인생을 끝끝내 실패자로 살아갈 일만 남았다는 쓰라린 낭패감과 허탈감을 품은 채로. 그때 멀리 떠나 낯선 길에서 떠돌며 살고 싶다는 생각을 했다. "당신에겐 사는 게 뭐죠?" 정말 뭐였을까? (사실 신춘문예에 당선된다고 다 작가가 되는 건 아니다. 그중 1퍼센트나 작가로 활동하게 될까. 대부분 등단했다는 타이틀만 얻은 채 끝난다. 등단 이후 더 큰 낭패감과 좌절감의 쓴 맛을 보며 아예 문단에 발을 들이지도 못하고 떠나거나, 여전히 아등바등 소설을 붙들고 인고의 길을 걷게 된다. 여하튼 나는 등단이라는 첫 번째 관문조차 통과하지 못했다. 그 긴 세월을 거기에 투자했건만. 다른 사람들한테는 내가 얼마나 미련스러워 보일까? 인생을 몽땅 낭비한 꼴이니.)

국립박물관은 멀지 않았다. **140**년이 넘은, 아이슬란드에서 가장 오래된 박물관이었다. 세 시간 만에 2천여 점의 유물들을 보고 밖으로 나왔다. 혹독한 자연환경 속에서 살아온 사람들의 그 치열한 흔적들을 뒤로하고 다시 티외르닌 호숫가로 갔다. 뜨개질을 하던 할머니가 앉아 있던 벤치는 비어 있었다. 벤치에 혼자 앉아 조용히 호수를 바라보았다. 놀랍게도 가슴 한켠에 서려 있던 어두운 그림자가 가신 것 같았다.

해안도로를 한 시간 정도 걸어 캠핑장에 도착했다. 곧장 밥을 해 먹었다. 프리푸드 선반에서 구한 생선통조림과 고추장, 한국 부부가 준 김치까지 곁들여 먹었다. 저녁식사를 끝내고 짐을 정리했다. 내일 아침 그린란드로 가는 비행기를 타야 했다. 간단한 짐만 꾸리고 나머지 야영장비들은 또 맡기고 갈 생각이었다. 에에춰! 짐을 정리하는데 갑자기 재채기가 터져 나왔다.

그 밤 내내 콧물, 눈물, 재채기가 멈추지 않았다. 재채기를 할 때마다 마치 땅 위로 올라와 파닥거리는 물고기처럼 몸부림쳤다. 내 몸에서 비늘이 다 떨어져나가는 것 같았다. 비늘을 다 털고 나는 내일 무엇으로 다시 태어날까? 그런 생각을 하며 잠들었다.

뢰이가베귀린 트레킹 셋째 날

◦ 70일

뢰이가베귀린 트레킹
3번 코스

아이슬란드 여행 70일째, 오전 8시 버스를 타고 남쪽 링로드를 달려 헬라Hella에서 산악버스로 옮겨 탔다. 아울프타바튼에서 나올 때도 이 마을에서 버스를 갈아탔었다. 일반 버스에 비해 차체가 높고 바퀴가 큰 산악버스는 앞창 유리가 쩍쩍 금이 가 있었다. 바퀴에 퉁겨 오르거나 바람에 날아온 돌멩이에 맞아서 그랬을 것이다. 지난번 나올 때 탔던 바로 그 버스였다. 버스기사도 낯익은 백발의 아이슬란드 노인이었다.

산악버스는 링로드 주변의 목초지를 지나 264번 도로를 타고 북쪽으로 향했다. 곧 F210번 도로로 바꿔 탔다. 울퉁불퉁 용암 바위가 깔린 불모지로 들어섰다. 승객은 총 일곱 명이었다. 나는 중도에서 포기했던 뢰이가베귀린 트레킹에 다시 도전하러 가는 길이다. 날씨는 화창했다.

어제 그린란드 3박 4일 여행을 마치고 레이캬비크로 돌아왔다. 그린란드에선 200여 명의 주민이 사는 작은 마을에서 지냈다. 여행자들과 밥을 같이 해 먹으며 호스텔에서 묵었다. 마을 주민의 보트를 얻어 타고 빙하와 유빙이 떠 있는 바다로 나아갔다. 바다 표범 사냥을 지켜봤다. 마을을 산책하며 빙산을 둘러봤다. 그곳에서 또 상상도 못 했던 장엄한 풍광 속을 거닐었다. 그린란드는 얼음의 땅이었다. 아이슬란드보다 더 거칠고 차고 황량한 동토였다. 지구가 얼마나 다양한 모습을 갖고 있는지 또 한 번 실감했다.

어제는 안개 때문에 레이캬비크로 돌아오지 못할 뻔했다. 레이캬비크에서 날아온 비행기들이 활주로에 착륙하지 못하고 도로 돌아갔다. 다행히 오후 들면서 안개가 걷혔고 공항에서 네 시간 대기 끝에 비행기를 탈 수 있었다. 레이캬비크 캠핑장으로 돌아온 어젯밤, 아이슬란드 여행의 마지막 남은 이틀을 어떻게 보낼까 궁리했다. 뭘 할까? 어딜 갈까? 레이캬비크 시내 구경이나 하며 쉬는 게 좋겠지. 마침 8월 29일 토요일 밤이었다. 펍pub 순례를 하며 밤을 보내고 내일은 푹 쉬자. 레이캬비크의 금요일과 토요일 '나이트 라이프'는 유명했다. 알딸딸하게 술에 취한 아이슬란드 사람들이 매주 금요일 자정 무렵이면 시내로 나와 술집이나 카페에서 술 파티를 벌인다. 리큐어나 맥주를 마시며 흥청망청 일요일까지.

그 '미친 밤'의 흥분과 활기를 느껴 보고 싶었다. 라이브 음악이 흘러나오는 바를 기웃거리다 보면 〈레이캬비크 101〉의 주인공인 힐누어 비외르든 같은 청년들과 맥주를 한잔 할 수도 있겠지.

그 엉뚱하고 기발한 상상력의 소유자들과. 그런데 마음 한쪽이 영 불편했다. 중도에서 포기했던 뢰이가베귀린 트레킹 때문이었다. 실패로 끝났던 여정이 너무나 아쉬웠다. 끝까지 가지 못했다는 게 이루지 못한 꿈처럼 나를 괴롭혔다. 아, 정말 찜찜하네. 다시 갈 수는 없을까? 시간이 너무 촉박하지? 무슨 방법이 없을까?

남은 트레킹 코스가 이틀이었다. 내게 남은 시간도 딱 이틀이다. 레크캬비크에서 트레킹 시작 지점까지, 트레킹 끝나는 지점에서 다시 레이캬비크까지, 자동차로 오고가는 여정까지 계산하면 시간이 정말 빡빡했다. 예측불허의 이변이라도 생긴다면 비행기 스케줄을 맞추지 못해 귀국 일정이 어그러질 수도 있다. 그래도 밀어붙이고 싶었다. 그래야만 여행을 마무리 지을 수 있을 것 같았다. 그래, 실패했으니 다시 도전할 수 있다! 사무엘 베케트가 말한 것처럼 "도전하라. 실패하라. 다시 도전하라. 더 잘 실패하라."

트레킹을 중단했던 지점인 아울프타바튼은 히치하이킹으로 갈 수 있는 곳이 아니었다. 1만 크로나(약 9만 원)를 내고 산악버스를 타야 하는데 비용이 얼마가 들든 이젠 상관없다는 생각이 들었다. 사실 남은 돈도 충분했다. 이번에는 짐을 더 줄이기 위해 조리도구와 식료품은 챙기지 않았다. 대신 소금, 식초, 설탕, 고추장을 넣고 큼지막하게 주먹밥 네 덩어리를 만들어 쌌다.

그렇게 길을 나서서 산악버스를 타게 된 것이다. 오전 10시 40분, 황무지를 오르던 산악버스가 갑자기 멈춰 섰다. 드넓게 펼쳐진 돌밭 한가운데였다. 바퀴 빠진 사륜구동 자동차가 길을 막고 서 있었다. 모험심이 강한 여행자가 이 오지로 차를 몰고 들어왔다가 낭패를 당한 것 같았다. 버스기사와 승객들이 버스에서 내려

길을 뚫기 시작했다. 퍼져 버린 사륜구동 옆으로 버스가 지나갈 수 있게 길을 내는 작업이었다. 검은 돌덩어리들을 끙끙 옮겼다. 파인 자리를 흙으로 메꾸고 밟아 다졌다. 20여 분 작업 끝에 버스가 간신히 장애물을 넘어섰다.

산악버스는 컬러풀한 유문암 산, 이끼로 뒤덮인 푸른 산, 설산 들의 협곡 사이를 오르내렸다. 비경이었다. 오후 12시 45분, 마침내 아울프타바튼 산장에 도착했다. 나중에 알고 보니 나 외에 다른 승객들은 아울프타바튼 산장에서 한 시간쯤 머물다가 다시 이 버스를 타고 F261번으로 나간다고 했다. 그러니까 버스 여행자들이었다.

점심으로 주먹밥 한 덩어리를 꺼내 먹고 곧바로 트레킹에 나설 준비를 했다. 심호흡을 하며 배낭의 가슴벨트와 허리벨트를 단단히 조였다. 지체할 시간이 없었다. 오늘 목적지는 엠스트뤼르 Emstrur 지역의 보트나르Botnar 산장. 16킬로미터 거리다.

아울프타바튼 호수 앞에서 지난번에 걸어온 북쪽 산등선이를 올려다보고 이정표가 가리키는 동쪽을 향해 걸었다. 드디어 대자연의 무대 속으로 한 발 한 발 걸어 들어갔다. 언덕을 오르내리며 협곡을 건넜다. 짐을 줄인다고 줄였는데도 배낭은 여전히 무거웠다. 다시 어깨와 등과 허리 근육들이 찢어질 듯 뒤틀리기 시작했다. 이를 앙 물며 참을 수밖에.

청년들이 물길 건너편에서 신발을 신고 있었다.

"어디로 건너갔어요?"

그들을 향해 소리쳤다.

"아, 이쪽으로요. 이쪽이 좀 얕아요!"

한 청년이 외쳤다.

"고마워요!"

양말과 신발을 벗고 바지를 무릎까지 올렸다. 신발을 들고 얼음장처럼 차가운 물속으로 발을 디뎠다. 윽! 울퉁불퉁한 돌멩이들이 발바닥을 찔렀다. 넘어지지 않으려고 급류 속에서 기를 쓰며 한 발 한 발 내디뎠다. 스틱이 있으면 좀 편하고 안전하게 건널 수 있을 텐데. 아이슬란드에서 그동안 수없이 건넌 물길인데도 등골까지 찌릿찌릿 타고 오르는 냉기는 익숙해지지 않는 고통이었다. 물길을 건너오자마자 돌밭에 주저앉아 손바닥으로 발을 주무르고 비볐다. 으으, 비명을 깨물며.

가파른 언덕을 치고 올라갔다. 온몸에 더운 땀이 흘렀다. 숨이 턱까지 차올랐다. 헉헉, 아! 가쁜 숨을 내쉬며 탄성을 터뜨렸다. 미르달스예퀴들 빙하와 남쪽으로 이어지는 전망이 웅장하게 펼쳐져 있었다. 해발 918미터의 원뿔 모양 스토라술라Stórasúla 산과 고랑이 깊이 팬 민둥산 푸른 산줄기들이 이어졌다. 빙하 침식과 화산 폭발로 만들어진 기묘한 지형이었다. 나는 배낭이 무거운지도 모르고 그대로 서서, 날숨과 들숨을 통해 세상과 나와의 경계를 지워 나가는 느낌 속에 빠져 들어가고 있었다. 자연과 내가하나가 된다는 게 이런 기분이었나. 눈물 나도록 가볍고 투명한 이 해방감과 자유로움!

고개를 넘어가 크방길Hvanngil 산장을 지났다. 화산암 돌밭을 지나 F261번 도로와 만났다. 나무다리 위로 협곡 물길을 건넜다. 20분쯤 더 걸어가자 맨발로 건너야 할 물길이 또 나왔다. 유속이 엄청 빠른 잿빛의 강이었다. 앞서 강물을 건너고 있는 트레커들의 무릎까지 물이 차오르고 있었다. 나 역시 다시 맨발의 모험을 강행했다. 뼈가 산산이 깨지는 듯한 냉기를 견디며 강을 건넜다.

드넓은 황무지 평야로 들어섰다. 그때 저 멀리 내가 오늘 타고 들어왔던 산악버스가 지나가는 게 보였다. 팔을 높이 들고 손을 흔들었다. 이 트레킹을 중도 포기한 날엔 내가 저 버스에 앉아 트레커들을 부러운 눈길로 바라보고 있었는데. 안녕!

돌과 모래로 이뤄진 건조한 사막지대로 들어섰다. 차가운 바람이 불어왔다. 목도리로 얼굴을 꽁꽁 둘러 싸맸다. 그 검은 사막에도 북극풍선장구채와 시베리아너도부추가 납작납작 엎드려 꽃을 만개했다. 나무다리를 타고 강을 건너고, 다시 사막. 검은 모래바람이 불었다. 사막길이 두 시간 넘게 계속됐다. 검거나 붉게 반짝이는 모래구릉과 입자 고운 검은 사구가 신비롭게 펼쳐진 길이었다. 나는 시커멓게 땅이 타 버린 검은 사막에서, 절대적인 고독감과 고요 속에서 혼자 걷고 있었다. 가끔 트레커들이 눈앞에 나타났다 사라지곤 했다. 현실감도 원근감도 느껴지지 않았다. 심장이 터질 듯 숨이 가쁘고, 가죽이 벗겨져 나갈 듯 발바닥이 뜨겁고, 온몸의 근육이 비명을 질러 대도 나는 황홀감에 젖어 있었다. 한 발한 발 내딛는 게 고통스러워도 정신은 어느 때보다도 충만했다.

사막 한가운데 우뚝 솟은 924미터의 하타페들Hattafell 산자락을 지나 고갯마루로 올라섰다. 길이 빙하를 향해 동쪽으로 휘어졌다. 새까만 황무지 언덕에서 붉은색 지붕의 건물이 내려다보였다. 보트나르 산장이다. 다 왔다! 게양대 위에서 아이슬란드 국기가 펄럭였다.

아이슬란드 국기는 캠핑장 어딜 가나 걸려 있다. 마치 그날 그날 목적지에 도착했다고 내게 보내는 사인 같다. 파란색은 아이슬란드의 상징인 푸른 산을, 흰색은 아이슬란드를 뒤덮고 있는 눈과 만년설을, 붉은색은 화산을 상징한다는 국기를 내려다보며 안도감에 다리가 풀렸다. 여섯 시간 가까이 걸었으니 녹초가 됐다.

산장 옆의 검은 땅에 텐트를 쳤다. 벌써 30동 남짓 텐트가 물가 따라 쭉 쳐져 있었다. 딱딱한 검은 땅에 돌멩이로 팩을 내리쳐 박았다. 오후 7시 30분, 저녁으로 찬물을 마셔 가며 주먹밥 한 덩어리를 먹었다. 샤워는커녕 세수도 하지 않고 그대로 푹 쓰러졌다.

뢰이가베귀린 트레킹 넷째 날

○ 71일

여행 71일째, 아이슬란드 여행 마지막 날이다. 오전 6시, 눈 뜨자마자 주먹밥 하나를 챙겨 먹고 텐트를 나섰다. 언덕을 올라가 서쪽으로 마르카르프리오츠글리우뷔르Markarfljótsgljúfur 협곡까지 갔다. 산장 관리인이 떠나기 전에 꼭 가 보라던 곳이다. 그러나 협곡의 장관이 안개에 가려 보이지 않았다. 우르릉 쾰쾰, 물소리만 듣다가 캠핑장으로 돌아왔다.

　서둘러 떠날 채비를 했다. 오늘은 소르스뫼르크까지 15킬로미터를 걸어야 한다. 내일 아침 비행기를 타려면 거기서 또 곧장 레이캬비크까지 가야 한다. 만만한 여정이 아니었다. 물집 잡힌 발과 반쯤 떨어져 들려 올라온 엄지발톱에 일회용 반창고를 덕지덕지 붙이고 일어섰다. 오전 8시 10분. 배낭을 둘러메고 길을 재

464

촉했다. 첫발부터 걸음이 또 천근만근이었다. 길은 빙하를 향해 동쪽으로 나아갔다. 울퉁불퉁 솟아오르고 흘러내린 검은 언덕들과 돌산에 군데군데 연두색 이끼가 덮인 지대였다. 물가엔 안젤리카 꽃이 피어 있고 북극버들나무가 땅에 납작 엎드려 있었다.

징검다리를 밟으며 개울을 건너다가 어억! 그만 미끄러지고 말았다. 발이 물에 빠졌다. 신발이 홀딱 젖었다. 아침부터 찔꺽찔꺽 젖은 발로 걷게 됐다. 안개가 서서히 걷혀 가고 있었다. 오늘도 날씨는 화창하겠다.

빙하 밑으로 깊이 떨어지는 협곡을 만났다. 나무다리가 놓여 있었다. 협곡으로 미르달스예퀴들 빙하가 녹아 흘러가고 있었다. 잿빛 강물의 기세가 거칠었다. 지구온난화 때문에 녹아내려 사라져 가고 있다는 빙하. 빙하 끝자락엔 검은 모래언덕들이 드러나 있었다.

빙하를 등지며 길이 서쪽으로 휘어졌다. 검은 땅을 오르락내리락 걸었다. 붉고 노란 유문암 흙가루가 흘러내리는 협곡 옆에서 길은 남쪽으로 향했다. 고도가 점점 낮아지고 있었다. 왼쪽에는 빙하, 오른쪽엔 유문암 설산을 낀 드넓은 황야의 골짜기로 계속해서 남하했다. 너른 평야에 붉은 물결처럼 흔들리는 것은 씨앗이 맺힌 나도수영 군락이었다. 계절이 바뀌고 있었다. 이끼색도 어느새 가을색을 띠고 있었다. 나는 이 거칠고 신비로운 땅 위를 두 발로 걷고 있다는 게 감동적이었다. 희열감에 싸여 숨이 가빴다. 아무 생각도 할 수 없었다. 풍광에 취해 사색조차 불가능했다.

가파른 언덕 위에 올라서 에이야피아들라예퀴들 빙하와 마주 섰다. 얼음과 불이라는 상극의 힘이 공존하는 곳이다. 차디찬 빙하 아래 숨어 있는 어마어마한 폭발력. 기록에 따르면 1100년의 역사 속에서 네 차례 폭발했던 화산이다. 마지막 폭발은 2010년도였다. 그때의 흔적이 아직도 남아 있다. 빙하 사이 켜켜이 쌓여 있는 잿빛 화산재. 화산이 폭발했을 때의 장관을 상상해 봤다. 붉은 용암, 하늘을 뒤덮은 화산재, 불꽃과 섬광들. 그 검푸른 빙하를 바라보며 주먹밥을 꺼내 먹었다. 오후 12시 30분. 다시 걷기 시작했다. 검은 강을 향해 비탈길을 내려갔다. 트레일에서 가장 고도가 낮은 스롱가우Þröngá 강이었다. 강을 건넌 트레커들과 강을 건너려는 트레커 대여섯 명이 강가에 모여 있었다. 나는 지체할 것 없이, 그냥 신발을 신은 채로 강물을 건넜다. 이미 젖은 신발이니. 돌멩이들이 발바닥을 찌르지 않으니 거친 물살 속에서 몸의 균형을 잡기가 훨씬 수월했다.

소르스뫼르크 숲 지대로 들어섰다. 자작나무 숲이었다. 푸르게 번진 북극쇠뜨기 사이로 노란색과 보라색의 야생화와 손바닥만 한 버섯들이 많이 보였다. 산등선이로 올라가 남쪽을 향해 계속 걸었다. 물에 젖어 퉁퉁 부르튼 발이 너무나 아팠다. 절뚝거리며 숲을 걸었다. 교차로에 이정표가 서 있었다. 소르스뫼르크 산장으로 가는 왼쪽 길, 후사달뤼르Húsadalur 산장으로 가는 오른쪽 길. 오른쪽 길을 택했다. 레이캬비크 익스커션스 버스를 탈 수 있는 곳이다.

오후 2시 30분, 산길을 내려와 드디어 목적지에 도착했다. 오늘 여섯 시간 20분 걸었다. 와우! 결국 뢰이가베귀린 트레킹을 해냈다. "인간 승리"를 외치며 시원한 맥주를 한 잔 마시며 자축이라도 하고 싶었다. 비록 피로에 절어 축 처진 몸으로 쩔뚝쩔뚝

결승점에 도착했지만. 맥주 대신 먹다 남은 마지막 주먹밥을 먹으며 양지 바른 곳에 앉아 쉬었다. 양말을 벗어 보니 발이 엉망진창이었다. 퉁퉁 분 발바닥과 발톱이 피범벅이었다. 대충 닦아 내고 일회용 반창고를 새로 붙였다.

오후 4시, 산장 앞에서 출발하는 버스를 탔다. 버스는 에이야피아들라예퀴들 빙하와 미르달스예퀴들 빙하가 녹아 흐르는 크로사우 강을 건넜다. 물길이 깊고 세찼다. F249번을 타고 링로드를 향해 남하했다. 셀리아란즈포스를 지나자 드넓은 평야 건너 남쪽 바다에 베스트만나에이야르 제도의 섬들이 보였다. 지난 6월 말에 갔던 곳이었다. 차창에 코를 박고 스쳐가는 풍경을 내다보며 추억에 잠겼다. 벌써 지난 시간들이 추억처럼 느껴졌다. 목초지는 어느새 여름날의 초록색이 빠지고 황금색으로 변해 가고 있었다. 서쪽 하늘로 기울어져 가는 태양, 붉어져 가는 하늘. 오로라의 계절이 코앞이었다.

마침내 뢰이가베귀린 트레킹을 끝냈다는 사실에 뿌듯했다. 대단원의 막을 멋지게 내린 것 같아 기분이 좋았다. 한편, 사랑하는 사람과 이별을 앞둔 사람처럼 밀려오는 슬픔과 아쉬움을 어찌할 바 모르겠다.

헬라에서 버스를 바꿔 타고 오후 7시, 레이캬비크 버스터미널에 도착했다. 마침 버스에서 같이 내린 선홍색 스웨터를 입은 백발의 아이슬란드 할머니가 캠핑장까지 태워 주겠다고 했다. 여행의 마지막 히치하이킹이었다. 10분도 안 지나 할머니와 헤어지는데, 정말이지 차에서 내리고 싶지 않았다. 여행을 계속하고 싶다는 생각이 간절하게 피어올랐다.

마지막 밤, 캠핑장의 프리푸드 선반에서 구한 식재료로 파스타를 만들어 먹었다. 후식으로 홍차를 한 잔 타 들고 잔디밭의 피크닉 테이블에 앉았다. 어둠이 깔린 캠핑장을 바라보며 71일 동안의 여정을 돌아보았다. 힘들었고, 외로웠고, 춥고, 배고팠고, 기쁘고, 고맙고, 놀랍고 감동적이었던 시간들을.

여행하며 만난 여행자들과 아이슬란드 사람들의 얼굴이 떠올랐다. 아이슬란드 사람들이 외국인을 대하는 태도는 참 은근하니 따뜻했다. 호들갑스럽지 않았다. 그들의 친절 덕분에 이 힘든 여행이 행복했다. 뢰이가르바튼 캠핑장에서 만났던 아이슬란드 노부부가 생각났다(란드만날뢰이가르부터 소르스뫼르크까지 65킬로미터 마라톤을 했다는 딸 얘기를 하며 자녀 사진을 보여 주었던 노부부. 캠핑카로 불러 커피를 끓여 주며 내게 레이캬비크의 집 주소와 전화번호를 적어 주었다. 다음에 꼭 다시 만나자며).

그들에게 내가 이런 질문을 했다.

"아이슬란드 사람들은 실패에 관대하다고 들었어요. 정말 그런가요?"

"실패를 해야 뭐든 다시 도전하고 시도할 수 있잖아요? 실패를 많이 할수록 새로운 것에 더 많이 도전할 수 있게 되죠."

나는 고개를 끄덕이며, 또 에릭 와이너의《행복의 지도》에 나오는 문장을 떠올렸다. "우리는 무엇보다 착하기 때문에 실패한 사람들을 좋아합니다. 그 사람들이 실패한 건 냉혹하지 못한 성격 때문일 수도 있잖아요."

아이슬란드 사람들이 실패에 관대한 이유가 그것뿐이겠나? 착한 심성, 경제, 복지, 철학…… 여러 이유가 그 바탕에 깔려 있겠지. 그리고 그들의 철학은 대자연의 위력을 경외심으로 바라보는 마음에서 시작됐을 것이라는 생각이 들었다.

내 인생의 축소판 같은 여행이었다. 53년의 시간을 71일 동안 다시 산 것 같았다. 결코 실패한 여행도, 실패한 인생도 아니었다. 또 까짓, 결과가 실패인 들 그게 또 뭐 대수람! 순간순간 살아 있음에 희열하며 눈물 나게 사랑했는데.

다음 날 오전 5시 10분, 캠핑장을 떠나기 전에 찢어져 너덜거리는 바지와 패딩점퍼, 해진 신발과 양말을 버렸다. 선반에서 발가락조리를 하나 주워 신고 맨발로 공항으로 향했다. 여기저기에서 주워 담은 검고, 붉고, 날카롭고, 거친······ 그 빌어먹을 돌덩어리들을 배낭에 짊어지고.

"헐! 누나? 그지, 그지, 상그지! 국제 그지 돼서 왔네!"

공항으로 마중 나온 진규 씨가 나를 보자마자 소리쳤다. 나는 발가락조리를 질질 끌며 쩔뚝쩔뚝 그에게 다가갔다. 9월 2일, 오후 3시 30분.

"모르지? 살아서 돌아온 것만도 기적이야!"

내가 눈을 흘기며 말하자, 진규 씨는 어깨만 슬쩍 닿게 나를 포옹하며 말했다.

"그래요, 누나? 암튼 웰컴!"

그러더니 스마트폰을 들고 나를 향해 사진을 찍어 댔다. 우씨! 내가 손을 내둘렀지만 아랑곳하지 않았다. 내 몰골이(꼬질꼬질한 추리닝 바지와 재킷, 삐적 말라 까맣게 탄 얼굴, 쩔뚝거리는 다리)

혼자 보기 아깝다며, 진규 씨는 그 즉시 SNS로 사진을 날렸다.

"누나, 배고프지? 뭐가 제일 먹고 싶어?"

배낭과 배낭보다 더 더러운 나를 차에 싣자마자 진규 씨가 물었다.

"떠날 때 마지막으로 먹었던 콩나물국밥."

"오케이!"

진규 씨 은교 씨 부부 집으로 가는 길에, 콩나물국밥집에 들러 배부터 빵빵하게 채웠다. 어쩐지 콩나물국밥을 먹고 다시 비행기를 타러 인천공항으로 가야 할 것 같았다. 마치 도돌이표를 따라 돌아가야 하는 것처럼. 머릿속에서 과거와 현재가 엉켜 버렸다.

그 밤, 진규 씨 은교 씨와 맥주를 마시다가 소파에 누워 아주 잠깐 졸았던 것 같다. 비몽사몽 몸을 일으키며 중얼거렸다.

"빨리 텐트 걷어야지. 비 오기 전에."

부부는 벙 찐 표정으로 나를 바라보았다.

다음 날 저녁, 카메라와 노트북만 들고 나가(택배로 여행 짐을 부치라고 부탁해 놓고) 명동의 여행자 펍 워커바웃에서 '귀국 신고식'을 치렀다. 그동안 아이슬란드 여행을 응원해 준 다섯 명의 친구들이 모였다.

워커바웃의 주인장인 순하 씨는 족발, 활어회, 닭볶음탕 등 배달음식과 카프레제 샐러드 같은 펍의 맛있는 메뉴들로 테이블 가득 성찬을 차려 냈다. 나는 두 달여 동안 상실했던 식욕을 보충하기 위해 허겁지겁 음식을 탐하고 싶었는데 이런! 음식이 잘 넘어가지 않았다. 홀짝홀짝 수제 맥주만 들이켰다. 자리가 자리니만큼 좌중은 내 여행 보따리가 풀리길 기대했지만 나는 어디서부터 무슨 얘기부터 해야 할지 엄두가 나지 않아 입이 떨어지지 않았다.

"누나!"

자정쯤 카페를 마감하고 백경하 씨가 달려왔다.

"백 사장님이 강 언니 아이슬란드에서 여행하는 거 보고 와선, 정말 미친 사람이라고 얼마나 씹었는지 몰라요."

워커바웃에서 일하는 영아 씨 말에 백경하 씨가 내 손을 잡으며 말했다.

"누나, 오, 무사히 돌아왔구나! 사랑해요!"

아이슬란드 여행을 가기 전엔 내게 그렇게 차갑기만 했던 그가 뜨겁게 환대해 주었다. 그러고는 여전히 날 보고 "미쳤다!"고 말했다. 다만 아이슬란드에 가기 전엔 그 말이 욕이었는데, 지금은 극진한 칭찬으로 변해 있었다. 애정과 존경의 뜻을 담아 그가 "누나 미쳤어, 미쳤어!"라고 할 때마다 나는 영웅이라도 된 양 어깨가 으쓱으쓱해졌다.

다음 날 동서울터미널에서 고속버스를 타고 지리산 집으로 돌아왔다. 식구들에게 전화를 넣었다.

"은경아, 괜찮아? 아픈 데 없고? 손가락 발가락 다 만져 봐라. 없어진 거 없지?"

"네, 아버지. 멀쩡하게 다 붙어 있어요!"

내가 어딜 가서 뭘 하든 늘 걱정해 주고 기다려 주는 식구들과 친구들이, 나를 무사히 제자리로 돌아오게 하는 기도였다.

이후 한동안 정신이 멍해 아무것도 할 수 없었다. 외상 후 스트레스 장애를 앓는 환자 같았다. 눈을 떠도 감아도 기괴한 풍광들이 환시처럼 눈앞에 펼쳐졌고, 잠에서 깰 때마다 텐트를 걷으려고 허둥거렸다. 또 '지리산 공기가 왜 이렇게 더럽지?' 뒷마루에 앉아 입버릇처럼 중얼거렸다(캔에 담아 팔던 아이슬란드 공기를 사 왔어야 했나). 꽃밭에 들어가 가뭄에 시들고 비틀어진 꽃들을 일으켜 세우면서도 '지리산 공기가 너무 더러워졌어'라고 자꾸 중얼거렸다. 당장 그곳에 다시 가고 싶었다. 아이슬란드앓이인가?

산국이 노랗게 피기 시작할 즈음 아이슬란드 여행기를 쓰기 시작했다. 여행수첩과 사진들을 펼쳐 놓고. 글을 쓰지 않곤 못 배기나. 여행기를 쓰는 동안 나는 놀랍게도 그때와 같은 추위와 바람을 느꼈고, 경이로운 풍경 속을 다시 걷고 있었고, 고마운 사람들의 이름을 하나하나 호명하며 다시 만났고, 육체적인 고통과 고독과 죽음의 공포와 영혼의 충만함과 자유를 고스란히 다시금 느꼈다. 기억으로만 복기한 것이 아니라 몸이, 감정이 그렇게 반응했다. 여행을 할 때보다 몇 곱절 더 심장이 떨릴 때도 있었다. 그만 지쳐 기운을 잃고 쓰러지기도 했다. 그때마다 좀 쉬며 숨을 고르라고, 친구 성국 씨랑 은희 씨가 맥주를 사 들고 왔다. 또 내가 쓰러진 꽃대를 세우듯, 이지상 작가님이 나를 번쩍번쩍 일으켜 주셨다.

겨울이 가고 새 봄이 왔다. 마침내 200자 원고지 1,700매 분량의 아이슬란드 71일 여행기 초고를 끝냈다. 바로 그날 아이슬란드에서 얻어 온 루핀 꽃씨와 포피 꽃씨를 화단에 뿌렸다. 지리산 꽃밭에서 아이슬란드 꽃씨가 싹을 틔우고 꽃을 피울까? 꽃이 펴도 좋고, 피지 않아도 괜찮다, 괜찮다 하면서도 부지런히 물을 주며 기다렸다. 아이슬란드 원고를 출판사 이곳저곳에 투고하며. 마침내 루핀 몇 포기가 싹을 움트며 올라왔다. 하나, 둘, 셋, 넷…….

그 어린 새싹들을 살피며 가만히 나를 생각해 봤다. 좀 달라졌나? 사실 아이슬란드 여행을 떠나기 전과 일상이 변한 건 없었다. 멀리서 친구들이 찾아와 계곡에서 물놀이를 하고 가고, 나는 최저임금을 받으며 여름내 뜨거운 비닐하우스 농장에서 방울토마토를 땄다. 지리산 달궁으로 식당 설거지 일도 다녔다(그렇게 번 돈은 생활비로 쓰고, 남은 돈은 꿍쳐 두었다. 다가오는 겨울에 다시 배낭여행을 떠날 생각이었다). 그리고 노안이 더 깊어져 돋보기안경을 새로 맞춰 썼다.

그렇게 전처럼 여전히 남 눈치 안 보고 나 살고 싶은 대로 꼿꼿하게 살았다. 다만 그런 일상을 맞는 내 마음이 확 달라졌다. '인생 실패자'라는 생각은 눈곱만큼도 들지 않았다. 막노동을 하며 사는 하루하루가 그토록 뿌듯할 수가 없었다. 소설가가 되겠다는 꿈은 사라졌지만, 한편으로는 다시 소설을 쓸 수 있을지도 모르겠다는 생각도 들었다. 또 어느 늘그막에 사랑도 다시 찾아올까. 피식, 웃음이 났다. 이젠 무엇을 꿈꾸거나 미래를 계획하지 않아도 살 수 있을 것 같다. 헨리 밀러가 "사람의 목적지는 결코 어떤 목적지가 아니라 사물을 보는 새로운 시각"이라고 했던가.

루핀은 2센티미터쯤 겨우겨우 자라 별꽃처럼 생긴 작은 이파리를 달고는 여름 문턱을 넘지 못했다. 햇볕에 모조리 타 죽은 것을 확인한 그날은 서른두 번째 출판사에서 원고를 퇴짜맞은 날이었다. 나는 하늘을 향해 손가락으로 '퍽큐!'를 날리며 키득키득 웃었다. 그러다가 마치 날아가는 참새 똥구멍이라도 본 사람마냥 몸을 흔들며 웃어젖혔다. 푸하하핫!

아이슬란드가 아니었다면

Nowhere But Iceland: A 71days Hitch Hiking Trip
in a Country That Praises Failure

ⓒ 강은경, Printed in Korea

1판 7쇄 2022년 6월 20일
1판 1쇄 2017년 4월 10일
ISBN 979-11-957505-4-2

지은이. 강은경
펴낸이. 김정옥
디자인. 장혜림
제작. 정민문화사
종이. 한승지류유통

펴낸곳. 도서출판 어떤책
주소. 03706 서울시 서대문구 연희로 38-20 402호
전화. 02-333-1395
팩스. 02-6442-1395
전자우편. acertainbook@naver.com
블로그. blog.naver.com/acertainbook
페이스북. www.fb.com/acertainbook
인스타그램. www.instagram.com/acertainbook_official

이 도서의 국립중앙도서관 출판예정도서목록(CIP)은
서지정보유통지원시스템 홈페이지(http://seoji.nl.go.kr)와
국가자료공동목록시스템(http://www.nl.go.kr/kolisnet)에서 이용하실 수 있습니다.
CIP제어번호. CIP2017007886

안녕하세요, 어떤책입니다. 여러분의 책 이야기가 궁금합니다.

블로그 blog.naver.com/acertainbook
페이스북 www.fb.com/acertainbook
인스타그램 www.instagram.com/acertainbook_official

점선을 따라 가위로 오려서 보내 주세요. 우표 없이 우체통에 넣으시면 됩니다. ✄

보내는 분

이메일

주소

이름

03706 서울시 서대문구 성산로 253-4 402호

도서출판 어떤책

a certain book

우편요금
수취인 후납
발송유효기간
2021.7.1~2023.6.30
서대문우체국
제40454호

저희 책을 읽어 주셔서 감사합니다. 아래 질문들에 답해 주시면 지난 책을 돌아보고 새 책을 기획하는 데 참고하겠습니다.

1. 《아이슬란드가 아니었다면》을 구입하신 이유

2. 구입하신 서점

3. 이 책에서 가장 인상 깊었던 구절

4. 이 책을 읽고 난 뒤의 소감

5. 도서출판 어떤책이나 저자에게 하고 싶은 말씀

보내 주신 내용은 어떤책 SNS에 무기명으로 인용될 수 있습니다. 이해 바랍니다.